LE FIL
DU RASOIR

W. SOMERSET MAUGHAM

LE FIL DU RASOIR

Traduit de l'anglais
par Renée-L. OUNGRE

FRANCE LOISIRS
123, boulevard de Grenelle, Paris

Édition du Club France Loisirs, Paris,
avec l'autorisation de la librairie Plon

Titre original :
The Razor's Edge

ISBN 2-7242-1026-3

« Il est difficile de passer sur le fil d'un rasoir. Aussi difficile, disent les sages, est le chemin qui mène au salut. »

KATHA-UPANISHAD

CHAPITRE PREMIER

I

Jamais je n'ai commencé un roman avec plus d'appréhension. Et si j'appelle ce livre un roman, c'est parce que je ne sais vraiment quel autre nom lui donner. J'ai peu de choses à raconter, et mon récit ne se termine ni par une mort ni par un mariage. La mort met fin à tout, ce qui en fait la conclusion la plus complète de toute histoire ; mais le mariage est aussi une fin très convenable, et les snobs de l'esprit ont tort de railler ce que l'on a coutume d'appeler un dénouement heureux. Le commun des mortels suit un instinct très normal en considérant que de cette façon tout ce qui doit être dit est dit. Lorsqu'un homme et une femme, après toutes les vicissitudes que l'on peut se plaire à imaginer, se sont enfin unis, ils ont rempli leur fonction biologique et l'intérêt se porte sur la génération à venir. Mais je tiens mon lecteur en suspens. Ce livre est fait de mes souvenirs sur un homme avec qui le hasard de la destinée m'a mis en étroit contact, mais à de longs intervalles seulement, et je ne sais guère ce qu'il lui est arrivé entre-temps. Mon imagination pourrait sans doute combler les vides d'une manière assez plausible et donner ainsi plus de cohésion à mon récit ; je n'en ai nulle envie. Je veux me borner à relater ce que je sais pour l'avoir appris moi-même.

J'ai écrit, il y a plusieurs années, un roman intitulé *l'Envoûté* (1). J'avais entrepris de raconter l'histoire d'un peintre

(1) *The Moon and Six Pence.*

célèbre, Paul Gauguin ; et, usant du privilège du romancier, j'avais imaginé certains épisodes destinés à illustrer le personnage de ma création tel que me le faisaient voir les rares données que je possédais concernant le fameux artiste français..Dans ce livre-ci, je n'ai rien essayé de semblable. Je n'ai rien inventé. Pour éviter d'embarrasser des gens encore vivants, j'ai donné aux personnages de ce récit des noms de fantaisie, et j'ai pris d'autres précautions encore afin de m'assurer que nul ne puisse les reconnaître. L'homme de qui je vais parler n'est pas célèbre. Peut-être ne le sera-t-il jamais. Peut-être, parvenu au terme de son existence, ne laissera-t-il pas plus de traces de son passage sur terre qu'une pierre jetée dans une rivière n'en laisse à la surface de l'eau. Dans ce cas, si mon livre doit être jamais lu, ce sera seulement à cause de l'intérêt qu'il pourra présenter par lui-même. Mais il se peut aussi que le genre de vie choisi par mon héros, la force et la douceur particulières de son caractère aient une influence toujours croissante sur ses semblables, de sorte que, longtemps peut-être après sa mort, on reconnaîtra qu'à cette époque vivait un être vraiment exceptionnel. On saura, alors, clairement de qui il s'agit, et les curieux qui voudront se documenter au moins quelque peu sur sa jeunesse pourront trouver dans cet ouvrage certains détails intéressants. Dans ces limites ainsi admises, mon livre sera, je pense, une source utile d'information pour les biographes de mon ami.

Je ne prétends pas avoir reproduit textuellement les conversations que j'ai rapportées. Je n'ai jamais pris note de ce qui fut dit en telle ou telle autre circonstance ; mais j'ai, quant à moi, bonne mémoire et, bien que j'aie relaté ces entretiens dans mon propre style, le sens en est, je crois, rendu fidèlement. J'ai dit, un peu plus haut, n'avoir rien inventé ; mais une légère rectification me paraît nécessaire. Comme l'ont fait les historiens depuis le temps d'Hérodote, j'ai pris la liberté de prêter aux personnages de mon récit des propos que je n'ai pas entendus moi-même et qu'il m'eût d'ailleurs été impossible d'entendre. Mes raisons ont été celles des chroniqueurs : donner de la vie et de la vraisemblance à des scènes qui, rapportées tout simplement, n'eussent produit aucun effet. Je voudrais être lu, et je crois être en droit de faire tout ce que je peux pour donner de l'attrait à mon livre. Le lecteur intelligent découvrira facilement lui-même où j'ai eu recours à cet artifice, et il lui sera parfaitement loisible d'en faire abstraction.

Il est encore une autre raison à l'appréhension que j'éprouve en entreprenant ce récit : les principaux personnages sont Américains. L'âme des êtres est très difficile à connaître, et je ne pense pas qu'il soit jamais possible de la pénétrer entièrement s'il ne s'agit de compatriotes. Car les humains ne sont pas seulement eux-mêmes ; ils sont aussi le milieu où ils sont nés, le foyer dans la ville ou la ferme où ils ont appris à faire leurs premiers pas, les jeux qui ont amusé leur enfance, les contes de vieilles femmes qu'ils ont entendus, la nourriture qu'ils ont mangée, les écoles qu'ils ont fréquentées, les sports qu'ils ont pratiqués, les poètes qu'ils ont lus, le Dieu qu'ils ont adoré. Ce sont toutes ces choses qui les ont faits ce qu'ils sont, ces choses que l'on ne peut apprendre par ouï-dire et que l'on peut saisir seulement si on les a vécues soi-même. On ne peut les connaître qu'en s'identifiant avec elles. Seule l'observation directe permet de comprendre la mentalité d'étrangers : c'est pourquoi il est difficile de donner de la vraisemblance à leur caractère à travers les pages d'un livre. Un psychologue aussi subtil et prudent qu'Henry James lui-même, bien qu'ayant vécu en Angleterre pendant quarante ans, n'a jamais réussi à créer un type d'Anglais totalement anglais. Pour ma part, je me suis toujours abstenu, sauf dans quelques courtes nouvelles, de dépeindre des personnages autres que mes propres compatriotes ; et si, dans de petits contes, je me suis aventuré à me départir de cette règle, c'est que cette forme littéraire permet de décrire les caractères plus sommairement. Vous indiquez au lecteur les grands traits, et lui laissez le soin de compléter lui-même les détails. On peut se demander pourquoi, ayant fait de Paul Gauguin un Anglais, je ne pouvais agir de même pour les personnages de ce livre. La réponse est simple ; je ne le pouvais pas. Ils n'auraient plus été ce qu'ils sont. Je ne prétends pas qu'ils soient des Américains tels que les Américains se voient eux-mêmes ; ils sont des Américains vus par des yeux anglais.

II

En 1919, me rendant en Extrême-Orient, et passant par Chicago, je m'y arrêtai deux ou trois semaines pour des raisons qui n'ont rien à faire avec ce récit. Je venais de publier un roman à succès, et la vogue dont je jouissais alors me valut d'être interviewé dès mon arrivée. Le matin suivant, on m'appela au téléphone. Je répondis.

— C'est Elliott Templeton qui parle.

— Elliott ? Je vous croyais à Paris.

— Non, je suis en visite chez ma sœur. Nous aimerions vous avoir à déjeuner chez nous aujourd'hui.

— Avec joie.

Il me fixa l'heure et me donna l'adresse.

Je connaissais Elliott Templeton depuis quinze ans. Il avait, à cette époque, largement dépassé la cinquantaine ; c'était un homme grand, élégant, aux traits réguliers ; ses épais cheveux foncés et ondulés grisonnaient tout juste assez pour souligner la distinction de son allure. Il était toujours admirablement habillé. Il achetait son linge chez Charvet, mais ses vêtements, ses chaussures et ses chapeaux venaient de Londres. Il avait un appartement à Paris sur la rive gauche, dans l'élégante rue Saint-Guillaume. Les gens qui ne l'aimaient pas prétendaient qu'il faisait des affaires, mais cette insinuation le remplissait d'indignation. Il avait du goût et de la culture ; il ne se refusait pas à reconnaître que dans le passé, au début de son installation à Paris, il avait accordé le bénéfice de ses conseils à de riches collectionneurs en quête de tableaux ; et quand, grâce à ses relations mondaines, il apprenait que quelque gentilhomme anglais ou français à court d'argent était disposé à vendre une toile de toute première qualité, il se faisait un plaisir de le mettre en rapport avec les directeurs des musées américains qu'il savait, par hasard, être à la recherche d'une œuvre de tel ou tel maître. Les circonstances obligeaient beaucoup de vieilles familles en France, et quelques-unes en Angleterre, à se séparer d'une pièce signée de Boulle ou d'un authentique bureau de Chippendale lui-même, à la condition que ce fût fait sans bruit, et elles étaient enchantées de connaître un homme de grande culture et de manières parfaites à même de mener l'affaire avec discrétion. On pouvait naturellement supposer qu'Elliott tirait profit de ces transactions, mais on était trop bien né pour en faire état. Les mauvaises langues affirmaient que tout ce qui se trouvait dans son appartement était à vendre, et qu'après un excellent déjeuner arrosé de vins fins offert à de riches Américains, un ou deux de ses plus précieux dessins disparaissaient, ou encore qu'une commode de marqueterie était remplacée par une autre en laque. Quand on lui demandait pourquoi une certaine pièce n'était plus là, il expliquait d'une manière fort plausible que, ne l'estimant plus tout à fait digne de lui, il l'avait échangée contre un objet de bien meilleure qualité. « Il est lassant, ajoutait-il, d'avoir toujours sous les yeux les mêmes choses. »

— Nous autres Américains, *we Americans,* disait-il, nous aimons le changement. C'est à la fois notre faiblesse et notre force.

D'après certaines Américaines de Paris, qui prétendaient tout savoir à son sujet, sa famille était pauvre, et s'il lui était possible de mener un tel train de vie, il le devait uniquement à sa grande habileté. Je ne sais quelle était sa fortune, mais son propriétaire, un duc, lui faisait certainement payer un loyer très élevé, et son appartement était garni d'objets de grande valeur. Aux murs étaient accrochées des œuvres des grands maîtres français, Watteau, Fragonard, Claude Lorrain et autres ; sur les parquets cirés, des tapis de la Savonnerie et d'Aubusson déployaient leur splendeur, et dans son salon se trouvait un mobilier Louis XV au petit point, d'une telle élégance qu'il aurait fort bien pu, comme Elliott le prétendait d'ailleurs, appartenir à Mme de Pompadour. Il avait, en tout cas, des moyens suffisants pour mener l'existence qu'il estimait convenir le mieux à un gentleman : sans essayer de gagner de l'argent ; et la méthode qui, dans le passé, le lui avait permis était un sujet auquel, à moins de vouloir perdre son amitié, on ne devait pas faire allusion. Ainsi délivré des soucis matériels, il se donnait entièrement à la passion maîtresse de sa vie : les relations mondaines. Ses rapports d'affaires avec les grands désargentés français ou anglais avaient élargi les entrées que lui avaient values des mots d'introduction auprès de personnalités importantes lorsque, tout jeune homme, il était arrivé en Europe. Ses origines le recommandaient aux Américaines titrées pour lesquelles on lui avait remis des lettres, car il était d'une vieille famille de Virginie et, par sa mère, descendait de l'un des signataires de la Déclaration d'Indépendance. Assez bien de sa personne, il était brillant, bon danseur, honnête tireur et adroit joueur de tennis. Il était l'ornement de toutes les réceptions. Prodigue de fleurs et de coûteuses boîtes de chocolats, il recevait peu ; mais quand il invitait, c'était toujours d'une façon originale et plaisante. Les grandes dames aimaient à être emmenées dans les restaurants bohèmes de Soho ou dans les *bistrots* du quartier Latin. Toujours désireux d'être utile, il rendait avec plaisir n'importe quel service, même ennuyeux. Pour plaire aux femmes vieillissantes, il prenait une peine infinie, et il ne lui fallait pas longtemps pour devenir, dans de nombreux foyers seigneuriaux, *l'ami de la maison,* l'enfant chéri du ménage. Son affabilité était extrême ; il ne se froissait pas d'être invité au dernier moment si quelqu'un avait fait faux bond ; on pouvait le placer à côté d'une vieille dame très ennuyeuse et compter sur lui pour déployer toutes les ressources de son charme et de son esprit.

A la fois à Londres, où il passait la fin de la *Season* et le début de l'automne en tournée de visites dans les manoirs, et à Paris, où il était fixé, il connut, en l'espace d'un an ou deux, tout le monde qu'un jeune Américain pouvait connaître. Les grandes dames américaines qui tout d'abord l'avaient introduit dans la société étaient surprises de constater combien s'était élargi le cercle de ses relations. Leurs réactions étaient diverses. D'une part, il leur plaisait que leur jeune protégé eût si bien réussi ; mais aussi elles étaient quelque peu agacées de ce qu'il fût devenu l'ami si intime de personnes avec lesquelles leurs propres relations étaient demeurées strictement conventionnelles. Quoiqu'il restât toujours aussi obligeant et serviable, elles avaient le sentiment désagréable d'avoir servi de tremplin à sa promotion mondaine. Elles craignaient qu'il ne fût snob. Et naturellement, il l'était. Il l'était terriblement, d'un snobisme sans vergogne. Il aurait essuyé n'importe quel affront, ignoré n'importe quelle rebuffade, avalé n'importe quelle grossièreté pour être convié à une réception où il ambitionnait de se rendre, ou pour faire la connaissance de quelque vieille et revêche douairière de haute lignée. Il était infatigable. Quand il avait repéré une proie, il la pourchassait avec la ténacité d'un botaniste bravant les dangers d'un torrent, d'un tremblement de terre, des fièvres et des indigènes hostiles, pour découvrir une orchidée d'une exceptionnelle rareté. La guerre de 1914 lui offrit sa chance suprême. Lorsqu'elle éclata, il rejoignit un corps d'ambulanciers, et servit d'abord dans les Flandres, puis en Argonne ; il revint après un an, la boutonnière ornée du ruban rouge, et se fit donner un poste dans la Croix-Rouge à Paris. Il se trouvait alors à la tête d'une belle fortune, et contribua généreusement aux bonnes œuvres patronnées par des personnages de qualité. Il était toujours prêt à apporter le concours de son goût exquis et de son don d'organisation à toute manifestation de charité à laquelle on faisait une large publicité. Il devint membre des deux clubs parisiens les plus fermés. Pour les plus grandes dames de France, il était *ce cher Elliott.* Il était définitivement « arrivé ».

III

Quand pour la première fois je rencontrai Elliott, je n'étais qu'un jeune écrivain comme tant d'autres, et il ne me prêta aucune attention. Il n'oubliait jamais une physionomie, et s'il m'arrivait de le croiser, il me serrait cordialement la main, mais ne manifestait aucun désir de cultiver plus assidûment nos relations ; quand, par exemple, je l'apercevais à l'Opéra en compagnie d'une personnalité haut placée, il était fort capable de m'ignorer. Mais j'eus alors la chance de remporter, comme auteur dramatique, un succès assez retentissant ; aussitôt, je constatai qu'Elliott me témoigna plus de chaleur. Un jour, il m'envoya un mot me demandant de déjeuner avec lui au Claridge, où il descendait quand il séjournait à Londres. Ce fut une petite réunion sans grand apparat, et j'eus l'impression qu'il voulait ainsi me mettre à l'épreuve. Mais dès lors, mon succès m'ayant valu de nombreux amis nouveaux, je commençai à le voir plus fréquemment. Peu après, en automne, passant quelques semaines à Paris, je me trouvai avec lui chez un ami commun. Il me demanda mon adresse, et je reçus, un ou deux jours plus tard, une nouvelle invitation à déjeuner, chez lui cette fois : en arrivant, quelle ne fut pas ma surprise de constater que les convives étaient de premier choix. Je ris sous cape. Je savais qu'avec son sens parfait des relations mondaines, il avait compris que mon seul titre d'homme de lettres ne me conférait aucune importance dans la société anglaise, mais qu'il n'en était pas de même en France, où un écrivain est toujours assuré de prestige.

Au cours des années suivantes, nos relations se resserrèrent, sans toutefois devenir de l'amitié. Je doute qu'il eût été possible à Elliott Templeton d'être un ami. Les gens ne l'intéressaient qu'en raison de leur situation mondaine. Si par hasard j'étais à Paris, ou s'il se trouvait à Londres, il continuait à m'inviter à des réceptions quand il avait un vide à combler, ou quand il lui fallait distraire des Américains de passage. Parmi ces derniers, il y avait, je pense, d'anciens clients ; d'autres, des inconnus, lui avaient été adressés avec des lettres d'introduction : ils étaient la croix de sa vie. Il avait conscience de devoir faire quelque chose pour eux, mais il n'avait cependant nulle envie de les mettre en rapports avec ses illustres amis. Le meilleur moyen de se débarrasser d'eux, c'était évidemment de leur offrir un dîner, puis de les emmener au théâtre ; mais ce n'était pas toujours facile, car souvent ses soirées étaient prises trois semaines à l'avance ; il sentait confusément aussi que ses invités n'en seraient qu'à demi satisfaits. A ses yeux, un écrivain comme moi ne comptait guère, et il ne se gênait pas de me confier ses ennuis de ce genre.

— Les gens en Amérique sont si cavaliers dans leur façon de donner des lettres. Non que je ne sois ravi de recevoir des personnes qui me sont adressées, mais je ne vois vraiment pas pourquoi je devrais les imposer à mes amis.

Il pensait se faire pardonner en leur envoyant de magnifiques gerbes de roses et d'énormes boîtes de chocolats, mais parfois il devait faire mieux. Ce fut ainsi — assez naïvement d'ailleurs après ce qu'il m'avait raconté — qu'il me demanda de venir à une réception qu'il organisait.

« Ils désirent tellement vous connaître, m'écrivit-il pour me flatter. Mme Une Telle est très cultivée, elle a lu tout ce que vous avez écrit. »

Mme Une Telle me disait alors combien mon livre *Mr. Perrin and Mr. Traill* l'avait enchantée, et me félicitait de ma pièce *The Mollusc*. Le premier avait été écrit par Hugh Walpole, et la seconde par Hubert Henry Davies.

IV

Si j'ai donné au lecteur l'impression qu'Elliott avait un caractère méprisable, j'ai commis une injustice. Il était en tout cas *serviable* comme on dit en France. Il était généreux et quoique au début de sa carrière il eût inondé ses relations de fleurs, de bonbons et de cadeaux en s'en promettant un avantage ultérieur, il continua à agir de même alors que ce n'était plus nécessaire. Donner lui faisait plaisir. Il était accueillant. Son chef s'égalait aux meilleurs de Paris, et à sa table on était sûr de trouver les plus délicates primeurs de la saison. Ses vins attestaient l'excellence de son goût. Ses convives, il est vrai, étaient choisis pour leur importance mondaine plutôt que pour l'agrément de leur compagnie, mais il avait soin d'inviter au moins une ou deux personnes réputées comme boute-en-train, de sorte que ses réceptions étaient presque toujours amusantes. Derrière son dos, on riait de lui en le traitant de sale snob, mais on n'en acceptait pas moins ses invitations avec empressement. Il parlait français couramment et correctement, et son accent était parfait. Il s'était donné grand mal pour acquérir le parler anglais ; seule une ouïe très fine pouvait percevoir, de temps à autre, une intonation américaine. Il était agréable causeur, à condition de n'être pas mis sur le chapitre des ducs et des duchesses ; mais même sur ce thème, sa position étant devenue inattaquable, il se permettait des plaisanteries amusantes, surtout lorsqu'on était seul avec lui. Sa langue était aimablement malicieuse, et il n'était dans la haute société aucun scandale dont il n'eût connaissance. Par lui, j'appris qui était le père du dernier-né de la princesse X..., et comment s'appelait la maîtresse du marquis de Y... A mon avis, Marcel Proust lui-même n'en savait pas plus qu'Elliott Templeton sur la vie privée de l'aristocratie.

Quand j'étais à Paris, nous déjeunions souvent ensemble, tantôt chez lui, tantôt au restaurant. J'aime à flâner chez les antiquaires, parfois pour acheter, mais plus souvent pour fouiner, et Elliott était toujours enchanté de m'accompagner. Il avait de la compétence et une véritable passion pour les belles choses. Il connaissait, je crois, chaque boutique d'antiquités de Paris, et traitait familièrement les marchands. Il adorait marchander et, quand nous partions en chasse, il me disait :

— Si quelque chose vous plaît, n'essayez pas de l'acheter vous-même. Faites-moi signe et laissez-moi faire.

Il était aux anges quand il m'obtenait, pour la moitié du prix demandé, un objet dont j'avais envie. C'était un régal de l'observer tandis qu'il opérait. Il discutait, cajolait, perdait son sang-froid, faisant appel au bon cœur du vendeur, le tournait en dérision, soulignait les défauts de l'objet en question, menaçait de ne plus jamais franchir le seuil de son magasin, soupirait, haussait les épaules, exhortait, se dirigeait vers la porte en fronçant les sourcils d'un air furieux ; et quand enfin il avait obtenu gain de cause, il secouait tristement la tête comme s'il acceptait avec résignation une défaite. Puis il me murmurait en anglais :

— Emportez cela ; au double du prix, ce serait encore bon marché.

Elliott était un catholique fervent. Il était depuis peu à Paris lorsqu'il rencontra un abbé réputé pour avoir su ramener des infidèles et des hérétiques dans le giron de l'Eglise. Très répandu dans le monde, ce prêtre était connu pour son esprit. Il réservait le secours de son ministère aux gens riches et à l'aristocratie. Elliott devait fatalement être attiré par un homme qui, bien que d'origine modeste, était l'hôte choyé des maisons les plus fermées ; Elliott avait confié à une Américaine fortunée — une des récentes conversions de l'abbé — que, tout en étant d'une famille protestante, il portait depuis longtemps grand intérêt à l'Eglise catholique. Cette dame lui avait demandé de venir dîner un soir chez elle avec l'abbé, et ce dernier fut brillant. La maîtresse de maison avait amené la conversation sur le catholicisme ; l'abbé s'était exprimé avec onction, mais, quoique prêtre, sans pédanterie, comme un homme du monde s'adressant à un autre homme du monde. Elliott fut flatté de découvrir que l'ecclésiastique était au courant de tout ce qui le concernait.

— La duchesse de Vendôme m'a parlé de vous, l'autre jour. Elle m'a dit qu'elle admire beaucoup votre intelligence.

Elliott rougit de plaisir. Il avait été présenté à Son Altesse Royale, mais n'aurait osé imaginer qu'Elle eût bien voulu se souvenir de lui. L'abbé parlait de la foi avec sagesse et bienveillance ; il était d'esprit large, moderne dans ses vues, et tolérant. Il donnait de l'Eglise l'image d'un club *select* auquel tout homme bien né se doit d'appartenir. Six mois plus tard, Elliott y était admis. Sa conversion, jointe à la générosité de ses dons aux œuvres catholiques, lui ouvrit plusieurs portes qui, jusque-là, lui étaient restées fermées.

Il se peut que ses raisons d'abandonner la foi de ses pères aient été d'ordres divers, mais, sa conversion une fois accomplie, on ne put mettre en doute sa piété. Chaque dimanche, il allait entendre la messe à l'église fréquentée par les gens du meilleur monde ; il se confessait régulièrement et se rendait périodiquement à Rome. Avec le temps, il fut promu camérier du pape en récompense de sa ferveur, et l'assiduité avec laquelle il assurait les devoirs de sa charge lui valut l'Ordre, si je ne me trompe, du Saint-Sépulcre. En fait, sa carrière de catholique ne fut pas un moindre succès que sa carrière d'homme du monde.

Je me suis souvent demandé quelle pouvait être la cause du snobisme qui obsédait cet homme si intelligent, si aimable et si cultivé. Il n'était pourtant pas un parvenu. Son père avait été président de l'une des Universités du Sud, et son grand-père un théologien assez éminent. Parmi les gens qui acceptaient ses invitations, il y en avait beaucoup qu'attirait un repas gratuit ; certains d'entre eux étaient stupides, et d'autres sans intérêt aucun : Elliott était trop fin pour ne pas s'en rendre compte. L'éclat de leurs titres ronflants lui cachait leurs défauts. J'imagine que son intimité familière avec ces messieurs de lignée ancienne, son assiduité fidèle auprès de leurs épouses lui inspiraient un sentiment de triomphe qui ne s'émoussait jamais. Au fond, il y avait en lui, je crois, un romantisme passionné qui lui faisait voir, dans le chétif petit duc français, l'ombre du croisé ayant accompagné Saint Louis aux Lieux Saints, et, dans le fanfaron baron anglais chasseur de renards, l'ancêtre qui avait suivi Henry VIII au Camp du Drap d'Or. En leur compagnie, il s'imaginait vivre dans un passé de grandeur et d'héroïsme. Quand il feuilletait le Gotha, son cœur devait, me semblait-il, battre plus vite tandis qu'une succession de noms évoquaient ainsi les souvenirs de guerres d'antan, de sièges historiques et de duels célèbres, d'intrigues diplomatiques et d'amours royales.

Quoi qu'il en fût, tel était Elliott Templeton.

V

J'étais en train de me laver les mains et de me donner un coup de peigne pour me rendre au déjeuner auquel Elliott m'avait convié, quand on me téléphona du bureau de l'hôtel pour m'avertir qu'il était en bas. Je fus un peu surpris, mais, sitôt prêt, je descendis.

— J'ai pensé qu'il valait mieux que je vienne vous chercher, dit-il en me serrant la main. Je ne sais si vous connaissez bien Chicago ?

Il avait l'impression — je l'avais d'ailleurs constatée chez certains Américains ayant vécu de nombreuses années sur le continent — que l'Amérique est un pays compliqué et même dangereux où les Européens ne peuvent s'orienter seuls en toute sécurité.

— Il est encore tôt. Nous pourrions faire à pied une partie du trajet, suggéra-t-il.

Il faisait un petit froid piquant, mais le ciel était sans nuage, et il était agréable de se dérouiller les jambes.

— Il serait préférable, je crois, que je vous parle de ma sœur avant que vous fassiez sa connaissance, dit Elliott tandis que nous cheminions côte à côte. Elle a séjourné une fois ou deux à Paris, chez moi, mais je ne pense pas que vous vous y trouviez au même moment. Ce n'est pas une grande réception, vous savez. Rien que ma sœur, sa fille Isabel et Gregory Brabazon.

— Le décorateur ? demandai-je.

— Oui. La maison de ma sœur est horrible, et Isabel et moi, nous aimerions la faire transformer. J'ai appris, par hasard, que Gregory est à Chicago ; aussi ai-je décidé ma sœur à l'inviter à déjeuner aujourd'hui. Evidemment, ce n'est pas tout à fait un gentleman, mais il a du goût. Il a décoré le château Raney pour Mary Olifant, et Saint-Clément Talbot pour les Saint-Erth. La duchesse en a été enchantée. Vous jugerez vous-même de l'intérieur de Louisa ! Comment a-t-elle pu vivre là-dedans toutes ces années ? Je n'arriverai jamais à le comprendre, ni d'ailleurs qu'elle ait pu rester à Chicago.

Mrs. Bradley, à ce qu'il paraissait, était une veuve et avait trois enfants, deux fils et une fille ; les fils, beaucoup plus âgés, étaient mariés. L'un était fonctionnaire dans le gouvernement des Philippines, et l'autre, un diplomate comme son père, était attaché d'ambassade à Buenos-Aires. Le mari de Mrs. Bradley avait occupé des postes dans diverses parties du monde, et, après avoir passé quelques années comme premier secrétaire à Rome, avait été nommé ministre plénipotentiaire auprès de l'une des Républiques sud-américaines de la côte Ouest, où il était mort.

— Après le décès, je voulais que Louisa vende la maison de Chicago, continua Elliott, mais elle y était attachée : les Bradley la possédaient depuis assez longtemps. Les Bradley sont une des plus vieilles familles de l'Illinois. Ils vinrent de Virginie en 1839 et achetèrent du terrain à une centaine de kilomètres de ce qui est aujourd'hui Chicago. Ils l'ont toujours.

Elliott hésita légèrement, et me regarda pour voir comment j'allais réagir.

— Le Bradley qui s'installa ici était ce que vous pourriez appeler, je suppose, un fermier. Je ne sais si vous êtes au courant, mais au milieu du siècle dernier, quand le *Middle West* commença à se peupler, de nombreux habitants de la Virginie — vous savez, les fils cadets de bonne famille — cédant à l'attrait de l'inconnu, abandonnèrent le pot-au-feu natal. Le père de mon beau-frère, Chester Bradley, pressentant que Chicago avait de l'avenir, s'y était placé chez un avocat. Toujours est-il qu'il gagna assez d'argent pour permettre à son fils d'être largement à l'abri du besoin.

Le ton d'Elliott, plutôt que ses paroles, donnait l'impression que le défunt Chester Bradley n'aurait peut-être pas dû abandonner l'imposante résidence et les vastes terres dont il avait hérité pour entrer dans un bureau, mais la fortune qu'il avait amassée compensait en partie cette erreur. Elliott ne fut pas trop content quand, plus tard, Mrs. Bradley me montra une photographie de ce qu'il appelait leur « propriété » à la campagne ; je vis alors une modeste maison de bois avec un joli petit jardin, mais avec aussi, à proximité, une grange, une étable et un enclos pour les porcs, le tout perdu dans un désert de champs à l'abandon. Je ne pus m'empêcher de penser que Mr. Bradley avait agi à bon escient en quittant tout cela pour faire sa carrière dans la ville.

Peu après, nous hélâmes un taxi. Il nous déposa devant une construction de pierre brune, étroite et assez élevée, à l'entrée de laquelle on accédait par quelques marches escarpées. La maison faisait partie d'une rangée d'immeubles dans une rue conduisant au Lake Shore Drive, et son aspect, même en ce jour lumineux d'automne, était si terne que l'on se demandait comment elle pouvait inspirer le moindre attachement. La porte fut ouverte par un maître d'hôtel nègre, grand et fort, aux cheveux blancs, qui nous introduisit dans le salon. Mrs. Bradley se leva à notre entrée, et Elliott me présenta. Elle avait dû être belle dans sa jeunesse, car ses traits, bien que forts, étaient réguliers, et elle avait de beaux yeux. Mais son visage grisâtre, presque agressivement dépourvu de tout fard, s'était affaissé, et il était visible qu'elle avait été vaincue dans la lutte de la maturité contre l'embonpoint. Je soupçonnai qu'elle n'avait pas accepté la défaite car, lorsqu'elle s'asseyait, elle restait figée sur une chaise à dossier droit, moins pénible, sans doute, qu'un fauteuil capitonné à la cruelle armure de son corset. Elle était vêtue d'une robe d'intérieur bleue lourdement soutachée, et son col montant était raidi par des baleines. Elle avait une jolie chevelure blanche, aux ondulations serrées, d'un arrangement compliqué. L'autre convive n'était pas encore arrivé ; en l'attendant, nous parlâmes de choses et d'autres.

— Elliott me dit que vous êtes venu ici par le Sud, dit Mrs. Bradley. Vous êtes-vous arrêté à Rome ?

— Oui, j'y ai passé une semaine.

— Et comment va cette chère reine Marguerite ?

Quelque peu surpris de sa question, je lui dis n'en rien savoir.

— Oh ! vous n'êtes pas allé la voir ? Une si charmante femme. Elle a été si aimable pour nous lors de notre séjour à Rome. Mr. Bradley y était premier secrétaire. Pourquoi n'êtes-vous pas allé la voir ? Seriez-vous comme Elliott trop « Soutane Noire » pour pouvoir vous rendre au Quirinal ?

— Pas du tout, dis-je en souriant. A la vérité, je ne la connais pas.

— Vraiment ? fit Mrs. Bradley, comme si elle pouvait à peine en croire ses oreilles. Comment cela ?

— A vous parler franc, les écrivains, en général, n'ont pas l'habitude de trinquer avec les rois et les reines.

— Mais elle est si charmante, protesta Mrs. Bradley comme si j'étais vraiment inexcusable de ne pas connaître cette auguste personne. Je suis sûre que vous l'aimeriez beaucoup.

A ce moment, la porte s'ouvrit, et le maître d'hôtel introduisit Gregory Brabazon.

En dépit de son nom, Gregory Brabazon n'avait rien de

romanesque. C'était un homme petit, très gros, chauve comme un œuf, à l'exception d'une couronne de cheveux noirs bouclés autour des oreilles et sur la nuque ; sa figure congestionnée et imberbe donnait l'impression d'être sur le point de fondre en une abondante transpiration : il avait des yeux gris et vifs, des lèvres sensuelles et des bajoues. Il était Anglais, et je l'avais rencontré quelquefois à Londres dans des soirées de vadrouille. Très jovial, très cordial, il riait beaucoup ; mais point n'était besoin d'être fin psychologue pour deviner sous cette bruyante bonhomie un homme d'affaires très retors. Durant quelques années, il avait été le décorateur le plus en vogue de Londres. Il avait une grosse voix claironnante, de petites mains grasses merveilleusement éloquentes... Avec des gestes expressifs, avec quelques paroles agitées, il était capable de si bien exciter l'imagination d'un client hésitant que celui-ci ne pouvait guère lui refuser une commande qu'il acceptait alors d'un air condescendant.

Le maître d'hôtel revint portant un plateau de cocktails.

— Nous n'attendrons pas Isabel, dit Mrs. Bradley en se servant.

— Où est-elle ? demanda Elliott.

— Elle est allée jouer au golf avec Larry. Elle a prévenu qu'elle serait peut-être en retard.

Elliott se tourna vers moi.

— Larry, c'est Laurence Darell. Isabel et lui sont, paraît-il, fiancés.

— Elliott, je ne savais pas que vous buviez des cocktails, dis-je.

— Je n'en bois pas, répondit-il d'un air renfrogné tout en sirotant le sien ; mais dans ce pays barbare de la prohibition, que peut-on faire ? Il soupira. On commence à en servir dans quelques maisons à Paris : les mauvaises fréquentations gâtent les bonnes manières.

— Quelle sottise, Elliott ! fit Mrs. Bradley.

Son ton était assez bon enfant, mais ferme, et j'en conclus qu'elle était une femme de tête ; l'air amusé et pénétrant dont elle regarda Elliott me fit soupçonner qu'elle ne se faisait pas d'illusions sur son compte. Je me demandais ce qu'elle allait faire de Gregory Brabazon. J'avais perçu le coup d'œil professionnel dont il avait, en entrant, embrassé le salon, et l'involontaire mouvement de surprise de ses sourcils broussailleux. La pièce était, en effet, étonnante. Le papier des murs, la cretonne des rideaux et des meubles capitonnés étaient du même dessin ; aux murs étaient accrochées des peintures à l'huile lourdement encadrées d'or ; les Bradley les avaient évidemment achetées lors de leur séjour à Rome : Vierges de l'école de Raphaël, Vierges de l'école de Guido Reni, paysages de l'école de Zuccarelli, ruines de l'école de Pannini. Il y avait des trophées rapportés de Pékin, des tables en ébène trop richement sculptées, d'immenses vases cloisonnés ; il y avait encore des bibelots achetés au Chili ou au Pérou : nus obèses en pierre dure et poteries diverses. Il y avait aussi un bureau Chippendale et une vitrine en marqueterie. Sur les abat-jour en soie blanche, un artiste mal inspiré avait peint des bergers et des bergères en costumes de Watteau. C'était hideux et pourtant, je ne sais pourquoi, sympathique. De l'ensemble se dégageait une atmosphère d'intimité, et l'on avait l'impression que cet incroyable fouillis avait un sens. Ces objets disparates formaient un tout parce qu'ils faisaient partie de la vie même de Mrs. Bradley.

Nous venions de finir nos cocktails quand la porte s'ouvrit brusquement ; une jeune fille entra, suivie d'un jeune homme.

— Sommes-nous en retard ? demanda-t-elle. J'ai ramené Larry. Y a-t-il quelque chose à manger pour lui ?

— Je l'espère, sourit Mrs. Bradley. Sonne et dis à Eugène d'ajouter un couvert.

— Il nous a ouvert la porte. Je l'ai déjà prévenu.

— Je vous présente ma fille Isabel, dit Mrs. Bradley en se tournant vers moi, et Laurence Darrell.

Isabel me serra rapidement la main, puis s'adressant avec animation à Gregory Brabazon :

— Vous êtes Mr. Brabazon ? Je mourais d'envie de vous connaître. J'adore ce que vous avez fait pour Clémentine Dormer. N'est-ce pas que cette pièce est affreuse ? Depuis des années, j'essaie de décider maman à changer tout cela ; à présent que vous êtes à Chicago, il faut en profiter ! Dites-moi franchement ce que vous en pensez.

Je savais que Brabazon n'en ferait rien. Il lança un bref regard à Mrs. Bradley, mais le visage impassible de cette dernière ne laissa rien percer. Isabel, jugea-t-il sans doute, était la seule qui comptait dans la famille ; il éclata d'un rire bruyant :

— Je suis sûr que c'est très confortable et tout ce que vous voudrez ; mais si vous me demandez mon avis sincère, eh bien ! je trouve l'ensemble franchement affreux.

Isabel était une grande jeune fille au visage ovale ; elle avait le nez droit, de beaux yeux et une bouche aux lèvres charnues, trait caractéristique de la famille, semblait-il. Elle était appétissante bien qu'assez rondelette, ce que j'attribuai à son âge ; avec le temps, pensai-je, elle s'affinerait. Elle avait de bonnes mains fortes, quelque peu grasses aussi comme les jambes, d'ailleurs, apparaissant sous sa courte jupe. Elle avait une belle carnation et un éclat que venaient d'aviver sans doute l'exercice au grand air et le retour en auto découverte. Elle était vive et pétillante. Sa santé radieuse, sa gaieté enjouée, sa joie de vivre, le bonheur qu'elle respirait faisaient plaisir à voir. Elle était si naturelle qu'à côté d'elle Elliott, malgré toute son élégance, semblait quelque peu ridicule, et sa fraîcheur donnait à Mrs. Bradley, avec son visage blafard et ridé, l'air fatigué et vieilli.

Nous descendîmes déjeuner. En entrant dans la salle à manger, Gregory Brabazon ouvrit de grands yeux. Les murs étaient tapissés d'un papier rouge foncé imitant l'étoffe ; on y avait accroché de mauvais portraits d'hommes et de femmes aux visages grimaçants et rébarbatifs : les ancêtres directs du défunt Mr. Bradley. Il était là aussi, avec ses grosses moustaches, tout raidi dans sa redingote et son col empesé. Mrs. Bradley, peinte par un artiste français de la fin du XIXe, trônait au-dessus de la cheminée en grande robe du soir de satin bleu pâle, un collier de perles au cou et une étoile de diamants dans les cheveux. D'une main couverte de joyaux, elle serrait une écharpe de dentelles si minutieusement détaillée qu'on pouvait en compter chaque point et, de l'autre, elle tenait négligemment un éventail en plumes d'autruche. Le mobilier de chêne noir était écrasant.

— Qu'en pensez-vous ? demanda Isabel à Gregory Brabazon comme nous prenions place.

— Je suis certain que tout cela a coûté très cher, répondit-il.

— En effet, dit Mrs. Bradley. Nous l'avons reçu en cadeau de noces du père de Mr. Bradley. Ces meubles nous ont suivis tout autour du monde : Lisbonne, Pékin, Quito, Rome. Cette chère reine Marguerite les admirait beaucoup.

— Qu'en feriez-vous si c'était à vous ? demanda Isabel à Brabazon ; mais avant qu'il eût pu prononcer un mot, Elliott répondit pour lui :

— Je les brûlerais, dit-il.

Tous trois se mirent à discuter la décoration de la pièce. Elliott était uniquement pour le Louis XV, tandis qu'Isabel voulait une table de réfectoire et des sièges italiens. Brabazon était d'avis que le Chippendale s'harmoniserait mieux avec la personnalité de Mrs. Bradley.

— Il faut toujours, dit-il, attacher grande importance à la personnalité. Il se tourna vers Elliott : vous connaissez sans doute la duchesse d'Olifant ?

— Mary ? C'est une de mes amies les plus intimes.

— Elle voulait que je m'occupe de sa salle à manger et, dès que je l'ai vue, elle, j'ai dit : George II.

— Comme vous avez eu raison ! J'ai remarqué la pièce la dernière fois que j'ai dîné chez elle. C'est d'un goût parfait.

La conversation se poursuivait ainsi. Mrs. Bradley écoutait, mais on ne pouvait deviner ce qu'elle pensait. Je parlais peu, et le jeune ami d'Isabel, Larry — j'avais oublié son nom de famille — ne disait rien du tout. Il était assis de l'autre côté de la table, entre Brabazon et Elliott et, de temps à autre, je l'observais à la dérobée. Il paraissait très jeune. Il était à peu près de la même taille qu'Elliott, au-dessus de la moyenne ; il était mince et souple, agréable à regarder, ni beau ni laid, l'air plutôt timide et, dans l'ensemble, quelconque. Je constatai que, n'ayant pas, à ma souvenance, prononcé une demi-douzaine de paroles depuis son arrivée dans la maison, il semblait cependant parfaitement à son aise, et paraissait, de façon très curieuse, prendre part à la conversation sans ouvrir la bouche. Je remarquai ses mains. Sans être grandes pour sa taille, elles étaient effilées, à la fois très solides et d'une forme ravissante. Un artiste, pensai-je, aimerait à les peindre. Sa charpente était fine, mais sans apparence de fragilité. Il avait au contraire l'air nerveux et résistant. Son visage, grave au repos, était peu coloré, à part un léger hâle ; ses traits, quoique réguliers, n'avaient rien de particulier. Il avait les pommettes plutôt saillantes et les tempes creuses. Ses cheveux d'un brun sombre étaient légèrement ondulés. Ses yeux, profondément enfoncés dans l'orbite, donnaient l'impression d'être plus grands qu'ils n'étaient en réalité, et ses cils étaient longs et épais. Ses yeux étaient bizarres ; sans être de la même brillante couleur noisette qu'Isabel partageait avec sa mère et son oncle, ils étaient si foncés que l'iris se confondait avec la pupille, ce qui leur donnait une intensité toute spéciale. Sa grâce naturelle était attirante, et je pouvais comprendre qu'Isabel fût séduite. De temps à autre son regard se posait un instant sur lui, et il me sembla y lire non seulement de l'amour, mais de l'affection.

Leurs yeux se rencontrèrent, et dans ceux de Larry il y avait une tendresse émouvante. Il n'est rien de plus touchant que le spectacle d'un amour jeune ; étant alors moi-même d'âge moyen, je les enviais, mais en même temps, je ne puis comprendre pourquoi, je me sentais tout triste pour eux. C'était stupide, car, à ma connaissance, il n'y avait aucun obstacle à leur bonheur : tout semblait les favoriser et rien ne paraissait s'opposer à leur mariage ni à leur félicité future.

Isabel, Elliott et Gregory Brabazon continuaient à s'entretenir de la nouvelle décoration de la maison, essayant d'arracher au moins à Mrs. Bradley l'aveu qu'un certain changement s'imposait ; mais elle se bornait à sourire aimablement.

— Il ne faut pas me brusquer. Je veux avoir le temps d'y réfléchir.

Elle se tourna vers le jeune homme :

— Qu'en pensez-vous, Larry ?

Il jeta un coup d'œil autour de la table, un sourire dans le regard.

— Je ne crois pas que cela ait une grande importance dans un sens ou dans l'autre, dit-il.

— Larry, espèce d'idiot ! s'exclama Isabel. Je t'avais pourtant bien recommandé de nous soutenir.

— Si tante Louisa est heureuse avec ce qu'elle a, pourquoi changer ?

Sa question était si juste et si raisonnable qu'elle me fit rire. Il me regarda alors, et sourit.

— Et ne ricane pas ainsi parce que tu as fait une remarque stupide ! dit Isabel.

Mais il n'en rit que davantage ; je remarquai que ses dents étaient petites, blanches et régulières. Dans le regard qu'il lança à Isabel, il y avait une expression qui la fit rougir et lui coupa le souffle. Ou je me trompais fort, ou elle était follement amoureuse de lui ; mais, je ne sais pourquoi, il me sembla qu'à son amour se mêlait quelque chose de maternel. C'était assez inattendu de la part d'une si jeune fille. Un doux sourire sur les lèvres, elle fixa une fois de plus son attention sur Gregory Brabazon.

— N'écoutez pas ce qu'il dit. Il est tout à fait idiot et complètement dépourvu de culture. En dehors de l'aviation, il ne connaît rien de rien.

— L'aviation ? dis-je.

— Il était aviateur pendant la guerre.

— J'aurais cru qu'il était trop jeune pour avoir fait la guerre.

— En effet, beaucoup trop jeune. Il s'est très mal conduit ; il s'est sauvé de l'école et est parti pour le Canada. En mentant comme un arracheur de dents, il leur a fait croire qu'il avait dix-huit ans, et s'est fait admettre dans l'aviation. Il se battait en France au moment de l'armistice.

— Tu ennuies les invités de ta mère, Isabel, dit Larry.

— Nous nous connaissons depuis toujours, et quand il est revenu, il avait l'air charmant dans son uniforme avec tous ces jolis rubans sur sa vareuse ; aussi me suis-je installée pour ainsi dire sur le seuil de sa porte jusqu'à ce qu'il consente, simplement pour avoir un peu de paix et de tranquillité, à m'épouser. La concurrence était terrible...

— Isabel, vraiment ! protesta sa mère.

Larry se pencha de mon côté.

— J'espère que vous ne croyez pas un mot de ce qu'elle dit. Isabel, en réalité, n'est pas une mauvaise fille, mais c'est une menteuse.

Le déjeuner était terminé et peu après nous partîmes, Elliott et moi. Comme je lui manifestais mon intention d'aller au musée voir les tableaux, il exprima le désir de m'y conduire lui-même. Je n'aime pas particulièrement visiter une exposition avec quelqu'un, mais il m'était difficile de lui répondre que je préférais y aller seul ; aussi acceptai-je sa proposition. Chemin faisant, nous parlâmes d'Isabel et de Larry.

— C'est vraiment charmant, deux êtres jeunes si épris l'un de l'autre, dis-je.

— Ils sont beaucoup trop jeunes pour se marier.

— Pourquoi ? C'est si beau d'être jeune, d'être amoureux et de se marier.

— Ne soyez pas ridicule. Elle a dix-neuf ans, et lui en a tout juste vingt. Il n'a pas de situation. Il a une rente très modeste, trois mille dollars par an, m'a dit ma sœur, et Louisa n'est pas riche du tout. Elle a besoin de tout ce qu'elle possède.

— Mais il peut trouver une situation.

— Toute la question est là. Il ne fait rien pour cela ; il me semble très content de vivre dans l'oisiveté.

— Il a dû en voir de dures, je crois, pendant la guerre. Il aspire sans doute au repos.

— Il s'est reposé toute une année. C'est certainement assez.

— Il m'a paru gentil garçon.

— Oh ! je n'ai rien contre lui. Il est de très bonne famille et tout le reste. Son père vient de Baltimore ; il était professeur adjoint de langues romanes à Yale, ou quelque chose du même genre. Sa mère était une Philadelphienne de vieille souche Quaker.

— Vous parlez d'eux au passé ; sont-ils morts ?

— Oui, sa mère est morte en couches, et son père, il y a une douzaine d'années environ. Il a été élevé par un vieux camarade d'Université de son père, médecin à Marvin. C'est ainsi que Louisa et Isabel l'ont connu.

— Où est-ce Marvin ?

— C'est où les Bradley ont leur propriété. Louisa y passe ses étés. Elle a eu pitié de l'enfant. Le docteur Nelson, un célibataire, n'entendait rien à l'éducation d'un garçon. Louisa a insisté pour qu'il fût envoyé à l'école de Saint-Paul, et elle l'a toujours eu chez elle pour les vacances de Noël. Elliott haussa négligemment les épaules : elle aurait dû prévoir, je crois, ce qui devait fatalement arriver.

Nous entrâmes au musée, et notre attention se concentra sur les tableaux. Une fois de plus, la culture et le goût d'Elliott m'impressionnèrent. Il me promena à travers les salles comme s'il eût guidé un groupe de touristes, et aucun professeur d'art n'aurait pu discourir de façon plus instructive. Décidé à revenir, seul, passer des heures agréables à vagabonder au gré de ma fantaisie, je me laissai faire. Au bout d'un moment il regarda sa montre.

— Allons-nous-en, dit-il. Je ne passe jamais plus d'une heure dans un musée. On ne peut conserver plus longtemps la capacité de jouissance. Nous terminerons une autre fois.

En le quittant, je le remerciai chaleureusement. Je partis de mon côté, peut-être plus instruit, mais certainement de mauvaise humeur.

Quand j'avais pris congé de Mrs. Bradley, elle m'avait dit que, le lendemain, Isabel aurait à dîner quelques-uns de ses amis, et qu'ensuite les jeunes gens iraient danser ; si je voulais venir, nous pourrions, Elliott et moi, bavarder tranquillement après leur départ.

— Vous lui feriez grand plaisir, avait-elle ajouté. Il a vécu si longtemps en Europe, et il se sent tout perdu ici. Il ne paraît trouver personne avec qui sympathiser.

J'avais accepté et, avant de nous séparer sur les marches du musée, Elliott me dit combien il en était heureux.

— Je suis comme une âme en peine dans cette grande ville, dit-il. J'ai promis à Louisa de passer six semaines avec elle ; nous ne nous étions pas vus depuis 1912, mais je compte les jours qui me séparent de mon retour à Paris. C'est l'unique endroit au monde où puisse vivre un homme raffiné. Savez-vous, mon cher ami, comment me considèrent les gens d'ici ? Comme un loufoque. Sauvages !

Je me mis à rire, et le quittai.

VI

Le soir suivant, ayant décliné l'offre qu'Elliott m'avait faite par téléphone de venir me prendre, j'arrivai sans encombre chez Mrs. Bradley. J'avais été retenu par un visiteur, et j'étais légèrement en retard. En montant l'escalier, je perçus un tel bruit venant du salon que je pensai trouver beaucoup de monde ; à ma grande surprise, nous n'étions que douze. Mrs. Bradley était superbe en satin vert ; elle avait au cou un collier de chien en perles fines, et Elliott, dans son smoking de bonne coupe, était aussi élégant que lui seul savait l'être. Quand il me serra la main, tous les parfums d'Arabie m'assaillirent. Je fus présenté à un homme robuste et grand, au visage rubicond et qui semblait quelque peu mal à l'aise dans ses vêtements de soirée. C'était un certain docteur Nelson ; mais, sur le moment, ce nom ne me dit rien. Les autres convives étaient des amis d'Isabel ; dès après la présentation, j'oubliai leurs noms. Les jeunes filles étaient jolies, et les jeunes gens avaient belle prestance. Seul l'un d'eux retint particulièrement mon attention, à cause de sa taille haute et massive. Il devait mesurer près de deux mètres, et avait des épaules magnifiques. Isabel, très jolie, était vêtue d'une robe de soie blanche dont la jupe entravée dissimulait ses jambes épaisses ; mais le décolleté de son corsage laissait deviner une gorge bien formée. Si les bras nus étaient un peu gras, le cou était ravissant. Elle était animée et ses beaux yeux pétillaient. Décidément, c'était une belle fille très désirable, mais il était évident que si elle n'y veillait, un embonpoint peu seyant la menaçait avec l'âge.

A table, je me trouvai placé entre Mrs. Bradley et une timide et terne jeune fille d'apparence plus juvénile encore que les autres. En s'asseyant, Mrs. Bradley, pour rompre la glace, m'expliqua que les grands-parents de ma voisine habitaient Marvin ; Isabel et elle avaient été camarades de classe. Son prénom, le seul que j'entendis citer, était Sophie. Toutes sortes de plaisanteries s'échangeaient par-dessus la table ; chacun parlait haut et l'on riait beaucoup. Tous les convives semblaient très bien se connaître. Quand je n'étais pas accaparé par notre hôtesse, je tentais d'entamer la conversation avec ma voisine, mais sans grand succès. Elle était plus calme que les autres. Sans être jolie, elle avait un visage amusant, un petit nez retroussé, une bouche large et des yeux d'un bleu verdâtre ; sa chevelure simplement coiffée était d'un châtain cendré. Très mince, elle avait la gorge presque aussi plate que celle d'un garçon. Elle riait aux propos badins qui s'échangeaient, mais son rire avait quelque chose d'un peu emprunté et donnait l'impression qu'elle ne s'amusait pas autant qu'elle en avait l'air. Je devinais qu'elle s'efforçait d'être belle joueuse. Etait-elle un peu niaise ou simplement timide ? Je ne pouvais le discerner. Ayant essayé vainement divers sujets de conversation et ne sachant plus que lui dire, je lui demandai de me renseigner sur les convives.

— Eh bien ! vous connaissez le docteur Nelson, dit-elle en me désignant l'homme entre deux âges assis à la gauche de Mrs. Bradley. C'est le tuteur de Larry. Il est notre médecin à Marvin. Très adroit, il invente des petits « trucs » pour avions dont personne ne veut, et, entre-temps, il boit.

Tandis qu'elle me parlait, il y avait dans ses yeux pâles une lueur qui me laissa deviner en elle plus de choses qu'au premier abord je n'avais cru y voir. Elle continua à me nommer, l'un après l'autre, tous les jeunes gens, à me renseigner sur leurs parents et, quand il s'agissait des garçons, sur l'université dont ils avaient suivi les cours, et sur leurs occupations. Ce n'était guère instructif :

— « Elle est très gentille », ou « il joue très bien au golf ».

— Et qui est ce grand gaillard aux sourcils épais ?

— Celui-là ? Oh ! c'est Gray Maturin. Son père possède une maison immense au bord du fleuve, à Marvin. C'est notre millionnaire. Nous sommes très fiers de lui. Il nous donne du *standing*. Maturin, Hobbes, Rayner et Smith ; c'est un des hommes les plus riches de Chicago, et Gray est son fils unique.

Elle mettait dans cette énumération de noms tant d'amusante ironie que je lui lançai un regard interrogateur. Elle le perçut et rougit.

— Parlez-moi encore de Mr. Maturin.

— Il n'y a rien de plus à en dire. Il est riche. Il est très respecté. Il nous a construit une nouvelle église à Marvin, et il a donné un million de dollars à l'Université de Chicago.

— Son fils est un beau garçon.

— Il est bien. On ne croirait jamais que son grand-père était un chemineau irlandais, et sa grand-mère, une Suédoise, serveuse de gargote.

Gray Maturin avait un type intéressant plutôt que beau : un air rude, assez épais, un nez court et camus, une bouche sensuelle et le teint fleuri des Irlandais ; une abondante chevelure lustrée d'un noir de jais et, sous des sourcils fournis, des yeux clairs et très bleus. Quoique de stature massive, il était admirablement proportionné et devait avoir un beau corps d'homme. Il était apparemment très fort. Sa virilité était impressionnante. Assis à ses côtés, Larry, bien qu'un peu plus petit seulement, paraissait chétif.

— Il a beaucoup de succès, dit ma timide voisine. Je connais plusieurs jeunes filles qui, pour l'avoir, iraient jusqu'au crime. Mais elles n'ont aucune chance.

— Pourquoi ?

— Vous ne savez donc pas ?

— Comment saurais-je ?

— Il est tellement épris d'Isabel, que personne d'autre ne l'intéresse ; et Isabel, elle, est amoureuse de Larry.

— Qu'est-ce qui l'empêche de se mettre sur les rangs et d'évincer Larry ?

— Larry est son meilleur ami.

— Cela complique le problème, je suppose.

— Oui, quand on a des principes aussi nobles que Gray. Je ne sus discerner si elle parlait très sérieusement ou si, dans sa voix, il y avait une pointe d'ironie. Ses manières n'avaient rien d'insolent, de prétentieux, de provocant, et pourtant, j'eus l'impression qu'elle ne manquait ni d'humour ni de malice. J'aurais bien voulu connaître le fond de sa pensée tandis qu'elle bavardait avec moi ; mais je ne le découvrirais jamais, j'en étais certain. Elle paraissait manquer d'assurance, et j'imaginai qu'enfant unique, elle vivait une existence effacée parmi des gens bien plus âgés. Il y avait en elle une modestie, une discrétion attirantes ; mais si, comme je le pensais, elle avait mené une vie très solitaire, elle avait dû aussi observer à loisir les personnes vieillissantes de son entourage et s'être fait sur elles des opinions bien arrêtées. Nous autres, d'âge mûr, soupçonnons rarement avec quelle sévérité et quelle perspicacité nous juge la jeunesse. Je fixai de nouveau ses yeux bleu-vert.

— Quel âge avez-vous ?

— Dix-sept ans.

— Lisez-vous beaucoup ? demandai-je à tout hasard.

Mais avant que j'eusse pu obtenir une réponse, Mrs. Bradley, attentive à ses devoirs de maîtresse de maison, m'entreprit de nouveau et, presque aussitôt, le dîner prit fin. Les jeunes gens partirent tout de suite, et nous qui restions montâmes au salon.

J'étais étonné d'avoir été invité à cette réunion : car, après une brève conversation décousue, on commença à s'entretenir d'un sujet qui, j'en avais le sentiment, était plutôt de nature privée. Etait-il plus discret de me lever et de partir, ou pouvais-je être utile en tant que seul témoin désintéressé ? Je ne parvenais pas à me décider. La discussion portait sur la répugnance bizarre de arry à travailler ; le problème se précisait avec l'offre de . Maturin, le père du jeune homme qui avait assisté au dîner, e prendre dans ses bureaux : l'occasion était magnifique. de la compétence et du zèle, Larry pouvait espérer gagner ment beaucoup d'argent. Le jeune Gray Maturin était t de le voir accepter.

uis me rappeler tout ce qui fut dit, mais l'essentiel est sent à ma mémoire. Quand Larry était revenu de tuteur, le docteur Nelson, lui avait conseillé d'entrer ; mais il avait refusé. Il était tout naturel que, pour os, il ne voulût rien faire ; il avait vécu des temps avait été deux fois légèrement blessé. Le docteur encore sous le coup de la commotion, et la os jusqu'à complet rétablissement lui semblait semaines étaient devenues des mois et il y 'un an qu'il avait quitté l'uniforme. Il avait dans l'aviation et, à son retour, il s'était rtaine réputation qui lui valut des offres le plusieurs hommes d'affaires. Il les remercia tous, mais déclina leurs propositions ; il n'invoqua aucune raison sauf l'incertitude de ses projets. Il se fiança avec Isabel. Mrs. Bradley n'en fut pas surprise car, depuis des années, ils étaient inséparables, et Isabel, elle le savait, était éprise de lui. Elle-même l'aimait beaucoup et pensait qu'il rendrait sa fille heureuse.

— Son caractère à elle est plus fort que le sien. Elle peut lui apporter exactement ce qui lui manque.

Mrs. Bradley était tout à fait d'accord pour que, malgré leur jeune âge, ils se mariassent tout de suite, mais seulement si Larry se mettait à travailler. Il avait un peu d'argent ; mais en eût-il eu dix fois autant, elle aurait insisté sur ce point.

Mrs. Bradley et Elliott, si je comprenais bien, essayaient d'apprendre du docteur Nelson les intentions de Larry. Ils souhaitaient qu'usant de son influence, il le décidât à accepter la situation offerte par Mr. Maturin.

— Je n'ai jamais eu beaucoup d'autorité sur Larry, vous savez, disait-il. Même enfant, il ne suivait que ses propres idées.

— Je sais. Vous le laissiez vivre en sauvage. C'est un miracle qu'il n'ait pas plus mal tourné.

Le docteur Nelson, qui avait beaucoup bu, lui jeta un regard amer. Son visage rubicond se congestionna davantage.

— J'étais très occupé. J'avais à veiller à mes propres affaires. Je l'avais pris chez moi parce qu'il ne savait où aller, et que son père était un de mes amis. Il n'était pas facile à diriger.

— Comment pouvez-vous dire cela ? répondit Mrs. Bradley d'un ton acerbe ; le fonds était très bon.

— Que peut-on tirer d'un garçon qui ne discute jamais, ma ne fait que ce qu'il veut et, quand on finit par se mettre en colè vous dit seulement qu'il est désolé, et vous laisse tempêter ? S avait été mon fils, j'aurais pu le battre. Je ne pouvais maltraiter un enfant n'ayant aucune famille au monde, et de le père, sachant que je serais bon pour lui, m'avait conf garde.

— Là n'est pas la question, dit Elliott, quelque peu irri point est le suivant ; il a assez longtemps baguenaudé ; il chance magnifique d'obtenir une situation qui lui perme gagner beaucoup d'argent, et s'il veut épouser Isabel, accepter.

— Il faut qu'il comprenne, intervint Mrs. Bradley, c le monde d'aujourd'hui, un homme doit travailler. Il e nant parfaitement solide et en bonne santé. Nous savons tous qu'en revenant de notre guerre civile, quantité d'hommes, dans le pays, sont restés sans rien faire ; ils sont devenus une charge pour leur famille et un poids mort pour la société.

J'intervins alors :

— Mais quelles raisons donne-t-il pour refuser les offres qui lui sont faites ?

— Aucune, si ce n'est qu'elles ne le séduisent pas.

— Mais ne veut-il donc rien faire ?

— Apparemment rien.

Le docteur Nelson se versa lui-même un autre verre de fine, avala une grande gorgée, puis regarda ses deux amis.

— Dois-je vous dire mon impression ? Je ne suis peut-être pas très bon juge de la nature humaine ; mais en tout cas, après une trentaine d'années de pratique, je crois en connaître quelque peu tout de même. La guerre a laissé des traces sur Larry : en revenant, il n'était plus le même qu'en partant. Ce n'est pas seulement qu'il soit plus âgé ; il lui est arrivé quelque chose qui a changé sa personnalité.

— Quoi donc ? demandai-je.

— Je voudrais bien le savoir moi-même. Il est très réticent au sujet de ses exploits. Le docteur Nelson se tourna vers Mrs. Bradley. Ne vous en a-t-il jamais parlé, Louisa ?

Elle secoua la tête.

— Non. Au début, quand il est revenu, nous avons essayé de lui arracher le récit de quelques-unes de ses aventures ; mais il s'est borné à rire — de ce rire qui lui est propre — et nous a dit qu'il n'y avait rien à raconter. Il n'a même rien confié à Isabel. Elle a insisté et insisté, mais n'a rien pu en tirer.

La conversation se poursuivait ainsi sans grand progrès quand enfin le docteur Nelson, regardant sa montre, se leva pour partir. Je me disposais à l'accompagner, mais Elliott me pressa de rester. Après son départ, Mrs. Bradley s'excusa de m'avoir importuné de ses affaires privées, et exprima la crainte que je ne me fusse ennuyé.

— Tout cela, voyez-vous, me préoccupe tellement, conclut-elle.

— Mr. Maugham est très discret, Louisa ; tu n'as pas besoin d'avoir peur de tout lui raconter. Je n'ai pas l'impression que Bob Nelson et Larry soient très intimes, mais il y a certaines choses auxquelles Louisa et moi estimons préférable de ne pas faire allusion devant lui.

— Elliott !

— Tu lui en as tant dit déjà, que tu peux tout aussi bien lui dire le reste. Je ne sais si vous avez remarqué Gray Maturin, pendant le dîner ?

— Il est difficile de ne pas le voir, il est si grand !

— C'est un des soupirants d'Isabel. Durant tout le temps où Larry était absent, il était très empressé auprès d'elle. Elle l'aime bien et, si la guerre avait duré beaucoup plus longtemps, elle aurait fort bien pu l'épouser : il le lui avait proposé ; elle n'avait dit ni oui ni non. Louisa supposait qu'elle ne voulait pas se décider avant le retour de Larry.

— Comment se fait-il qu'il n'ait pas été à la guerre ? demandai-je.

— Il avait fatigué son cœur en jouant au football. Rien de grave, mais l'armée n'a pas voulu de lui. Toujours est-il que lorsque Larry revint à la maison, il n'eut plus aucune chance. Isabel lui opposa un refus catégorique.

Qu'espérait-on me voir répondre ? Je ne sais ; aussi bien je me tus. Elliott poursuivit ; avec son apparence raffinée et son accent d'Oxford, il n'aurait pu avoir davantage l'air d'un haut fonctionnaire du Foreign Office.

— Larry est évidemment un garçon très bien, et ce fut rudement *sport* de sa part de courir ainsi s'engager dans l'aviation ; mais je suis assez bon juge des caractères... Il eut un petit rire entendu et rappela — la seule fois à ma connaissance — avoir fait sa fortune en s'occupant d'œuvres d'art.

— Autrement, je n'aurais pas, aujourd'hui, un bon petit magot en titres dorés sur tranches ; et, à mon avis, Larry n'arrivera jamais à grand-chose. Il n'a guère d'argent, ni aucune situation. Gray Maturin est un parti tout différent. Il porte un bon vieux nom irlandais ; sa famille a compté un évêque, et un auteur dramatique, et plusieurs militaires distingués, et des savants.

— Comment savez-vous tout cela ? demandai-je.

— Cela se sait, répondit-il négligemment. En fait, feuilletant par hasard, l'autre jour au Club, le *Dictionnaire de Biographie nationale,* je suis tombé sur le nom.

Il ne m'appartenait pas, pensai-je, de répéter ce que ma

voisine de table m'avait raconté du chemineau irlandais et de la serveuse suédoise, les grand-père et grand-mère de Gray.

Elliott continua :

— Nous connaissons tous Henry Maturin depuis des années. C'est un homme très bien et très riche. Gray entre chez le meilleur agent de change de Chicago. Il a le monde à ses pieds. Il veut épouser Isabel, et l'on ne peut nier qu'il soit, pour elle, un parti très avantageux. Pour ma part, j'applaudirais à ce mariage, et Louisa aussi, je le sais.

— Tu as été si longtemps absent d'Amérique, Elliott, dit Mrs. Bradley avec un sourire pincé. Tu as oublié qu'ici les jeunes filles ne se marient pas pour faire plaisir à leur mère et à leurs oncles.

— Il n'y a pas lieu d'en être fière, Louisa, dit Elliott sévèrement. Trente ans d'expérience m'autorisent à te dire qu'une union basée sur la situation, la fortune et la similitude de milieu est infiniment préférable à un mariage d'amour. En France, le seul pays après tout vraiment civilisé du monde, Isabel aurait épousé Gray sans y regarder à deux fois ; puis, après un an ou deux, si elle l'avait voulu, elle aurait pris Larry comme amant ; quant à Gray, il aurait installé une actrice en vue dans un luxueux appartement, et tout le monde eût été parfaitement content.

Mrs. Bradley n'était pas sotte. Elle regarda son frère d'un air amusé et malicieux.

— Il y a une objection, Elliott : comme toutes les tournées new-yorkaises de théâtre ne font ici que des séjours limités, Gray ne pourrait espérer retenir que pour un temps très incertain les hôtes de son luxueux appartement. Cela ne ferait sûrement pas l'affaire de tous les intéressés.

Elliott sourit.

— Gray pourrait acheter une charge à la Bourse de New York. Après tout, si l'on est obligé de vivre en Amérique, je ne puis comprendre que l'on vive ailleurs qu'à New York.

Je partis peu après ; mais auparavant, Elliott me demanda, je ne sais vraiment pourquoi, si je voulais déjeuner avec lui afin de rencontrer les Maturin père et fils.

— Henry est le type accompli de l'homme d'affaires américain, dit-il, et je crois que vous devriez faire sa connaissance. Il s'occupe des intérêts de Louisa depuis des années.

Cette perspective ne me tentait pas particulièrement ; mais, n'ayant aucune raison de refuser, je lui dis que j'acceptais avec plaisir.

VII

On m'avait inscrit, pour la durée de mon séjour, dans un club ayant une très bonne bibliothèque, et je m'y rendis le lendemain matin, afin de consulter une ou deux revues universitaires toujours assez difficilement accessibles aux non-abonnés. Il était encore tôt. Seul, en dehors de moi, un autre homme se trouvait là. Enfoncé dans un large fauteuil de cuir, il était absorbé dans sa lecture. A ma grande surprise, je reconnus Larry. C'était le dernier que je me serais attendu à rencontrer en pareil lieu. Comme je passais, il leva la tête, me reconnut, et fit mine de se lever.

— Ne bougez pas, dis-je ; puis, presque machinalement : Que lisez-vous là ?

— Un livre, dit-il avec un sourire, mais un sourire si engageant que sa réponse, si impertinente fût-elle, n'avait plus rien d'agressif.

Il ferma le volume et, me regardant de ses yeux si curieusement opaques, le tint de telle sorte que je ne pus voir le titre.

— Vous êtes-vous bien amusé hier soir ? demandai-je.

— Admirablement. Je ne suis rentré qu'à cinq heures.

— C'est magnifique d'être ici de si bonne heure et en si bonne forme !

— Je viens ici très souvent. A cette heure-ci, généralement, j'ai toute la bibliothèque pour moi seul.

— Je ne veux pas vous déranger.

— Vous ne me dérangez pas, dit-il en souriant de nouveau, et son sourire, cette fois, me parut plein de douceur. Ce n'était pas un sourire étincelant, superficiel, mais un sourire qui éclairait son visage comme du reflet d'une lumière intérieure. Le jeune homme était assis dans une alcôve aménagée dans le rayonnage de la bibliothèque ; un fauteuil se trouvait près du sien. Il posa la main sur le bras du siège. Ne voulez-vous pas vous asseoir un instant ?

— Très volontiers.

Il me tendit le livre qu'il tenait.

— Voilà ce que je lisais.

Je pris le volume : les *Principes de Psychologie,* de William James. C'est évidemment un ouvrage classique et qui fait date en la matière ; il est, de plus, d'une lecture très facile, mais ce n'est pas le genre de livre que je me serais attendu à trouver entre les mains d'un tout jeune garçon, un aviateur, ayant dansé jusqu'à cinq heures du matin.

— Alors, voilà vos lectures ? m'étonnai-je.

— Je suis très ignorant.

— Vous êtes aussi très jeune, fis-je en souriant.

Il demeura très longtemps sans parler. Le silence commençant à me peser, j'allais me lever pour consulter les revues qui m'intéressaient, mais j'eus l'impression qu'il avait encore envie de dire quelque chose. Le visage grave et tendu, il regardait dans le vide et semblait méditer. J'attendis. J'étais curieux de savoir ce que tout cela signifiait. Quand il se mit à parler, ce fut comme si, continuant la conversation, il n'avait pas eu conscience de cette longue interruption.

— A mon retour de France, ils voulaient tous que j'aille à l'Université. Cela m'était impossible. Après tout ce que j'avais vécu, je sentais que je ne pourrais pas retourner en classe. Je n'ai d'ailleurs rien appris au lycée. J'avais la conviction aussi que je ne pourrais pas davantage m'habituer à la vie d'étudiant de première année. Mes camarades ne m'auraient pas aimé. Je ne voulais pas jouer un rôle que je ne sentais pas. Et à mon avis, les professeurs ne m'auraient pas enseigné ce que j'étais avide d'apprendre.

— Bien entendu, je sais, dis-je, que tout cela ne me regarde pas ; mais je ne suis pas absolument certain que vous ayez eu raison. Je saisis, je crois, ce que vous voulez dire, et je comprends qu'après avoir fait la guerre pendant deux ans, il soit pénible de devenir cette espèce d'écolier auréolé qu'est un étudiant de première ou de seconde année ; je ne vois cependant pas pourquoi vos camarades ne vous auraient pas aimé. Je ne connais pas grand-chose des universités américaines, mais, à mon avis, les étudiants n'y doivent guère être différents de ceux d'Angleterre ; peut-être un peu plus turbulents, un peu plus portés aux jeux violents ; dans l'ensemble cependant, très convenables et très raisonnables. Si vous n'aviez pas voulu mener leur vie, avec un peu de tact de votre part, ils vous auraient laissé, sans aucun doute, mener la vôtre. A la différence de mes frères, je ne suis jamais allé à Cambridge. J'aurais pu, mais j'ai refusé ; je voulais aller de par le monde. Je l'ai toujours regretté : cela m'aurait évité, je pense, bien des erreurs. On apprend plus vite sous la direction de professeurs expérimentés. On perd beaucoup de temps à errer dans un labyrinthe lorsque personne n'est là pour vous guider.

— Peut-être avez-vous raison, mais peu m'importe de commettre des erreurs ; et peut-être, dans le labyrinthe, trouverai-je enfin ce que je cherche.

— Que cherchez-vous donc ?

Il hésita un moment.

— Voilà précisément la question : je ne le sais pas au juste moi-même.

Je demeurai silencieux, car il ne semblait guère possible de trouver une réponse. Moi qui, depuis mon plus jeune âge, ai toujours eu devant moi un but clair et précis, je commençais à m'impatienter. Mais je me raisonnai ; j'eus comme l'intuition que dans l'âme de ce garçon se livrait une lutte confuse : était-ce d'idées imprécises ou d'émotions indistinctes ? Je ne saurais le dire. Il était sans aucun doute torturé par une inquiétude qui le poussait vers quelque chose qu'il ignorait lui-même. Il éveilla ma sympathie, je ne l'avais guère entendu parler auparavant, et c'est alors seulement que j'eus la révélation de tout le charme mélodieux de sa voix. Elle était très persuasive : c'était comme un baume qui, ajouté à son sourire engageant et à la force d'expression de ses beaux yeux sombres, me faisait très bien comprendre qu'Isabel se fût éprise de lui. Il avait vraiment quelque chose de très prenant. Il tourna la tête et me regarda sans embarras, mais avec, dans les yeux, une expression à la fois pénétrante et amusée.

— N'est-il pas vrai, qu'hier soir après notre départ vous avez parlé de moi ?

— Oui pendant un moment.

— Je pensais bien que c'était pour cela qu'on avait pressé oncle Bob de venir dîner. Il a horreur de sortir.

— On vous a offert, paraît-il, une très belle situation.

— Une situation magnifique.

— Allez-vous l'accepter ?

— Je ne pense pas.

— Pourquoi pas ?

— Je n'en ai pas envie.

Je me mêlais là d'une affaire qui ne me regardait pas ; mais il me semblait que, précisément parce que j'étais étranger et venais d'un pays étranger, Larry se sentait assez disposé à m'ouvrir son cœur.

— Eh bien ! vous savez, quand les gens ne sont bons à rien d'autre, ils deviennent écrivains, dis-je en riant sous cape.

— Je n'ai pas de talent.

— Alors que comptez-vous faire ?

Il me rendit son sourire rayonnant, fascinant :

— Flâner, dit-il.

Je fus obligé de rire.

— Je n'aurais jamais imaginé que, pour cela, Chicago fût le meilleur endroit du monde, dis-je. Quoi qu'il en soit, je vais vous laisser à votre lecture. Je veux jeter un coup d'œil sur le *Yale Quarterly.*

Je me levai. Quand je quittai la bibliothèque, Larry était encore absorbé par son William James. Je déjeunai tout seul au Club et, comme le calme régnait dans le salon de lecture, j'y retournai pour fumer un cigare et passer une heure ou deux à lire et à écrire des lettres. Je fus surpris d'y retrouver Larry toujours plongé dans son livre. Il semblait ne pas avoir bougé depuis que je l'avais quitté. Il était encore là quand, vers quatre heures, je partis. Je fus frappé de son réel pouvoir de concentration. Il n'avait remarqué ni mon entrée, ni mon départ. J'avais plusieurs choses à faire durant l'après-midi, et ne rentrai pas au Black Stone avant l'heure où je devais me changer pour me rendre au dîner auquel j'étais attendu. En chemin, je fus pris d'une curiosité soudaine : une fois de plus, je m'arrêtai au Club et j'entrai dans la bibliothèque. Il s'y trouvait alors quantité de gens lisant les journaux et Dieu sait quoi : Larry était toujours assis dans le même fauteuil, perdu dans le même livre. Bizarre !

VIII

Le lendemain, Elliott me demanda de déjeuner au Palmer House pour me permettre de faire la connaissance de Maturin et de son fils. Nous n'étions que nous quatre. Henry Maturin, grand presque autant que son fils, avait un visage coloré et charnu, « une bonne bille » en somme, le même nez agressivement camus, les yeux plus petits, d'un bleu moins intense, et extrêmement rusés ; la cinquantaine au maximum, mais l'air d'avoir dix ans de plus ; les cheveux prématurément clairsemés d'un blanc de neige. Au premier abord, rien de très engageant. Le succès, au cours d'un passé déjà long, semblait l'avoir grisé, et il me fit l'impression d'un homme dur, adroit, compétent, qui, tout au moins en affaires, devait manquer de scrupules. Au début, il parla peu, et j'eus l'idée qu'il me jaugeait. Je ne pus m'empêcher de remarquer qu'il considérait Elliott quelque peu comme un fantoche. Gray, aimable et poli, était presque entièrement silencieux, et le déjeuner eût été languissant si Elliott, avec son sens mondain raffiné, n'avait pris soin d'entretenir une conversation abondante et facile. Ses tractations d'autrefois avec les hommes d'affaires du Middle West qu'il fallait séduire jusqu'à les amener à payer un prix de fantaisie pour une toile de maître ancien lui avaient donné, je gage, beaucoup de savoir-faire à cet égard. Peu à peu, Mr. Maturin se montra plus à l'aise, fit une ou deux remarques révélant un esprit plus brillant que je n'eusse supposé, un humour indéniable et fort caustique. Il s'occupait des intérêts d'Elliott, me parut-il, comme de ceux de Mrs. Bradley. Pendant un moment, la conversation roula sur les actions et les obligations. Je ne me serais pas attendu à découvrir un Elliott très averti de ces matières, si je n'avais su, depuis longtemps, que malgré tous ses ridicules, il ne se laissait pas facilement duper.

Ce fut alors que Mr. Maturin remarqua :

— J'ai reçu ce matin une lettre de Larry Darrell, l'ami de Gray.

— Tu ne m'en avais rien dit, papa, dit Gray.

Mr. Maturin se tourna vers moi.

— Vous connaissez Larry, n'est-ce pas ? J'acquiesçai de la tête. Gray a insisté pour que je le prenne dans mes affaires. Ils sont très grands amis, et Gray pense merveilles de lui.

— Que t'écrit-il, papa ?

— Il me remercie : il comprend que, pour un jeune homme, c'est une occasion magnifique ; mais, après mûre réflexion, dit-il, il conclut qu'il me décevrait et, dans ces conditions, il préfère refuser.

— C'est tout à fait grotesque, dit Elliott.

— En effet, fit Mr. Maturin.

— Je suis vraiment désolé, papa, dit Gray. C'eût été épatant si nous avions pu travailler ensemble.

— On peut conduire un cheval à l'abreuvoir, mais on ne peut l'obliger à boire.

Tout en parlant ainsi, Mr. Maturin regardait son fils, et ses yeux rusés se nuancèrent de tendresse. Je compris que sous la rude écorce de l'homme d'affaires se dissimulait un être différent : il raffolait de son grand gaillard de fils. Il se tourna de nouveau vers moi.

— Savez-vous que ce grand garçon a fait dimanche notre parcours en deux au-dessus du *par ?* Il m'a battu à sept et six. J'aurais pu lui fracasser la tête de mon club ! Et quand je pense que c'est moi qui lui ai appris à jouer au golf !

Il était débordant de fierté, et commençait à m'être sympathique.

— J'ai eu beaucoup de chance, papa.

— Pas la moindre. Est-ce de la chance quand on sort d'un *bunker* et qu'on place sa balle à quinze centimètres du trou ? Un coup de trente-cinq mètres au moins ! Je voudrais que l'année prochaine, il prît part au Championnat d'amateurs.

— Je n'en trouverai jamais le temps.

— Suis-je ton patron, oui ou non ?

— Je ne le sais que trop. C'est un enfer quand je suis d'une minute en retard au bureau.

Mr. Maturin rit doucement.

— Il tâche de me faire passer pour un tyran, me dit-il. N'en croyez rien. Ma maison, c'est moi tout seul ; mes associés sont nuls ; et je suis très fier de mon affaire. J'ai fait débuter mon fils tout au bas de l'échelle ; je veux qu'il monte comme n'importe quel autre de mes commis afin que, quand viendra pour lui le temps de prendre ma place, il soit à la hauteur. Une affaire comme la mienne comporte beaucoup de responsabilités. Depuis trente ans, je veille aux intérêts de certains de mes clients, et ils ont confiance en moi. A dire vrai, je préférerais encore perdre mon propre argent que de les voir perdre le leur.

Gray se mit à rire.

— L'autre jour, une vieille fille est venue avec l'idée de placer mille dollars dans une affaire de chats sauvages recommandée par son pasteur ; mon père a refusé de prendre l'ordre, et comme elle insistait, il lui a fait une telle comédie qu'elle est partie en sanglotant. Ensuite, il a téléphoné au pasteur et lui en a dit, à lui aussi, de toutes les couleurs.

— On nous traite de tous les noms, nous autres banquiers ; mais il y a banquier et banquier. Je ne veux pas que les gens perdent de l'argent, je veux qu'ils en gagnent. Mais à la façon dont ils agissent presque tous, vous pourriez croire que leur seul but dans la vie est de se débarrasser de leur dernier centime.

— Eh bien ! comment le trouvez-vous ? me demanda Elliott, comme en sortant nous faisions route ensemble, les Maturin nous ayant quittés pour retourner au bureau.

— Je suis toujours content de rencontrer de nouveaux types d'hommes. L'affection réciproque du père et du fils m'a paru assez touchante ; je ne sache pas que ce soit très courant en Angleterre.

— Il est fou de ce garçon. C'est un curieux mélange. Ce qu'il dit à propos de ses clients est la pure vérité. Il gère les économies de centaines de vieilles femmes, d'officiers retraités et de prêtres. A mon avis, il en a plus d'ennuis que ça ne vaut, mais il est fier d'avoir leur confiance. Par contre, quand il est sur une grosse affaire, et qu'il doit lutter contre des intérêts puissants, il n'y a pas d'homme plus dur ni plus implacable. Il est alors sans pitié : il veut sa livre de chair et ferait n'importe quoi pour l'obtenir. Attaquez-le par son mauvais côté, non seulement il vous ruinera, mais il rira à se tenir les côtes.

En rentrant à la maison, Elliott rapporta à Mrs. Bradley que Larry avait refusé l'offre d'Henry Maturin. Isabel était allée déjeuner avec quelques amies et elle rentra tandis qu'ils en parlaient encore. Ils lui firent part de la nouvelle. A ce que me raconta Elliott, il avait été lui-même fort éloquent dans la conversation qui avait suivi. Bien que menant, depuis dix ans, une existence d'oisif, après avoir acquis sans se donner trop de mal une large aisance, il était profondément convaincu que le progrès de l'humanité repose sur le travail. Larry était un jeune homme comme les autres, sans importance sociale particulière, et il n'y avait aucune raison valable pour qu'il ne se soumît pas aux saines coutumes de son pays. Pour un homme aussi clairvoyant qu'Elliott, il était évident que l'Amérique s'engageait dans une ère de prospérité inconnue jusqu'alors. Larry avait l'occasion d'entrer de plain-pied dans le mouvement et, à la condition de ne pas se laisser prendre le doigt dans l'engrenage, il pouvait fort bien, avant d'avoir atteint la quarantaine, devenir plusieurs fois millionnaire. S'il désirait se retirer ensuite, et vivre en gentleman à Paris, par exemple, avec un appartement avenue du Bois et un château en Touraine, lui, Elliott n'y verrait plus aucune objection. Mais la réaction de Louisa Bradley fut plus brève et sans réplique :

— S'il t'aime, il devrait se décider à travailler pour toi.

Je ne sais ce qu'Isabel répondit à tout cela, mais elle était certainement assez fine pour comprendre que ses aînés avaient raison. Tous les autres jeunes gens de ses amis faisaient des études en vue d'une profession quelconque, ou avaient déjà un emploi dans des bureaux. Larry pouvait difficilement espérer continuer à vivre sur son glorieux passé d'aviateur. La guerre était terminée, tout le monde en était excédé et était impatient d'en tout oublier le plus vite possible. Isabel, à la suite de cette discussion, consentit à mettre une fois pour toutes les choses au point avec Larry. Mrs. Bradley suggéra à sa fille de lui demander de la conduire en auto à Marvin. Elle avait commandé de nouveaux rideaux pour le salon, en avait égaré les mesures, et chargea Isabel de les reprendre.

— Vous déjeunerez chez Bob Nelson, dit-elle.

— J'ai un meilleur plan, dit Elliott. Prépare un panier de pique-nique pour eux deux ; ils déjeuneront sous le porche et ensuite pourront causer.

— Voilà qui sera amusant, dit Isabel.

— Rien n'est plus agréable qu'un déjeuner pris confortablement en plein air, dit sentencieusement Elliott. La vieille duchesse d'Uzès avait coutume de me dire que, dans le climat ainsi créé, l'homme le plus récalcitrant devient accessible à vos arguments. Que vas-tu leur donner pour leur déjeuner ?

— Quelques œufs farcis et des sandwiches de poulet.

— Erreur ! On ne peut pique-niquer sans pâté de foie gras. Pour commencer, il leur faut des crevettes au curry, un aspic de blanc de poulet avec une salade de cœurs de laitue pour laquelle je préparerai l'assaisonnement moi-même ; et, après le pâté, si vous voulez, pour faire une concession à vos habitudes américaines, une tarte aux pommes.

— Ils auront des œufs farcis et des sandwiches de poulet, Elliott, trancha Mrs. Bradley.

— Bien, mais crois-moi, ce sera un fiasco, et tu ne pourras t'en prendre qu'à toi-même.

— Larry mange très peu, oncle Elliott, dit Isabel, et il ne remarque pas, je crois, ce qu'il mange.

— Tu ne vas pas, j'espère, lui en faire compliment, ma pauvre enfant, repartit son oncle.

On ne leur prépara d'ailleurs que ce que Mrs. Bradley avait décidé, et quand, plus tard, Elliott me raconta le résultat de l'excursion, il haussa les épaules :

— Je les avais prévenues que ce serait raté. J'avais supplié Louisa d'ajouter une bouteille de Montrachet que je lui avais envoyée juste avant la guerre, mais elle n'a pas voulu m'écouter. Ils ont emporté un thermos de café chaud, sans plus. Que peut-on espérer dans ces conditions ?

Louisa Bradley et Elliott, me fut-il raconté plus tard, étaient assis tout seuls au salon quand ils entendirent la voiture s'arrêter devant la porte, et Isabel entrer dans la maison. Le soir tombait, et les rideaux étaient déjà tirés. Elliott, étendu sur un canapé près du feu, lisait un roman ; Mrs. Bradley travaillait à la tapisserie d'un écran. Sans aller les voir, Isabel monta droit à sa chambre. Elliott regarda sa sœur par-dessus ses lunettes.

— Je suppose qu'elle est montée pour enlever son chapeau. Elle sera en bas dans un instant, dit-elle.

Mais Isabel ne venait pas. Plusieurs minutes passèrent.

— Elle est peut-être fatiguée. Elle a dû s'allonger.

— Ne t'attendais-tu pas à ce que Larry vienne nous dire bonsoir ?

— Ne sois pas crispant, Elliott.

— Bien, c'est ton affaire et non la mienne.

Il reprit sa lecture et Mrs. Bradley son ouvrage. Mais après une demi-heure, elle se leva soudain.

— Il vaut mieux, je crois, que je monte voir si elle est bien. Si elle se repose, je ne la dérangerai pas.

Elle quitta la pièce, mais au bout d'un instant, elle était de nouveau en bas.

— Elle est en train de pleurer. Larry va partir pour Paris. Il sera absent deux ans. Elle a promis de l'attendre.

— Pourquoi veut-il aller à Paris ?

— A quoi bon me poser des questions, Elliott ? Je ne sais rien. Elle ne veut rien me dire. Elle le comprend, dit-elle, et ne va pas se mettre en travers de son chemin. Je lui ai dit : « S'il est prêt à te quitter pour deux ans, il ne doit pas t'aimer beaucoup. » « Je n'y peux rien, m'a-t-elle répondu, ce qui importe, c'est que, *moi*, je l'aime *lui* beaucoup. » « Même après ce qui s'est passé aujourd'hui ? » ai-je fait. « Aujourd'hui m'a fait l'aimer plus que jamais ; et lui aussi il m'aime, maman. J'en suis sûre. »

Elliott réfléchit un instant.

— Et au bout des deux ans, que se passera-t-il ?

— Elliott, je te répète que je n'en sais rien.

— C'est très déplaisant, ne trouves-tu pas ?

— Très.

— Tout ce que l'on peut dire, c'est qu'ils sont très jeunes. Cela ne leur fera pas de mal d'attendre deux ans et, entre-temps, il peut se passer tant de choses.

Ils tombèrent d'accord pour laisser Isabel tranquille. Ils devaient sortir, ce soir-là, pour dîner.

— Je ne veux pas l'ennuyer, dit Mrs. Bradley. Et les gens ne pourraient que s'étonner de ses yeux gonflés.

Le lendemain, cependant, après le déjeuner qu'ils avaient pris seuls, Mrs. Bradley revint sur le sujet, mais ne put guère faire parler Isabel.

— Il n'y a vraiment rien à ajouter à ce que je t'ai déjà dit, maman, dit-elle.

— Mais qu'a-t-il l'intention de faire à Paris ?

Isabel sourit, car elle savait combien sa réponse semblerait absurde à sa mère.

— Flâner.

— Flâner ? Pour l'amour du ciel, que veux-tu dire ?

— C'est ce qu'il m'a dit.

— Vraiment, tu me fais perdre patience. Si tu avais tant soit peu de bon sens, tu aurais rompu les fiançailles sur-le-champ. Il se joue tout simplement de toi.

Isabel regarda la bague qu'elle portait à la main gauche.

— Qu'y puis-je ? Je l'aime.

Elliott, alors, intervint, dans la conversation. Il aborda la question avec son tact réputé, « non pas en tant qu'oncle, mon cher ami, mais comme un homme qui a vécu parle à une jeune fille inexpérimentée », sans plus de succès d'ailleurs. J'ai l'impression qu'Isabel lui avait dit, poliment sans aucun doute, mais clairement, de se mêler de ses propres affaires. En fin de journée, Elliott me raconta tout cela dans mon petit salon du Black Stone.

— Evidemment Louisa a tout à fait raison, ajouta-t-il. Toute cette histoire est très désagréable ; mais voilà à quoi l'on s'expose en laissant les jeunes gens décider de leur mariage sur la seule base de leur mutuelle inclination. J'ai dit à Louisa de ne pas se faire de soucis ; tout s'arrangera mieux, je pense, qu'elle ne l'imagine. Larry parti, et le jeune Maturin restant sur place — eh bien ! si je connais quelque peu l'âme humaine — l'avenir est assez clair. A dix-huit ans, les émotions sont violentes, mais elles ne durent pas.

— Vous êtes plein de sagesse, Elliott, fis-je en souriant.

— Ce n'est pas pour rien que j'ai lu La Rochefoucauld. Vous connaissez Chicago : ils se rencontreront tout le temps. Un homme si assidu, c'est flatteur pour une jeune fille, et plus encore quand elle sait que chacune de ses amies ne serait que trop heureuse de l'épouser — alors, je vous le demande, est-il féminin de résister à la tentation d'évincer toutes les concurrentes ? Je m'explique : c'est comme d'aller à une réception où vous savez à l'avance ne devoir trouver aucune distraction, et, comme rafraîchissements, rien que de la limonade et des biscuits, mais où vous courez quand même, sachant que vos meilleurs amis vendraient leur âme au diable pour y être invités.

— Quand Larry doit-il partir ?

— Je ne sais. Je ne pense pas que ce soit déjà fixé.

Elliott sortit de sa poche un long étui platine et or, et prit une cigarette égyptienne. Son bec était trop fin pour des Fatima, Camel, Chesterfield ou Lucky-Strike. Il me regarda avec un sourire plein de sous-entendus.

— Je ne voudrais naturellement pas le dire à Louisa, mais à vous je n'hésite pas à le confier : j'ai un faible pour ce jeune homme. Je sais qu'il a eu une brève vision de Paris pendant la guerre, et je ne puis le blâmer d'avoir été séduit par la seule ville du monde où puisse vivre un homme civilisé. Il est jeune et désire sans doute jeter sa gourme avant de se fixer dans la vie conjugale. C'est très naturel et tout à fait indiqué. Je m'occuperai de lui. Je le présenterai aux gens qu'il faudra. Il a de bonnes manières et, avec un ou deux conseils discrets de ma part, il sera tout à fait présentable. Je lui ferai connaître, je vous en donne ma parole, un aspect de la vie française que très peu d'Américains ont l'occasion de voir. Croyez-moi, mon cher ami, il est plus facile à l'Américain moyen de gagner le royaume des cieux que de se faire recevoir au faubourg Saint-Germain. Il a vingt ans et du charme. Je pourrai, je pense, lui arranger une liaison avec une femme plus âgée. Cela le formera. A mon avis, il n'est pas de meilleure école pour un jeune homme que de devenir l'amant d'une femme d'un certain âge ; et si c'est le genre de personne que j'ai en vue, une femme du monde bien entendu, cela le posera immédiatement à Paris.

— Avez-vous fait part de vos projets à Mrs. Bradley ? demandai-je en souriant.

Elliott ricana :

— Mon cher ami, s'il est une qualité dont je puis me vanter, c'est mon tact. Je ne lui ai rien dit. Elle ne comprendrait pas, pauvre chère ! Précisément à propos de Louisa, il est une chose que je n'ai jamais pu m'expliquer : bien qu'ayant vécu la moitié de sa vie dans les milieux diplomatiques de presque toutes les capitales du monde, elle est restée désespérément Américaine.

IX

Ce soir-là, j'allai dîner à Lake Shore Drive dans une imposante maison de pierre construite comme si l'architecte, après avoir d'abord voulu lui donner le style moyenâgeux, s'était ravisé en cours d'exécution, et en avait fait un chalet suisse. On y donnait une grande réception, et je fus content, en entrant dans le vaste et somptueux salon encombré de statues, de plantes, de lustres, de toiles anciennes et de meubles trop chargés, d'y trouver quelques visages de connaissance. Henry Maturin me présenta à sa femme, une personne mince, frêle et ratatinée. Je saluai Mrs. Bradley et Isabel, celle-ci très jolie dans une robe de soie rouge seyant bien à sa chevelure foncée et à ses profonds yeux noisette. Elle semblait de bonne humeur, et nul n'aurait pu deviner l'épreuve douloureuse qu'elle venait de subir. Elle devisait gaiement avec les jeunes gens qui l'entouraient ; Gray était du nombre. Au dîner, elle fut placée à une table où je ne pouvais la voir ; mais quand, après s'être interminablement attardés au café, aux liqueurs et aux cigares, les hommes retournèrent au salon, j'eus l'occasion de lui parler. Je la connaissais trop peu pour me permettre de faire directement allusion à ce que m'avait raconté Elliott, mais je pouvais dire quelque chose qu'elle serait, du moins je le pensais, heureuse d'entendre.

— J'ai vu votre flirt, l'autre jour au Club, lui dis-je en passant.

— Ah ! vraiment ?

Elle parlait d'un ton aussi détaché que le mien, mais je la sentis immédiatement intéressée. Ses yeux devinrent attentifs, et je crus y lire une sorte d'appréhension.

— Il était en train de lire dans la bibliothèque ; son pouvoir de concentration m'a beaucoup frappé : il lisait quand je suis arrivé peu après dix heures, il lisait encore quand j'y revins après le déjeuner, et il lisait toujours quand, en allant dîner, j'y retournai une fois de plus. Il n'a pas bougé de son fauteuil, je crois, pendant près de dix heures.

— Que lisait-il ?

— Les *Principes de Psychologie,* de William James.

Elle baissa les yeux, de sorte qu'il me fut impossible de juger comment elle réagissait, mais j'eus l'impression qu'elle se sentit à la fois déconcertée et soulagée. La maîtresse de maison, vint, à ce moment, me chercher pour un bridge et, quand le jeu prit fin, Isabel et sa mère étaient parties.

X

Quelques jours plus tard, j'allai prendre congé de Mrs. Bradley et d'Elliott. Je les trouvai assis devant une tasse de thé. Isabel survint peu après. Nous parlâmes de mon départ, très proche maintenant, et je les remerciai de leurs prévenances durant mon séjour à Chicago. Après un laps de temps convenable, je me levai pour partir.

— Je vais vous accompagner jusqu'à la pharmacie, dit Isabel. J'ai oublié d'y acheter quelque chose.

Les dernières paroles de Mrs. Bradley furent : « La prochaine fois que vous verrez cette chère reine Marguerite, vous voudrez bien, n'est-ce pas ? lui dire toute mon affection. »

J'avais depuis longtemps renoncé à répéter que je n'avais aucune relation avec cette auguste personne, aussi répondis-je doucereusement que je n'y manquerais certainement pas.

Lorsque nous nous trouvâmes dans la rue, Isabel me lança de biais un regard souriant.

— Seriez-vous disposé à prendre un ice-cream soda ? me demanda-t-elle.

— Je pourrais toujours essayer, répondis-je prudemment.

Jusqu'au *drugstore,* Isabel ne souffla mot, et moi-même n'ayant rien à dire, je me tus également. Nous y entrâmes et nous assîmes à une table sur des sièges à dossier et à pieds en métal tubulaire, très inconfortables ; je commandai deux ice-cream sodas. Au comptoir, quelques clients faisaient des achats. A d'autres tables, deux ou trois couples étaient installés, mais ils avaient l'esprit occupé de leurs propres affaires ; à tous égards, nous étions seuls. J'allumai une cigarette et j'attendis, tandis qu'Isabel tirait sur la longue paille. Elle avait l'air parfaitement tranquille, et pourtant je la sentais nerveuse.

— Je voulais vous parler, dit-elle à brûle-pourpoint.

— Je m'en doutais, répondis-je en souriant.

Pendant un instant, elle me regarda pensivement.

— Pourquoi, avant-hier soir, chez les Satterthwaite, m'avez-vous fait cette réflexion à propos de Larry ?

— Je pensais que cela vous intéressait. Il m'avait semblé que peut-être vous ne saviez pas au juste ce que signifiait son idée de flânerie.

— Oncle Elliott est terriblement « concierge » ; quand il disait aller au Blackstone pour bavarder avec vous, je savais bien qu'il se proposait de tout vous raconter.

— Vous savez, je le connais depuis de longues années ; il prend un plaisir extrême à parler des affaires d'autrui.

— Je sais, fit-elle en souriant ; mais ce ne fut qu'une lueur. Elle me regarda fixement, et ses yeux étaient graves. Que pensez-vous de Larry ?

— Je ne l'ai vu que trois fois. Il donne l'impression d'être un charmant garçon.

— Est-ce tout ?

Il y avait de la détresse dans sa voix.

— Non, pas tout à fait. Mais, voyez-vous, il m'est très difficile de le juger ; je le connais si peu. Il est évidemment très séduisant. Il y a en lui je ne sais quoi de modeste, d'affectueux et d'aimable qui est très attirant. Pour un si jeune garçon, il a beaucoup de personnalité. Il n'est pas tout à fait semblable aux autres jeunes gens que j'ai rencontrés ici.

Tandis que, maladroitement, j'essayais de traduire en paroles une impression encore confuse dans mon propre esprit, Isabel m'observait attentivement. Quand enfin j'eus terminé, elle poussa un léger soupir comme de soulagement, puis me remercia d'un sourire charmant, presque malicieux :

— Oncle Elliott dit avoir souvent admiré votre don d'observation. Il prétend que rien ne vous échappe, mais que, comme écrivain, votre principale qualité est le bon sens.

— Je préférerais un mérite plus rare, répondis-je sèchement. Le talent, par exemple.

— Voyez-vous, je n'ai personne avec qui je puisse parler de mes soucis. Maman ne juge les choses que de son propre point de vue. Elle veut que mon avenir soit assuré.

— C'est tout naturel, n'est-ce pas ?

— Et oncle Elliott ne les envisage que sous l'angle mondain. Mes propres amis, j'entends ceux de ma génération, pensent que Larry est un bon-à-rien. C'est affreusement pénible.

— Bien entendu.

— Ce n'est pas qu'ils ne soient pas très gentils avec lui ; on ne peut s'empêcher d'être cordial avec Larry ; mais ils ne le prennent pas au sérieux. Ils le chinent beaucoup et sont exaspérés qu'il ait l'air de n'y prêter aucune attention. Lui se contente d'en rire. Savez-vous où en sont les choses à présent ?

— Je ne sais que ce qu'Elliott m'a raconté.

— Puis-je vous dire ce qui s'est exactement passé lorsque nous sommes allés à Marvin ?

— Certainement.

Pour reconstituer le récit d'Isabel, j'ai recours, en partie, aux souvenirs de ce qu'elle me dit alors, et en partie aussi, à ma propre imagination. L'entretien qu'elle avait eu avec Larry avait été long ; ils s'étaient sans doute dit beaucoup plus de choses que ce que je me propose de rapporter ici. Au reste, comme il arrive généralement en pareil cas, non seulement ils échangèrent des propos sans importance, mais se répétèrent tant et plus.

Quand Isabel, à son réveil, vit qu'il faisait beau, elle appela Larry au téléphone. Elle lui dit que sa mère lui demandait d'aller à Marvin pour y faire une commission, et le pria de l'y conduire en auto. Elle avait pris la précaution d'ajouter un thermos de Martini à celui de café que sa mère avait donné l'ordre à Eugène de mettre dans le panier. Larry était très fier de son cabriolet, une acquisition récente. Il conduisait à une allure rapide, et la vitesse les grisait. En arrivant, Isabel mesura les rideaux à remplacer, et Larry nota les chiffres. Puis ils s'installèrent sous le porche pour déjeuner. Ils étaient à l'abri de tout vent, et il faisait bon se chauffer au soleil de l'été de la Saint-Martin. La maison, en bordure d'une route négligée, n'avait rien de l'élégance des anciennes constructions en bois du New England, et le mieux qu'on pût dire, c'est qu'elle était vaste et confortable. Mais du perron, on avait la perspective plaisante d'une imposante grange rouge au toit noir, d'un bouquet d'arbres séculaires et, au-delà, à perte de vue, d'immenses étendues de terres brunes. En lui-même le paysage était triste, mais l'éclat du soleil et les tons chauds de l'été à son déclin lui donnaient, ce jour-là, un charme prenant. Il se dégageait une sorte de griserie de la plaine immense s'étalant sous le regard, jusqu'à l'horizon lointain. L'hiver, dans ces lieux, devait être froid, désolé, lugubre ; l'été, durant la canicule, sec, brûlant, étouffant ; mais à cette heure précise, l'infini du spectacle était étrangement émouvant et invitait l'âme à l'idylle.

Ivres de jeunesse et de santé, heureux d'être ensemble, ils savourèrent leur déjeuner. Isabel versa le café, et Larry alluma sa pipe.

— Maintenant, vas-y, chérie, dit-il, un sourire amusé dans les yeux.

Isabel fut prise au dépourvu.

— Vas-y, et de quoi ? demanda-t-elle de son air le plus innocent. Il rit doucement.

— Me prends-tu pour un parfait idiot, ma chérie ? Je veux être pendu si ta mère ne sait pas exactement les mesures des fenêtres du salon. Ce n'est pas pour cela que tu m'as demandé de te conduire ici.

Recouvrant son sang-froid, elle lui fit un sourire adorable.

— Peut-être ai-je pensé qu'il serait agréable de passer la journée seuls, à nous deux.

— Peut-être ; mais je ne le crois pas. Je suppose plutôt qu'oncle Elliott t'a raconté que j'ai refusé l'offre d'Henry Maturin.

Il parlait gaiement et légèrement, et elle jugea bon d'adopter le même ton.

— Gray doit être terriblement déçu. Il se réjouissait tant de t'avoir au bureau. Un jour ou l'autre, il faudra bien te mettre au travail, et plus tu attendras, plus ce sera dur.

Il tira une bouffée de sa pipe et la regarda en souriant tendrement, de sorte qu'elle ne pouvait savoir s'il badinait ou non.

— Vois-tu, j'ai idée que je voudrais employer ma vie mieux qu'à vendre des valeurs.

— C'est parfait. Entre donc chez un avocat ou étudie la médecine.

— Non, je n'y tiens pas davantage.

— Mais alors, que veux-tu faire ?

— Flâner, répliqua-t-il calmement.

— Oh ! Larry, ne fais pas le pitre ! C'est extrêmement sérieux.

Sa voix tremblait, et ses yeux se remplirent de larmes.

— Ne pleure pas, chérie. Je ne veux pas te rendre malheureuse.

Il alla s'asseoir auprès d'elle, et l'enlaça. Il y avait dans sa voix une tendresse qui la brisa, et elle ne put retenir plus longtemps ses larmes. Mais elle sécha ses yeux et esquissa un sourire.

— C'est facile à dire que tu ne veux pas me rendre malheureuse. Tu me rends malheureuse ; car, vois-tu, je t'aime.

— Moi aussi, je t'aime Isabel.

Elle soupira profondément. Puis, se dégageant de son bras et s'écartant de lui :

— Soyons sérieux. Un homme doit travailler, Larry. C'est une question de respect de soi-même. Notre pays est jeune, et tout homme y a le devoir de prendre sa part de l'effort commun. Henry Maturin disait, l'autre jour encore, que nous entrions dans une ère qui ferait paraître insignifiantes les conquêtes du passé, qu'il ne pouvait voir aucune limite à notre progrès, et du monde. Ne trouves-tu pas que ce soit passablement exaltant ?

— Extrêmement !

— Jamais un homme jeune n'a eu autant de possibilités. Je pensais que tu serais fier de participer à la tâche qui nous attend. C'est une aventure si merveilleuse.

Il se mit à rire légèrement.

— Tu es peut-être dans le vrai. Les Armour and Swift mettront en boîtes plus de viande, et de meilleure ; les McCormick fabriqueront plus de tracteurs, et de meilleurs ; et Henry Ford sortira plus de voitures et de meilleures. Et chacun deviendra de plus en plus riche.

— Et pourquoi pas ?

— Comme tu dis : pourquoi pas ? Mais, par hasard, il se trouve que l'argent ne m'intéresse pas.

Isabel rit doucement.

— Chéri, ne dis pas de bêtises ; on ne peut vivre sans argent.

— J'en ai peu. C'est ce qui me permet de faire ce que je veux.

— Flâner ?

— Oui, répondit-il en souriant.

— Tu me rends les choses si difficiles, Larry, soupira-t-elle.

— J'en suis désolé ; je ne le ferais pas si je pouvais m'en empêcher.

— Tu peux t'en empêcher.

Il secoua la tête ; perdu dans ses pensées, il demeura un moment silencieux. Lorsque enfin il parla, ce fut pour tenir un propos qui la fit tressaillir.

— Les morts paraissent si terriblement morts quand ils sont morts.

— Que veux-tu dire exactement ? demanda-t-elle, troublée.

— Rien d'autre. Il sourit tristement. On a tout le temps de penser quand on vole, tout seul, là-haut, dans les airs. Il vous vient des idées bizarres.

— Quel genre d'idées ?

— Vagues, dit-il en souriant. Incohérentes, confuses.

Isabel réfléchit un instant.

— Ne crois-tu pas que si tu prenais un emploi, tu verrais plus clair en toi-même, et que tu saurais mieux ainsi où tu en es ?

— J'y ai pensé. J'avais l'idée d'aller travailler chez un charpentier ou dans un garage.

— Oh ! Larry, on croira que tu es fou.

— Qui cela gênerait-il ?

— Moi, en tout cas.

Une fois de plus, le silence tomba sur eux. Ce fut elle qui le rompit. Elle soupira :

— Tu es si différent de ce que tu étais avant d'aller en France.

— Ce n'est pas étonnant. Tu sais, il m'est arrivé des tas de choses là-bas.

— Lesquelles, par exemple ?

— Oh ! tout bonnement des événements comme il en arrive souvent. Mon meilleur ami du Corps d'Aviation s'est tué en me sauvant la vie. C'est un coup dont je n'ai pu me remettre facilement.

— Raconte, Larry.

Il la regarda, une profonde détresse dans les yeux.

— Je préférerais n'en pas parler. Après tout, ce ne fut qu'un incident courant.

Isabel, de nature très sensible, sentit monter de nouveau les larmes.

— Es-tu malheureux, chéri ?

— Non, répondit-il en souriant. La seule chose qui me rende malheureux, c'est que je te rends, toi, malheureuse. Il prit sa main, et il y avait quelque chose de si amical dans le contact de cette main puissante serrant la sienne, quelque chose de si profondément affectueux, qu'elle dut se mordre les lèvres pour s'empêcher de pleurer.

— Je ne pense pas pouvoir jamais trouver la paix tant que je n'aurai pas compris le sens de la vie, fit-il gravement. Il hésita : c'est très difficile à exprimer. Quand on essaie, on se trouve embarrassé. On se dit à soi-même : que suis-je donc pour me casser la tête sur ceci, cela et le reste ? Peut-être est-ce seulement parce que je suis un fat prétentieux. Ne vaudrait-il pas mieux suivre son bonhomme de chemin, et laisser venir les choses comme elles viennent ? Puis on pense à un type qui, une heure plus tôt, était plein de vie et de gaieté, et qui gît, maintenant, mort. Tout cela est si cruel, et si incompréhensible ! Il est difficile de ne pas se demander ce qu'est la vie et s'il y a un sens à tout, ou bien si tout n'est que la tragique méprise d'un destin aveugle.

On ne pouvait se défendre d'être ému tandis que Larry, de sa merveilleuse voix mélodieuse, parlait par saccades, et pourtant avec une telle sincérité angoissée, comme s'il se forçait à exprimer ce qu'il aurait préféré tenir secret ; et pendant un moment, Isabel elle-même n'eut pas le courage de dire un mot.

— Penses-tu qu'un voyage te ferait du bien ?

Elle posa la question, le cœur battant. Il prit un long temps pour répondre.

— Oui, je crois. On tâche de ne pas tenir compte de l'opinion des gens, mais ce n'est pas facile. Quand elle vous est hostile, elle vous dispose vous-même à l'hostilité, et c'est pénible.

— Alors, pourquoi ne pars-tu pas ?

— Eh bien ! à cause de toi.

— Soyons francs, mon chéri. Pour l'instant, il n'y a pas de place pour moi dans ta vie.

— Veux-tu dire que tu renoncerais à nos fiançailles ?

Elle s'efforça de sourire de ses lèvres tremblantes.

— Non, grand fou ; cela veut dire que je suis prête à t'attendre.

— Mais cela peut durer un an, peut-être deux.

— Tant pis ! Il se peut aussi que ce soit moins long. Où veux-tu aller ?

Il la regarda intensément, comme s'il cherchait à lire dans le tréfonds de son cœur. Elle sourit légèrement pour cacher son immense détresse.

— Eh bien ! je commencerai par aller à Paris, je pense. Je n'y connais personne. Personne ne s'y occupera de moi. J'y suis allé plusieurs fois en permission. Je ne sais pourquoi, je me dis que là tout ce qui trouble mon esprit s'éclaircira. C'est un endroit curieux : on y a le sentiment de pouvoir poursuivre ses pensées jusqu'au bout. Là, j'espère être à même de trouver ma voie.

— Et qu'arrivera-t-il si tu n'y parviens pas ?

Il rit doucement :

— Alors, j'en reviendrai à mon solide bon sens d'Américain ; je renoncerai à Paris comme à une mauvaise affaire ; je rentrerai à Chicago et y prendrai n'importe quel emploi.

Isabel avait été trop affectée par cette scène pour pouvoir me la raconter sans être quelque peu émue, et lorsqu'elle eut fini, elle me jeta un regard pitoyable.

— Croyez-vous que j'aie eu raison ?

— Vous avez fait, je crois, la seule chose à faire ; mais de plus, vous avez été parfaitement gentille et compréhensive.

— Je l'aime et je veux son bonheur. Et vous savez, dans un sens, je ne suis pas fâchée qu'il parte. Je veux qu'il sorte de cette atmosphère hostile ; non seulement pour son bien, mais aussi pour le mien. Quand les gens disent qu'il n'arrivera jamais à rien, je ne puis les blâmer ; je leur en veux, et cependant, au plus profond de moi-même, j'ai toujours cette crainte affreuse qu'ils ne soient dans le vrai. Mais ne dites pas que je suis compréhensive. Je ne vois pas encore où il veut en venir.

— Peut-être le comprenez-vous avec votre cœur plutôt qu'avec votre raison, fis-je en souriant. Pourquoi ne l'épousez-vous pas tout de suite, et ne partez-vous pas pour Paris avec lui ?

Un sourire s'ébaucha dans ses yeux.

— Je le voudrais plus que tout au monde. Mais je ne peux pas. Et voyez-vous, bien qu'il me soit douloureux de l'avouer, je crois vraiment qu'il se sentira mieux sans moi. Si, comme le prétend le docteur Nelson, il souffre d'un choc tardif, de nouveaux horizons, des distractions nouvelles le guériront certainement ; et quand il aura repris son équilibre, il reviendra à Chicago et, comme tout le monde, il entrera dans les affaires. Je ne veux pas épouser un oisif.

Isabel avait été élevée dans certains principes, et elle avait adopté ceux qui lui avaient été inculqués. Elle ne pensait pas à l'argent, car elle n'avait jamais connu la moindre privation ; mais elle avait la notion instinctive de l'importance du bien-être matériel. L'argent signifiait le pouvoir, l'influence et la situation mondaine. De toute évidence, un homme avait le devoir d'en gagner ; ce devait être le but élémentaire de sa vie.

— Je ne suis pas étonné que vous ne compreniez pas Larry, dis-je ; je suis presque certain qu'il ne se comprend pas lui-même. S'il est réticent au sujet de ses aspirations, c'est peut-être parce qu'il ne les discerne pas lui-même assez clairement. Notez que je le connais à peine, et que ceci n'est qu'une conjecture : n'est-il pas possible qu'il cherche une chose ; laquelle ? je n'en sais rien. Peut-être n'est-il pas sûr lui-même qu'elle existe. Peut-être ce qui a pu lui arriver pendant la guerre lui a-t-il donné cette inquiétude qui le tenaille sans cesse. Ne croyez-vous pas qu'il soit à la poursuite d'un idéal caché dans les ténèbres de l'Inconnu — comme un astronome cherchant à découvrir une étoile dont seul un calcul mathématique lui a révélé l'existence ?

— J'ai le sentiment qu'il est torturé par quelque chose.

— Par son âme ? Peut-être a-t-il peur de lui-même. Peut-être doute-t-il de la réalité de la vision que les antennes de son esprit lui font percevoir confusément.

— Il me paraît parfois si bizarre ; il me donne l'impression d'un somnambule qui se réveille soudain dans un endroit inconnu, et qui ne sait où il se trouve. Il était si normal avant la guerre, il était si divers d'esprit et si gai. C'était merveilleux d'être avec lui. Il était si doux et si enjoué ! Qu'a-t-il pu arriver qui l'ait ainsi changé ?

— Je ne sais. Parfois un incident infime produit sur nous un effet démesuré. Cela dépend des circonstances et de l'humeur du moment. Je me souviens d'être allé à la messe, le jour des Morts, dans l'église d'un village quelque peu abîmé par les Allemands lors de leur première avance en France. Des soldats et des femmes en noir s'y pressaient. Dans le cimetière s'alignaient des rangées de petites croix de bois, et, tandis que se poursuivait l'office sacré si triste, tandis que les femmes et les hommes pleuraient, j'eus le sentiment que le sort de ces morts, reposant sous ces humbles croix, était plus enviable que celui des vivants. Je fis part de mes pensées à un ami qui me demanda ce que j'entendais par là. Je ne sus m'expliquer et je vis qu'il me croyait complètement fou. Et je me rappelle aussi avoir vu, après une bataille, un monceau de soldats français morts, entassés les uns sur les autres ; ils avaient l'air de personnages d'un théâtre de marionnettes en faillite, sans utilité désormais, et jetés pêle-mêle dans un coin poussiéreux. Je pensai alors tout comme Larry quand il vous a dit : « Les morts paraissent si affreusement morts. »

Que le lecteur ne croie pas que je fasse mystère de ce qui était arrivé à Larry durant la guerre et l'avait si profondément touché ; je le dévoilerai au moment opportun. A ma connaissance, il n'en avait jamais fait confidence à personne. Cependant, bien des années plus tard, il avait raconté à une femme, Suzanne Rouvier, que lui et moi connaissions, comment le jeune aviateur avait trouvé la mort en lui sauvant la vie. Celle-ci me l'avait répété et je puis seulement en rapporter le récit tel qu'il m'a été fait. Larry, paraît-il, s'était lié d'une grande amitié avec un camarade d'escadrille. Suzanne ne le connaissait que sous le surnom ironique que lui donna Larry : « C'était un petit gars aux cheveux roux, un Irlandais. Nous l'appelions Patsi, avait dit Larry, et il avait plus de vitalité que je n'en ai jamais connu à personne. Bon Dieu ! il avait du vif-argent dans les veines. Il avait une drôle de bobine et une expression si amusante qu'on riait, rien qu'à le regarder. C'était un étourdi en diable, et il faisait les pires folies. Toujours il trouvait le moyen de se faire vertement tancer par ses supérieurs. Rien, absolument rien ne lui faisait peur, et quand d'un cheveu il avait frôlé la mort, il éclatait de rire comme de la meilleure des blagues. Mais il était un aviateur-né, et quand il volait, il était calme et prudent. J'avais beaucoup appris de lui. Légèrement plus âgé que moi, il m'avait pris sous son aile ; c'était d'ailleurs assez comique, car je le dépassais bien d'une tête, et si nous nous étions battus, j'aurais pu l'assommer raide. C'était d'ailleurs arrivé un jour à Paris, alors qu'il était ivre et que je craignais pour lui des ennuis.

« Je m'étais senti un peu perdu lorsque j'avais rejoint l'escadrille, et j'avais peur de ne pas être à la hauteur ; il me donna confiance en moi-même. Concernant la guerre, il avait une mentalité curieuse : sans aucune haine pour les Boches, il adorait la bagarre et se battre le remplissait d'ivresse. Descendre un de leurs avions n'était pour lui qu'un mauvais tour. Effronté, sauvage, déséquilibré, il avait cependant quelque chose de si sincère que l'on ne pouvait s'empêcher de l'aimer. Il vous aurait donné son dernier centime aussi facilement qu'il aurait pris le vôtre. Et si vous vous sentiez seul ou inquiet ou si vous aviez le mal du pays — ce qui m'arrivait souvent — il le voyait aussitôt, et, sa vilaine petite figure, toute plissée par le rire, savait trouver les mots pour vous remonter. »

Larry tira une bouffée de sa pipe, et Suzanne attendit qu'il continuât.

« Nous nous débrouillions généralement pour avoir nos permissions en même temps. Quand nous allions à Paris, il était déchaîné. Nous passions des heures magnifiques. Au début de mars, nous devions avoir quelques jours de détente ; c'était en 1918, et nous faisions des projets à l'avance. Nous nous promettions monts et merveilles : la veille du jour où nous devions partir, on nous ordonna d'aller survoler les lignes de l'ennemi et de faire rapport de ce que nous verrions. Soudain, nous nous heurtâmes à quelques avions allemands et, avant de savoir ce qui nous arrivait, nous étions en pleine mêlée. L'un d'eux me donna la chasse, mais je le touchai le premier ; je me penchais pour voir s'il allait s'écraser quand, du coin de l'œil, j'aperçus un autre avion sur la queue du mien ; je plongeai pour l'éviter, mais il fondit sur moi comme un éclair, et je crus que mon compte était bon. Je vis alors Patsi descendre comme une fusée et lâcher sur lui tout son chargement. Les Boches en avaient eu assez, et s'enfuirent tandis que nous prenions le chemin du retour. Mon appareil avait été sérieusement touché, et je pus tout juste rentrer. Patsi atterrit avant moi. Comme je sortais de ma carlingue, on venait de le retirer de la sienne. Il était étendu sur le sol, et on attendait l'ambulance. En me voyant il se mit à rire :

« — Je n'ai pas raté cette ordure qui était sur toi, dit-il.

« — Qu'est-ce qu'il y a, Patsi ? demandais-je.

« — Oh ! ce n'est rien ; il m'a touché à l'aile.

« Il était d'une pâleur mortelle. Soudain son visage prit un air étrange. Il venait de penser qu'il allait peut-être mourir, et l'éventualité de la mort n'avait jamais traversé son esprit. Avant qu'on eût pu le retenir, il se redressa et, éclatant de rire :

« — Eh bien, je suis fait ! dit-il.

« Il retomba en arrière, mort. Il avait vingt-deux ans. Il devait épouser, après la guerre, une jeune fille en Irlande. »

Le lendemain de ma conversation avec Isabel, je quittai Chicago pour San Francisco où je devais m'embarquer pour l'Extrême-Orient.

CHAPITRE II

I

Je ne revis pas Elliott avant son retour à Londres vers la fin du mois de juin de l'année suivante. Je lui demandai si Larry était finalement parti pour Paris. Il s'y était en effet rendu. L'irritation d'Elliott à son sujet m'amusa quelque peu.

— J'avais un faible inavoué pour ce garçon. Je ne pouvais le blâmer de vouloir passer quelques années à Paris, et j'étais disposé à le lancer. Je lui avais dit de me prévenir dès son arrivée, mais c'est seulement par une lettre de Louisa que j'en fus informé. Je lui écrivis aux bons soins de l'American Express — Louisa m'avait donné cette adresse — et lui demandai de venir dîner chez moi afin de rencontrer des gens qu'il pouvait, à mon avis, avoir intérêt à connaître. Je pensais commencer par la colonie franco-américaine : Emilie de Montadour, Gracie de Château-Gaillard, et d'autres ; et savez-vous ce qu'il me répondit ? Qu'il était désolé de ne pouvoir accepter, n'ayant emporté aucun vêtement de soirée.

Elliott me regarda bien en face, afin de mieux juger de ma stupéfaction devant une telle révélation. Mais mon calme lui fit dédaigneusement hausser les sourcils.

— Il répondit à ma lettre sur une feuille de papier crasseux, portant l'en-tête d'un café du quartier Latin, et quand je lui récrivis, je lui demandai de me faire savoir où il habitait afin de pouvoir lui faire signe. Il me semblait que, pour l'amour d'Isabel, je devais m'occuper un peu de lui ; peut-être aussi, pensais-je, était-il timide ; il me paraissait inconcevable, en effet, qu'un jeune garçon ayant toute sa raison pût venir à Paris sans smoking. Il y a d'ailleurs à Paris des tailleurs passables. Je le priai donc à déjeuner, en ajoutant que ce serait dans l'intimité ; et, le croiriez-vous, non seulement il ignora ma demande de me donner une autre adresse que l'American Express, mais il me répondit qu'il n'avait pas l'habitude de déjeuner. Dès lors, c'en fut fini, tout au moins en ce qui me concerne.

— Je serais curieux de savoir ce qu'il est devenu.

— Je n'en sais rien, et à vous dire vrai, cela m'est égal. Je trouve ce garçon peu intéressant ; à mon avis, en l'épousant, Isabel commettrait une grave erreur. Après tout, s'il menait une vie normale, je l'aurais déjà rencontré soit au bar du Ritz, soit chez Fouquet's, soit ailleurs.

Je vais parfois moi-même dans ces endroits à la mode, mais j'en fréquente d'autres aussi ; et le hasard fit qu'en allant à Marseille, où j'avais l'intention de prendre un bateau des Messageries pour me rendre à Singapour, je passai, au début de l'automne de cette année-là, plusieurs jours à Paris. Je dînai un soir à Montparnasse avec des amis, et nous allâmes ensuite prendre un bock au Dôme. Tandis que mon regard distrait se promenait sur la terrasse pleine de monde, j'aperçus soudain Larry assis, tout seul, à l'une des petites tables. Il suivait d'un œil nonchalant la foule qui déambulait de long en large en savourant la fraîcheur de la nuit après la chaleur étouffante de la journée. Quittant un instant mes amis, je me dirigeai vers lui. En me reconnaissant, son visage s'éclaira d'un sourire engageant. Il m'invita à m'asseoir, mais je déclinai son offre en m'excusant.

— Je suis avec des amis et voulais simplement vous dire bonsoir.

— Etes-vous à Paris pour quelque temps ? demanda-t-il.

— Pour très peu de jours seulement.

— Voulez-vous déjeuner avec moi demain ?

— Je croyais que vous ne déjeuniez jamais.

Il eut un petit rire entendu.

— Vous avez vu Elliott. Généralement, je ne mange pas à midi. Je n'en trouve pas le temps. Je prends tout juste un verre de lait et une brioche ; mais quand même, je serais heureux de déjeuner avec vous.

— Entendu.

Nous convînmes de nous retrouver le lendemain au Dôme

pour l'apéritif et d'aller déjeuner ensuite dans un restaurant du quartier. Je rejoignis mes amis. Nous continuâmes à bavarder un moment. Quand, un peu plus tard, je cherchai des yeux Larry, il avait disparu.

II

Je passai très agréablement la matinée suivante. Je me rendis au Luxembourg et, pendant une heure, j'admirai une fois de plus quelques tableaux que j'aimais particulièrement. Puis j'allais flâner dans les jardins, en évoquant des souvenirs de jeunesse. Rien n'avait changé. Les étudiants — ils auraient pu être les mêmes qu'autrefois — se promenaient deux par deux le long des allées de gravier, discutant avec animation les écrivains qui les passionnaient ; les mêmes enfants faisaient rouler les mêmes cerceaux sous l'œil attentif des mêmes nourrices ; les mêmes vieillards se chauffaient au soleil en lisant le journal du matin ; les mêmes femmes sans âge et en deuil, assises sur les bancs gratuits, bavardaient du prix des légumes et des méfaits des domestiques. Puis j'allai à l'Odéon feuilleter les récentes publications exposées aux étalages des galeries ; et je vis des jeunes gens qui, comme moi-même trente ans auparavant, essayaient, sous le regard méprisant des commis vêtus de sarraus, de lire le plus possible des brochures qu'ils n'avaient pas les moyens d'acheter. Ainsi, sans me presser, j'errai, à travers ces rues paisibles que j'aimais tant, jusqu'au boulevard Montparnasse et au Dôme. Larry m'y attendait déjà. Nous prîmes une consommation et nous nous rendîmes à pied dans un restaurant où l'on pouvait déjeuner en plein air.

Larry était peut-être un peu plus pâle que j'en avais souvenance et ses yeux profondément enfoncés en paraissaient plus saisissants encore, mais il avait la même assurance, remarquable chez un être si jeune, et le même sourire candide. Quand il commanda son menu, je constatai qu'il parlait français avec beaucoup d'aisance et un bon accent. Je l'en félicitai.

— Je savais un peu le français avant de venir, m'expliqua-t-il. Tante Louisa avait pour Isabel une gouvernante française, et lors de leurs séjours à Marvin, celle-ci insistait pour nous faire tout le temps parler français avec elle.

Je lui demandai s'il se plaisait à Paris.

— Beaucoup.

— Vous habitez Montparnasse ?

— Oui, répondit-il après un moment d'hésitation, comme s'il lui répugnait de dire exactement où il vivait.

— Elliott est assez ennuyé de n'avoir que votre adresse de l'American Express.

Larry sourit, mais ne répondit pas.

— Comment passez-vous votre temps ?

— Je flâne.

— Et vous lisez ?

— Oui, je lis.

— Avez-vous parfois des nouvelles d'Isabel ?

— De temps en temps. Nous n'aimons guère écrire ni l'un ni l'autre. Elle s'amuse beaucoup à Chicago. Elle et sa mère doivent venir l'année prochaine, et elles habiteront chez Elliott.

— Ce sera très agréable pour vous.

— Je crois qu'Isabel n'est jamais venue à Paris. J'aurai grand plaisir à la promener partout.

Il s'intéressa à mon voyage en Chine, et écouta attentivement ce que je lui en racontai ; mais quand j'essayai de lui parler de lui-même, ce fut sans succès. En constatant son excessive réserve, je ne pus m'empêcher de penser que s'il m'avait invité à déjeuner, c'était uniquement pour l'agrément de ma compagnie. J'en fus touché, mais déconcerté. A peine avions-nous fini le café qu'il demanda l'addition, paya et se leva.

— Et maintenant, il me faut partir, dit-il.

Nous nous séparâmes. Je n'en savais pas plus sur lui qu'auparavant. Je ne le revis pas.

III

Je n'étais pas à Paris lorsqu'au printemps, Mrs. Bradley et Isabel, en avance sur leur programme, vinrent s'installer chez Elliott ; et il me faut, de nouveau, faire appel à mon imagination pour compléter le peu que je sais des quelques semaines qui suivirent. Elles débarquèrent à Cherbourg et Elliott, toujours plein d'attention, alla à leur rencontre. Les formalités de la douane terminées, le train les emporta. Elliott leur annonça d'un air satisfait qu'il avait engagé pour les servir une excellente femme de chambre ; Mrs. Bradley ayant objecté qu'elles n'en avaient nul besoin et que c'était tout à fait inutile, il devint très cassant.

— Ne sois pas contrariante dès ton arrivée, Louisa. Personne ne peut se passer de femme de chambre, et j'ai engagé Antoinette non seulement pour toi et Isabel, mais à cause de moi-même. Je me sentirais mortifié si vous ne deviez pas être toujours parfaitement bien habillées.

Il jeta sur leurs vêtements un regard désapprobateur.

— Il vous faudra, bien entendu, quelques nouvelles robes. Après mûre réflexion, j'en suis arrivé à conclure qu'il n'y a rien de mieux que Chanel.

— J'ai toujours eu l'habitude d'aller chez Worth, dit Mrs. Bradley.

Elle aurait tout aussi bien pu ne rien dire, car il ne prêta aucune attention à son observation.

— Je me suis entendu moi-même avec Chanel, et j'ai pris rendez-vous pour vous demain à trois heures. Ensuite il y aura la question des chapeaux : Reboux, bien entendu.

— Je ne veux pas dépenser énormément d'argent, Elliott.

— Je sais ; je me propose de tout payer moi-même. J'ai décidé que vous me feriez honneur. Ah ! à propos, Louisa, j'ai organisé plusieurs réceptions pour toi, et j'ai dit à mes amis français que ton mari était ambassadeur — il le serait naturellement devenu s'il avait vécu un peu plus longtemps — et cela fait meilleur effet. Je ne pense pas qu'il doive en être question, mais j'estime préférable de te prévenir.

— Elliott, tu es grotesque.

— Pas du tout. Je connais le monde. Je sais simplement que la veuve d'un ambassadeur a plus de prestige que celle d'un ministre.

Comme le train haletant s'immobilisait sur les butoirs de la gare du Nord, Isabel, debout à la portière, s'écria :

— Voilà Larry !

Le train à peine arrêté, elle s'élança au-dehors, et courut à sa rencontre. Il la prit dans ses bras.

— Comment a-t-il su que vous deviez venir ? demanda aigrement Elliott à sa sœur.

— Isabel lui a envoyé un sans-fil du bateau.

Mrs. Bradley l'embrassa affectueusement, et Elliott lui tendit une main molle. Il était dix heures du soir.

— Oncle Elliott, Larry peut-il venir déjeuner demain ? demanda Isabel accrochée au bras du jeune homme, le visage avide et les yeux brillants.

— J'en serais charmé, mais Larry m'a laissé entendre qu'il ne déjeune jamais.

— Il déjeunera demain, n'est-ce pas Larry ?

— Certainement, fit-il en souriant.

— Dans ce cas, je vous attendrai à une heure.

Une fois de plus, en lui tendant la main, il lui signifia son congé, mais Larry le nargua avec impudence.

— Je vais donner un coup de main pour les bagages et j'irai vous chercher un taxi.

— Ma voiture est là, et mon chauffeur s'occupera des bagages, dit Elliott plein de dignité.

— Bravo. Il ne nous reste donc plus qu'à partir. S'il y a une place pour moi, je vous accompagnerai jusque chez vous.

— Oh ! oui, Larry, dit Isabel.

Serrés l'un contre l'autre, les jeunes gens traversèrent la gare, suivis de Mrs. Bradley et d'Elliott. Le visage de ce dernier trahissait un mécontentement glacial.

« *Quelles manières !* » se dit-il en français : en certaines occasions cette langue lui paraissait exprimer ses sentiments avec plus de force.

Le lendemain matin à onze heures, tandis qu'il terminait sa toilette — il n'avait pas l'habitude de se lever tôt — il fit passer à sa sœur par Joseph, son valet de chambre à lui, et Antoinette, sa femme de chambre à elle, un mot lui demandant de le rejoindre pour un entretien dans la bibliothèque. Lorsqu'elle fut entrée, il referma soigneusement la porte, introduisit une Muratti dans un très long et fin fume-cigarette d'agate, l'alluma et s'assit.

— Dois-je comprendre qu'Isabel et Larry sont toujours fiancés ? demanda-t-il.

— Autant que je sache, oui.

— Je crains de ne pouvoir te donner de très bons renseignements sur ce jeune homme. — Il lui raconta alors qu'il avait été tout disposé à le lancer dans la société, et lui exposa les plans qu'il avait faits pour l'installer convenablement et avec succès dans la vie parisienne : j'avais même en vue pour lui un rez-de-chaussée qui eût été parfait. C'était celui du jeune marquis de Rethel qui, venant d'être nommé à l'ambassade de Madrid, voulait le sous-louer.

Mais la façon dont Larry avait refusé ses invitations montrait clairement qu'il ne tenait pas à sa tutelle.

— Pourquoi venir à Paris si ce n'est pour tirer parti de tout ce que Paris peut offrir ? Cela dépasse mon entendement. Je ne sais à quoi il passe son temps. Il semble ne connaître personne. Sais-tu où il habite ?

— L'American Express est la seule adresse que nous ayons jamais eue.

— Comme un voyageur de commerce ou un maître d'école en vacances. Je ne serais nullement surpris qu'il vive avec une petite roulure dans un studio quelconque de Montmartre.

— Oh, Elliott !

— Quelle autre explication peut-il y avoir au mystère dont il entoure son domicile et à son refus systématique de fréquenter les gens de son propre monde ?

— Cela ne ressemble pas à Larry. Et l'autre soir, n'as-tu pas eu l'impression qu'il était toujours aussi épris d'Isabel ? Il est incapable d'une telle hypocrisie.

Elliott, par un haussement d'épaule, lui laissa entendre qu'il n'y avait pas de limite à la duplicité des hommes.

— Que devient Gray Maturin ? Est-il toujours sur les rangs ?

— Il épouserait Isabel demain si elle le voulait.

Mrs. Bradley lui expliqua pourquoi elles avaient avancé leur venue en Europe. Elle s'était sentie souffrante, et les médecins l'avaient prévenue qu'elle avait le diabète. Ce n'était pas grave, et, avec un régime approprié et des doses modérées d'insuline, il n'y avait aucune raison pour qu'elle ne pût vivre encore de longues années ; mais, se sachant atteinte d'une maladie incurable, elle souhaitait impatiemment l'établissement d'Isabel. Elles en avaient discuté entre elles. Isabel se montrait raisonnable. Elle avait reconnu que si, après les deux années passées à Paris comme il avait été convenu, Larry refusait de revenir à Chicago et de s'y créer une situation, il ne restait plus qu'une solution : rompre avec lui. Mais la dignité de Mrs. Bradley se trouvait offusquée d'avoir à attendre jusqu'au terme fixé, et de venir ensuite cueillir le jeune homme et le ramener dans son pays natal, tel un fugitif en rupture de ban. Elle avait le sentiment qu'Isabel se mettrait ainsi en posture humiliante. Par contre, il était tout naturel qu'elles vinssent passer l'été en Europe, où Isabel n'était plus allée depuis sa plus tendre enfance. Après leur visite à Paris, elles pourraient se rendre dans quelque ville d'eaux indiquée pour la maladie de Mrs. Bradley ; puis, pour un certain temps, dans le Tyrol autrichien, et, de là, voyager tranquillement à travers l'Italie. Mrs. Bradley avait l'intention d'inviter Larry à les accompagner ; ainsi, Isabel et lui pourraient constater si la longue séparation n'avait en rien altéré leurs sentiments. On verrait bien alors si Larry, après avoir jeté sa gourme, était prêt à assumer les responsabilités de la vie.

— Henry Maturin lui en a voulu d'avoir refusé la situation qu'il lui offrait, mais Gray l'a amadoué, et Larry pourra entrer dans l'affaire dès son retour à Chicago.

— Gray est un très bon garçon.

— Oh ! pour ça, oui, dit Mrs. Bradley en soupirant. Il aurait rendu Isabel heureuse, j'en suis certaine.

Elliott fit part, ensuite, à sa sœur de tout ce qu'il avait organisé en leur honneur à toutes deux. Il donnait un grand déjeuner le lendemain et un dîner d'apparat à la fin de la semaine. Il les emmènerait à une réception chez les Château-Gaillard, et avait pour elles des invitations à un bal chez les Rothschild.

— Tu demanderas à Larry d'y venir avec nous, n'est-ce pas ?

— Il m'a dit qu'il n'avait pas de costume du soir, fit Elliott en ricanant.

— Eh bien ! propose-le-lui quand même. Après tout, c'est un gentil garçon, et rien ne sert de lui battre froid. Isabel ne s'en obstinerait que davantage.

— Entendu, puisque tu y tiens, je l'inviterai.

A l'heure dite, Larry arriva pour déjeuner, et Elliott, toujours parfait homme du monde, se montra particulièrement cordial à son égard. Rien de plus facile d'ailleurs, car Larry était si enjoué et de si bonne humeur, qu'il eût fallu avoir bien plus mauvais caractère qu'Elliott pour ne pas apprécier tout son charme. La conversation roula sur Chicago et leurs amis communs de là-bas ; aussi bien, Elliott ne put qu'être aimable et se donner l'air intéressé par les faits et gestes de gens n'ayant, à ses yeux, aucune importance mondaine. Il écoutait sans ennui ; il trouvait même assez touchant de les entendre parler des fiançailles de tel jeune couple, du mariage de tel autre, ou du divorce de tel autre encore. Qui donc avait jamais mentionné ces noms-là ? Il savait, *lui,* que cette jolie petite marquise de Clinchant avait tenté de s'empoisonner, son amant, le prince de Colombey, l'ayant abandonnée pour épouser la fille d'un millionnaire sud-américain. Voilà, au moins, un sujet de conversation ! En observant Larry, il devait reconnaître qu'il y avait en lui quelque chose de tout spécialement attirant ; ses yeux profondément enfoncés et étrangement noirs, ses pommettes saillantes, son teint mat et sa bouche expressive rappelaient à Elliott un portrait de Botticelli, et il lui parut qu'en costume de l'époque il aurait follement l'air d'un héros de roman. L'idée de le jeter dans les bras d'une Française de haute volée lui revint à l'esprit, et il sourit sous cape en pensant au dîner du samedi suivant : il y avait invité Marie-Louise de Florimond, qui associait à des relations irréprochables une immoralité notoire. Elle avait quarante ans, mais en paraissait dix de moins ; elle avait hérité la beauté délicate de son aïeule dont le portrait, signé de Nattier, figurait maintenant grâce à Elliott lui-même dans l'une des collections les plus réputées d'Amérique ; sa voracité sexuelle était insatiable. Elliott décida de placer Larry à côté d'elle. Elle ne tarderait pas, il le savait fort bien, à lui faire comprendre clairement ses intentions. Il attendait aussi à ce dîner un jeune attaché de l'ambassade britannique qui, pensait-il, pourrait plaire à Isabel. Cette dernière était très jolie, et pour un Anglais aisé, son manque de fortune ne serait pas un obstacle. Attendri par le généreux Montrachet servi au début du déjeuner et par le délicat bordeaux qui avait suivi, Elliott considérait avec une complaisance béate les possibilités qui se présentaient à son esprit. Si, comme il l'espérait, les choses tournaient bien, la bonne Louisa n'aurait plus lieu d'être anxieuse. Elle l'avait toujours vaguement désapprouvé ; pauvre chère ! elle avait des idées tellement provinciales, mais il l'aimait bien quand même. Quelle joie pour lui si, grâce à son expérience du monde, il pouvait lui rendre la vie plus facile !

Afin de ne pas perdre de temps, Elliott prit ses dispositions pour emmener ces « dames » voir des robes sitôt le déjeuner terminé ; aussi, dès qu'on se leva de table, fit-il comprendre à Larry, avec le tact où il était passé maître, que le moment était venu de prendre congé ; mais en même temps, il l'invita d'une manière très cordiale et pressante aux deux réceptions de choix qu'il avait organisées. Tant d'insistance était d'ailleurs superflue, car Larry accepta les deux invitations avec empressement.

Mais le plan d'Elliott échoua. Il s'était senti soulagé en voyant apparaître au dîner Larry vêtu d'un smoking fort présentable. Il avait été quelque peu nerveux à la pensée qu'il pourrait porter le même complet bleu qu'au déjeuner. Puis, le repas terminé, ayant entraîné Marie-Louise de Florimond dans un coin, il lui demanda comment elle trouvait son jeune ami américain.

— Il a de beaux yeux et de jolies dents.

— C'est tout ? Je l'ai placé à côté de vous, pensant qu'il vous irait comme un gant.

Elle lui lança un regard méfiant.

— Il m'a dit qu'il était fiancé à votre jolie nièce.

— Voyons, ma chère, le fait qu'un homme appartient à une autre femme vous a-t-il jamais empêchée de le lui souffler quand vous en aviez la possibilité ?

— Voilà donc ce que vous attendez de moi ? Eh bien ! mon pauvre Elliott, je ne me sens pas l'envie de faire votre vilaine besogne.

Elliott ricana.

— Ce qui veut dire, je suppose, que vous avez essayé de vos charmes, mais sans succès.

— Savez-vous pourquoi je vous aime, Elliott ? C'est parce que vous avez la moralité d'un tenancier de maison close. Vous ne voulez pas qu'il épouse votre nièce. Pourquoi ? Il est bien élevé et tout à fait charmant. Mais il est vraiment trop naïf. Je crois qu'il n'a pas eu le moindre soupçon de mes visées.

— Vous auriez dû les lui faire comprendre plus clairement, chère amie.

— J'ai suffisamment d'expérience pour voir quand je perds mon temps. En réalité, il n'a d'yeux que pour votre petite Isabel, et de vous à moi, elle a sur moi un avantage de vingt ans. De plus, elle est délicieuse.

— Aimez-vous sa robe ? Je l'ai choisie moi-même.

— Elle est jolie et seyante. Mais, évidemment, la jeune fille n'a pas de chic.

Elliott se sentit personnellement atteint par cette réflexion, et n'entendit pas laisser Mme de Florimond s'en tirer sans un coup de patte. Il eut le plus candide des sourires :

— Pour avoir *votre* chic, ma chère amie, il faut déjà être aussi expérimentée que vous l'êtes, fit-il.

Mme de Florimond maniait le gourdin mieux que la rapière. Sous sa riposte, le sang virginien d'Elliott se mit à bouillir.

— Mais je suis certaine que dans votre beau pays d'apaches, l'absence d'un tel raffinement et d'une telle perfection ne sera même pas remarquée.

Mais si Mme de Florimond décochait ses flèches, tous les autres amis d'Elliott étaient charmés à la fois par Isabel et par Larry. Ils aimaient la beauté fraîche de la jeune fille, sa santé luxuriante et sa vitalité, comme aussi l'aspect séduisant du jeune homme, ses bonnes manières et son humour calme et plein d'ironie. Tous deux avaient l'avantage de parler couramment un excellent français. Celui de Mrs. Bradley — elle avait vécu tant d'années dans les milieux diplomatiques — était assez correct, mais son accent américain n'avait rien perdu de sa saveur. Elliott leur offrait de magnifiques distractions. Isabel, ravie de ses robes dernier cri et de ses chapeaux neufs, prenait plaisir à toutes ces réjouissances, et heureuse d'être avec Larry, pensait ne s'être jamais autant amusée.

IV

Pour Elliott, le petit déjeuner ne doit se prendre en commun qu'avec de parfaits étrangers, et seulement encore si l'on ne peut s'en dispenser; aussi Mrs. Bradley, un peu contre son gré, et Isabel, loin d'en être mécontente, étaient-elles obligées de prendre le leur dans leurs chambres. Mais parfois Isabel demandait à Antoinette, la femme de chambre de grand style engagée par Elliott pour leur service privé, d'apporter son café au lait chez sa mère, afin de pouvoir en même temps s'entretenir avec celle-ci. Dans la vie si mouvementée qu'elles menaient, c'était le seul moment de la journée où il leur était possible de se trouver en tête à tête. C'est ainsi qu'un matin — elles étaient à Paris depuis près d'un mois déjà — Isabel raconta tous les détails de la soirée précédente dont Larry et elle avaient passé la plus grande partie à faire, en compagnie d'amis, la tournée des boîtes de nuit; Mrs. Bradley, d'un air négligent, posa la question qu'elle avait sur les lèvres, depuis leur arrivée.

— Quand pense-t-il revenir à Chicago?

— Je ne sais pas. Il n'en a pas parlé.

— Ne le lui as-tu pas demandé?

— Non.

— Crains-tu de le faire ?

— Non, jamais de la vie.

Mrs. Bradley, étendue sur une chaise longue dans un déshabillé à la dernière mode qu'Elliott avait absolument tenu à lui offrir, se polissait les ongles.

— De quoi parlez-vous quand vous êtes seuls ?

— Nous ne parlons pas tout le temps. C'est agréable d'être ensemble. Tu le sais, Larry a toujours été plutôt silencieux. Lorsqu'il nous arrive de parler, c'est surtout moi, je crois, qui entretiens la conversation.

— Que fait-il de son temps ?

— Je n'en sais vraiment rien. Pas grand-chose, je pense. Mais j'imagine qu'il ne s'ennuie pas.

— Et où habite-t-il ?

— Je n'en sais rien non plus.

— Il semble bien mystérieux, ne trouves-tu pas ?

Isabel alluma une cigarette et, soufflant par les narines des volutes de fumée, elle regarda froidement sa mère.

— Que veux-tu dire exactement, maman ?

— Ton oncle Elliott prétend qu'il a un appartement où il vit en compagnie d'une femme.

Isabel éclata de rire.

— Tu n'en crois rien, n'est-ce pas ?

— Non, sincèrement, je ne le crois pas. Mrs. Bradley fixa attentivement ses ongles. Ne lui parles-tu jamais de Chicago ?

— Mais si, souvent.

— Ne laisse-t-il jamais percer s'il a l'intention d'y retourner ?

— Non, jamais.

— En octobre prochain, il y aura deux ans qu'il est parti.

— Je sais.

— Eh bien ! cela te regarde, ma chérie, et c'est à toi de faire ce que tu juges convenable. Mais on ne facilite pas les solutions en les ajournant sans cesse. Elle regarda sa fille, mais Isabel détourna les yeux. Mrs. Bradley lui sourit tendrement : si tu ne veux pas être en retard pour le déjeuner, tu ferais bien d'aller prendre ton bain.

— Je déjeune avec Larry. Nous irons dans quelque endroit du quartier Latin.

— Amuse-toi bien.

Une heure plus tard, Larry vint la chercher. Ils prirent un taxi jusqu'au pont Saint-Michel, puis remontèrent en flânant le grouillant boulevard. Avisant un café dont l'apparence leur plaisait, ils s'installèrent à la terrasse et commandèrent deux Dubonnet. Ils reprirent ensuite un taxi et donnèrent l'adresse d'un restaurant. Isabel, douée d'un vigoureux appétit, appréciait les bons petits plats que Larry avait choisis pour elle. Elle s'amusait à observer les gens entassés autour d'eux dans la salle comble, et elle riait de voir avec quelle évidente et intense satisfaction ils savouraient leur repas ; mais, par-dessus tout, elle était heureuse de se trouver à une toute petite table, avec Larry en face d'elle. C'était charmant de se sentir ainsi à l'aise avec lui. Et pourtant, au fond de son cœur, une vague inquiétude subsistait. Il paraissait très à son aise aussi, mais pour lui, ce bien-être semblait dû, moins à la présence de la jeune fille qu'à tout ce qui les entourait. Isabel avait été légèrement troublée par ce que sa mère lui avait dit, et tout en bavardant d'un air innocent, elle guettait chacune des expressions de son visage. Larry n'était pas tout à fait le même qu'en quittant Chicago, mais elle ne pouvait définir ce qu'il avait de changé. Son apparence était exactement celle dont elle avait gardé le souvenir : l'air aussi jeune, aussi ouvert, mais avec quelque chose de différent dans la physionomie. Non qu'il fût devenu plus sérieux ; son visage au repos avait toujours été grave, mais à présent, il reflétait une sérénité qui semblait nouvelle ; c'était comme s'il avait fait la paix avec lui-même et vivait dans une sorte d'euphorie inconnue jusqu'alors.

Sitôt le déjeuner fini, il lui proposa d'aller faire un tour au Luxembourg.

— Non, je n'ai pas envie de voir des tableaux.

— Bien, alors allons nous asseoir dans les jardins.

— Non, je n'en ai pas envie non plus. Je veux aller voir où tu habites.

— Il n'y a rien à y voir. Je loge dans une pauvre petite chambre d'hôtel.

— Oncle Elliott prétend que tu as un appartement et que tu y vis dans le péché en compagnie d'un modèle.

— S'il en est ainsi, viens et rends-toi compte toi-même, dit-il en riant. C'est à deux pas d'ici. Nous pouvons y aller à pied.

Il la conduisit par des rues étroites et tortueuses, ternes en dépit du pan de ciel bleu qui se découpait entre les hautes maisons ; peu après, ils s'arrêtèrent devant un petit hôtel à façade prétentieuse.

— Nous y voilà.

Isabel le suivit dans un hall étroit ; assis derrière le bureau, un homme, en manches de chemise, avec un gilet rayé noir et jaune et un tablier sale, lisait le journal. Larry lui demanda sa clef. L'homme se retourna, la décrocha du tableau et la lui tendit. Il jeta sur Isabel un regard inquisiteur qui devint un sourire entendu. Il pensait, c'était clair, qu'elle montait dans la chambre de Larry dans un dessein inavouable.

Ils grimpèrent deux étages d'un escalier recouvert d'un tapis rouge usé jusqu'à la corde, et Larry tourna le verrou de sa porte. Isabel entra dans une modeste chambre à deux fenêtres ayant vue, de l'autre côté de la rue, sur une maison bourgeoise et grise, au rez-de-chaussée de laquelle se trouvait une boutique de papeterie. Il n'y avait dans la pièce qu'un lit, une table de nuit, une lourde armoire à glace, un fauteuil capitonné au dossier droit et, entre les croisées, une autre table portant une machine à écrire, du papier et de nombreux livres. Dans le foyer de la cheminée, des volumes brochés se trouvaient entassés.

— Assieds-toi dans le fauteuil. Il n'est pas très confortable, mais c'est ce que j'ai de mieux à offrir.

Il avança une autre chaise et s'assit.

— C'est ici que tu vis ? demanda Isabel.

L'expression de son visage le fit rire légèrement.

— C'est ici. J'y habite depuis mon arrivée à Paris.

— Mais pourquoi ?

— C'est pratique. C'est à deux pas de la Bibliothèque Nationale et de la Sorbonne. Il désigna une porte qu'elle n'avait pas remarquée. J'ai une salle de bains. Je peux prendre mon petit déjeuner ici, et je dîne généralement au restaurant où nous étions tout à l'heure.

— C'est affreusement sordide.

— Oh ! non, c'est très bien. C'est tout ce qu'il me faut.

— Mais quelle espèce de gens demeurent ici ?

— Oh ! je ne sais pas. En haut, dans les mansardes, quelques étudiants. Deux ou trois célibataires, employés du gouvernement, et une ancienne actrice de l'Odéon ; la seule autre chambre avec salle de bains est occupée par une femme entretenue que son ami vient voir un jeudi sur deux ; il y a aussi, je crois, quelques clients de passage. C'est un endroit très tranquille et très convenable.

Isabel était quelque peu déconcertée, et, sachant que Larry s'en apercevait et s'en amusait, elle était assez près de s'en formaliser.

— Quel est ce gros livre sur la table ? demanda-t-elle.

— Ça ? Ah ! c'est mon dictionnaire grec.

— Ton quoi ? s'exclama-t-elle.

— N'aie pas peur. Il ne mordra pas.

— Tu apprends le grec ?

— Oui.

— Pour quoi faire ?

— J'ai pensé que cela m'intéresserait.

Il la regarda, un sourire dans les yeux et, à son tour, elle sourit.

— Il me semble que tu pourrais bien me raconter comment tu as passé ton temps depuis que tu es à Paris.

— J'ai beaucoup lu. Huit à dix heures par jour. J'ai suivi des cours en Sorbonne. J'ai lu, je crois, toutes les œuvres importantes de la littérature française, et je comprends le latin, tout au moins la prose, presque aussi facilement que le français. Le grec est certainement plus difficile, mais j'ai un excellent professeur. Jusqu'à ton arrivée, j'allais chez lui trois soirs par semaine.

— Où tout cela va-t-il te mener ?

— A la Connaissance, répondit-il dans un sourire.

— Cela n'a pas l'air très pratique.

— Peut-être l'est-ce, peut-être ne l'est-ce pas. Mais en tout cas, c'est une distraction magnifique. Tu ne peux imaginer l'émotion que l'on éprouve à lire l'*Odyssée* dans le texte. On a l'impression qu'il suffirait de se dresser sur la pointe des pieds et d'étendre les bras pour toucher les étoiles.

Comme mû par une force mystérieuse, il se leva de sa chaise et se promena de long en large à travers la petite chambre.

— Ces deux derniers mois, j'ai lu Spinoza. Je ne crois pas encore bien le comprendre, mais j'en suis tout transporté. C'est comme d'atterrir en avion sur un vaste plateau dans les montagnes : de la solitude et un air si pur qu'il vous monte à la tête comme du vin, et l'on se sent divinement bien !

— Quand penses-tu revenir à Chicago ?

— Chicago ? Je n'en sais rien. Je n'y ai pas songé.

— Tu avais dit que si, au bout de deux ans, tu n'avais pas

trouvé ce que tu cherches, tu y renoncerais comme à une mauvaise affaire.

— Je ne peux pas rentrer maintenant. Je suis au seuil. Je vois d'immenses champs spirituels qui s'ouvrent devant moi et m'appellent, et je suis avide de les parcourir.

— Qu'espères-tu y découvrir ?

— La solution de mes problèmes. Il lui lança un regard presque enjoué et, si elle ne l'avait pas si bien connu, elle aurait pu croire qu'il plaisantait. Je veux arriver à me convaincre si Dieu est ou n'est pas. Je veux découvrir pourquoi le mal existe. Je veux savoir si mon âme est immortelle ou si la mort est la fin de tout.

Isabel poussa un faible soupir. Il lui était pénible d'entendre Larry tenir de tels propos, et elle lui était reconnaissante d'en parler avec tant de détachement, sur le ton d'une conversation ordinaire, ce qui lui permettait de dissimuler son embarras.

— Mais Larry, dit-elle en souriant, on se pose ces questions depuis des milliers d'années. S'il était possible d'y répondre, ce serait sûrement déjà fait à l'heure actuelle.

Larry rit doucement.

— Ne ris pas comme si ce que je viens de dire était idiot, dit-elle sèchement.

— Au contraire, je trouve ton observation très sensée. Mais d'autre part, si les hommes se sont posé ces questions depuis des milliers d'années, on pourrait y voir aussi la preuve qu'ils ne peuvent s'empêcher d'en être préoccupés, et qu'ils continueront donc à se les poser. Il est d'ailleurs faux que personne n'y ait trouvé de réponse. Les explications sont plus nombreuses que les questions, et quantité de gens ont trouvé des solutions qui les ont pleinement satisfaits. Le vieux Ruysbroek, par exemple.

— Qui était-ce ?

— Oh ! un type quelconque que je n'ai pas connu à l'école, répondit cavalièrement Larry.

Isabel ne comprenait pas ce qu'il voulait dire, mais elle passa outre.

— Voilà bien des soucis de collégien ! C'est le genre de problèmes sur lesquels s'excitent les étudiants de seconde année, et ils en oublient tout dès qu'ils ont quitté l'université. Il leur faut alors gagner leur vie.

— Je ne les en blâme pas. Vois-tu, je suis dans la situation privilégiée d'avoir de quoi vivre. Si tel n'avait été le cas, j'aurais dû faire comme tout le monde et chercher à amasser de l'argent.

— Mais l'argent ne représente-t-il rien pour toi ?

— Rien du tout, fit-il dans une grimace.

— Combien de temps, à ton avis, ce petit jeu va-t-il durer ?

— Je ne sais pas. Cinq ans. Dix ans.

— Et après ? Que feras-tu de toute cette sagesse ?

— Si jamais j'acquiers la Sagesse, je serai assez sage, j'imagine, pour en tirer parti.

Isabel crispa ses mains avec énervement et, se redressant sur son siège :

— Tu fais fausse route, Larry. Tu es Américain. Ta place n'est pas ici. Ta place est en Amérique.

— Je rentrerai quand je serai prêt.

— Mais tu te prives de tant de choses ! Comment peux-tu supporter de rester à croupir ici dans une sorte de mare stagnante au moment précis où nous vivons, là-bas, l'aventure la plus merveilleuse que le monde ait jamais connue ? L'Europe est finie. Nous sommes la nation la plus grande, la plus puissante de la terre. Nous avançons à pas de géant. Nous avons tout. C'est ton devoir de prendre ta part dans le progrès de ton pays. Tu l'as oublié ; tu ne sais pas combien la vie est aujourd'hui passionnante en Amérique. Es-tu certain de ne pas agir comme tu le fais pour la seule raison que tu n'as pas le courage d'affronter la tâche qui attend à présent chaque Américain ? Oh ! je sais que, dans un sens, tu travailles, mais n'est-ce pas là uniquement un moyen de fuir tes responsabilités ? N'est-ce pas tout simplement une sorte de laborieuse oisiveté ? Quel serait le sort de l'Amérique si chacun tirait au flanc comme toi ?

— Tu es très sévère, mon chou, dit-il en souriant. Il n'y a qu'une réponse possible : tout le monde ne sent pas comme moi. Pour leur plus grande chance peut-être, la plupart des gens se proposent de suivre le cours normal de la vie ; mais ce que tu oublies, c'est que je suis aussi passionnément avide d'apprendre que... que Gray, par exemple, d'amasser de gros sacs d'écus. Suis-je vraiment traître à mon pays parce que je désire consacrer quelques années à m'instruire ? Peut-être, après avoir atteint mon but, aurai-je quelque chose à donner dont on sera heureux de profiter. C'est une question de veine, bien entendu ; mais si j'échoue, je ne serai pas plus mal en point qu'un homme entré dans les affaires et qui n'y a pas bien réussi.

— Et dans tout cela, qu'advient-il de moi ? Je ne compte donc en rien pour toi ?

— Tu comptes énormément. Je veux que tu deviennes ma femme.

— Quand ? Dans dix ans ?

— Non, maintenant. Le plus tôt possible.

— Et avec quoi ? Maman ne peut rien me donner. Et puis, quand bien même elle le pourrait, elle ne le voudrait pas. Elle pense qu'elle aurait tort de t'aider à vivre sans rien faire.

— Je n'accepterais d'ailleurs rien de ta mère, dit Larry. J'ai trois mille dollars par an. C'est beaucoup pour Paris. Nous pourrions avoir un petit appartement et une bonne à tout faire. Ce serait tellement gentil, chérie.

— Mais, Larry, on ne peut pas vivre avec trois mille dollars par an.

— Et comment, si on peut ! Des tas de gens se débrouillent avec beaucoup moins.

— Oui, mais de quelle façon !

Avec un frisson de dégoût, elle promena son regard autour de la misérable petite chambre.

— Cette façon m'a permis de mettre un peu d'argent de côté. Nous pourrions descendre à Capri pour notre voyage de noces, et à l'automne, nous irions en Grèce. J'ai une envie folle d'aller là-bas. Te souviens-tu de nos projets de voyage, ensemble, tout autour du monde ?

— Moi aussi, j'aimerais voyager. Mais pas dans de telles conditions. Je ne veux pas en être réduite à prendre des secondes classes de bateau, à descendre dans des hôtels de troisième ordre, et à manger dans des restaurants bon marché.

— J'ai parcouru ainsi toute l'Italie en octobre dernier. Ce fut merveilleux. Avec trois mille dollars par an, nous pourrions visiter le monde entier.

— Mais Larry, je veux avoir des enfants.

— C'est parfait, nous les emmènerons avec nous.

— Tu es complètement fou, dit-elle en riant. Sais-tu ce que cela coûte d'avoir un enfant ? Violette Tomlinson en a eu un l'an dernier, et elle s'est arrangée le plus économiquement possible ; et cependant elle a dû dépenser douze cent cinquante dollars. Et à combien crois-tu que revient une nurse ? Elle devenait véhémente à mesure que les idées se pressaient de plus en plus nombreuses à son esprit. Tu es si peu pratique. Tu ne te rends pas compte de ce que tu me demandes. Je suis jeune. Je veux m'amuser. Je veux pouvoir faire tout ce que font les autres. Je veux voir des amis, je veux aller danser, je veux jouer au golf et monter à cheval. Je veux avoir de jolies robes. T'imagines-tu ce que signifie pour une jeune femme de ne pas être aussi bien habillée que son entourage ? Devines-tu Larry, ce que cela représente de devoir acheter les vieilles robes dont vos amies se sont dégoûtées, et d'être reconnaissante quand l'une d'elles, par pitié, vous fait cadeau d'une toilette neuve ? Je n'aurais même pas les moyens d'aller chez un coiffeur convenable pour me faire arranger proprement. Je ne veux pas en être réduite à circuler en tramway ou en autobus ; je veux avoir ma propre voiture. Et comment passerais-je mon temps toute la journée, tandis que tu serais à la bibliothèque en train de lire ? A me promener dans les rues en regardant les devantures, ou à rester assise dans les jardins du Luxembourg en surveillant mes enfants ? Nous n'aurions aucun ami.

— Oh ! Isabel, fit-il en l'interrompant.

— Pas le genre d'amis auxquels je suis habituée. Evidemment, les relations d'Oncle Elliott, par égard pour lui, nous inviteraient de temps à autre, mais nous ne pourrions pas aller chez eux, car je n'aurais pas les robes qu'il faut, et nous ne voudrions d'ailleurs pas accepter, faute de pouvoir inviter à notre tour. Je ne veux pas fréquenter un tas de pauvres bougres mal lavés ; je n'ai rien de commun avec eux, et ils n'ont rien de commun avec moi. Je veux vivre, Larry.

Elle devint soudain consciente de l'expression de son regard, tendre comme toujours quand il se posait sur elle, mais aussi légèrement amusé.

— Tu me crois folle, n'est-ce pas ? Tu me trouves matérialiste et crispante.

— Non, pas du tout. Je trouve tout ce que tu dis très normal.

Il se tenait debout, le dos appuyé à la cheminée ; elle se leva et s'approcha de lui. Ils se firent face.

— Larry, si tu n'avais pas un centime à toi, mais une situation de trois mille dollars par an, je t'épouserais sans un instant d'hésitation. Pour l'amour de toi, je ferais la cuisine, je ferais les lits, je m'habillerais n'importe comment, je me passerais même de tout et cela me paraîtrait merveilleusement amusant, car je saurais que ce serait seulement un mauvais moment à passer, et que par la suite tu réussirais. Mais ce que tu m'offres, c'est toute une existence animale et sordide, sans espoir de jours meilleurs ; ce que tu m'offres c'est de rester toute ma vie une esclave. Et pourquoi ? Pour te permettre de passer des années à chercher la solution de problèmes que tu dis toi-même insolubles. C'est tellement insensé ! Un homme doit travailler. C'est son rôle sur la terre : c'est ainsi qu'il contribue à la prospérité de la société.

— Autrement dit, son devoir est de s'établir à Chicago et d'entrer dans les affaires d'Henry Maturin. Crois-tu vraiment qu'en faisant acheter à mes amis les titres d'entreprises dans lesquelles Henry Maturin a un intérêt, je puisse ajouter grandement à la prospérité de la société ?

— Il faut des banquiers, et c'est une manière parfaitement honorable et décente de gagner sa vie.

— Tu as tracé un tableau bien noir de ce que peut être la vie à Paris avec un revenu modeste. Tu sais, en réalité, il n'en est pas ainsi. On peut s'habiller très gentiment sans aller chez Chanel. Et les gens intéressants n'habitent pas tous le quartier de l'Arc de Triomphe ou avenue Foch. En fait, il y en a très peu qui vivent là, car, en général, les gens intéressants sont ceux qui ont le moins d'argent. Je connais ici quantité de peintres et d'écrivains et d'étudiants français, anglais, américains et d'autres encore, que tu trouverais, je crois, bien plus amusants que les duchesses au long nez et les délicates marquises d'Elliott. Tu as l'esprit vif et un sens non moins vif de l'humour. Tu prendrais plaisir à les écouter échanger des idées par-dessus la table d'un dîner, même si le vin n'était que du gros rouge, et s'il n'y avait ni maître d'hôtel ni valets pour servir.

— Ne sois pas stupide, Larry. Bien sûr, cela me plairait. Je ne suis pas une snob, tu le sais très bien, et j'adorerais connaître des gens intéressants.

— Oui, avec une robe de Chanel. Ne crois-tu pas que bien vite ils t'accuseraient de vouloir jouer le rôle de dame visiteuse de quartiers pauvres, spécialisée dans les intellectuels ? Ils ne se sentiraient pas à l'aise, toi non plus d'ailleurs, et tu n'y gagnerais rien, si ce n'est de pouvoir raconter ensuite à Emilie de Montadour et à Gracie de Château-Gaillard tout le plaisir que tu aurais eu à connaître des tas de curieux bohèmes du quartier Latin.

Isabel haussa légèrement les épaules.

— Tu as peut-être raison. Ce n'est pas là le genre de monde avec qui j'ai été élevée ; ce n'est pas le genre de monde qui me convient.

— Alors, où en sommes-nous ?

— Exactement à notre point de départ. Aussi loin que vont mes souvenirs, j'ai vécu à Chicago. Tous mes amis sont là-bas. Tout ce qui m'intéresse se trouve là-bas. C'est là que je me sens chez moi. C'est là ma place, et là est aussi la tienne. Maman est malade et ne se remettra jamais complètement. Je ne pourrais la quitter, même si je le voulais.

— Autrement dit, si je n'accepte pas de retourner à Chicago, tu ne te marieras pas avec moi ?

Isabel hésita. Elle aimait Larry. Elle voulait être sa femme. De toute la force de ses sens, elle voulait être sienne. Elle savait qu'il la désirait. Elle ne pouvait croire qu'une fois au pied du mur, il ne faiblît pas. Elle le redoutait pourtant, mais devait prendre le risque.

— Oui, Larry, voilà exactement ce que cela veut dire.

Il frotta une allumette contre le manteau de la cheminée, une de ces allumettes françaises d'autrefois dont le soufre vous emplit les narines d'une odeur âcre, et alluma sa pipe. Puis passant devant elle, il traversa la pièce et resta debout à l'une des fenêtres. Il regarda au-dehors, demeurant silencieux un moment qui sembla ne jamais devoir prendre fin. Elle n'avait pas changé de place, et, sans se voir, regardait dans le miroir au-dessus de la cheminée. Malade d'angoisse, son cœur battait follement. Larry se retourna enfin.

— Je voudrais bien te faire comprendre toute la plénitude de la vie que je te propose, une plénitude dont tu n'as pas idée. Je voudrais te montrer tout ce que la vie de l'esprit a de stimulant et tous les trésors de l'expérience qu'elle offre. C'est sans limite. Et c'est une existence si heureuse. Il n'est qu'une sensation qui puisse lui être comparée : c'est quand on se trouve seul en avion, haut, très haut, dans les airs et que, seul, l'infini vous entoure. On est grisé par l'espace sans bornes, et l'on éprouve une volupté que l'on n'échangerait contre aucune puissance ni aucune gloire du monde d'en bas. L'autre jour, je lisais Descartes : quelle facilité, quel charme, quelle clarté, bon Dieu !

Elle l'interrompit, et d'un ton désespéré :

— Mais Larry, ne vois-tu pas que tu me demandes des choses pour lesquelles je ne suis pas faite, des choses qui ne m'intéressent pas et auxquelles je ne veux pas m'intéresser ? Combien de fois devrai-je te répéter que je suis tout simplement une jeune fille normale et d'un modèle courant ? J'ai vingt ans ; dans dix ans, je serai vieille ; tant que je le pourrais, je veux vivre une vie agréable. Oh ! Larry, je t'aime si fort. Toutes tes rêveries ne sont que fumée et ne te mèneront à rien. Dans ton propre intérêt, je te supplie d'y renoncer. Sois un homme, Larry, et accomplis un travail d'homme. Tu ne fais que perdre les années précieuses que d'autres savent si bien mettre à profit. Larry, si tu m'aimes, ne me sacrifie pas à un rêve. Tu as satisfait ton caprice, maintenant reviens avec nous en Amérique.

— Je ne peux pas, ma chérie. Ce serait ma mort. Ce serait trahir mon âme.

— Oh ! Larry, pourquoi parles-tu ainsi ? Tu emploies un langage de femme précieuse, détraquée. Et que signifie-t-il ? Rien. Rien. Rien.

— Il exprime exactement ce que je ressens, répondit-il, un éclair dans le regard.

— Comment peux-tu plaisanter ? C'est affreusement sérieux, ne le comprends-tu pas ? Nous sommes à un carrefour, et notre vie entière dépendra de notre décision.

— Je le sais. Crois-moi, je suis absolument sérieux.

Elle soupira.

— Si tu ne veux pas écouter la voix de la raison, il n'y a plus rien à ajouter.

— Mais je ne crois pas que ce soit la voix de la raison. A mon avis, tout au long, tu n'as fait que dire les pires absurdités.

— Moi ? — Si elle n'avait été si désespérément découragée, elle serait mise à rire. — Mon pauvre Larry, tu es complètement fou.

Doucement elle fit glisser de son doigt sa bague de fiançailles, la posa dans le creux de sa main, et la regarda. C'était un rubis carré serti dans un mince cercle de platine. Le bijou lui avait toujours plu.

— Si tu m'aimais, tu ne me ferais pas tant de peine.

— Je t'aime. Mais parfois, hélas ! on ne peut agir selon sa conscience sans rendre quelqu'un d'autre malheureux.

Elle lui tendit la main où gisait le rubis, et ses lèvres tremblantes eurent un sourire contraint.

— Voilà, Larry.

— Je n'ai qu'en faire. Ne veux-tu pas la conserver en souvenir de notre amitié ? Tu pourrais la porter au petit doigt. Nous pouvons rester amis, n'est-ce pas ?

— Tu me seras toujours cher, Larry.

— Alors, garde-la. Tu me ferais plaisir.

Elle hésita un instant, puis passa la bague à sa main droite.

— Elle est trop large.

— Tu pourras la faire rétrécir. Allons prendre un verre au bar du Ritz.

— D'accord.

Elle était un peu désappointée que tout se fût passé si aisément. Elle n'avait pas pleuré. Rien ne semblait changé, sauf que désormais elle n'épouserait plus Larry. Que tout fût fini et réglé, elle pouvait à peine le croire. Elle était quelque peu vexée qu'il n'y eût pas eu une scène terrible. Ils avaient tout débattu presque aussi froidement que s'ils avaient discuté la location d'une maison. Elle se sentait déprimée, mais éprouvait en même temps un léger sentiment de satisfaction de ce qu'ils aient su se comporter si correctement. Elle aurait donné beaucoup pour connaître les impressions intimes de Larry, mais celles-ci étaient toujours difficiles à déceler. Son visage lisse, sans rides, ses yeux sombres lui composaient un masque que même elle, qui pourtant le connaissait depuis de si longues années, ne parvenait pas à pénétrer. En arrivant, elle avait enlevé son chapeau et l'avait posé sur le lit. Maintenant, debout devant la glace, elle le remettait.

— A titre de curiosité, dit-elle en arrangeant ses cheveux, dis-moi ? Avais-tu l'intention de rompre nos fiançailles ?

— Nullement.

— Je pensais que ce serait un soulagement pour toi.

Il ne répondit pas. Elle se retourna, un gai sourire sur les lèvres.

— Voilà, je suis prête.

Larry referma la porte sur eux. Quand il remit la clef à l'homme du bureau, celui-ci les enveloppa tous deux d'un regard plein de malicieuse complicité. Il fut impossible à Isabel de ne pas soupçonner ce qu'il imaginait s'être passé.

— Je pense que ce type ne parierait pas gros sur ma virginité, dit-elle.

Ils se firent conduire en taxi jusqu'au Ritz, et y commandèrent des consommations. Ils parlèrent de sujets indifférents, sans contrainte apparente, comme de vieux amis qui se voient tous les jours. Si Larry était de tempérament très silencieux, Isabel, par contre, bavarde de nature, avait toujours une ample réserve de babillage. Un silence eût été difficile à rompre, et elle était bien décidée à n'en permettre aucun. Elle n'allait certainement pas laisser Larry supposer qu'elle nourrissait contre lui quelque ressentiment, et son orgueil lui commandait de se comporter de façon à ne paraître ni blessée ni malheureuse. Au bout d'un moment, elle lui demanda de la reconduire chez elle. Comme il la déposait à sa porte, elle lui dit gaiement :

— N'oublie pas que tu déjeunes à la maison demain.

— Sois tranquille, je ne l'oublierai pas.

Elle lui tendit sa joue à embrasser, et disparut sous la porte cochère.

V

Quand Isabel rentra dans le salon, elle y trouva quelques personnes en train de prendre le thé. Il y avait là deux Américaines habitant Paris, délicieusement habillées, des rangs de perles au cou, des bracelets de diamant aux poignets et, aux doigts, des bagues de prix. Bien que l'une fût teinte au henné et que la chevelure de l'autre fût d'un blond factice, elles étaient étrangement pareilles : les mêmes cils lourdement maquillés, les lèvres peintes de la même couleur violente, les mêmes joues rougies, la même silhouette allongée — résultat d'extrêmes mortifications —, les mêmes traits nets et accusés, les mêmes yeux avides et sans cesse mobiles : leur vie, c'était clairement visible, n'était plus qu'une lutte désespérée pour retarder le déclin de leurs charmes. D'une voix haute et métallique, elles parlaient de futilités sans jamais s'arrêter, comme si elles craignaient qu'un instant de silence ne détraquât et ne fît tomber en pièces les poupées automates qu'elles étaient en réalité. Il y avait là aussi un secrétaire de l'ambassade américaine, suave, silencieux — il ne parvenait pas à placer un mot —, très homme du monde, ainsi qu'un prince roumain fluet, très brun, tout courbettes et platitude, aux petits yeux noirs brûlants, au visage basané et rasé de près ; il était sans cesse en mouvement pour tendre une tasse de thé, passer une assiette de gâteaux ou allumer une cigarette ; sans aucune vergogne, il assenait aux personnes présentes les compliments les plus flatteurs, mais aussi les plus épais. C'était sa façon à lui rendre les dîners auxquels on l'avait invité ou ceux qu'il escomptait dans l'avenir.

Mrs. Bradley était assise près de la table à thé ; pour satisfaire Elliott, elle s'était vêtue somptueusement — un peu trop, lui semblait-il, pour la circonstance ; elle remplissait ses devoirs de maîtresse de maison avec un calme comme toujours poli bien qu'assez réservé. Ce qu'elle pensait des invités de son frère, je ne puis que le supposer. Je ne l'avais jamais connue intimement : c'était une femme qui ne se livrait pas. Elle n'était pas sotte. Au cours des longues années passées dans les capitales étrangères, elle avait rencontré quantité de gens de tous les milieux et les avait jaugés de manière assez sagace selon la mentalité de la petite ville de Virginie où elle était née et avait été élevée. Elle paraissait s'amuser à observer leurs pitreries sans prendre leurs attitudes et leurs amabilités plus au sérieux que les faits et gestes des personnages d'un roman dont elle savait dès le début le dénouement heureux (sans quoi elle ne l'aurait pas lu).

Paris, Rome, Pékin n'avaient pas plus entamé son américanisme que le catholicisme fervent d'Elliott n'avait ébranlé sa solide mais commode foi protestante. Isabel, avec sa jeunesse, sa fraîcheur de belle fille et sa vitalité, apporta une brise d'air pur dans cette atmosphère faisandée. Ce fut comme l'apparition terrestre d'une jeune déesse. Le prince roumain se précipita pour lui avancer un siège, et, avec force gestes, se mit à déployer tous ses charmes. Des amabilités aigres-douces sur les lèvres, les dames américaines l'observaient des pieds à la tête, notant chaque détail de sa toilette. Sans doute éprouvaient-elles, au fond de leur cœur, un malaise angoissé de se trouver ainsi confrontées avec cette exubérante jeunesse. Le diplomate américain sourit en lui-même en constatant combien, à côté de la jeune fille, elles paraissaient artificielles et décontenancées. Mais Isabel les trouva magnifiques ; elle admira leurs robes somptueuses et leurs perles de prix, et leur assurance affectée lui inspira même une pointe d'envie. Elle se demandait si elle atteindrait jamais à cette suprême élégance. Le petit Roumain était tout à fait ridicule, mais assez sympathique, et les choses charmantes qu'il débitait, même s'il ne les pensait pas, n'en étaient pas moins agréables à entendre. La conversation, interrompue par son arrivée, reprit. Ils s'exprimaient tous avec tant d'animation et paraissaient si profondément convaincus de l'importance de leurs propos, que l'on eût presque pu croire qu'ils disaient des choses sensées. Ils s'entretenaient des réceptions où ils avaient été et de celles où ils devaient se rendre. Ils faisaient des commérages sur le dernier scandale. Ils mettaient en pièces leurs amis. Ils se renvoyaient l'un à l'autre de grands noms. Ils semblaient connaître tout le monde, être au courant de tous les secrets. Presque d'une seule haleine, ils effleuraient tous les sujets : la dernière maîtresse du dernier président du Conseil. On eût dit que rien ne leur échappait. Isabel écoutait avec ravissement. Tout cela, se disait-elle, était d'un raffinement suprême ; tout cela, c'était la vraie vie. Elle se sentait toute grisée de se trouver ainsi au cœur même du monde : voilà au moins qui n'était pas de la creuse rêverie ! Le cadre était parfait : la belle pièce spacieuse, avec son tapis de la Savonnerie, ses charmants dessins accrochés aux riches boiseries, ses fauteuils au petit point, ses meubles de marqueterie d'un prix fabuleux, ses commodes, ses tables volantes ; chaque objet étant digne de prendre place au musée. Ce salon avait dû coûter une fortune, mais il la valait. Isabel fut impressionnée par toute cette splendeur et ce bon goût comme elle ne l'avait jamais été jusqu'alors. Son esprit conservait encore vivace l'image de la misérable petite chambre d'hôtel avec son lit de fer et ce fauteuil dur et inconfortable dans lequel elle s'était assise, cette chambre où rien ne choquait Larry, et qui était nue, sans attrait, affreuse. Le seul souvenir la fit frissonner.

L'on se sépara, et Isabel se trouva seule avec sa mère et Elliott.

— Charmantes femmes, fit Elliott en revenant de reconduire les deux pauvres créatures peinturlurées. Je les connais depuis leur installation à Paris. Jamais je n'aurais imaginé qu'elles réussiraient si bien. La faculté d'adaptation des femmes de chez nous est étonnante. On aurait peine à croire maintenant qu'elles viennent d'Amérique, et du Middle West par-dessus le marché.

Mrs. Bradley haussa les sourcils, et sans mot dire lui assena un coup d'œil dont l'esprit vif d'Elliott comprit aussitôt le sens.

— C'est une chose qu'on ne pourra jamais dire de toi, ma pauvre Louisa, continua-t-il d'un ton mi-aigre, mi-affectueux. Et pourtant Dieu sait que tu as eu toutes les occasions !

Mrs. Bradley pinça les lèvres.

— Je crains d'avoir été pour toi une source de déceptions, Elliott ; mais à vrai dire, je me trouve parfaitement bien comme je suis.

— Tous les goûts sont dans la nature, murmura Elliott.

— Il faut, je crois, que je vous annonce que je ne suis plus fiancée avec Larry, dit Isabel.

— Zut ! s'exclama Elliott. Toute ma table pour le déjeuner de demain va s'en trouver dérangée. Comment en si peu de temps, vais-je mettre la main sur un autre convive ?

— Oh ! mais il viendra déjeuner quand même.

— Après la rupture de vos fiançailles ? Cela ne se fait pas.

Isabel rit sous cape. Elle continua à regarder Elliott, car elle sentait les yeux de sa mère fixés sur elle, et ne voulait pas les rencontrer.

— Nous ne nous sommes pas disputés. Nous en avons parlé cet après-midi, et sommes arrivés à la conclusion que nous nous étions trompés. Il ne veut pas retourner en Amérique ; il veut rester à Paris. Il parle d'aller en Grèce.

— Pour y faire quoi, grand Dieu ? Il n'y a pas de gens du monde à Athènes. D'ailleurs moi, je n'ai jamais beaucoup apprécié l'art grec. Certaines œuvres de l'école d'Alexandrie ont un charme décadent assez plaisant ; mais Phidias : non, non.

— Regarde-moi, Isabel, dit Mrs. Bradley.

Isabel se retourna et, un pâle sourire sur les lèvres, soutint le regard de sa mère. Mrs. Bradley lui lança un coup d'œil scrutateur et fit seulement : hum ! La petite n'avait pas pleuré, elle le vit tout de suite. Elle paraissait calme et paisible.

— Je crois, Isabel, que tu as bien fait de t'en sortir, dit Elliott. J'étais décidé à faire contre mauvaise fortune bon cœur, mais je n'ai jamais pensé que ce fût un bon parti. Larry n'est pas réellement à ton niveau, et son genre de vie à Paris prouve assez clairement qu'il n'arrivera jamais à rien. Jolie comme tu l'es, et avec tes relations, tu es en droit d'espérer mieux. A mon avis, tu as agi très raisonnablement.

Mrs. Bradley jeta sur sa fille un regard qui n'était pas dépourvu d'anxiété.

— Tu n'as pas fait cela à cause de moi, Isabel ?

— Non, maman chérie, j'ai agi entièrement de mon propre chef.

VI

Rentrant d'Orient, je passais quelque temps à Londres. Une quinzaine de jours après les événements que je viens de rapporter, Elliott, un matin, m'appela au téléphone. Je ne fus pas surpris d'entendre sa voix, car je savais qu'il avait l'habitude de venir en Angleterre pour l'apogée de la *Season*. Mrs. Bradley et Isabel l'avaient accompagné et, me dit-il, si je voulais aller prendre un porto chez eux le même soir vers six heures, ils seraient tous ravis de me voir. Ils étaient, bien entendu, descendus au Claridge. J'habitais alors moi-même non loin de là, et, en me promenant, je marchai tranquillement par Park Lane et les rues calmes et aristocratiques de Mayfair jusqu'à leur hôtel. Elliott occupait son appartement habituel : lambrissé de bois brun comme celui d'une boîte à cigares, il était meublé avec un luxe de bon aloi. Quand je fus introduit, Elliott se trouvait seul. Mrs. Bradley et Isabel étaient allées faire des courses ; il les attendait d'un instant à l'autre. Il me fit part de la rupture des fiançailles d'Isabel et de Larry. Avec sa conception romanesque et strictement conventionnelle de la façon dont on devait se comporter selon les circonstances, Elliott avait été déconcerté par l'attitude des jeunes gens. Non seulement Larry était venu déjeuner le lendemain même de la rupture, mais il s'était comporté comme si rien n'était changé. Comme de coutume, il avait été agréable, attentionné et d'une gaieté sobre. Il avait traité Isabel avec la même camaraderie affectueuse qu'il lui avait toujours témoignée. Il ne semblait ni accablé, ni préoccupé, ni affligé. Isabel ne paraissait pas davantage abattue. Elle avait eu l'air heureux, avait ri de bon cœur et badiné légèrement comme si elle ne venait pas de prendre une décision certainement pénible et qui engageait toute sa vie. Elliott n'y pouvait rien comprendre. Des quelques bribes de leur conversation qu'il avait pu saisir, il avait déduit qu'ils n'avaient nullement l'intention de renoncer à leurs rendez-vous déjà fixés. A la première occasion, il s'en était entretenu avec sa sœur.

— Cela ne se fait pas, dit-il. Ils ne peuvent continuer à courir partout ensemble comme s'ils étaient encore fiancés. Vraiment, Larry devrait avoir davantage le sens des convenances. Les chances d'Isabel s'en trouvent aussi compromises. Le petit Fotheringham, ce jeune homme de l'ambassade britannique, est très emballé, cela saute aux yeux. Il a de la fortune et de belles relations ; s'il savait la voie libre, je ne serais aucunement surpris qu'il fît sa demande. Je crois que tu devrais en parler à ta fille.

— Mon cher, Isabel a vingt ans, et elle a, pour vous prier de vous mêler de vos propres affaires sans que vous puissiez toutefois vous en formaliser, une de ces manières qui m'a toujours mise dans le plus grand embarras.

— C'est que tu l'as très mal élevée Louisa ; et, d'ailleurs, c'est vraiment ton affaire, à toi.

— Voilà un point sur lequel elle et toi ne serez certainement pas d'accord.

— Louisa, tu mets ma patience à l'épreuve.

— Mon pauvre Elliott, si tu avais jamais eu une grande fille, tu saurais qu'en comparaison un jeune taureau est plus facile à mener. Et quant à savoir ce qui se passe en elle — eh bien ! il vaut mieux faire semblant d'être les pauvres vieux idiots pour qui elle nous prend sûrement.

— Mais as-tu discuté la question avec elle ?

— J'ai essayé, mais elle m'a ri au nez, et m'a affirmé qu'il n'y avait vraiment là rien de répréhensible.

— Souffre-t-elle ?

— Je ne parviens pas à m'en rendre compte. Tout ce que je sais, c'est qu'elle mange bien et dort comme un bébé.

— Eh bien ! crois-moi, si tu les laisses continuer de la sorte, un beau jour ils s'enfuiront ensemble et se marieront sans en rien dire à personne.

Mrs. Bradley se permit un sourire.

— Tu dois te sentir soulagé en pensant que nous vivons maintenant dans un pays où toutes les facilités sont offertes aux relations irrégulières, et tous les bâtons mis dans les roues du mariage.

— Et avec juste raison. Le mariage est une chose sérieuse sur laquelle reposent la sécurité de la famille et la stabilité de l'Etat. Mais l'autorité du mariage ne peut se maintenir que si les rapports extra-conjugaux sont, non seulement tolérés, mais officiellement admis. La prostitution, ma pauvre Louisa…

— Ça suffit, Elliott, l'interrompit Mrs. Bradley. Tes vues sur la valeur sociale et morale de la fornication ne m'intéressent pas.

Ce fut alors qu'Elliott suggéra un plan destiné à mettre un terme aux contacts constants d'Isabel et de Larry, si contraires à son sens des convenances. La saison parisienne tirait à sa fin, et tous les gens de la bonne société se préparaient à villégiaturer dans les villes d'eaux ou à Deauville avant de se rendre, pour le restant de l'été dans leurs châteaux ancestraux de Touraine, d'Anjou ou de Bretagne. Elliott avait coutume d'aller à Londres vers la fin de juin, mais il avait un esprit de famille solidement ancré et une affection sincère pour sa sœur et Isabel ; il eût été tout prêt, si elles en avaient exprimé le désir, à faire le sacrifice de ses goûts et à rester à Paris, quand bien même tous ceux qui comptaient à ses yeux n'y étaient plus ; mais à présent, il se trouvait dans l'agréable situation de pouvoir satisfaire à la fois les autres et lui-même. Il proposa donc à Mrs. Bradley de partir immédiatement à eux trois pour Londres où la *Season* battait encore son plein, et où de nouveaux plaisirs et des amis nouveaux distrairaient Isabel de sa détresse. Selon les journaux, le grand spécialiste de la maladie dont souffrait Mrs. Bradley se trouvait alors dans la capitale britannique. La nécessité d'une consultation expliquerait amplement leur départ précipité et aurait raison de toute hésitation d'Isabel à quitter Paris. Mrs. Bradley se déclara d'accord sur ce programme. Pour elle, Isabel était une énigme. Elle ne parvenait pas à se rendre compte si sa fille était aussi détachée qu'elle en donnait l'impression, ou si, blessée, furieuse et l'âme endolorie, elle dissimulait sa peine derrière un front d'airain. Comme Elliott, Mrs. Bradley reconnaissait d'ailleurs que de nouveaux visages et un changement d'horizon feraient le plus grand bien à Isabel.

Elliott se chargea de téléphoner à Londres, et quand Isabel, après une journée passée à Versailles en compagnie de Larry, revint à la maison, il put lui annoncer avoir pris rendez-vous pour sa mère avec le fameux docteur, à trois jours de là ; il ajouta qu'il avait réservé un appartement au Claridge et qu'ils partiraient tous le lendemain au plus tard. Tandis qu'Elliott lui communiquait négligemment cette nouvelle, Mrs. Bradley observait sa fille, mais celle-ci ne broncha pas.

— Oh ! ma chérie, je suis si contente que tu ailles consulter ce médecin, s'écria-t-elle d'une seule haleine avec son impétuosité coutumière. Il ne faut surtout pas rater cette occasion. Et ce sera magnifique d'aller à Londres. Combien de temps y resterons-nous ?

— Il sera inutile de revenir à Paris, dit Elliott. Dans huit jours, il n'y aura plus ici âme qui vive. J'aimerais que vous restiez avec moi au Claridge pour la fin de la *Season*. Il y a toujours quelques beaux bals en juillet, et naturellement il y a Wimbledon. Et ensuite il y a Godwood et Cowes. Les Ellingham, j'en suis certain, seront heureux de nous avoir sur leur yacht pour Cowes, et les Bantock donnent toujours une grande réception à l'occasion de Goodwood.

Isabel paraissait enchantée, et Mrs. Bradley s'en trouva rassurée : sa fille semblait ne plus accorder une seule pensée à Larry.

Elliott terminait tout juste son récit, quand la mère et la fille rentrèrent. Je ne les avais pas vues depuis plus de dix-huit mois. Mrs. Bradley était un peu moins forte qu'auparavant, mais avait encore le visage empâté ; elle paraissait fatiguée et assez souffrante. Isabel, par contre, était florissante. Avec ses vives couleurs, le châtain chaud de sa chevelure, l'éclat de ses yeux noisette, la fraîcheur de sa carnation, elle dégageait une telle impression de jeunesse, de simple joie de vivre que l'on eût volontiers ri de plaisir rien qu'en la regardant. Elle évoqua en moi l'absurde image d'une poire dorée et juteuse, mûre à point et ne demandant qu'à être cueillie. Tant de chaleur irradiait d'elle qu'on pensait pouvoir en sentir la caresse en étendant la main. Elle paraissait aussi plus élancée que la dernière fois où je l'avais vue ; était-ce parce qu'elle portait des talons plus hauts, ou parce qu'une couturière habile avait coupé son vêtement de manière à dissimuler sa juvénile rondeur ? Je ne sais. Et sa contenance avait l'aisance gracieuse d'une jeune fille ayant, depuis son enfance, pratiqué les sports au grand air. En un mot, c'était, physiquement, une jeune femme très attirante. Si j'avais été sa mère, j'aurais pensé qu'il était grand temps de la marier. Heureux d'avoir l'occasion de leur rendre quelques-unes des amabilités dont Mrs. Bradley m'avait comblé à Chicago, je les invitai tous trois à m'accompagner un soir au théâtre. Je projetai un déjeuner en leur honneur.

— Vous avez raison de vous y prendre à temps, mon cher, dit Elliott. J'ai déjà prévenu mes amis de notre arrivée, et je présume que, d'ici un jour ou deux, nous serons pris jusqu'à la fin de la *Season.*

Je compris qu'Elliott insinuait qu'il n'aurait plus de temps de reste pour des gens de mon espèce, et j'en ris. Elliott me lança un regard dans lequel je discernai une certaine arrogance.

— Bien entendu, vous nous trouverez généralement ici vers les six heures, et nous serons toujours heureux de vous voir, fit-il gracieusement, et, pourtant, avec l'évidente intention de me remettre à mon humble place d'écrivain.

Mais il arrive qu'une pointe se retourne.

— Vous devriez tâcher de vous mettre en rapport avec les

Saint-Olpherd, dis-je. J'ai entendu dire qu'ils veulent se défaire de leur *Cathédrale de Salisbury* de Constable.

— Je n'achète aucun tableau pour le moment.

— Je sais, mais j'ai pensé que vous pourriez vous charger de le vendre pour eux.

Les yeux d'Elliott brillèrent d'un éclat d'acier.

— Mon cher ami, les Anglais sont un grand peuple, mais ils n'ont jamais été capables de peindre, et ne le seront jamais. L'école anglaise ne m'intéresse pas.

VII

Au cours du mois suivant, je vis peu Elliott et ses parentes. Il continua à les monter en épingle. Il les emmena passer un week-end dans une magnifique propriété du Sussex, et le week-end suivant dans une autre plus grandiose encore du Wiltshire. Il les conduisit à l'Opéra où, dans la loge royale, ils furent les hôtes d'une princesse de second rang de la maison de Windsor. Il les fit déjeuner et dîner en compagnie des personnalités les plus en vue. Isabel assista à plusieurs bals. Elliott invita au Claridge toute une série de gens dont les noms, publiés le lendemain dans la chronique mondaine des journaux, firent sensation. Il donna des soupers au Ciro's et à l'Embassy. D'ailleurs tout ce qu'il organisa fut très réussi, et Isabel eût dû être fort blasée pour ne pas se sentir tant soit peu éblouie par le luxe et l'élégance qu'il se faisait une vraie joie de déployer pour elle. Il pouvait se flatter de se donner tout ce mal dans le dessein purement désintéressé de distraire l'esprit d'Isabel d'un amour malheureux. Mais il me semblait qu'il trouvait aussi grande satisfaction à faire constater à sa sœur, de ses propres yeux, toute son intimité avec les personnalités les plus illustres et les plus à la mode. C'était un hôte admirable, et il se délectait à faire étalage de sa virtuosité.

J'assistai moi-même à une ou deux de ses réceptions, et de temps à autre, en passant, m'arrêtais au Claridge vers les six heures. Je trouvais Isabel entourée d'une cour de jeunes officiers de la *Household Brigade*, bien bâtis et tirés à quatre épingles, ou d'élégants jeunes membres du Foreign Office, moins bien habillés. Ce fut lors de l'une de ces visites qu'elle me prit à part.

— Je voudrais vous demander quelque chose, dit-elle. Vous souvenez-vous de cette soirée où nous sommes allés tous les deux dans un *drugstore* et y avons pris un *ice-cream soda ?*

— Parfaitement.

— Vous avez été alors très gentil et très secourable. Voudriez-vous, une fois de plus, être gentil et m'aider ?

— Je ferai de mon mieux.

— Je voudrais vous parler ; pourrions-nous déjeuner ensemble un de ces jours ?

— En principe, quand vous voudrez.

— Dans un endroit tranquille.

— Que diriez-vous d'aller en auto jusqu'à Hampton Court ? Nous pourrions y déjeuner. Les jardins, en ce moment, doivent être dans toute leur splendeur, et je vous ferai voir le lit de la reine Elisabeth.

L'idée lui plut, et nous prîmes date. Mais au jour fixé, le temps, beau et chaud jusque-là, se gâta. Le ciel était couvert et une petite pluie fine tombait. Je l'appelai au téléphone pour lui demander si elle ne préférait pas déjeuner en ville.

— Nous ne pourrons pas nous asseoir dans les jardins et l'éclairage des tableaux sera si mauvais que nous ne verrons rien.

— Je me suis assise dans beaucoup de jardins, et, des maîtres anciens, j'en ai par-dessus la tête. Allons-y quand même.

— Entendu.

J'allai la cueillir et nous partîmes en voiture. Je connaissais un petit hôtel où la cuisine était passable, et nous nous y rendîmes tout droit. En cours de route, Isabel m'entretint avec sa vivacité coutumière des réceptions où elle avait été et des gens qu'elle avait rencontrés. Elle s'était bien amusée, et ses commentaires sur les diverses personnes qu'elle avait vues me prouvèrent qu'elle savait observer et découvrait rapidement le ridicule. Le mauvais temps avait découragé les clients, et nous nous trouvâmes seuls dans la salle à manger. L'hôtel était spécialisé dans la cuisine bourgeoise anglaise ; nous dégustâmes une délicieuse tranche d'agneau accompagnée de petit pois et de pommes de terre nouvelles, suivie d'un épais morceau de tarte aux pommes recouvert de crème du Devonshire ; le tout arrosé d'un carafon de *Pale Ale :* ce fut un excellent déjeuner. Le repas terminé, je proposai à Isabel d'aller au fumoir qui était vide, et où nous pourrions nous installer confortablement dans de bons fauteuils. Il y faisait assez froid, mais un feu était tout prêt, et je n'eus qu'à y mettre une allumette. La flambée donna immédiatement plus d'intimité à cette pièce peu accueillante.

— Et voilà, dis-je. Maintenant, allez-y de ce que vous vouliez me dire.

— C'est le même sujet que la dernière fois, fit-elle en riant : Larry.

— Je m'en doutais bien.

— Vous savez que nous avons rompu nos fiançailles ?

— Elliott me l'a dit.

— Maman en est soulagée, et Elliott, enchanté.

Elle hésita un instant, puis entama le récit de sa conversation avec Larry ; je l'ai rapportée de mon mieux pour l'édification du lecteur. Ce dernier sera peut-être étonné qu'Isabel eût pris pour confident quelqu'un qu'elle connaissait si peu. Je ne l'avais pas vue, je pense, une douzaine de fois en tout, et, sauf dans ce *drugstore,* jamais seule. Mais moi, je n'en fus pas surpris. En effet, comme tout écrivain pourra le confirmer, le romancier reçoit des confidences que l'on ne ferait à personne d'autre. Je ne sais pourquoi d'ailleurs, si ce n'est qu'après avoir lu une ou deux de ses œuvres on se sent particulièrement près de lui. Peut-être aussi, dramatisant ses propres états d'âme et se prenant soi-même pour un héros de roman, est-on disposé à l'égard du romancier à toute la confiance qu'on imagine exister entre lui et les personnages de sa création. Et Isabel sentait aussi, je crois, que je les aimais bien, Larry et elle, que j'étais attendri par leur jeunesse, et que je compatissais à leur détresse. Elle ne pouvait espérer trouver auprès d'Elliott une oreille sympathique : il n'était pas d'humeur à se tourmenter pour un garçon ayant dédaigné la plus magnifique occasion qui fût jamais offerte à un jeune homme d'entrer dans la haute société. Sa mère ne pouvait pas davantage lui venir en aide. Mrs. Bradley avait du bon sens et des principes rigides, en vertu desquels elle estimait que si l'on veut faire son chemin dans le grand monde, il faut en accepter les conventions ; et qu'un genre de vie anormal révèle clairement un caractère instable. Selon ses théories élevées, le devoir de tout homme était d'entrer dans les affaires où, avec de l'énergie et de l'initiative, il aurait la possibilité de gagner assez d'argent pour assurer à sa femme et à ses enfants une vie répondant à leur rang, pour donner à ses fils une éducation devant leur permettre à l'âge d'homme de se créer une existence décente, et pour laisser en mourant sa veuve largement à l'abri du besoin.

Isabel avait bonne mémoire, et les diverses phases de la discussion s'y étaient gravées profondément. J'écoutai en silence jusqu'à ce qu'elle eût fini. Une seule fois, elle s'interrompit pour me poser une question.

— Qui était Ruysdael ?

— Ruysdael ? C'était un paysagiste hollandais. Pourquoi ?

Elle me raconta que Larry avait cité ce nom. Ruysdaël, lui au moins, avait-il dit, avait trouvé une solution aux problèmes qui le préoccupaient, et elle me rapporta la réponse évasive qu'il lui avait faite quand elle lui avait demandé de qui il parlait.

— A votre avis, que voulait-il dire ?

J'eus un trait de lumière.

— Etes-vous certaine qu'il n'a pas dit Ruysbroek ?

— C'est possible. Qui est-ce ?

— C'était un mystique flamand du XIVe siècle.

— Ah ! fit-elle d'un ton désappointé.

Cela ne lui disait rien. Mais à moi, cela me disait quelque chose. C'était la première indication que j'obtenais sur l'orientation des méditations de Larry ; et, tandis qu'elle poursuivait son récit, et tout en l'écoutant toujours aussi attentivement, ma pensée était en partie concentrée sur les possibilités suggérées par le nom que Larry avait mentionné. Je ne voulais pas y attacher trop d'importance ; peut-être n'avait-il fait allusion au maître extatique qu'à titre d'argument dans la discussion ; peut-être aussi avait-il sous-entendu quelque chose qui avait échappé à Isabel. En lui répondant que Ruysbroek était tout simplement un bonhomme qu'il n'avait pas connu au collège, il avait eu, de toute évidence, l'intention de l'égarer.

— Que pensez-vous de tout cela ? demanda-t-elle en terminant.

Je pris un temps avant de répondre.

— Il disait, vous en souvenez-vous, vouloir tout bonnement flâner. Si ce qu'il vous a dit est vrai, sa flânerie semble comporter quelques tâches très absorbantes.

— Je suis certaine que c'est vrai. Mais ne pensez-vous pas que s'il avait fourni le même effort dans un travail productif, il en tirerait aujourd'hui déjà un revenu appréciable ?

— Il y a des gens étrangement faits. Les criminels, par exemple, travailleront comme des nègres pour échafauder des plans qui les conduiront en prison ; et à peine sortis de geôle, ils recommenceront une fois de plus, et de nouveau échoueront au bagne. S'ils mettaient au service de fins honnêtes autant d'activité, d'habileté, de ressources et de patience, ils pourraient très bien gagner leur vie et acquérir de bonnes situations. Mais telle est leur nature : ils aiment le crime.

— Pauvre Larry, dit-elle en riant. Vous n'allez pas insinuer qu'il apprend le grec pour monter un cambriolage de banque ?

Je me mis à rire à mon tour.

— Non, rassurez-vous. J'essaie simplement de vous expliquer que certains êtres sont possédés d'un besoin si violent de mettre à exécution un projet précis que c'est bien plus fort qu'eux, ils y sont fatalement poussés. Ils sont prêts à tout sacrifier pour satisfaire leur désir.

— Même ceux qu'ils aiment.

— Oh ! oui.

— Est-ce autre chose que du pur égoïsme ?

— Je ne saurais dire, répliquai-je en souriant.

— Quel intérêt Larry peut-il avoir à apprendre les langues mortes ?

— Certaines personnes ont une soif désintéressée de connaissance. Il n'y a pas là de quoi rougir.

— Mais à quoi bon la science si vous ne devez pas vous en servir ?

— Peut-être compte-t-il s'en servir. Peut-être le seul fait de savoir lui sera-t-il une satisfaction suffisante, comme la création d'une œuvre d'art est, en elle-même, une satisfaction suffisante pour un artiste. Peut-être, aussi, n'est-ce qu'une étape vers des fins plus lointaines.

— S'il voulait s'instruire, pourquoi n'est-il pas allé à l'Université en revenant de la guerre ? C'était le désir du docteur Nelson et de maman.

— Je lui en avais parlé à Chicago. Un diplôme ne lui aurait été d'aucune utilité. Je serais assez porté à croire qu'il avait une idée bien définie de ce qu'il voulait, et sentait que l'Université ne l'y conduirait pas. Voyez-vous, dans les études, il y a le loup solitaire aussi bien que celui qui reste dans la bande. Larry, à mon avis, est un de ces êtres qui ne peuvent suivre d'autre route que celle qu'ils se sont tracée eux-mêmes.

— Je me rappelle lui avoir demandé un jour s'il voulait écrire. Il s'est mis à rire, et m'a dit qu'il n'avait rien à raconter.

— Jamais je n'ai entendu raison moins concluante de ne pas écrire, observai-je en souriant.

Isabel eut un geste d'impatience. Elle n'était pas d'humeur à plaisanter, même légèrement.

— Ce que je n'arrive pas à comprendre, c'est pourquoi il a tellement changé. Avant la guerre, il était tout à fait comme tout le monde. Vous ne le croiriez pas, mais il joue très bien au tennis, et n'est pas mauvais au golf. Il faisait tout ce que nous faisions nous-mêmes. C'était un garçon parfaitement normal et il n'y avait aucune raison de supposer qu'il ne deviendrait pas aussi un homme parfaitement normal. Après tout, vous êtes romancier, vous devriez donc être capable de me l'expliquer.

— Pourquoi serais-je, moi, à même d'expliquer l'infinie complexité de la nature humaine ?

— C'est pour cette raison que je voulais vous parler aujourd'hui, ajouta-t-elle sans prêter attention à ce que je venais de dire.

— Etes-vous malheureuse ?

— Non, pas exactement. Quand Larry n'est pas là, je suis calme ; mais quand je suis près de lui, je me sens si faible. A présent, c'est tout juste une sorte de mal comme la courbature après une longue course à cheval lorsqu'on est resté des mois sans monter. Ce n'est pas douloureux, ce n'est pas du tout intolérable, mais pourtant on en a conscience. Je m'en remettrai très bien. Mais ce qui me rend malade, c'est de penser que Larry gâche ainsi sa vie.

— Peut-être ne la gâchera-t-il pas. Il s'est engagé sur une route longue et ardue, mais il est possible qu'au bout il trouve ce qu'il recherche.

— C'est-à-dire ?

— Ne l'avez-vous pas compris ? Ce qu'il vous en a dit l'indique, me semble-t-il, assez clairement : Dieu.

— Dieu ! s'écria-t-elle.

Mais c'était une exclamation de surprise incrédule. Nous usions du même terme, mais dans un sens si différent que l'effet en fut comique et nous fit rire tous deux. Isabel, cependant, redevint aussitôt sérieuse, et je crus distinguer dans toute son attitude une sorte de crainte :

— Pour l'amour du ciel, qu'est-ce qui vous fait croire cela ?

— Simple hypothèse. Mais vous m'avez demandé ce que je pense en tant que romancier. Nous ne connaissons malheureusement pas l'épreuve qui, pendant la guerre, a si profondément bouleversé Larry. Je suppose seulement que ce qu'il lui est arrivé lui a fait comprendre combien la vie est éphémère, et lui a donné la soif angoissée de la certitude d'une compensation pour les péchés et les misères de ce monde.

Isabel, je m'en rendis compte, n'appréciait guère le tour que j'avais donné à la conversation, et elle en ressentait une certaine timidité et une sorte de gêne.

— Ne trouvez-vous pas tout cela terriblement morbide ? Il faut prendre le monde comme il est. Si nous sommes ici-bas, c'est certainement pour profiter de tout ce que la vie peut nous offrir.

— Vous êtes sans doute dans le vrai.

— Je n'ai pas la prétention d'être autre chose qu'une jeune fille tout à fait quelconque, mais normale. Je veux être heureuse.

— Il y a, me semble-t-il, une totale incompatibilité de caractère entre vous deux. Il vaut beaucoup mieux vous en être aperçus avant le mariage.

— Je veux me marier, et avoir des enfants, et vivre...

— Dans les conditions de vie où une Providence miséricordieuse a eu la grâce de vous placer, l'interrompis-je en souriant.

— Où est le mal, dites-moi ? Ce sont des conditions très agréables et qui me satisfont pleinement.

— Vous êtes l'un et l'autre comme deux amis qui veulent passer leurs vacances ensemble, mais l'un d'eux escalader les pentes neigeuses du Groenland, tandis que l'autre veut aller pêcher sur la Côte de Corail de l'Inde. Il est évident que cela n'aurait pas marché.

— En tout cas, des pentes neigeuses du Groenland, j'aurais toujours pu rapporter un manteau de loutre, et il est douteux, je crois, qu'on puisse trouver des poissons au large de la Côte de Corail.

— C'est à voir.

— Pourquoi dites-vous cela ? demanda-t-elle, fronçant légèrement les sourcils. Vous avez toujours l'air d'obéir à une sorte de restriction mentale. C'est entendu, je sais que je ne joue pas le beau rôle. C'est à Larry qu'il est dévolu. C'est lui l'idéaliste, c'est lui le rêveur de merveilleuses chimères, et même si ses rêves ne se réalisent pas, c'est déjà passionnant de les avoir rêvés. Moi, j'ai été choisie pour le rôle du personnage dur, vénal, pratique. Le bon sens n'est jamais très sympathique, n'est-ce pas ? Mais ce que vous oubliez, c'est que c'est moi qui paierais les pots cassés. Larry planerait dans des nuages de gloire, et mon seul lot serait de me traîner à sa suite en essayant de joindre les deux bouts. Je veux vivre.

— Je ne l'oublie pas du tout. Il y a de cela longtemps, quand j'étais jeune, je connaissais un médecin, assez bon d'ailleurs, mais qui ne pratiquait pas. Il passa des années à fouiner dans la bibliothèque du Bristish Museum, et pondait, à de longs intervalles, un énorme bouquin pseudo-scientifique, pseudo-philosophique que personne ne lisait et qu'il était obligé de publier à ses propres frais. Avant de mourir, il en avait écrit quatre ou cinq qui n'avaient absolument aucune valeur. Son fils voulait entrer dans l'armée, mais ne pouvant, faute d'argent, aller à Sandhurst, il dut s'engager. Il fut tué à la guerre. Ce médecin avait aussi une fille. Elle était très jolie, et j'étais quelque peu amoureux d'elle. Elle monta sur les planches, mais n'avait aucun talent, et finit par faire, pour un salaire de misère, des tournées en province, jouant les petits rôles dans des compagnies de deuxième ordre. Sa femme, après des années sans relâche d'un travail morne et sordide, tomba malade, et la jeune fille dut revenir à la maison pour la soigner et prendre en main la besogne que sa mère n'avait plus la force d'accomplir : vies gâchées, perdues, et tout cela pour rien. Quand vous prenez le parti de vous écarter de la voie normale, tout devient un jeu de hasard : il y a beaucoup d'appelés, mais peu d'élus.

— Ma mère et Oncle Elliott approuvent ce que j'ai fait. M'approuvez-vous aussi ?

— Ma chère enfant, qu'est-ce que cela peut bien vous faire ? Je suis presque un étranger pour vous.

— Je vous considère comme un témoin impartial, dit-elle avec un charmant sourire. J'aimerais avoir votre approbation. Vous estimez que j'ai bien agi, n'est-ce pas ?

— J'estime qu'en ce qui vous concerne vous avez bien fait, dis-je avec le vague espoir qu'elle ne percevrait pas la légère restriction de ma réponse.

— Alors, pourquoi ma conscience n'est-elle pas tranquille ?

— Vraiment, ne l'est-elle pas ?

Avec encore sur les lèvres un sourire, mais à présent un peu triste, elle acquiesça de la tête.

— Je sais que cela tombe sous le sens ; je sais que toute personne raisonnable reconnaîtrait que j'ai fait la seule chose possible ; je sais que, du point de vue éminemment pratique, du point de vue de la sagesse humaine, du point de vue de la commune décence, du point de vue de ce qui est juste ou faux, j'ai fait ce que je devais faire. Et pourtant, au fond de mon cœur, j'éprouve le sentiment pénible que, si j'étais meilleure, si j'étais plus désintéressée, moins égoïste, plus noble, j'épouserais Larry et partagerais sa vie. Si seulement je l'aimais assez, que m'importerait le monde ?

— Vous pourriez tout aussi bien retourner la formule : s'il vous avait, lui, assez aimée, il n'aurait pas hésité à faire ce que vous lui demandiez.

— Je me le suis dit aussi. Mais cela ne me sert à rien. Le sacrifice est plus, je crois, dans la nature féminine que dans celle de l'homme. Elle rit. Le dévouement de Ruth travaillant pour autrui, et toutes les histoires de ce genre.

— Pourquoi ne prenez-vous pas le risque ?

Nous avions parlé très légèrement, presque comme si nous échangions des propos fortuits sur des gens que nous connaissions tous deux, mais dont les affaires ne nous touchaient pas de près ; et même en me narrant sa conversation avec Larry, Isabel s'était exprimée avec une sorte de fraîche gaieté, avec des pointes d'humour, comme si elle avait voulu m'empêcher de prendre trop au sérieux ce qu'elle disait. Mais à présent, elle pâlit.

— J'ai peur.

Nous demeurâmes silencieux un instant. Un frisson me parcourut le dos ainsi qu'il m'arrive, de façon curieuse, lorsque je suis confronté avec une sincère et profonde détresse humaine. C'est très désagréable et assez angoissant.

— L'aimez-vous beaucoup ? demandai-je enfin.

— Je ne sais pas. Il m'énerve, il m'exaspère. Je suis éperdument amoureuse de lui.

Un silence tomba de nouveau sur nous. Je ne savais plus que dire. La pièce où nous étions assis était petite et sombre, et d'épais rideaux de dentelle encadrant les fenêtres l'obscurcissaient encore. Aux murs, recouverts d'un papier jaune marbré, étaient accrochées d'anciennes gravures de sport. Avec son mobilier d'acajou, ses fauteuils de cuir usé, et son odeur de moisi, le tout évoquait étrangement le fumoir des romans de Dickens. J'attisai le feu et y remis du charbon. Soudain, Isabel se mit à parler.

— Je pensais, voyez-vous, qu'une fois au pied du mur, il aurait cédé. Je le savais faible.

— Faible ? m'exclamai-je. Comment avez-vous pu le croire ?

Un homme qui, durant toute une année, a tenu tête au blâme de tous ses amis et camarades parce qu'il était décidé à suivre son propre chemin !

— J'arrivais toujours à faire de lui ce que je voulais. Je pouvais le retourner comme une crêpe. Il ne prenait jamais aucune initiative. Il se contentait de se laisser mener.

J'avais allumé une cigarette et suivais de l'œil les cercles de fumée qui allaient s'élargissant avant de s'évanouir dans l'air.

— Maman et Elliott me blâmaient sévèrement de continuer à le voir comme si rien ne s'était passé, mais je ne m'en souciais guère. Je tenais bon, pensant toujours que, finalement, il flancherait. Qu'il ne lâchât pas pied lorsque sa tête de bois aurait compris que je pensais réellement ce que je disais, je ne pouvais le croire. Elle hésita et me fit un sourire plein d'espiègle malice. Seriez-vous terriblement offusqué si je vous faisais un aveu ?

— C'est très peu probable.

— Quand notre départ pour Londres fut décidé, je téléphonai à Larry et lui demandai s'il voulait bien passer avec moi ma dernière soirée à Paris. Lorsque je leur en fis part, Oncle Elliott trouva la chose très déplacée, et maman la jugea inutile ; et pour maman, inutile signifie désapprobation absolue. Oncle Elliott me demanda ce que nous comptions faire ; je lui répondis que nous irions dîner et, ensuite, faire un tour dans les boîtes de nuit. Il dit à maman qu'elle devrait me le défendre. « Si je te défends d'y aller, en tiendras-tu compte ? » me demanda-t-elle. « Non, chérie ! fis-je, nullement. » — Elle ajouta alors : « C'est bien ce que je pensais ; et dans ce cas, je ne vois guère pourquoi je te le défendrais ! »

— Votre mère me paraît avoir beaucoup de bon sens.

— Je crois, en effet, qu'elle n'en manque pas. Quand Larry vint me prendre, j'allai dans la chambre de maman pour lui dire bonsoir. Je m'étais quelque peu maquillée ; à Paris, vous le savez, on y est obligée pour ne pas paraître dénudée ; et lorsqu'elle vit ma robe, je me sentis très mal à l'aise, car, à la façon dont elle m'inspecta des pieds à la tête, j'eus l'idée qu'elle avait un soupçon pénétrant de mes intentions. Mais elle ne dit rien. Elle se contenta de m'embrasser et me souhaita de bien m'amuser.

— Quelles étaient donc vos intentions ?

Isabel me regarda en hésitant comme si elle ne pouvait décider jusqu'à quel point elle devait pousser la franchise.

— J'étais assez en forme, je crois, et c'était ma dernière

chance. Larry avait réservé une table chez Maxim's. Nous fîmes un excellent dîner, tous mes plats préférés, et du champagne. Nous étions un peu partis, moi tout au moins, ce qui fit rire Larry. Je parvenais toujours à l'amuser, et c'est ce qu'entre autres j'aimais en lui. Nous dansâmes, et quand nous en eûmes assez, nous partîmes pour le Château de Madrid. Là, nous trouvâmes quelques personnes de connaissance et prîmes encore du champagne avec elles. Puis toute la bande alla aux Acacias. Larry danse très bien, et nous nous accordons parfaitement. La chaleur, et la musique, et les vins — la tête me tournait un peu. Je me sentais merveilleusement légère. Je dansais joue contre joue avec Larry, et je savais qu'il me désirait. Et Dieu sait si, lui, je le désirais ! Il me vint une idée ; je l'avais, je suppose, depuis longtemps derrière la tête. Je conçus le projet de le ramener avec moi à la maison, et une fois là, eh bien ! il était presque inévitable que l'inévitable se produisît.

— En vérité, on ne saurait s'exprimer avec plus de délicatesse.

— Ma chambre était très éloignée de celles d'Oncle Elliott et de maman ; je savais donc qu'il n'y avait aucun danger. Une fois rentrée en Amérique, je pensais lui écrire et lui annoncer que j'allais avoir un bébé. Il eût été dès lors obligé de revenir et de m'épouser. Quand il aurait été sur place, je ne pouvais croire qu'il fût difficile de le retenir, surtout maman étant malade. « Quelle sotte je suis de ne pas y avoir pensé plus tôt ! me dis-je. Bien entendu, cela arrangerait tout ! » Quand la musique s'arrêta, je restai dans ses bras. Puis je lui dis qu'il se faisait tard et que, devant prendre le train à midi, il me fallait rentrer. Nous montâmes dans un taxi. Je me blottis contre lui. Il me prit dans ses bras et m'embrassa. Il m'embrassa, m'embrassa — oh ! je me croyais au paradis. Un trop court moment après, le taxi s'arrêta devant la porte. Larry paya.

— Je vais rentrer à pied, me dit-il.

Le taxi démarra en pétaradant, et je m'accrochai au cou de Larry.

— Ne veux-tu pas monter prendre une dernière coupe de champagne ? demandai-je.

— Oui, si tu veux, me répondit-il.

Il avait sonné et la porte s'ouvrit. Il pressa le bouton de la lumière et nous entrâmes. Je plongeai mes yeux dans les siens. Ils étaient si confiants, si honnêtes, si... si ingénus ; il se doutait tellement peu du traquenard que je lui tendais, que je n'eus pas le cœur de lui jouer un si sale tour. C'eût été comme d'enlever un bonbon à un enfant. Savez-vous ce que j'ai fait alors ? Je lui dis : « Oh ! après tout, il vaut peut-être mieux que tu ne montes pas. Maman n'est pas très bien ce soir, et si elle s'est endormie, je ne veux pas risquer de la réveiller. Bonne nuit. » Je lui tendis la joue, il m'embrassa, je le poussai dehors, et ce fut tout.

— En avez-vous du regret ? demandai-je.

— Je n'ai ni plaisir ni regret. J'étais alors tout simplement sans volonté. Ce n'est pas moi qui ai fait ce que j'ai fait. C'était une impulsion plus forte que moi qui me poussait et qui agissait à ma place. Elle sourit tristement. C'est ce que l'on appelle, j'imagine, son meilleur soi-même.

— Je le suppose en effet.

— Alors, mon meilleur moi-même doit en subir les conséquences. J'espère qu'à l'avenir il sera plus prudent.

Notre conversation s'arrêta là. Isabel me parut comme soulagée d'avoir pu s'ouvrir en toute liberté à quelqu'un ; mais c'était le seul secours que j'eusse été capable de lui apporter. Sentant que j'avais été au-dessous de ce qu'elle attendait de moi, je tentai au moins de la réconforter un peu.

— Vous savez, lui dis-je, quand on aime, et que les choses tournent mal, on est terriblement malheureux et l'on croit ne jamais pouvoir s'en remettre. Mais vous serez surprise de voir l'effet de la mer.

— Que voulez-vous dire ? demanda-t-elle en souriant.

— Eh bien ! l'amour n'a pas le pied marin, et il dépérit au cours des voyages en mer. Vous serez étonnée, lorsque, entre vous et Larry, il y aura l'Atlantique, de constater combien est légère la peine de cœur qui, avant l'embarquement, vous semblait intolérable.

— Parlez-vous par expérience ?

— L'expérience d'un passé orageux. Quand j'avais le cœur lourd d'un amour malheureux, je m'embarquais immédiatement sur un long-courrier.

La pluie ne paraissait pas vouloir cesser ; aussi décidâmes-nous qu'Isabel n'en mourrait pas de ne pas avoir vu la masse imposante de Hampton Court ni même le lit de la reine Elisabeth, et nous rentrâmes tout droit à Londres. Je la revis encore deux ou trois fois, mais seulement en compagnie d'autres personnes. Puis, en ayant assez de Londres pour le moment, je partis pour le Tyrol

CHAPITRE III

I

Pendant les dix années qui suivirent, je ne rencontrai plus Isabel ni Larry. Je continuai à voir Elliott, même plus fréquemment encore pour une raison que j'expliquerai par la suite, et, par lui, j'avais, de temps à autre, des nouvelles d'Isabel. Mais de Larry, il ne pouvait rien me dire.

— Tout ce que je sais, c'est qu'il habite toujours Paris, mais il est peu probable que le hasard nous mette en présence. Nous n'évoluons pas dans les mêmes milieux, ajoutait-il non sans un air quelque peu satisfait. Quel dommage qu'il se soit ainsi galvaudé ! Il est d'une très bonne famille. J'aurais certainement pu faire quelque chose de lui s'il avait accepté de s'en remettre à moi. En tout cas, Isabel l'a échappé belle.

Le cercle de mes relations n'était pas aussi restreint que celui d'Elliott et je voyais à Paris nombre de gens qu'il n'eût pas aimé fréquenter. Lors de mes séjours brefs, mais répétés, je demandais à droite et à gauche si on avait rencontré Larry ou si on avait de ses nouvelles. Certaines personnes le connaissaient vaguement, mais nul ne pouvait se dire son intime, ni me renseigner. Je me rendis au restaurant où il avait coutume de dîner, mais, à ce que j'y appris, on ne l'y avait pas vu depuis longtemps et on le croyait parti. Je ne l'aperçus jamais dans aucun des cafés du boulevard du Montparnasse où se rendent généralement les gens du quartier.

Après le départ d'Isabel, il avait eu l'intention d'aller en Grèce, mais il y avait renoncé. Ce qu'il fit alors, il me le raconta lui-même de longues années plus tard, mais je tiens à le rapporter maintenant, car je préfère autant que possible situer les événements dans leur ordre chronologique. Il demeura à Paris tout l'été, et travailla sans relâche jusque vers la fin de l'automne.

— J'éprouvai alors le besoin de m'arracher à mes livres, me dit-il ; durant deux ans, j'avais travaillé huit à dix heures par jour. J'allai donc me faire embaucher dans une mine de charbon.

— Vous avez fait quoi ? m'exclamai-je.

Ma stupéfaction le fit rire.

— Je pensais que quelques mois de travail manuel me feraient du bien. J'avais l'impression qu'ainsi j'aurais l'occasion de classer mes idées et de parvenir à me mettre d'accord avec moi-même.

Je continuai à garder le silence. Je me demandais si c'était là le seul motif de cette décision inattendue, ou si le refus d'Isabel de l'épouser y était pour quelque chose. Le fait est que j'ignorais la mesure de son amour pour elle. Presque tous les êtres humains, quand ils sont amoureux, inventent toutes sortes d'explications pour se persuader à eux-mêmes que leurs actions leur sont dictées uniquement par la raison. C'est là, je suppose, la cause de tant de mariages désastreux. Telles les personnes qui confient le soin de leurs affaires à un escroc notoire, mais qui est un ami très proche : se refusant à croire qu'un escroc est un escroc d'abord et un ami ensuite, elles sont convaincues que, si malhonnête soit-il envers les autres, il ne le sera pas vis-à-vis d'elles. Larry avait une personnalité assez forte pour ne pas vouloir sacrifier, même à l'amour d'Isabel, le genre de vie qu'il considérait comme devant être le sien ; cependant, la perdre lui parut peut-être plus amer qu'il ne s'y attendait. Peut-être aussi, comme la plupart d'entre nous, voulait-il à la fois manger son gâteau et le conserver.

— Eh bien ! continuez, lui dis-je.

— J'emballai mes livres et mes vêtements dans quelques malles que je déposai en garde à l'American Express. Puis je mis dans une valise un costume de rechange et un peu de linge, et je partis. Mon professeur de grec avait une sœur mariée au directeur d'une mine près de Lens et il me donna une lettre pour lui.

« A Lens, je ne passai qu'une nuit à l'hôtel de la gare et, le jour suivant, je pris un tortillard jusqu'à l'endroit où se trouvait la mine. Avez-vous jamais été dans un village minier ?

— Oui, en Angleterre.

— Eh bien ! je suppose que c'est à peu près partout la même

chose. Il y a la mine et la maison du directeur, des rangées et des rangées de gentilles maisonnettes à deux étages, toutes pareilles, exactement pareilles ; c'est d'une monotonie à vous donner la nausée. Il y a aussi l'église, une affreuse bâtisse moderne, et plusieurs estaminets. Quand j'arrivai là, tout était désert ; il faisait froid et une pluie fine tombait. Je me rendis au bureau du directeur et lui fis passer ma lettre : c'était un petit bonhomme gras, aux joues rouges, ayant l'air de savoir apprécier les plaisirs de la table. On était à court de main-d'œuvre ; beaucoup de mineurs ayant été tués à la guerre, un bon nombre de Polonais avaient été embauchés, deux ou trois cents, je crois. L'homme me posa deux ou trois questions ; mon origine américaine ne lui plaisait guère ; il paraissait y flairer quelque chose de louche, mais la lettre de son beau-frère faisait mon éloge, et en fin de compte, il accepta de m'engager. Il voulut me donner un emploi à la surface, mais je manifestai mon désir de travailler en bas. Il m'avertit que si je n'en avais pas l'habitude ce serait très pénible ; je lui répondis que je m'y attendais. « S'il en est ainsi, me dit-il, vous pourrez être l'aide d'un mineur. » En réalité, le travail était enfantin, mais on ne trouvait pas assez de jeunes garçons pour le faire. C'était un brave type ; il me demanda si j'avais déjà cherché et trouvé un logement, et comme je lui répondais négativement, il griffonna sur un bout de papier une adresse où, dit-il, la patronne me donnerait un lit. Celle-ci était la veuve d'un mineur qui avait été tué, et ses deux fils travaillaient à la mine.

« Je repris ma valise et me remis en route. Je trouvai la maison et la porte m'en fut ouverte par une femme de haute taille, maigre, aux cheveux gris et aux grands yeux noirs. Ses traits étaient beaux et elle avait dû être jolie. Maintenant encore, elle n'aurait pas été sans attrait dans son genre farouche s'il ne lui avait manqué deux dents sur le devant. Elle n'avait pas de chambre, me dit-elle, mais dans une pièce louée à un Polonais il y avait deux lits dont, si je voulais, je pourrais avoir le second. Ses deux fils occupaient l'une des chambres du dessus ; elle, l'autre. La pièce qu'elle me montra se trouvait au rez-de-chaussée et devait primitivement être, j'imagine, la salle à manger ; j'aurais préféré habiter tout seul, mais je pensai qu'il valait mieux ne pas me montrer trop exigeant ; la bruine s'était transformée en une pluie fine et persistante, et j'étais déjà tout mouillé. Je ne voulais pas aller ailleurs, au risque d'être trempé jusqu'aux os. Je me déclarai donc d'accord, et m'installai. La cuisine servait de pièce commune. Quelques fauteuils boiteux la meublaient. Dans la cour, se trouvait un hangar à charbon faisant également office de bain. Les fils de la patronne et le Polonais avaient emporté leur déjeuner, mais à midi, me dit-elle, je pourrais prendre mon repas avec elle. Je m'assis ensuite dans la cuisine et me mis à fumer ; et, tandis qu'elle continuait sa besogne, elle me raconta tout d'elle-même et de sa famille. Leur journée finie, les autres rentrèrent : le Polonais en premier, puis les deux garçons. Quand le Polonais traversa la cuisine, notre hôtesse lui annonça que, désormais, je partagerai sa chambre avec lui ; il me fit un petit salut de la tête sans mot dire, prit sur l'étagère une grande bassine et s'en fut se laver dans le hangar. Les deux fils, de grands beaux garçons, avaient le visage couvert de poussière de charbon. Tout en me regardant comme une bête curieuse parce que j'étais Américain, ils parurent disposés à me traiter amicalement. L'un avait dix-huit ans, et l'autre, dix-neuf et devait partir dans peu de mois pour le régiment.

« Le Polonais étant revenu, à leur tour, ils s'en furent se laver. Le Polonais portait un de ces noms slaves difficiles, mais on l'appelait Kosti. C'était un grand bougre me dépassant d'une demi-tête, et de forte corpulence. Il avait un visage charnu et pâle, un nez court et large et une grande bouche. Ses yeux étaient bleus ; mais comme il n'avait pas pu débarrasser complètement ses cils et sourcils de la poussière de charbon, il donnait l'impression d'être maquillé. Le noir des cils rendait le bleu de ses yeux presque fulgurant. C'était un gaillard rude et laid. Après avoir changé de vêtements, les deux garçons sortirent. Le Polonais s'installa dans la cuisine et se mit à fumer sa pipe en lisant le journal. Ayant moi-même un livre dans ma poche, je le sortis et commençai à lire aussi. Une ou deux fois, je remarquai qu'il m'observait à la dérobée ; déposant alors son journal :

« — Qu'est-ce que vous lisez ? demanda-t-il.

« Je lui tendis le volume pour qu'il pût voir lui-même. C'était une édition de *Madame de Clèves* que j'avais achetée à la gare, à Paris, à cause de son format assez petit pour entrer dans ma poche. Il le regarda avec curiosité, puis leva les yeux sur moi et me le rendit. Je perçus sur ses lèvres un sourire ironique.

« — Ce livre vous amuse ?

« — Je le trouve intéressant — même captivant !

« — Je l'ai lu en classe, à Varsovie. Il m'a rudement assommé ! Il parlait un excellent français avec une presque imperceptible pointe d'accent polonais. Maintenant, je ne lis plus que le journal et des romans policiers.

« Mme Duclerc — c'était le nom de notre vieille femme — assise à la table, reprisait des chaussettes en surveillant d'un œil la soupe qui cuisait pour le dîner. Elle raconta à Kosti que je lui avais été envoyé par le directeur de la mine, et répéta tout ce que j'avais cru bon de lui confier. Il écoutait, en tirant des bouffées de sa pipe et en me regardant de ses yeux bleus et brillants, durs et rusés, me posa quelques questions à mon sujet. Quand je lui dis que je n'avais encore jamais travaillé dans une mine, un sourire moqueur se dessina à nouveau sur ses lèvres.

« — Vous ne savez pas ce qui vous attend. Pour aller travailler dans une mine il faut vraiment être incapable d'autre chose. Mais ça, c'est votre affaire, et vous avez, sans doute, vos raisons. Où habitiez-vous à Paris ?

« Je le lui dis.

« — Il fut un temps où j'allais chaque année à Paris, mais je ne quittais pas les grands boulevards. Avez-vous jamais été chez Larue ? C'était mon restaurant de prédilection.

« Il s'aperçut, j'imagine, de mon étonnement, car, une fois de plus, il m'adressa un sourire narquois, mais apparemment ne jugea pas nécessaire de me donner d'autres explications. Nous continuâmes notre conversation à bâtons rompus, puis les deux garçons rentrèrent. Nous dînâmes, et quand nous eûmes terminé, Kosti me demanda si je voulais aller avec lui prendre un bock au bistro. C'était une assez grande salle avec un bar d'un côté et un certain nombre de tables à dessus de marbre entourées de chaises en bois. Dans un coin, un piano mécanique dans lequel quelqu'un avait introduit une pièce de monnaie, dévidait en grinçant un air de danse. Seules trois tables, à part la nôtre, étaient occupées. Kosti me demanda si je jouais à la belote. Quelques camarades d'études me l'avaient enseignée, aussi lui répondis-je affirmativement, et il me proposa de jouer les consommations. J'acceptai et il réclama des cartes. Je perdis la première tournée, puis une seconde. Il proposa ensuite de jouer pour de l'argent. Il avait de bonnes cartes et la chance m'était contraire. Le tarif était très modeste, je perdis néamnois plusieurs francs, ce qui, la bière aidant, le mit en bonne humeur, et nous causâmes. Sa façon de s'exprimer, de même que ses manières, me firent bien vite comprendre qu'il avait eu une bonne éducation. Quand il reparla de Paris, ce fut pour me demander si je connaissais une Telle et une Telle, et encore une Telle et une Telle, toutes des Américaines que j'avais rencontrées chez Elliott lors du séjour de tante Louisa et d'Isabel. Il semblait les connaître mieux que moi, et je me demandais par suite de quelles circonstances il se trouvait dans sa situation actuelle. L'heure n'était pas avancée, mais nous devions nous lever à l'aube.

« — Prenons un dernier bock avant de partir, dit Kosti.

« Le dégustant à petites gorgées, il me fouillait de ses petits yeux malins. Je sus ce qu'il me rappelait alors : un porc en colère.

« — Pourquoi es-tu venu travailler dans cette mine de malheur ? me demanda-t-il.

« — A titre d'expérience.

« — Tu es fou, mon petit, dit-il.

« — Et vous, pourquoi y travaillez-vous vous-même ?

« Il haussa négligemment ses épaules massives.

« — Etant enfant, j'étais entré à l'Ecole des Cadets de la noblesse, mon père était général du temps du tsar, et moi officier de cavalerie pendant la dernière guerre. Je détestais Pilsudzki. Nous complotâmes de l'assassiner, mais nous fûmes vendus. Il fit fusiller ceux d'entre nous qu'il put attraper. Je parvins à passer la frontière juste à temps. Il ne me resta alors d'autre issue que la Légion étrangère ou la mine de charbon. Des deux maux, j'ai choisi le moindre.

« J'avais déjà raconté à Kosti quelle besogne devait m'être assignée dans la mine, et il n'avait rien répondu ; mais à présent, mettant son coude sur la table à dessus de marbre, il dit :

« — Essaie de faire baisser ma main.

« Je connaissais ce vieux tour de force, et je plaçai ma paume ouverte contre la sienne. Il se mit à rire. « Ta main ne sera plus aussi douce après quelques semaines. » Je pressai tant que je pus, mais fus impuissant contre son énorme vigueur ; et peu à peu, ce fut lui qui repoussa ma main jusque sur la table.

« — Tu es passablement solide, daigna-t-il concéder. Peu d'hommes résistent aussi longtemps. Ecoute, mon aide ne vaut rien, c'est une mauviette de petit Français. Il n'a pas plus de force qu'un pou. Viens avec moi demain matin, je m'arrangerai avec le contremaître pour que tu puisses prendre sa place.

« — Cela me plairait, dis-je. Crois-tu qu'il marchera ?

« — Oui, moyennant finance. As-tu cinquante francs de trop ?

« Il tendit la main, et je sortis un billet de mon portefeuille.

Nous rentrâmes à la maison et nous nous couchâmes. Ma journée avait été longue et je dormis comme une souche.

— Le travail ne vous a-t-il pas semblé terriblement dur? demandai-je à Larry.

— Ereintant au début, fit-il en grimaçant. Kosti s'entendit avec le contremaître et je devins son second. A ce moment-là, Kosti travaillait dans un espace large à peu près comme une salle de bains d'hôtel; on y accédait par un tunnel si bas qu'il fallait ramper sur les mains et les genoux pour le traverser. La chaleur était infernale, et nous travaillions nus, vêtus seulement de nos pantalons. Le torse gras et blanc de Kosti avait quelque chose d'affreusement répugnant. Il avait l'air d'une énorme limace. Dans ce réduit, la perforeuse automatique faisait un bruit assourdissant. Mon travail consistait à réunir en tas les blocs de charbon que Kosti taillait dans la roche, à les charger sur une benne qu'il me fallait pousser ensuite jusqu'à la bouche du tunnel où on la déversait dans un wagonnet à chaque passage du train se rendant aux ascenseurs. C'est la seule mine que j'aie jamais connue et je ne sais si le procédé est courant; il me paraissait primitif, et en tout cas, c'était diablement dur. A mi-journée nous nous arrêtions pour prendre du repos, déjeuner et fumer. Je n'étais pas fâché quand nous étions enfin au bout de notre journée, et Dieu que c'était bon de se débarbouiller! Je pensais ne pouvoir jamais plus avoir les pieds propres; ils étaient noirs comme encre. Mes mains, bien entendu, se couvrirent d'ampoules et me firent souffrir mille morts, mais elles se cicatrisèrent. Je m'habituai à l'ouvrage.

— Combien de temps avez-vous tenu?

— On ne me garda dans ce service que peu de semaines. Les wagonnets qui transportaient le charbon aux ascenseurs étaient remorqués par un tracteur dont le conducteur était un piètre mécanicien, aussi la machine était-elle toujours en panne. Un jour, il ne put la mettre en marche et parut ne savoir que faire. Vous savez, je suis assez bon en mécanique. J'examinai l'engin et en une demi-heure je le remis en état. Le contremaître rapporta le fait au directeur qui me fit appeler et me demanda si je m'y entendais en matière d'autos; d'où il résulta que la place de mécanicien me fut donnée. C'était évidemment monotone, mais facile, et, comme après cela on n'eut plus d'ennuis de machine, on fut content de moi.

« Kosti était fou furieux de ce que je l'eusse abandonné. Je faisais son affaire, et il s'était habitué à moi. Je le connaissais assez bien maintenant, travaillant avec lui toute la journée, l'accompagnant au bistro après le dîner et partageant sa chambre. C'était un drôle de type, un genre d'homme assez intéressant. Il ne se mêlait pas aux autres Polonais ; d'ailleurs nous ne fréquentions pas les mêmes cafés qu'eux. Ne pouvant oublier qu'il était aristocrate et avait été officier de cavalerie, il les traitait comme de la boue. De leur côté, ils lui en gardaient rancune, mais n'y pouvaient rien changer. Kosti, fort comme un bœuf, eût été capable, s'il y avait eu bagarre, de tenir tête, avec ou sans couteau, à une demi-douzaine des leurs à la fois. Malgré tout, je parvins à en connaître quelques-uns ; à ce qu'ils me racontèrent, Kosti avait été, c'était vrai, officier de cavalerie dans l'un des régiments les plus cotés, mais il était faux, disaient-ils, qu'il eût quitté la Pologne pour des raisons politiques. Il avait été chassé du cercle des officiers de Varsovie pour avoir été pris en flagrant délit de tricherie au jeu. Ils me conseillèrent de ne pas jouer avec lui. Voilà pourquoi, disaient-ils, il les évitait : ils en savaient trop sur son compte et se refusaient à jouer aux cartes avec lui.

« Quant à moi, je perdais invariablement, pas de grosses sommes, vous savez, juste quelques francs par soirée ; mais comme, après avoir gagné, il insistait toujours pour régler les consommations, la différence était insignifiante. D'abord, j'avais cru seulement passer une période de déveine, ou ne pas jouer aussi bien que lui ; cependant j'ouvris l'œil, ayant désormais la conviction qu'il trichait ; mais je vous donne ma parole que je n'ai jamais pu découvrir comment il s'y prenait. Nom d'un chien, qu'il était adroit ! Il ne pouvait évidemment avoir toujours les meilleures cartes. Je le guettais avec des yeux de lynx. Rusé comme un renard, il s'aperçut, je suppose, que j'avais été mis en garde contre lui. Un soir, après avoir joué un moment, il me regarda avec un sourire plutôt cruel et sarcastique, le seul dont il fût capable, et me dit :

« — Veux-tu que je te montre quelques tours ?

« Il prit le paquet de cartes et me demanda d'en désigner une. Puis il les battit et me dit d'en choisir une ; je m'exécutai ; c'était celle que j'avais désignée. Il fit encore deux ou trois tours, après quoi il me demanda si je jouais au poker. Sur ma réponse affirmative il me servit une main. En la découvrant j'y trouvai quatre as et un roi.

« — Tu es prêt à parier gros sur cette main, n'est-ce pas ?

« — Tout ce que j'ai devant moi, répondis-je.

« — Tu serais fou.

« Il abattit le jeu qu'il s'était donné : un floche royal. Comment s'y était-il pris ? je n'en savais rien. Mon étonnement le fit rire.

« — Si je n'étais pas un honnête homme, j'aurais déjà ta chemise !

« — Ce n'est déjà pas si mal comme ça, dis-je en ricanant.

« — Une bagatelle. Pas même de quoi se payer un dîner chez Larue.

« Nous continuâmes ainsi à jouer régulièrement tous les soirs. J'acquis la conviction qu'il ne trichait pas autant pour l'argent que pour le plaisir. Le sentiment de me rouler lui donnait une curieuse satisfaction et il s'amusait beaucoup, je crois, à la pensée que je flairais son truc sans parvenir à le percer.

« Mais ce n'était là qu'un des côtés de sa personnalité ; c'est l'autre qui le rendait intéressant à mes yeux. Je ne pouvais arriver à concilier les deux. Bien que se vantant de lire seulement les journaux et des histoires de détective, il était cultivé ; beau parleur, caustique, rude, cynique, il avait une conversation attrayante. Catholique fervent, il avait suspendu un crucifix au-dessus de son lit, et allait régulièrement chaque dimanche à la messe. Le samedi soir, il avait coutume de s'enivrer. Ces soirs-là, dans notre bistro plein à craquer, l'air était lourd de fumée. On y rencontrait des mineurs tranquilles, d'âge moyen, accompagnés de leur famille, des groupes de jeunes garçons qui faisaient un tapage infernal, et des hommes au visage couvert de sueur, jouant à la belote autour de tables rondes, et qui de temps en temps poussaient de hautes exclamations tandis que leurs femmes assises près d'eux, un peu en arrière, suivaient la partie. La foule et le bruit avaient un effet étrange sur Kosti ; il devenait sérieux et abordait le plus inattendu des sujets : le mysticisme. Je n'en connaissais rien alors, sauf un essai de Maeterlinck sur Ruysbroek que j'avais lu à Paris. Mais Kosti parlait de Plotin et de Denis l'Aréopagite et de Jacob Boehme le cordonnier et de Maître Eckhart. C'était inouï d'entendre ce gros pataud, qui avait été rejeté par son propre milieu, discourir sans fin, sur un ton sardonique et amer, de la réalité finale des choses et de la béatitude de l'union avec Dieu. Tout cela était nouveau pour moi ; j'étais troublé et passionné. J'étais comme quelqu'un étendu tout éveillé dans une chambre obscure et que vient toucher subitement un rayon de lumière filtrant à travers la fente des rideaux ; il sait qu'il lui suffirait de les tirer pour que la campagne se déploie sous ses yeux dans toute la gloire de l'aurore. Mais quand Kosti n'avait pas bu et que j'essayais de le mettre sur ce sujet, il entrait en fureur contre moi et son regard se chargeait de rancune.

« — Comment pourrais-je me rappeler ce dont j'ai parlé, alors que je ne savais même pas ce que je disais, faisait-il hargneusement.

« Mais il mentait, j'en étais certain. Il savait parfaitement bien ce dont il avait parlé. Il était très cultivé. Il était dans la purée, c'est entendu, mais l'éclat de ses yeux, l'expression extasiée de son laid visage n'étaient pas seulement dus à la boisson. On y lisait quelque chose de plus. La première fois qu'il parla ainsi, il dit une chose que je n'ai jamais oubliée, car elle m'horrifia : le monde, dit-il, n'est pas une création — car du néant il ne peut sortir que le néant — mais une manifestation de la nature éternelle ; oui, c'est très juste ; mais il ajouta ensuite que le Mal est une manifestation aussi directe de la Divinité que le Bien. Propos étranges à entendre dans ce café bruyant et sordide, au son des airs de danse égrenés par un piano mécanique. »

II

J'interromps un instant le récit de Larry ; ce n'est d'ailleurs que pour la commodité du lecteur et pour lui laisser un moment de répit, car la conversation se poursuivit sans relâche. Je voudrais noter en passant que Larry parlait sans précipitation, souvent même en choisissant ses mots, et, bien que je ne prétende pas les rapporter textuellement, j'ai essayé d'en rendre à la fois le sens et la tournure. Sa voix chaude avait une qualité musicale agréable à l'oreille ; et tandis qu'il parlait, sans aucun geste, tout en tirant des bouffées de sa pipe qu'il rallumait de temps à autre, il me regardait en face avec, dans ses yeux sombres, une expression amicale et souvent fantasque.

« Puis vint le printemps, tardif dans cette région plate et désolée, encore froide et pluvieuse ; mais parfois une belle journée chaude vous donnait le regret de devoir quitter le monde de la surface pour vous enfoncer par un ascenseur branlant, bourré de mineurs aux salopettes souillés, à quelques centaines de mètres dans les entrailles de la terre. C'était le printemps, il est vrai ; mais dans ce paysage triste et gris, on eût dit qu'il hésitait à se montrer, comme s'il n'était pas certain d'être le bienvenu : telle une fleur, narcisse ou lis, poussant dans un pot sur le rebord de la fenêtre d'un taudis de quartier pauvre, et que l'on est tout surpris de trouver en pareil lieu. Un dimanche matin, nous étions encore couchés — nous dormions toujours tard ce jour-là — et j'étais en train de lire, quand Kosti me dit à brûle-pourpoint :

« — Je vais m'en aller d'ici. Veux-tu venir avec moi ?

« Je savais que les Polonais retournaient chez eux en été pour faire la moisson, mais ce n'était pas encore le moment et, de plus, Kosti ne pouvait rentrer en Pologne.

« — Où comptes-tu aller ? demandai-je.

« — Courir le pays à l'aventure, à travers la Belgique, entrer en Allemagne et descendre le Rhin. Nous pourrions trouver du travail dans une ferme où l'on serait content de nous embaucher pour l'été.

« Il ne me fallut pas une minute pour me décider.

« — C'est tentant, fis-je.

« Le lendemain, nous signifiâmes notre départ au chef d'équipe. Je trouvai un garçon disposé à échanger son *rucksack* contre ma valise. Au plus jeune fils de Mme Leclerc, qui était à peu près de ma taille, je fis cadeau des vêtements dont je ne voulais plus ou qu'il m'était impossible d'emporter sur mon dos. Kosti laissa un sac en dépôt, fourra dans son *rucksack* ce qu'il voulait prendre avec lui et, le lendemain, dès que la vieille nous eut servi notre café, nous nous mîmes en route.

« Nous n'étions pas pressés, sachant ne pouvoir être embauchés dans une ferme tant que ne serait pas venu le moment de faucher le foin. Nous flânâmes donc à travers la France et la Belgique en passant par Namur et Liège, et entrâmes en Allemagne par Aix-la-Chapelle. Nous ne faisions guère plus d'une quinzaine de kilomètres par jour. Quand un village nous plaisait, nous nous y arrêtions. Il s'y trouvait toujours une auberge quelconque où nous pouvions passer la nuit, et un cabaret où manger un morceau et boire de la bière. Dans l'ensemble, le temps fut beau. Après tous ces mois vécus au fond de la mine, c'était merveilleux d'être ainsi dehors à l'air libre. Je crois n'avoir jamais senti auparavant combien peut être apaisante la vue d'un champ verdoyant ou la beauté d'un arbre dont les feuilles ne sont pas encore tout à fait sorties, mais dont les branches sont comme délicatement enveloppées dans un voile de verdure naissante. Kosti se mit à m'enseigner l'allemand qu'il parlait, me semblait-il, aussi bien que le français. Chemin faisant, il me nommait tout ce que nous croisions : une vache, un cheval, un homme et ainsi de suite ; puis il me faisait répéter de simples phrases d'allemand. Cela tuait le temps, et quand nous arrivâmes en Allemagne, je fus capable au moins de me faire comprendre.

« Cologne se trouvait un peu en dehors de notre itinéraire, mais Kosti insista pour y aller — à cause des Onze Mille Vierges, disait-il — et une fois là, il s'éclipsa. Je ne le vis plus trois jours durant, et quand il reparut dans la chambre que nous avions louée — dans une sorte de maison meublée pour ouvriers — il était d'humeur très maussade. Il s'était querellé, comme en témoignaient un œil poché et une coupure à la lèvre. Il n'était pas beau à voir, je vous assure. Il se coucha et dormit vingt-quatre heures ; puis nous commençâmes à descendre la vallée du Rhin en passant par Darmstadt ; cette région, disait-il, était bonne et nous y avions le plus de chances de trouver du travail.

« Jamais rien ne me plut davantage. Le temps se maintenait au beau et nous cheminions à travers villes et villages. Quand de jolis paysages s'offraient à notre regard, nous nous arrêtions pour les contempler. Nous logions où nous pouvions, et une fois ou deux nous dormîmes dans une meule de foin. Nous mangions dans des auberges en bordure de route, et quand nous arrivâmes en pays de vignobles, la bière fit place au vin. Dans les tavernes, nous nous liions avec des gens du pays. Kosti avait une sorte de jovialité rude qui les mettait en confiance ; il jouait avec eux au *skat* — un jeu de cartes en honneur chez les Allemands — et il les écorchait avec bonne humeur tout en leur contant des histoires grivoises telles qu'ils les aimaient ; aussi perdaient-ils leurs *pfennigs* sans trop d'amertume. En leur compagnie, je perfectionnai mon allemand. J'avais acheté à Cologne un petit manuel de conversation anglo-allemand, et je m'en tirais assez bien. Puis, la nuit venue, avec quelques litres de vin blanc dans le ventre, Kosti recommençait à discourir de façon étrange et morbide sur l'élévation de l'être terrestre solitaire vers l'Etre Unique, sur les ténèbres de l'Ame et sur l'extase finale dans laquelle la créature humaine s'unit à l'Etre Suprême Bien-Aimé. Mais quand, au grand matin, reprenant notre route à travers la campagne souriante — la rosée perlait encore sur l'herbe —, j'essayais de le faire parler davantage de ces choses, il entrait dans une telle colère qu'il lui venait des envies de me battre.

« — Ferme ça, idiot, disait-il. Qu'est-ce que tu me veux avec toutes ces bêtises ? Allons, continuons plutôt notre allemand.

« Comment discuter avec un homme qui, ayant un poing comme un marteau-pilon, n'y regarderait pas à deux fois pour s'en servir ? Je l'avais vu en rage. Je le savais capable de m'assommer raide, et de me laisser dans un fossé non sans profiter de mon inconscience pour vider mes poches. Je ne parvenais pas à voir clair en lui. Quand le vin lui avait délié la langue et qu'il parlait de l'Ineffable, il abandonnait les mots orduriers et obscènes dont il était coutumier, comme il eût fait des vêtements souillés qu'il portait dans la mine, et il s'exprimait alors de façon choisie et même éloquente. Je ne pouvais douter de sa sincérité. Il m'était venu à l'idée — je ne sais pourquoi — que s'il avait accepté ce travail pénible, brutal, de la mine, c'était pour mortifier sa chair. Je pensais qu'il haïssait son grand corps gauche et voulait le torturer, et que ses tricheries, son amertume et sa cruauté avaient leur source dans la révolte de sa volonté contre — oh ! je ne sais comment le définir — contre un instinct profondément enraciné de sainteté, contre une aspiration vers Dieu, qui le terrifiait et cependant l'obsédait.

« Nous avions pris tout notre temps ; le printemps était bien avancé et les arbres tout en fleur. Les raisins des vignobles commençaient à grossir. Nous prenions le plus possible les petits sentiers, mais ceux-ci devenaient déjà poussiéreux. Nous nous trouvions aux abords de Darmstadt ; Kosti fut d'avis qu'il serait temps de nous préoccuper d'un emploi. Nous commencions à être à court d'argent. J'avais en poche une demi-douzaine de « travellers chèques », mais je m'étais mis en tête de ne pas en faire usage si je pouvais m'en dispenser. Quand nous voyions une ferme d'aspect engageant, nous nous arrêtions pour demander si l'on n'avait pas besoin d'aide. J'avoue que, sales, couverts de poussière et de sueur comme nous l'étions, nous n'avions pas l'air très recommandables : Kosti avait l'apparence d'un affreux bandit et je ne devais pas, j'imagine, inspirer beaucoup plus de confiance. Nous nous heurtions constamment à un refus. Un jour, un fermier offrit de prendre Kosti, mais ne pouvait m'employer, dit-il ; Kosti lui répondit que nous étions des copains et ne voulions pas nous séparer. Je le priai de ne pas s'occuper de moi, mais il ne voulut rien entendre. J'en fus surpris. Kosti, je le savais, s'était entiché de moi ; je ne pouvais d'ailleurs comprendre pourquoi, car je n'étais certainement pas le genre de type qui lui convenait, mais je ne l'aurais jamais cru capable de tenir à moi au point de renoncer à un emploi pour rester avec moi. Tandis que nous poursuivions notre route, je me sentis quelque peu bourrelé de remords car, moi, je ne m'étais pas vraiment attaché à lui : je le trouvais même plutôt repoussant ; mais quand je voulus lui faire comprendre combien j'étais touché de son geste, il me secoua d'importance.

« Enfin, la chance nous favorisa. Venant de traverser un village blotti au fond d'une vallée, nous nous trouvâmes devant une ferme isolée qui n'avait pas mauvais air. Nous frappâmes à la porte et une femme ouvrit. Comme d'habitude, nous offrîmes nos services. Nous ne désirions pas de gages, et demandions à travailler pour le couvert et le gîte. A mon grand étonnement, au lieu de nous claquer la porte au nez, elle nous dit d'attendre. Elle appela quelqu'un à l'intérieur de la maison ; un homme en sortit aussitôt. Il nous regarda un bon moment et s'informa d'où nous venions. Il demanda à voir nos papiers. En constatant que j'étais Américain, il me fixa de nouveau : il n'en avait pas l'air enchanté. Mais pourtant il nous invita à entrer et à prendre un verre de vin. Il nous emmena dans la cuisine où nous nous assîmes. La femme apporta un cruchon et quelques gobelets. Il nous dit que le valet de ferme, ayant été blessé d'un coup de corne par un taureau, était à l'hôpital et ne serait bon à rien jusqu'après la moisson. Avec tant d'hommes tués et tant d'autres allant travailler dans les usines qui poussaient comme des champignons tout le long du Rhin, c'était le diable pour trouver de la main-d'œuvre. Nous le savions et c'est ce qui nous donnait bon espoir. Bref, il nous engagea. La maison était très vaste, mais je pense qu'il ne tenait pas à nous y loger ; en tout cas, il y avait deux lits dans la grange, nous dit-il, et c'est là que nous devrions coucher.

« Le travail n'était pas pénible. Nous avions à soigner les vaches et les porcs ; les machines agricoles étant en mauvais état, nous devions les réparer. Mais cependant j'avais des loisirs. J'adorais l'odeur douce des prairies, et le soir j'avais coutume de m'y promener en rêvant. C'était la bonne vie.

« La famille se composait du vieux Becker, de sa femme, de sa belle-fille, une veuve, et de ses enfants. Becker, un lourdaud aux cheveux gris, approchait de la cinquantaine ; il avait fait la guerre et boitait encore des suites d'une blessure à la jambe. Il en souffrait beaucoup et buvait pour noyer la douleur. Il était le plus souvent ivre au moment de se mettre au lit. Kosti s'entendait fort bien avec lui ; aussi, après dîner, descendaient-ils tous deux à l'auberge pour faire une partie de *skat* et boire du vin. Frau Becker s'était placée autrefois comme domestique. Son mari l'avait trouvée dans un orphelinat, l'avait embauchée et épousée peu après la mort de sa femme. Beaucoup plus jeune que lui, assez belle fille dans son genre, bien en chair, avec de bonnes joues rouges, des cheveux blonds et un air de gourmande sensualité. Il ne fallut pas longtemps à Kosti pour deviner que de ce côté-là, il y avait quelque chose à faire. Je lui recommandai la prudence : nous avions une bonne place et ne désirions pas la perdre. Il se borna à se moquer de moi, disant que Becker ne la contentait pas et qu'elle avait de l'appétit. Il était inutile, je le savais, de faire appel à son sens de la décence, mais je lui conseillai encore d'être sur ses gardes. Becker lui-même ne s'apercevrait peut-être pas de ce qu'il méditait, mais il y avait la belle-fille à qui rien n'échappait.

« Ellie, c'était son nom, était une jeune femme de forte corpulence, grande, encore assez éloignée de la trentaine, aux yeux et aux cheveux noirs, au visage blême et anguleux, et à l'air maussade. Elle continuait à porter le deuil de son mari tué devant Verdun. Très dévote, elle se rendait à pied au village chaque dimanche matin pour assister à la première messe, et y retournait l'après-midi pour les vêpres. Elle avait trois enfants, le dernier né après la mort de son mari ; elle ne parlait jamais aux repas si ce n'était pour les réprimander. Elle s'occupait un peu à la ferme, mais passait la plus grande partie de son temps à surveiller ses gosses, et, le soir, elle s'installait toute seule dans la grande salle commune, à lire des romans, laissant la porte ouverte afin d'entendre si l'un des enfants pleurait. Les deux femmes se détestaient. Ellie méprisait Frau Becker parce que celle-ci était une enfant trouvée et avait été domestique, et lui en voulait amèrement d'être à présent la maîtresse du logis, ayant le droit de donner des ordres.

« Fille d'un fermier aisé, Ellie avait apporté une dot appréciable. Elle n'avait pas fréquenté l'école du village, mais était allée à

Zwingenberg, la ville la plus proche, où se trouvait un *gymnasium* de jeunes filles où elle avait reçu une très bonne éducation. La pauvre Frau Becker, venue à la ferme à l'âge de quatorze ans, savait tout juste lire et écrire ; c'était là l'une des causes de l'animosité des deux femmes. Ellie ne perdait aucune occasion de faire étalage de son savoir, et Frau Becker, rouge de colère, lui demandait en quoi l'instruction pouvait bien servir à la femme d'un fermier. Ellie regardait alors la plaque d'identité de son mari, toujours fixée à son poignet par une chaîne d'acier et s'écriait avec une expression amère sur son visage grincheux :

« — Pas une femme de fermier ; rien qu'une veuve de fermier, rien que la veuve d'un héros qui a donné sa vie pour la patrie !

« Le pauvre Becker devait interrompre son travail pour ramener la paix entre elles.

— Mais, vous ? Comment vous traitait-on ? fis-je en interrompant Larry.

— Oh ! moi... Ils me croyaient déserteur de l'armée américaine, dans l'impossibilité de retourner dans mon pays où la prison m'attendait. C'est ainsi qu'ils expliquaient mon peu d'empressement à descendre boire à l'auberge avec Becker et Kosti. Je ne voulais pas, pensaient-ils, attirer l'attention sur moi ni risquer d'être questionné par le gendarme du village. Quand Ellie découvrit que j'essayais d'apprendre l'allemand, elle apporta ses vieux livres de classe, et me proposa de me l'enseigner. Ainsi, laissant après le dîner Frau Becker dans la cuisine, nous allions, elle et moi, dans la grande salle, et je lui faisais la lecture à haute voix tandis qu'elle corrigeait mon accent et s'appliquait à me faire comprendre les mots dont le sens m'échappait. Si elle agissait ainsi, c'était, j'imagine, moins pour m'aider que pour narguer Frau Becker.

« Pendant ce temps-là, Kosti s'efforçait de conquérir cette dernière, mais sans succès. C'était une gaillarde enjouée, toujours prête à plaisanter et à rire avec lui qui savait d'ailleurs fort bien s'y prendre avec les femmes. Elle se doutait, je suppose, de ce qu'il attendait d'elle et paraissait flattée ; mais quand il commença à la serrer de trop près, elle lui fit mettre bas les pattes et le gifla. Et ma parole, ce fut une bonne claque bien appliquée.

Larry hésita un moment et sourit assez timidement.

— Je n'ai jamais été un type d'homme à croire que les femmes courent après moi, mais j'eus l'impression que — eh bien ! que Frau Becker avait le béguin pour moi. J'en étais assez gêné.

D'abord, elle était beaucoup plus âgée que moi et puis, aussi, le vieux Becker avait été très gentil pour nous. C'était elle qui distribuait les portions à table, et je ne pus m'empêcher de remarquer qu'elle me servait plus copieusement que les autres et qu'elle recherchait, me semblait-il aussi, les occasions d'être seule avec moi. Elle me souriait d'une façon que vous appelleriez, sans doute, provocante. Elle me demandait si j'avais une petite amie, et disait que dans ce village perdu un jeune homme comme moi devait souffrir du manque de femmes. Enfin, vous connaissez ce genre de manœuvres. J'avais en tout trois chemises, et elles étaient passablement usées. Elle me dit, un jour, que c'était une honte de porter de telles guenilles et ajouta que si je les lui confiais, elle me les raccommoderait. Ellie l'entendit, et dès que nous nous retrouvâmes seuls, elle m'offrit de me réparer celles de mes affaires qui en auraient besoin. Je lui assurai que je n'y attachais pas d'importance ; cependant, un ou deux jours plus tard, je trouvai mes chaussettes reprisées et replacées sur le banc du grenier où nous rangions nos affaires. A laquelle des deux femmes en étais-je redevable ? Je n'en sus jamais rien. Bien entendu, je ne prenais pas Frau Becker au sérieux ; c'était une brave femme au bon cœur, qui peut-être n'était mue que par un sentiment maternel. Mais, un jour, Kosti me dit :

« — Tu sais, ce n'est pas moi qu'elle guigne, c'est toi. Moi, je n'ai aucune chance.

« — Ne raconte pas de bêtises, lui répondis-je. Elle pourrait être ma mère.

« — La belle affaire ! Vas-y mon garçon ; je te laisse le champ libre. Elle n'est peut-être pas de première jeunesse, mais c'est quand même un beau brin de fille.

« — Oh ! la barbe !

« — Pourquoi hésites-tu ? Pas à cause de moi, j'espère. Je suis philosophe et je sais que pour moi il y aura toujours de la friture à pêcher. Je la comprends. Tu es jeune. Je l'ai été aussi ; jeunesse ne dure qu'un moment.

« Il ne me plaisait guère que Kosti fût si sûr de ce que je me refusais à croire moi-même. Je ne savais trop comment me tirer de ce pas, et certains menus faits qui, jusque-là, ne m'avaient pas frappé me revinrent alors à l'esprit : des propos tenus par Ellie et auxquels je n'avais pas prêté attention. Mais, maintenant, je voyais clair et elle aussi, j'en avais la conviction, savait ce qui se passait. Il lui arrivait de survenir brusquement dans la cuisine quand Frau Becker et moi nous nous y trouvions seuls, et j'eus l'impression qu'elle nous surveillait. J'en étais contrarié. Elle tâche, pensais-je, de nous surprendre. Elle détestait Frau Becker, je le savais, et à la moindre occasion ferait du grabuge. Elle ne pouvait évidemment rien voir, mais sa nature malveillante pouvait la pousser à inventer et à susurrer je ne sais quels mensonges à l'oreille du vieux Becker. Que pouvais-je faire, sinon de prendre l'air idiot au point de ne pas m'apercevoir des intentions de la vieille ? Après tout, je vivais heureux dans cette ferme, j'aimais ma besogne et ne tenais pas à m'en aller avant que la récolte fût rentrée. »

Je ne pus m'empêcher de sourire. Je me représentais aisément Larry dans ce temps-là, avec sa chemise rapiécée et ses culottes courtes, le visage et le cou tannés par le soleil brûlant de la vallée du Rhin, avec son corps mince et souple, et ses yeux noirs profondément enfoncés. Il m'était facile aussi de comprendre qu'à le regarder, la respectable Frau Becker, si blonde et à la gorge si généreuse, ait été saisie d'un désir ardent.

— Eh bien, qu'arriva-t-il ? demandai-je.

— Voilà, l'été se passa. Nous travaillions comme des forçats. Nous fauchions le foin et le mettions en meules. Puis, les cerises étant mûres, Kosti et moi, nous montions à échelle pour les cueillir, tandis que les deux femmes les entassaient dans de grands paniers que le vieux Becker allait vendre au marché de Zwingenberg. Ensuite, nous coupâmes le seigle. Et, bien entendu, il y avait les bêtes dont il fallait toujours s'occuper. Nous étions debout avant l'aube et n'arrêtions pas de travailler jusqu'à la tombée de la nuit. Frau Becker, je le supposais, avait renoncé à moi comme à une mauvaise affaire. Je la tenais à distance autant qu'il m'était possible sans la froisser. Le soir, ayant trop sommeil pour faire beaucoup d'allemand, sitôt le dîner terminé, je remontais dans notre soupente et me laissais tomber sur mon lit. Becker et Kosti, presque chaque soir, descendaient à l'auberge du village, et quand Kosti rentrait, j'étais assoupi depuis longtemps déjà. Je dormais comme une souche. Il faisait chaud dans le grenier, et je couchais tout nu.

« Une nuit, je fus réveillé en sursaut. Au premier abord, je ne pus me rendre compte de ce qui se passait ; j'étais encore à moitié endormi. Je sentis sur mes lèvres une main chaude et compris qu'il y avait quelqu'un dans mon lit. Je repoussai la main, mais une bouche alors se colla à la mienne, deux bras m'entourèrent et, contre mon corps, je sentis les seins abondants de Frau Becker.

« — *Sei still,* murmura-t-elle. Ne bouge pas !

« Elle se pressa de nouveau contre moi et m'embrassa de ses lèvres chaudes et pleines ; ses mains se promenaient sur tout mon corps tandis que ses jambes enlaçaient les miennes.

Larry s'arrêta, et je ris.

— Qu'avez-vous fait alors ?

Il me sourit en ayant l'air de s'excuser. Il rougit même un peu.

— Que pouvais-je faire ? J'entendais la respiration bruyante de Kosti qui dormait dans le lit à côté du mien. Le rôle d'un Joseph m'a toujours paru légèrement ridicule. Je n'avais que vingt-trois ans. Je ne pouvais faire une scène et chasser la femme. Je ne voulais pas non plus la froisser. Je fis donc ce qu'elle attendait de moi.

« Ensuite elle se glissa hors du lit et quitta le grenier sur la pointe des pieds. Vous pouvez m'en croire, je poussai un fameux soupir de soulagement. Vous savez, j'avais eu très peur. « Bon Dieu ! me dis-je, quel risque je viens de courir ! » Je pensai que Becker était sans doute rentré ivre et s'était endormi comme une brute ; mais ils couchaient dans le même lit ; il aurait fort bien pu se réveiller et constater l'absence de sa femme. Et il y avait aussi Ellie qui se plaignait toujours d'insomnies. Si elle avait été éveillée, elle aurait entendu Frau Becker descendre l'escalier et sortir de la maison. Soudain alors, quelque chose frappa mon esprit : pendant que Frau Becker était allongée contre moi, j'avais senti sur ma peau un morceau de métal. Je n'y avais prêté aucune attention, c'est compréhensible dans un pareil moment..., et je n'avais pas davantage pensé à me demander ce que diable cela pouvait bien être. Mais maintenant, j'eus un trait de lumière. J'étais assis au bord de mon lit, pesant avec ennui les conséquences de toute cette histoire, et cette révélation me donna un tel choc que je bondis : le morceau de métal, c'était la plaque d'identité du mari d'Ellie, qu'elle portait toujours au poignet ! Ce n'était donc pas Frau Becker que j'avais eue dans mes bras. C'était Ellie ! »

Je me tordais de rire. Je ne pouvais plus m'arrêter.

— Ça vous semble peut-être drôle, dit Larry. Pas à moi.

— Evidemment, mais en y repensant à présent, ne trouvez-vous pas la situation légèrement comique ?

Un sourire involontaire se joua sur ses lèvres.

— Peut-être. Mais c'était très embarrassant. Je ne savais où tout cela allait me conduire. Ellie ne me plaisait pas du tout. Elle était, à mon avis, très peu attirante.

— Mais comment avez-vous pu confondre l'une avec l'autre ?

— Il faisait noir comme dans un four. Elle n'avait pas prononcé un seul mot sauf pour me dire de me tenir coi. Toutes deux étaient grandes et massives. Je croyais que Frau Becker avait un faible pour moi. Pas un seul instant il ne m'était venu à l'idée qu'Ellie pût me prêter la moindre attention. La pensée de son mari ne la quittait pas. J'allumai une cigarette et considérai la situation ; et plus je l'analysais, plus elle me déplaisait. La meilleure solution me parut être de m'en aller.

« J'avais souvent maudit Kosti d'être si dur à éveiller. Quand nous étions à la mine, j'avais l'habitude de le secouer comme un prunier pour qu'il se levât et arrivât à temps au travail. Mais à présent, son sommeil profond me comblait de joie. J'allumai ma lanterne et m'habillai, fourrai mes effets dans mon *rucksack* — ce fut l'affaire d'un instant car j'avais peu de choses — et passai les bras sous les courroies. Je traversai le grenier en chaussettes et ne mis mes chaussures qu'une fois au bas de l'échelle. Je soufflai la lanterne. Il faisait une nuit noire sans lune, mais je connaissais le chemin par cœur et je pris la route en direction du village. Je marchais vite, voulant le traverser avant que personne fût levé et dehors. Il n'y avait qu'une vingtaine de kilomètres jusqu'à Zwingenberg, et j'y arrivai juste au moment où la petite ville se réveillait. Jamais je n'oublierai cette randonnée. Pas un bruit, sauf celui de mes pas sur la route et, de temps en temps le cocorico d'un coq dans une ferme. Puis la première grisaille, alors qu'il ne faisait plus tout à fait sombre et pas encore jour ; puis les premières lueurs de l'aurore ; puis le soleil pointant à l'horizon, salué par le chant de tous les oiseaux, et enfin la campagne verdoyante, les prairies et les forêts, et l'or pâle du blé dans les champs sous la fraîche lumière du jour naissant. A Zwingenberg je pris une tasse de café et un petit pain ; je me rendis ensuite au bureau de poste d'où je télégraphiai à l'American Express de m'envoyer mes vêtements et mes livres à Bonn.

— Pourquoi Bonn ? l'interrompis-je.

— Quand nous nous y étions arrêtés lors de notre marche à pied en descendant le Rhin, la ville m'avait emballé. J'aimais la lumière tamisée sur les toits, et le fleuve, et les vieilles rues étroites, et les villas, les jardins, les avenues de marronniers, et les bâtiments rococo de l'Université. J'avais eu alors l'impression très nette que pour quelque temps, ce serait un séjour assez agréable. Mais il me sembla bon d'être présentable pour y arriver ; j'avais l'air d'un vagabond et n'inspirerais guère confiance en allant, ainsi vêtu, demander une chambre dans une pension. Je pris donc un train pour Francfort et m'achetai une valise et quelques vêtements. Je demeurai à Bonn pendant un an à peu près.

— Et avez-vous tiré quelque profit de vos expériences, j'entends à la mine et à la ferme ?

— Oui, dit Larry en inclinant la tête et en souriant.

Mais il ne précisa pas davantage, et je le connaissais déjà suffisamment pour savoir que s'il avait envie de dire quelque chose il le disait, mais que, sinon, il coupait court aux questions par une blague à froid rendant toute insistance inutile. Car je dois rappeler au lecteur qu'il me conta tout cela avec un recul de dix ans, lorsque je le rencontrai de nouveau. Entre-temps, j'avais ignoré où il était et ce qu'il faisait. Il aurait tout aussi bien pu être mort. Si mes relations d'amitié avec Elliott ne m'avaient pas permis d'être tenu au courant des événements survenus dans la vie d'Isabel, et n'avaient ainsi rappelé Larry à mon souvenir, j'aurais sans doute oublié jusqu'à son existence.

III

Dans les premiers jours de juin de l'année qui suivit la rupture de ses fiançailles avec Larry, Isabel épousa Gray Maturin. Elliott avait horreur de quitter Paris au moment où la saison battait son plein, ce qui lui faisait manquer quantité de réceptions brillantes ; cependant, son esprit de famille était trop profond pour lui permettre de se soustraire à ce qu'il considérait comme son devoir de parent. Les frères d'Isabel ne pouvant quitter leurs postes lointains, c'était à lui qu'incombait la corvée du voyage à Chicago, afin de conduire sa nièce à l'autel. Se rappelant que les aristocrates français avaient revêtu tous leurs atours pour monter à la guillotine, il s'était rendu spécialement à Londres pour se commander une nouvelle jaquette, un gilet croisé gorge-de-pigeon et un chapeau haut de forme. A son retour à Paris, il m'avait invité à venir les admirer. Il était dans tous ses états : la perle grise qu'il portait généralement à ses cravates ne ressortait pas sur le gris pâle de celle qu'il avait choisie pour la circonstance. Je lui conseillai de mettre son épingle en émeraude et diamants.

— Oui, si j'étais un invité, dit-il. Mais dans le rôle particulier que je dois jouer, je *sens* que la perle est de mise.

Ce mariage répondant à toutes ses idées de convenance l'enchantait, et il en parlait avec l'onction d'une duchesse douairière soulignant l'harmonie d'une union entre un rejeton des La Rochefoucauld et une fille des Montmorency. En témoignage tangible de sa satisfaction, il apportait un cadeau de noces sur lequel il n'avait pas lésiné : un superbe portrait, par Nattier, d'une princesse de la Maison de France.

Henry Maturin avait, paraît-il, acheté pour les jeunes gens une maison dans Astor Street ; ils habiteraient ainsi tout près de chez Mrs. Bradley et ne seraient pas trop éloignés de sa propre somptueuse résidence de Lake Shore Drive. Par un heureux hasard, dans lequel je flairai l'habile complicité d'Elliott, Gregory Brabazon se trouvait à Chicago au moment de l'achat ; aussi la décoration lui fut-elle confiée. A son retour en Europe, Elliott, renonçant à la saison de Paris, alla tout droit à Londres ; il rapporta des photographies de ce qui avait été réalisé. Gregory Brabazon s'en était donné à cœur joie. Dans le salon et la salle à manger, tout était George II et avait vraiment grand air. Pour la bibliothèque, qui devait servir également de bureau à Gray, le décorateur s'était inspiré d'une pièce du Palais Amalienburg de Munich, et l'arrangement en était parfait, sauf qu'il ne s'y trouvait pas de place pour les livres. S'il n'y avait pas eu les lits jumeaux, Louis XV rendant visite à Mme de Pompadour se serait senti tout à fait chez lui dans la chambre à coucher que Gregory avait installée pour ce jeune couple américain ; mais la salle de bains d'Isabel lui aurait fait écarquiller les yeux : tout y était en verre — murs, plafonds, baignoire — et aux murs, des poissons d'argent ondulaient par bandes entre des plantes aquatiques dorées.

— Bien entendu c'est une toute petite maison, dit Elliott, mais la décoration, m'a dit Henry, est revenue à cent mille dollars. Une fortune pour bien des gens !

La cérémonie s'était déroulée avec toute la pompe que pouvait se permettre l'Eglise protestante.

— Pas comme un mariage à Notre-Dame, me dit-il avec une certaine suffisance ; mais pour un service protestant, il ne manquait pas d'allure.

La presse avait été très aimable, et Elliott m'en avait glissé négligemment les coupures sous les yeux. Il me montra des photographies d'Isabel, empruntée, mais jolie dans sa robe de mariée, et de Gray au corps massif mais beau, assez prétentieux toutefois dans sa mise strictement conforme à l'étiquette. Un autre groupe représentait le jeune couple entouré des demoiselles d'honneur, et un autre, Mrs. Bradley en toilette somptueuse et Elliott tenant à la main son chapeau haut de forme tout neuf avec le chic auquel lui seul savait atteindre. Je demandai des nouvelles de Mrs. Bradley.

— Elle a beaucoup maigri et son teint ne me plaît pas ; mais elle va assez bien. Evidemment, toute cette affaire l'a beaucoup fatiguée, mais à présent c'est fini, et elle va pouvoir se reposer.

Un an plus tard, Isabel mit au monde une fille à qui, selon la mode du moment, elle donna le nom de Joan ; puis, deux ans après, elle eut une autre fille que, selon une nouvelle mode, elle appela Priscilla.

L'un des associés d'Henry Maturin mourut, et celui-ci manœuvra si bien que peu après les deux autres se retirèrent, le laissant ainsi désormais seul propriétaire de l'affaire qu'il avait toujours dirigée en despote. Réalisant le vœu qu'il avait constamment caressé, il fit de Gray son associé. La maison n'avait jamais été aussi prospère.

— Ils ramassent l'argent à la pelle, mon cher, me raconta Elliott. Parfaitement, à l'âge de vingt-cinq ans, Gray se fait cinquante mille dollars par an, et ce n'est qu'un commencement. Les ressources de l'Amérique sont inépuisables. Ça n'a rien d'un *boom,* c'est simplement le progrès normal d'un grand pays.

Sa poitrine se gonflait d'une extraordinaire ferveur patriotique.

— Henry Maturin ne vivra pas éternellement : tension élevée, vous savez, et d'ici que Gray ait quarante ans, il vaudra sans doute vingt millions de dollars. Princier, mon cher, princier.

Elliott entretenait une correspondance assez régulière avec sa sœur, et, de temps à autre, à mesure que les années passaient, il me communiquait ce qu'elle lui racontait. Gray et Isabel étaient très heureux et leurs enfants adorables. Elliott se plaisait à reconnaître que leur train de vie répondait à leur situation. Ils recevaient avec prodigalité et étaient reçus de même ; il me dit avec satisfaction qu'en trois mois Isabel et Gray n'avaient pas dîné une seule fois en tête à tête. Ce tourbillon de divertissements fut interrompu par la mort de Mrs. Maturin, cette dame bien née et sans éclat qu'Henry Maturin avait épousée pour ses relations, à une époque où il tâchait encore de faire sa carrière dans la ville où son père était arrivé en paysan mal dégrossi ; et, par respect pour la mémoire de la morte, pendant un an le jeune couple n'invita jamais à dîner plus de six personnes à la fois.

— J'ai toujours dit que huit est le nombre parfait des convives, déclarait Elliott, déterminé à voir le bon côté des choses. C'est assez restreint pour permettre une conversation générale et c'est en même temps suffisant pour donner l'impression d'une réception.

Gray était extraordinairement généreux envers sa femme. Pour la naissance de leur premier enfant, il lui avait donné une bague ornée d'un diamant taillé en émeraude, et, pour la seconde, un manteau en zibeline. Ses occupations ne lui laissaient guère le loisir de s'absenter de Chicago, et il passait avec sa famille, dans l'imposante maison d'Henry Maturin à Marvin le peu de vacances qu'il lui était possible de prendre. Henry ne savait rien refuser à ce fils qu'il adorait, et, un jour, à Noël, il lui fit présent d'une plantation en Caroline du Sud, pour lui permettre, pendant une quinzaine, de chasser le canard.

— Voyez-vous, on peut comparer nos rois du négoce à ces grands mécènes de la Renaissance italienne qui avaient fait fortune dans le commerce. Les Médicis par exemple. Deux rois de France ne dédaignèrent pas d'épouser les filles de cette illustre famille, et je prévois le jour où les têtes couronnées d'Europe brigueront la main de nos « princesses dollars ». Que disait donc Shelley ? « L'époque grandiose du monde recommence, l'âge d'or revient. »

Depuis de longues années, Henry Maturin surveillait les placements de Mrs. Bradley et d'Elliott, et ils avaient tous deux en sa clairvoyance une confiance fort justifiée. Il n'avait jamais été partisan de la spéculation, et avait placé leur argent en valeurs saines ; mais avec l'énorme plus-value générale, leurs fortunes relativement modestes s'accrurent dans des proportions dont ils furent à la fois surpris et ravis. Elliott me raconta que, sans avoir remué le petit doigt, il se trouvait presque deux fois plus riche en 1926 qu'il ne l'était en 1918. Il avait soixante-cinq ans, les cheveux gris, le visage raviné et des poches sous les yeux, mais il portait gaillardement son âge ; il était aussi mince et se tenait aussi droit que par le passé. Toujours modéré dans son genre de vie, il n'avait jamais cessé de prendre grand soin de son apparence extérieure. Il n'était nullement disposé à subir les ravages des ans aussi longtemps qu'il pourrait faire couper ses vêtements par le meilleur tailleur de Londres, se faire coiffer et raser par son barbier particulier et s'abandonner chaque matin aux mains expertes d'un masseur pour conserver en parfaite forme son corps élégant. Depuis longtemps déjà, il avait oublié qu'il lui était arrivé autrefois de s'abaisser jusqu'à s'occuper d'affaires, et sans le nier formellement — il n'était pas assez sot pour faire un mensonge qui aurait pu se découvrir — il laissait volontiers entendre que, dans sa jeunesse, il avait servi dans la diplomatie. Je dois reconnaître que si j'avais eu à faire le portrait d'un ambassadeur, j'aurais sans hésitation pris Elliott pour modèle.

Mais la vie tournait. Les grandes dames qui avaient aidé à l'ascension d'Elliott et qui étaient encore de ce monde, étaient maintenant d'âge très avancé. Les pairesses anglaises ayant perdu leurs lords avaient été forcées de céder leurs domaines aux femmes de leurs fils et s'étaient retirées dans des villas à Cheltenham ou dans de modestes maisons de Regent's Park. Stafford House avait été transformée en musée, Curzon House devint le siège d'une société, Devonshire House était à vendre. Le yacht sur lequel Elliott avait coutume de séjourner à Cowes avait passé en d'autres mains. Les personnages à la mode qui évoluaient sur la scène mondaine n'avaient que faire de l'homme vieilli qu'Elliott était à présent. Ils le trouvaient ennuyeux et ridicule. Ils étaient encore prêts à se rendre à ses parties fines du Claridge, mais il était assez perspicace pour savoir qu'ils y venaient pour se rencontrer les uns les autres plutôt que pour le voir lui-même. Il ne pouvait plus désormais faire un choix parmi les invitations qui autrefois encombraient son bureau, et, trop souvent à son gré — car il n'aimait pas qu'on le sût — il subissait l'humiliation de dîner seul dans l'intimité de son appartement. En Angleterre, les femmes de haut rang, quand un scandale leur a fermé les portes de la bonne société, commencent à s'intéresser aux arts et s'entourent de peintres, d'hommes de lettres et de musiciens. Elliott, lui, était trop fier pour accepter pareille déchéance.

— Les droits de succession et les profiteurs de guerre ont ruiné la société anglaise, me dit-il. Les gens n'ont plus l'air d'attacher d'importance à la qualité de leurs fréquentations. Londres a toujours ses tailleurs, ses bottiers et ses chapeliers, et ceux-ci, j'espère, dureront aussi longtemps que moi-même ; mais à part cela, c'est la fin. Savez-vous mon cher, que chez les Saint-Erth le service de table est fait par des femmes ?

Il me tenait ces propos tandis que nous revenions à pied du Carlton House Terrace, après un déjeuner marqué d'un incident fâcheux. Notre noble amphitryon avait une galerie de tableaux réputée, et un jeune Américain, Paul Barton, qui se trouvait là pour la première fois, exprima le désir de la voir.

— Vous avez un Titien, n'est-ce pas ?

— Nous avions. Il est en Amérique maintenant. Un vieux Juif nous en a offert une belle liasse de billets, et comme à ce moment-là nous étions diablement fauchés, mon homme d'affaires l'a vendu.

Je remarquai qu'Elliott, hérissé, lançait au jovial marquis un coup d'œil venimeux, et je supposai que l'acquéreur du tableau c'était lui. Il était furieux de se voir traité ainsi, lui, né en Virginie et descendant de l'un des signataires de la Déclaration. Jamais, de toute sa vie, il n'avait subi pareil affront, d'autant plus cruel encore qu'il avait voué à Paul Barton une haine acharnée. Ce jeune homme avait fait son apparition à Londres peu après la guerre. Vingt-trois ans, blond, d'un physique très agréable, charmant, merveilleux danseur et riche. Il était porteur d'une lettre d'introduction pour Elliott et celui-ci, avec sa bienveillance naturelle, ne s'était pas contenté de le présenter à plusieurs de ses amis, mais lui avait en outre donné quelques précieux conseils sur la façon de se conduire. S'inspirant de sa propre expérience, il lui avait montré comment un étranger, pour faire son chemin dans le grand monde, devait avoir de petites attentions pour les vieilles dames et prêter une oreille complaisante, quelque ennuyeux que ce fût, aux personnes de qualité.

Mais la société qui s'ouvrait à Paul Barton était différente de celle où Elliott Templeton, grâce à une persévérance obstinée, avait pénétré une génération plus tôt. C'était un monde qui demandait seulement à s'amuser. La bonne humeur de Paul Barton, son extérieur plaisant et ses manières séduisantes lui valurent en quelques semaines ce qui avait demandé à Elliott de longues années d'habileté et de volonté. Bientôt il n'eut plus besoin du secours de ce dernier, et ne prit guère de ménagements pour le lui faire comprendre. Quand ils se rencontraient, il se montrait aimable, mais avec une désinvolture qui blessait profondément le vieil homme. Elliott n'invitait pas les gens parce qu'il les aimait, mais parce que leur présence contribuait à la réussite de ses réceptions ; aussi, de temps à autre, continuait-il à convier Paul Barton à ses déjeuners hebdomadaires, uniquement à cause des succès mondains de ce dernier. Mais le jeune homme, très en vogue, se trouvait généralement déjà pris, et, par deux fois, il laissa choir Elliott à la dernière minute. Elliott avait agi ainsi lui-même trop souvent pour ignorer que c'était parce qu'il venait justement de recevoir une invitation plus intéressante.

— Je ne vous demande pas de le croire, me disait Elliott fulminant, mais, vrai comme je suis là, quand maintenant je le vois, c'est lui qui me prend sous sa protection. MOI. Titien, Titien, bredouilla-t-il. Il ne reconnaîtrait pas un Titien s'il en voyait un.

Je n'avais jamais vu Elliott si courroucé. Sans doute, pensais-je, Paul Barton, ayant appris par hasard qu'Elliott avait acheté le tableau, s'était-il renseigné avec l'intention de provoquer cette réponse du noble lord et de jouer un mauvais tour à Elliott.

— Ce n'est qu'un sale petit snob, et s'il est au monde une chose que je déteste et méprise, c'est bien le snobisme. Sans moi, Barton ne serait reçu nulle part. Le croiriez-vous, son père fabrique du mobilier de bureau. Du mobilier de bureau ! Il prononça ces mots avec un dédain écrasant. Et quand je dis qu'en Amérique il n'a pas d'importance mondaine, que ses origines ne sauraient être plus modestes, personne n'a l'air d'y faire attention. Parole d'honneur, mon cher, la société anglaise est morte et enterrée !

En France, Elliott ne trouvait guère la situation meilleure. Là, les grandes dames de sa jeunesse, si elles étaient encore en vie, s'adonnaient au bridge (un jeu qu'il déplorait), à la piété et au soin de leurs petits-enfants. Femmes d'industriels, Argentines, Chiliennes, Américaines divorcées ou séparées de leurs maris, elles occupaient à présent les hôtels particuliers de l'aristocratie et recevaient avec magnificence ; mais dans leurs réunions, Elliott se trouvait gêné de croiser des politiciens parlant un français vulgaire, des journalistes se tenant à table de façon lamentable, et même des acteurs. Les rejetons de familles princières n'hésitaient pas à épouser des filles de boutiquiers. Paris, il est vrai, était gai, mais de quelle gaieté de mauvais aloi ! La jeunesse se livrait à la folle poursuite du plaisir, ne trouvant rien de plus amusant que d'aller d'une petite boîte de nuit mal aérée à une autre, de boire du champagne à cent francs la bouteille et de danser jusqu'à cinq heures du matin, étroitement mêlée à la racaille de la ville. La fumée, la chaleur, le bruit donnaient à Elliott la migraine. Non, tel n'était pas le Paris que, trente ans plus tôt, il avait adopté comme sa patrie intellectuelle. Ce n'était pas là le Paris où tout bon Américain de qualité rêvait d'aller finir ses jours.

IV

Mais Elliott avait du flair. Son instinct l'avertissait qu'une fois de plus, la Côte d'Azur était en voie de devenir le rendez-vous select et élégant. Il connaissait bien la Riviera, ayant souvent passé quelques jours soit à Monte-Carlo, à l'*Hôtel de Paris,* en revenant de Rome où l'avaient appelé ses devoirs auprès du Vatican, soit à Cannes, dans la villa de l'un ou de l'autre de ses amis. Mais c'était en hiver, et dans les derniers temps il avait entendu vanter la Côte comme séjour d'été. Les grands hôtels restaient ouverts, la liste des estivants paraissait dans la rubrique mondaine du *Herald* de Paris et Elliott y relevait avec satisfaction les noms qui lui étaient familiers.

— Maintenant le monde commence à me peser, disait-il. J'ai atteint l'âge où je vais apprécier les beautés de la nature.

La réflexion peut sembler obscure. Mais, en réalité, elle ne l'était pas. Elliott avait toujours eu le sentiment que le culte de la nature n'est guère compatible avec la vie mondaine, et il ne pouvait comprendre qu'on se dérangeât pour aller contempler un lac ou une montagne, alors qu'on avait sous les yeux une commode Régence ou un tableau de Watteau. A cette époque, il avait énormément d'argent. Henry Maturin, poussé par son fils et affolé par l'exemple de ses amis de la Bourse qui en une nuit amassaient des fortunes, s'était enfin laissé entraîner par la tendance du moment : et, se départant peu à peu de sa prudence coutumière, il ne voyait pas pourquoi lui aussi ne suivrait pas le mouvement. Il était toujours aussi opposé au jeu que par le passé, écrivait-il à Elliott ; mais cela n'était plus du jeu, c'était simplement une profession de foi dans les ressources inépuisables du pays. A son avis, rien ne pourrait arrêter la prospérité de l'Amérique. Il disait, en terminant, qu'il avait acheté au mieux, pour la chère Louisa, un certain nombre de titres solides, et il était heureux de pouvoir faire savoir à Elliott qu'à présent elle avait déjà réalisé un bénéfice de vingt mille dollars. Enfin, si Elliott désirait gagner un peu d'argent et l'autorisait à agir en son nom, il n'aurait certainement pas à le regretter. Elliott, enclin à faire usage de clichés, lui répondit qu'il savait résister à tout sauf à la tentation ; aussi, dès lors, en dépliant le *Herald* à son petit déjeuner, au lieu de se précipiter sur la chronique mondaine comme il l'avait fait durant tant d'années, s'intéressa-t-il tout d'abord aux bulletins de la Bourse. Les opérations faites pour son compte furent si heureuses qu'Elliott, un beau jour, se trouva à la tête de la jolie petite somme de cinquante mille dollars sans avoir rien dû faire pour les gagner.

Il décida alors de prendre son bénéfice et d'acheter une maison sur la Côte d'Azur. Pour fuir le monde, il choisit Antibes, bonne position stratégique entre Cannes et Monte-Carlo, d'où l'on y accède avec une égale facilité ; mais était-ce la main de la Providence ou son sûr instinct personnel qui lui fit préférer l'endroit qui allait bientôt connaître le plus de vogue ? Impossible de le dire. Vivre dans une villa avec un jardin était pour lui d'une vulgarité banlieusarde qui répugnait à son goût délicat : il acquit donc deux maisons dans la vieille ville surplombant la mer, les transforma en une seule, y installa le chauffage central, des salles de bains et toutes les commodités que l'exemple américain a imposées à un continent réfractaire au progrès. Le rafistolage faisait fureur à cette époque : aussi meubla-t-il sa maison en vieux provençal dûment restauré et agrémenté — concession discrète au goût du jour — de tissus modernes. Il ne voulait encore rien savoir de peintres tels que Picasso et Braque — « des horreurs, mon cher, des horreurs ! » — que certains enthousiastes mal guidés encensaient tellement, mais crut pouvoir à la longue accorder sa faveur aux impressionnistes ; ainsi ses murs s'ornèrent de quelques très jolies toiles. Je me souviens d'un Monet, des gens canotant sur une rivière, d'un Pissarro représentant un quai et un pont sur la Seine, d'un paysage tahitien de Gauguin et d'un charmant Renoir, une jeune fille vue de profil, les longs cheveux jaunes flottant sur le dos. Une fois terminée, sa maison fut fraîche et gaie, originale et simple, de cette simplicité qui, on le sait, ne peut être réalisée qu'à grands frais.

Alors commença la plus merveilleuse période de la vie d'Elliott. Il amena de Paris son excellent cuisinier, et bientôt sa table fut réputée la meilleure de la Riviera. Il habilla de blanc, avec des épaulettes dorées, son maître d'hôtel et son valet. Il reçut avec une somptuosité qui ne dépassait jamais les limites du bon goût. Les bords de la Méditerranée regorgeaient de têtes couronnées venues de toutes les cours d'Europe. Les unes étaient attirées par le climat ; d'autres s'y trouvaient en exil, et d'autres encore, parce qu'il leur convenait, en raison d'un passé scandaleux ou d'une mésalliance, de vivre en pays étranger. Il y avait là des Romanoff de Russie, des Habsbourg d'Autriche, des Bourbons d'Espagne, des Deux-Siciles et de Parme ; il y avait des princes de la Maison de Windsor et des princes de la Maison de Bragance ; il y avait des altesses royales de Suède et des altesses royales de Grèce : Elliott les recevait. Il y avait des princes et des princesses qui n'étaient pas de sang royal, des ducs et des duchesses, des marquis et des marquises d'Autriche, d'Italie, d'Espagne, de Russie, de Belgique : Elliott les recevait. En hiver, le roi de Suède et le roi de Danemark séjournaient sur la Côte ; de temps à autre, Alphonse d'Espagne y faisait de brèves apparitions : Elliott les recevait. Je n'ai jamais cessé d'admirer comment, tout en s'inclinant avec une élégance de cour devant ces personnages illustres, il savait conserver l'attitude indépendante du citoyen d'un pays où il est proclamé que tous les hommes naissent égaux.

Après quelques années passées à voyager, j'avais moi-même acheté une maison au Cap-Ferrat, aussi vis-je beaucoup Elliott, J'avais gagné ses bonnes grâces à tel point que parfois il me conviait à ses réceptions les plus choisies.

— Venez pour me faire plaisir, mon cher ami, disait-il. C'est entendu, je sais aussi bien que vous que les personnalités royales gâchent une réunion ; mais il y a des gens qui aiment à les rencontrer ; et l'on se doit à soi-même, je crois, de témoigner quelques égards à ces pauvres bougres. Pourtant, Dieu sait s'ils ne le méritent pas ! Ce sont les êtres les plus ingrats de la terre. Ils useront de vous et, quand vous ne leur serez plus d'aucun secours, ils vous laisseront tomber comme une chemise en loques ; ils accepteront de vous d'innombrables services, mais pas un seul d'entre eux ne traverserait la rue pour vous obliger à son tour le moins du monde.

Elliott s'était mis en quatre pour être en bons termes avec les autorités locales. Le préfet du département et l'évêque du diocèse, accompagné de son vicaire général, honoraient souvent sa table de leur présence. L'évêque, avant d'entrer dans l'Eglise, avait été officier de cavalerie, et, durant la guerre, il avait commandé un régiment. C'était un homme rubicond, assez corpulent, qui affectait un langage de corps de garde ; son austère, cadavérique vicaire général était toujours sur des charbons ardents à la pensée qu'il allait sortir quelque propos scandaleux. Quand son supérieur racontait ses histoires favorites, il écoutait avec un sourire désapprobateur. Mais l'évêque dirigeait son diocèse avec une compétence remarquable, et du haut de la chaire, son éloquence était aussi émouvante qu'étaient amusantes ses saillies au cours d'un dîner. Il appréciait la générosité d'Elliott envers l'Eglise et l'aimait bien aussi pour son amabilité et sa bonne table : tous deux se lièrent d'étroite amitié. Elliott pouvait donc se flatter de tirer le meilleur parti de ces deux mondes et, si j'ose dire, de créer un très agréable *modus vivendi* entre Dieu et Mammon.

Elliott était fier de son intérieur et brûlait d'impatience de faire à sa sœur les honneurs de sa nouvelle demeure. Il avait toujours senti chez elle une certaine réserve dans sa manière de le juger et désirait lui faire constater de ses propres yeux le style de son existence présente et la qualité des amis qu'il traitait de pair à compagnon. Ce serait la réponse péremptoire à ses doutes. Elle devrait admettre qu'il n'avait pas mal réussi. Il lui écrivit et lui demanda de venir avec Gray et Isabel lui rendre visite, non pour loger chez lui, car il n'y avait pas la place, mais pour habiter à ses frais à l'*Hôtel du Cap,* tout proche. Mrs. Bradley répondit que pour elle le temps des voyages était passé ; sa santé étant précaire, il valait mieux qu'elle restât chez elle. Et, en tout cas, il était impossible à Gray de s'absenter de Chicago : les affaires étaient en pleine effervescence, il gagnait un argent fou et devait rester sur place. Elliott, très attaché à sa sœur, s'alarma de cette lettre. Il écrivit à Isabel. Celle-ci répondit par câble que la santé de sa mère était, en effet, loin d'être satisfaisante et l'obligeait à garder le lit un jour par semaine, mais qu'il n'y avait pas de danger immédiat et qu'avec des soins on espérait d'ailleurs qu'elle pourrait vivre longtemps encore ; Gray, par contre, avait besoin de repos et, son père étant là pour tout surveiller, rien ne s'opposait à ce qu'il prît un congé : donc, elle et Gray se proposaient de venir non pas cet été, mais le suivant.

Le 23 octobre 1929, le marché de New York s'effondra.

V

Je me trouvais à Londres à ce moment-là, et au début, nous autres en Angleterre ne nous rendîmes pas compte de toute la gravité de la situation ni des désastres qui en seraient la conséquence. Pour ma part, quoique contrarié de perdre une assez forte somme dont la plus grande partie, il est vrai, était un bénéfice sur papier seulement, je constatai, lorsqu'il fut possible d'y voir clair, que mes disponibilités en argent comptant n'avaient guère diminué. Je savais qu'Elliott avait joué gros jeu, et je craignais qu'il ne fût sérieusement touché ; mais je ne le vis pas avant la Noël, quand nous retournâmes tous deux sur la Côte d'Azur. Il me raconta alors qu'Henry Maturin était mort, et Gray ruiné.

J'entends peu de chose aux affaires ; et sans doute, mon récit des événements, tels qu'ils me furent rapportés par Elliott, semblera-t-il confus. D'après ce que j'ai cru comprendre, la catastrophe qui avait détruit la Banque, fut due en partie à l'entêtement d'Henry Maturin lui-même et en partie aussi aux imprudences de Gray. Henry Maturin, de prime abord, ne voulut pas croire à la gravité de l'effondrement ; il se répétait qu'il s'agissait d'une manœuvre des banquiers new-yorkais pour prendre au dépourvu leurs confrères de province ; serrant les dents, il voulut soutenir le marché, et jeta dans la bagarre des sommes considérables. Il fulminait contre les banquiers de Chicago qui se laissaient écraser par les bandits de New York. Aucun de ses clients, s'était-il toujours vanté, veuves à revenu fixe, fonctionnaires retraités et autres du même genre, n'avait jamais perdu un sou en suivant ses conseils ; dès lors, au lieu de les laisser prendre une perte, il soutint de sa propre poche leurs positions en Bourse. Il se déclarait prêt à se ruiner — il se sentait capable de refaire une fortune — mais si toutes ces petites gens qui avaient mis en lui leur confiance perdaient tout ce qu'ils avaient, il ne pourrait plus jamais les regarder en face. Il s'imaginait être magnanime, mais il était tout simplement vaniteux. Sa grosse fortune s'évanouit, et une nuit, il eut une crise cardiaque. Il était dans la soixantaine, il avait toujours travaillé dur, joué gros, trop mangé et trop bu. Après quelques heures d'agonie, il mourut d'une thrombose coronaire.

Gray resta seul confronté avec cette situation. Sans avoir l'expérience de son père, il avait énormément spéculé pour son propre compte, et se trouva personnellement aux prises avec les plus grandes difficultés. Ses efforts pour s'en tirer échouèrent. Les banques lui refusèrent du crédit ; de l'avis des vieux routiers de la Bourse, il n'y avait plus qu'une seule issue : passer l'éponge sur tout. Les détails de la fin de l'histoire m'échappent. Ne pouvant faire face à ses engagements, il fut, me dit-on, mis en faillite. Il avait déjà hypothéqué sa propre demeure et l'abandonna volontiers à ses créanciers. Sa maison paternelle de Lake Shore Drive et celle de Marvin furent vendues au plus offrant. Isabel liquida ses bijoux. Seule leur resta la plantation en Caroline du Sud qui avait été mise au nom d'Isabel, mais pour laquelle on ne put trouver acquéreur. Gray était « nettoyé ».

— Et vous, Elliott, qu'êtes-vous devenu dans tout cela ? demandai-je.

— Oh ! je ne me plains pas, répondit-il allégrement. Aux brebis tondues, Dieu adoucit le vent.

Je n'insistai pas davantage, ses affaires financières ne me regardant pas ; mais quelles qu'eussent été ses pertes, je présumai que, comme nous tous, il avait dû en souffrir.

Au début, la crise n'avait pas touché très profondément la Riviera. J'entendis parler de deux ou trois personnes qui avaient perdu gros ; beaucoup de villas demeurèrent fermées pour l'hiver et plusieurs furent mises en vente. Les hôtels étaient loin d'être pleins, et le Casino de Monte-Carlo se plaignait d'une saison médiocre. Mais la crise ne se fit vraiment sentir que deux ans plus tard. Sur la Côte, me dit un agent de location, entre Toulon et la frontière italienne, quarante-huit mille propriétés grandes et petites étaient à vendre. Les actions du Casino s'effritèrent. Dans le vain espoir d'attirer une clientèle absente, les grands hôtels baissèrent leurs prix. Seuls on y voyait les étrangers qui, ayant toujours été si pauvres ne pouvaient l'être davantage encore, et qui ne dépensaient pas d'argent pour la bonne raison qu'ils n'en avaient pas. Les commerçants étaient au désespoir. Elliott, cependant, ne réduisit pas son personnel et n'en diminua pas les gages, contrairement à ce qui se fit souvent ailleurs. Il continua à offrir avec profusion des plats fins et des vins de choix aux personnalités royales et titrées. Il acheta une nouvelle voiture de luxe qu'il fit venir d'Amérique et pour laquelle il dut payer d'énormes droits de douane. Il donna généreusement à l'Œuvre créée par l'évêque en vue de distribuer des repas gratuits aux familles des chômeurs. En somme, il continua à vivre comme s'il n'y avait jamais eu de crise, et comme si la moitié de la terre n'en avait pas été ébranlée.

Un hasard m'en révéla l'explication : à cette époque, Elliott avait renoncé à se rendre en Angleterre, sauf une fois par an pour une quinzaine de jours afin de renouveler sa garde-robe ; mais il continuait à habiter Paris trois mois en automne, et en mai et juin, c'étaient les époques où ses amis désertaient la Côte. Il aimait à y passer l'été, en partie à cause des bains, mais surtout, je crois, parce que la chaleur lui fournissait l'occasion d'une fantaisie vestimentaire que son sens du décorum lui avait fait éviter toujours. Il se permettait alors des pantalons aux couleurs voyantes, rouge, bleu, vert ou jaune, avec lesquels il portait des chemises Lacoste de tons criards et opposés, mauve, violet, puce ou bigarré : il acceptait les compliments que lui attiraient ses accoutrements avec la grâce confuse d'une actrice que l'on félicite d'avoir divinement joué un nouveau rôle.

Au printemps, retournant au Cap-Ferrat, je m'arrêtai par hasard à Paris et je priai Elliott à déjeuner. Nous nous retrouvâmes au bar du Ritz qui n'était plus à présent encombré d'étudiants venus d'Amérique pour se distraire, mais aussi abandonné qu'un auteur dramatique le soir d'un four. Nous prîmes un cocktail, habitude d'outre-mer qu'Elliott avait enfin acceptée, et commandâmes notre déjeuner. Quand nous eûmes terminé, il me proposa d'aller faire un tour chez les antiquaires ; bien que lui ayant dit n'avoir pas d'argent à dépenser, je fus heureux de l'accompagner. En traversant la place Vendôme, il me demanda si je ne verrais pas d'inconvénient à ce qu'il s'arrêtât un instant chez Charvet. Il avait commandé, me dit-il, quelques affaires et voulait savoir si elles étaient prêtes. Il s'était fait faire des gilets et des caleçons, paraît-il, avec ses initiales brodées. Les gilets n'étaient pas encore rentrés, mais les caleçons étaient là, et le vendeur demanda à Elliott s'il voulait les voir.

— Certainement, dit-il, et tandis que le jeune homme allait les chercher, s'adressant à moi, il ajouta : « Je les ai fait exécuter d'après un modèle à moi. »

On les apporta, et sauf qu'ils étaient en soie, ils me parurent absolument semblables à ceux que je m'étais achetés à la *Belle Jardinière ;* mais mon attention fut attirée par une couronne comtale surmontant les initiales E. T. entrelacées. Je ne soufflai mot.

— Très bien, très bien, dit Elliott. Eh bien ! quand les gilets seront prêts, vous me les enverrez.

Nous quittâmes le magasin, et tout en marchant, Elliott se tourna vers moi en souriant.

— N'avez-vous pas remarqué la couronne ? Pour être franc, je n'y pensais plus quand je vous ai demandé de m'accompagner chez Charvet : cela m'avait échappé. Je ne crois pas avoir eu l'occasion de vous annoncer que Sa Sainteté a gracieusement daigné restaurer en ma faveur mon ancien titre de famille.

— Votre quoi ? fis-je, oubliant mon habituelle courtoisie. Elliott haussa un sourcil désapprobateur.

— Vous ne le saviez pas ? Je suis le descendant par les femmes du comte de Lauria qui vint en Angleterre dans la suite de Philippe II et y épousa une dame d'honneur de la reine Mary.

— Notre vieille amie, Mary la Sanguinaire ?

— Ce sont les hérétiques, je crois, qui l'appellent ainsi, répondit Elliott sèchement. Je ne pense pas vous avoir raconté que j'ai passé le mois de septembre 29 à Rome. J'étais très ennuyé de devoir m'y rendre, car, à cette saison, Rome est certainement vide, mais, heureusement pour moi, mon sens du devoir l'avait emporté sur ma soif de plaisirs mondains. Mes amis du Vatican m'avisèrent de l'imminence d'un krach et me conseillèrent vivement de vendre tous mes titres américains. L'Eglise catholique a un passé de vingt siècles d'expérience, aussi n'hésitai-je pas un seul instant. Je câblai en même temps à Henry Maturin de tout vendre et d'acheter de l'or, et à Louisa pour lui dire d'en faire autant. Henry me répondit par télégramme, me demandant si j'étais fou, et ajouta qu'il n'en ferait rien jusqu'à confirmation de mes instructions. Je recâblai immédiatement, lui intimant de la façon la plus péremptoire l'ordre de les suivre, et le priant de me télégraphier dès que ce serait fait. La pauvre Louisa ne tint pas compte de mon avis, et le paya cher.

— Donc, quand la débâcle est arrivée, vous étiez « bien assis » ?

— Voilà une expression bien vulgaire mon cher, et que je suis étonné de vous voir employer, mais elle exprime ma situation avec assez de justesse. Je ne perdis pas un centime ; en fait, comme on dit communément, j'ai ramassé le paquet. C'est ainsi que, quelque temps plus tard, j'ai pu racheter mes titres pour une fraction de leur ancien prix, et comme j'en étais redevable à ce que je ne saurais qu'appeler l'intervention directe de la Providence, j'ai estimé juste et convenable, à mon tour, de faire quelque chose pour Elle.

— Ah ! et comment vous y êtes-vous pris ?

— Eh bien ! sans doute savez-vous que le Duce, dans les marais Pontins, faisait assécher et défricher de grandes étendues de terre ; et l'on m'informa que Sa Sainteté était extrêmement tourmentée de l'absence de lieux de prières pour les colons. Donc, pour vous raconter en deux mots une longue histoire, je fis construire une petite église romane — la reproduction exacte d'une chapelle que je connaissais en Provence — parfaite à tous points de vue et qui, je dois l'avouer moi-même, est un bijou. Elle est consacrée à saint Martin, car j'ai eu la chance de trouver un vitrail ancien représentant le saint en train de couper en deux son manteau pour en donner la moitié à un mendiant dévêtu ; le symbole m'ayant paru si approprié, je l'achetai et le fis placer au-dessus de l'autel.

Je n'interrompis pas Elliott pour lui demander quel rapport il voyait entre le geste de saint Martin et le beau coup de filet qu'en vendant au bon moment il avait ramené, et pour lequel il rémunérait une puissance supérieure comme l'on paie un courtage à un intermédiaire. Mais pour une personne aussi prosaïque que moi, le symbolisme reste souvent obscur. Il poursuivit.

— Quand je fus admis à l'honneur de présenter les photographies au Saint-Père, celui-ci daigna me dire qu'il lui suffisait d'un coup d'œil pour juger que mon goût était irréprochable et, dans ces temps dégénérés, ajouta-t-il, Il était heureux de trouver quelqu'un unissant au dévouement à l'Eglise de si rares dons artistiques. Un événement mémorable, mon cher, un événement mémorable ! Mais personne ne fut plus étonné que moi quand, peu après, l'on m'avisa que Sa Sainteté avait bien voulu me conférer un titre. En tant que citoyen américain, j'ai trouvé plus discret de ne pas le porter, sauf au Vatican bien entendu, et j'ai défendu à Joseph de m'appeler monsieur le Comte. Vous saurez, j'en suis sûr, garder le secret, et n'ébruiterez pas ma confidence.

Mais je ne voudrais pas que le Saint-Père pût penser que je n'apprécie pas tout l'honneur qu'Il m'a fait, et si je fais broder mes initiales sur mon linge personnel, c'est purement par respect pour Lui. Je vous avouerai d'ailleurs que je suis assez fier de dissimuler mon rang sous l'étiquette plus modeste d'un citoyen américain.

Nous nous séparâmes. Elliott me dit qu'il descendrait sur la Côte d'Azur pour la fin juin. Mais il n'en fit rien. Il venait tout juste de prendre ses dispositions pour expédier de Paris son personnel, se proposant de faire tranquillement la route en voiture afin de trouver tout en ordre à son arrivée, quand il reçut d'Isabel un câble lui disant que sa mère était subitement au plus mal. Non seulement Elliott aimait beaucoup sa sœur, mais il avait, comme je l'ai déjà mentionné, un sens profond de ses devoirs familiaux. Il s'embarqua à Cherbourg par le bateau, et de New York se rendit directement à Chicago. Mrs. Bradley était très malade, m'écrivit-il, et il avait eu un choc en la retrouvant si amaigrie. Elle pouvait tenir encore quelques semaines ou même quelques mois, mais, en tout cas, il jugeait de son triste devoir de demeurer auprès d'elle jusqu'à la fin. Il trouvait, ajoutait-il, la grosse chaleur plus supportable qu'il ne l'aurait cru ; quant au manque de société à sa convenance, il ne lui pesait pas, car, en un tel moment, il n'avait nullement le cœur aux mondanités. Il me disait aussi son désappointement de la façon dont ses compatriotes s'étaient comportés dans la débâcle. Il se serait attendu à plus d'égalité d'âme dans le malheur. Sachant que rien n'est plus facile que de supporter avec courage les misères d'autrui, Elliott, pensai-je, plus riche à présent qu'il ne l'avait jamais été, était peut-être peu qualifié pour se montrer sévère. Il terminait sa lettre en me remettant des messages pour plusieurs de ses amis, et me priant de ne pas manquer d'expliquer à tous ceux que je rencontrerais pourquoi sa maison demeurait fermée cet été-là.

Quelques semaines plus tard, je reçus de lui une autre lettre m'annonçant le décès de Mrs. Bradley. Il l'avait écrite avec sincérité et émotion. Jamais je ne l'aurais cru capable de s'exprimer avec tant de dignité, de sentiment vrai et de simplicité, si je n'avais su depuis longtemps que, malgré son snobisme et ses manières ridicules, Elliott était un homme aimable, affectueux et fidèle. Dans sa lettre, il me laissait entendre aussi que les affaires de Mrs. Bradley paraissaient présenter un certain désordre. Son fils, le diplomate, remplissant à Tokyo, durant l'absence de l'ambassadeur, les fonctions de chargé d'affaires, n'avait, bien entendu, pu quitter son poste. Son second fils, Templeton, celui qui se trouvait aux Philippines à l'époque où j'avais fait la connaissance des Bradley, avait été entre-temps rappelé à Washington où il occupait une situation importante aux Affaires étrangères. Venu à Chicago quand l'état de sa mère fut reconnu désespéré, il avait été obligé de retourner dans la capitale dès après l'enterrement. Elliott, dans ces conditions, estimait devoir rester en Amérique jusqu'à ce que les choses fussent arrangées. Mrs. Bradley avait partagé sa fortune en parties égales entre ses enfants, mais ses pertes dans le krach de 29 paraissaient avoir été lourdes. Fort heureusement, on avait pu trouver acquéreur pour la ferme de Marvin. Elliott en parlait dans sa lettre comme de la « propriété de campagne » de cette chère Louisa. « Il est toujours triste pour une famille de devoir se séparer du foyer ancestral, écrivait-il, mais j'ai vu tant de mes amis anglais y être contraints au cours de ces dernières années que j'estime que mes neveux et Isabel doivent accepter l'inévitable avec le même courage. Noblesse oblige. »

Ils avaient eu aussi de la chance avec la vente de la maison de Mrs. Bradley à Chicago. On avait conçu depuis longtemps le projet d'abattre la rangée de constructions dont l'une était occupée par Mrs. Bradley et d'élever à la place un grand immeuble à appartements ; mais ce plan s'était toujours heurté à l'obstination de cette dernière à mourir dans la maison où elle avait vécu. A peine eut-elle rendu le dernier soupir que les auteurs du projet revinrent à la charge et firent une offre qui fut promptement acceptée. Cependant, même ainsi, Isabel se trouva en très mauvaise posture.

Gray, après la débâcle, avait tenté de trouver une situation, ne fût-ce que de commis dans les bureaux de l'un des banquiers qui avaient tenu tête à la tempête : mais les affaires étaient nulles. Il fit appel à ses anciens amis, les priant de lui donner du travail, si humble, si mal payé fût-il, mais en vain. Ses efforts acharnés pour lutter contre le désastre qui l'avait finalement terrassé, le poids des soucis, l'humiliation, lui valurent une dépression nerveuse, et il commença à souffrir de maux de tête d'une telle violence que, durant vingt-quatre heures, il n'était bon à rien et qu'après la crise il restait faible comme une loque. Isabel pensait que la meilleure solution pour eux serait d'aller avec les enfants s'installer jusqu'au rétablissement de Gray dans la plantation de la Caroline du Sud. La récolte de riz y avait rapporté autrefois cent mille dollars par an, mais depuis longtemps déjà la propriété n'était plus qu'un désert de marais et de gommiers bon seulement pour quelque amateur de sport désireux de chasser le canard ; aussi aucun acheteur ne s'était-il présenté. Depuis le krach, ils y avaient séjourné de temps à autre, et se proposaient d'y retourner en attendant que les conditions s'améliorent et permettent à Gray de trouver un emploi.

« Cela, je ne pouvais le supporter, écrivait Elliott. Car, mon cher ami, ils vivent comme des porcs. Isabel n'a ni femme de chambre ni gouvernante pour les enfants ; rien que deux négresses pour s'occuper de tout ! Je leur ai donc offert mon appartement de Paris et les ai invités à y rester jusqu'à ce que, dans ce pays extraordinaire, les choses aient changé de nouveau. Je leur donnerai du personnel ; ma fille de cuisine étant d'ailleurs elle-même très bonne cuisinière, je la leur laisserai et je pourrai trouver facilement quelqu'un pour la remplacer. Je m'arrangerai pour prendre tous les frais à ma charge, de sorte qu'Isabel pourra disposer de sa petite rente pour ses toilettes et les menus plaisirs de la famille. Cela m'obligera donc à passer beaucoup plus de temps sur la Riviera et j'espère ainsi, mon cher, vous voir bien plus souvent que par le passé. Etant donné ce que sont devenus à présent Londres et Paris, je me sens vraiment davantage chez moi sur la Côte. C'est le dernier endroit où il me soit encore possible de rencontrer des gens parlant la même langue que moi. J'irai, je crois bien, passer de temps en temps quelques jours à Paris, mais quand je m'y rendrai je saurai, avec mes goûts modestes, m'accommoder tant bien que mal du Ritz. Je suis heureux d'ajouter que j'ai enfin réussi à décider Gray et Isabel à accéder à mes désirs ; je les ramènerai tous dès que les dispositions nécessaires auront pu être prises. Les meubles et les tableaux (de très piètre qualité, mon cher ami, et de la plus douteuse authenticité) doivent être mis en vente d'ici une quinzaine de jours, et entre-temps, comme j'ai pensé qu'il leur serait pénible de vivre jusqu'au dernier moment dans la maison, je les ai emmenés avec moi à l'hôtel Drake. En arrivant à Paris, je les installerai puis je descendrai sur la Côte. N'oubliez pas de me rappeler au souvenir de votre royal voisin. »

Qui pourrait nier qu'Elliott, ce snob impénitent, fût aussi le plus aimable, le plus attentionné, le plus généreux des hommes ?

CHAPITRE IV

I

A la fin de l'année, après avoir installé les Maturin dans son spacieux appartement de la rive gauche, Elliott retourna sur la Côte d'Azur. Sa maison avait été conçue pour ses seuls besoins personnels et il n'y avait pas place pour une famille de quatre personnes, de sorte que, même s'il l'avait désiré, il n'aurait pu les héberger. Je ne pense pas qu'il le regrettât. Il avait conscience d'offrir, en restant seul, plus d'attrait que constamment flanqué d'une nièce et d'un neveu ; et il lui eût été difficile aussi d'organiser ses réceptions intimes et aristocratiques — pour lesquelles il se donnait tant de mal — s'il avait dû compter toujours avec la présence de deux convives supplémentaires.

— Il est de beaucoup préférable pour eux d'habiter Paris et de prendre l'habitude d'une vie raffinée. D'ailleurs les deux fillettes sont d'âge à aller à l'école, et j'en ai découvert une, non loin de chez moi qui, m'a-t-on assuré, est très sélect.

Voilà pourquoi je ne revis pas Isabel pendant un certain temps. Au printemps, je me rendis à Paris pour un travail qui devait m'y retenir quelques semaines ; je pris un petit appartement dans un hôtel du coin de la place Vendôme. J'y descendais généralement, non seulement pour l'agrément de sa situation mais aussi pour son allure. C'était une grande bâtisse ancienne construite autour d'une cour intérieure et qui, durant près de deux cents ans, avait été une auberge. Les salles de bains étaient loin d'être luxueuses, et leur agencement laissait beaucoup à désirer ; les chambres à coucher, avec leurs lits de fer peints de blanc, leurs édredons blancs à l'ancienne mode, et leurs énormes armoires à glace, avaient un air de pauvreté ; mais les salons étaient garnis de beaux meubles d'époque. Le canapé, les fauteuils dataient du règne fastueux de Napoléon III, et s'ils manquaient de confort, il s'en dégageait cependant beaucoup de charme. Ce décor me faisait vivre dans l'atmosphère des romanciers français d'autrefois. La pendule Empire, sous son globe de verre, évoquait pour moi l'image d'une jolie femme en robe à volants et au visage encadré d'anglaises suivant d'un œil impatient la marche des aiguilles sur le cadran, dans l'attente de la visite de Rastignac. Le docteur Bianchon aurait fort bien pu entrer dans cette pièce pour tâter le pouls et examiner la langue d'une noble douairière venue à Paris du fond de sa province afin de consulter un homme de loi, et qui, prise d'un malaise subit, aurait appelé un médecin. Peut-être, assise à ce bureau, une femme en mal d'amour, vêtue d'une crinoline, les cheveux coiffés à la vierge, avait-elle écrit une lettre passionnée à son amant infidèle ; ou bien un gentilhomme de vieille souche, en redingote verte et au haut col empesé y avait-il rédigé en bougonnant une épître furibonde à l'adresse de son fils prodigue.

Le lendemain de mon arrivée, j'appelai Isabel au téléphone, et lui demandai si elle serait disposée à m'offrir vers les cinq heures une tasse de thé. Dix ans s'étaient passés depuis que je l'avais vue pour la dernière fois. Quand je fus introduit dans le salon par un valet de chambre compassé, elle était plongée dans la lecture d'un roman français ; elle se leva, me prit les deux mains et m'accueillit d'un sourire cordial et séduisant. Je l'avais vue peut-être une douzaine de fois en tout, et seule, rien que deux fois ; cependant elle me fit sentir aussitôt que nous n'étions pas des relations de passage, mais de vieux amis. Ces dix années avaient comblé le fossé entre la jeune fille et le quadragénaire que j'étais, et je n'avais plus conscience de la différence d'âge qui nous séparait. Avec l'amabilité raffinée d'une femme du monde, elle me traita comme si j'étais de sa génération, et au bout de cinq minutes, nous bavardions franchement et sans contrainte comme d'anciens compagnons de jeux ayant l'habitude de se voir constamment. Elle avait acquis de l'aisance, du sang-froid et de l'assurance.

Mais ce qui me frappa le plus, ce fut le changement de son physique. Je me souvenais d'elle comme d'une jolie fille assez potelée que guettait l'embonpoint ; s'en était-elle rendu compte et avait-elle eu recours, pour maigrir, à des moyens héroïques, ou bien était-ce le résultat exceptionnel mais heureux de la maternité ? Je ne sais. Toujours est-il qu'à présent, elle était mince à souhait. La mode de l'époque accentuait encore sa sveltesse. Elle était vêtue de noir, et d'un coup d'œil je remarquai que sa robe de soie, ni trop simple, ni trop fantaisie, était signée d'un des meilleurs couturiers de Paris ; elle la portait avec la sérénité insouciante d'une femme à qui il semble tout naturel d'avoir des toilettes de prix. Dix ans plus tôt, même avec les avis d'Elliott, elle s'habillait de façon quelque peu voyante, et elle n'avait pas l'air de se sentir tout à fait à l'aise dans ses robes. Marie-Louise de Florimond ne pourrait plus désormais lui reprocher son manque de chic. Du chic, elle en était pourrie jusqu'au bout de ses ongles laqués de rose. Ses traits s'étaient affinés, et son nez me parut le plus joli et le plus régulier que j'eusse jamais vu dans un visage de femme. Pas une ride sur le front ni sous les yeux noisette, et bien qu'ayant perdu la fraîcheur veloutée de la prime jeunesse, le grain de sa peau avait conservé toute sa finesse ; à présent, sans doute, c'était en partie l'effet des lotions, des crèmes et des massages, mais son épiderme en avait gagné une douce et transparente délicatesse singulièrement attirante. Ses joues minces étaient légèrement rosies, et ses lèvres discrètement dessinées de rouge. Ses brillants cheveux châtains coupés assez court, comme le voulait la mode du moment, étaient coiffés très net. Aucune bague ne brillait à ses doigts, et je me souvins — Elliott me l'avait raconté — qu'elle avait dû vendre ses bijoux ; ses mains, sans être extraordinairement petites, étaient bien modelées. La mode était aux jupes courtes dans la journée, et je constatai que ses jambes gainées de bas champagne étaient bien faites, longues et minces. Les jambes sont la tare de bien des femmes par ailleurs attrayantes ; celles d'Isabel, son plus grave défaut physique quand elle était jeune fille, étaient à présent exceptionnellement belles. En fait, la jolie adolescente, à qui une santé éclatante, une bonne humeur et une carnation brillante donnaient tant de charme, était devenue une femme splendide. Peu importait qu'elle dût dans une certaine mesure sa beauté aux artifices, à une règle de vie sévère et à la mortification de la chair. Le résultat était très heureux. Peut-être la grâce de ses gestes, la perfection de son maintien avaient-elles été acquises au prix d'une discipline rigoureusement observée ; elles n'en avaient pas moins un air de parfaite spontanéité. Ces quatre mois de Paris, pensai-je, avaient apporté la touche finale à une œuvre d'art réfléchie dont la réalisation avait demandé des années. Elliott, même dans ses pires accès d'humeur critique, n'aurait pu qu'applaudir ; quant à moi, moins difficile à contenter, je la trouvai ravissante.

Gray, me dit-elle, était allé jouer au golf à Mortefontaine, mais serait de retour d'une minute à l'autre.

— Et il faut que vous voyiez mes deux petites filles. Elles sont allées aux Tuileries, mais ne tarderont pas à rentrer. Elles sont mignonnes.

Nous parlâmes de choses et d'autres. Elle aimait vivre à Paris et ils se trouvaient tous très bien dans l'appartement d'Elliott. Avant son départ, ce dernier leur avait fait connaître certains de ses amis qui, pensait-il, leur plairaient, et ils avaient déjà un cercle de relations agréables. Il les avait pressés de recevoir aussi largement qu'il avait lui-même l'habitude de le faire.

— Vous savez, je souffre le martyre à l'idée que nous vivons comme de grands richards, alors qu'en réalité nous sommes complètement ruinés.

— Est-ce vraiment si grave ?

Elle eut un petit gloussement étouffé, et je me rappelai alors le rire clair et joyeux qui, dix ans plus tôt, m'avait tellement séduit en elle.

— Gray n'a pas le sou ; quant à moi, j'ai presque exactement le revenu de Larry quand il voulait m'épouser et que je refusai, estimant impossible de vivre avec si peu ; et maintenant, par-dessus le marché, j'ai deux enfants. C'est assez drôle, n'est-ce pas ?

— Je suis heureux que vous preniez la chose du bon côté.

— Quelles nouvelles avez-vous de Larry ?

— Moi ? Aucune. Je ne l'ai jamais revu depuis votre dernier séjour à Paris. Je connais vaguement quelques personnes qu'il avait l'habitude de voir, et je leur ai demandé ce qu'il était devenu, mais il y a des années de cela. Personne ne semblait rien savoir à son sujet. Il a tout bonnement disparu.

— Nous connaissons à Chicago le directeur de la Banque où Larry a son compte et il nous a dit que de temps en temps il tire des chèques de quelque endroit inattendu : la Chine, la Birmanie, l'Inde. Il paraît faire le tour du monde.

Je n'hésitai pas à poser la question qui me brûlait les lèvres.

Après tout, si l'on veut savoir quelque chose, le meilleur moyen est de le demander.

— Regrettez-vous maintenant de ne pas l'avoir épousé ?

Elle sourit de manière engageante.

— Je suis très heureuse avec Gray. C'est un mari merveilleux. Vous savez, jusqu'au moment du krach, nous avons vécu ensemble des années magnifiques. Nous aimons les mêmes personnes, et nous aimons à faire les mêmes choses. Il est très gentil. Et c'est bon d'être adorée ; il est encore aussi amoureux de moi qu'au premier jour de notre mariage. Il me trouve la femme la plus extraordinaire de la terre. Vous ne sauriez imaginer combien il est bon et attentionné. Il était d'une générosité excessive ; rien, voyez-vous, ne lui paraissait trop bien pour moi. Le croiriez-vous, au cours de toutes ces années de mariage, il ne m'a jamais dit un seul mot déplaisant ou dur. Oh ! j'ai beaucoup de chance.

Je me demandai en moi-même si elle pensait avoir répondu à ma question. Je changeai de sujet.

— Parlez-moi de vos fillettes.

A cet instant, on sonna à la porte d'entrée.

— Les voici ! Vous allez pouvoir juger vous-même.

Un moment après, elles entrèrent suivies d'une gouvernante, et l'on me présenta d'abord Joan, l'aînée, puis Priscilla. Chacune à son tour, en me tendant la main, me fit une petite révérence polie. L'une avait huit ans, l'autre six. Elles étaient grandes pour leur âge. Rien d'étonnant d'ailleurs, car Isabel elle-même était élancée et Gray immense, je m'en souvenais ; mais elles n'étaient jolies qu'à la façon dont tous les enfants le sont. Elles semblaient frêles. Elles avaient les cheveux noirs de leur père et les yeux noisette de leur mère. La présence d'un étranger ne les intimida pas, et elles racontèrent avec animation à leur maman leurs jeux dans le jardin. Elles jetaient des yeux avides sur les friandises que la cuisinière d'Isabel avait préparées pour le thé, mais auxquelles nul de nous deux n'avait touché ; la permission de prendre un seul gâteau leur ayant été accordée, elles se trouvèrent livrées à la lente torture du choix. Leur affection exubérante pour leur mère était charmante à voir et, groupées ainsi à elles trois, elles formaient un tableau délicieux. Après que chacune eut mangé le petit four de son choix, Isabel les renvoya, et elles quittèrent la pièce sans un mot de protestation. J'eus l'impression qu'elle les élevait dans l'obéissance.

Après leur départ, je dis les choses qu'il est d'usage de dire à une mère à propos de ses enfants, et Isabel accepta mes compliments avec un plaisir évident mais quelque peu détaché. Je lui demandai si Gray se plaisait à Paris.

— Oui, assez. Oncle Elliott nous a laissé une voiture, ce qui lui permet d'aller au golf presque chaque jour, et il s'est inscrit au Travellers Club où il joue au bridge. Bien entendu, l'offre d'Oncle Elliott d'assumer toute la charge de cet appartement a été pour nous une chance inespérée. Les nerfs de Gray ont été terriblement ébranlés et il souffre encore d'affreuses migraines ; même s'il trouvait une situation, il ne serait vraiment pas de taille à la prendre ; il en est naturellement très ennuyé. Il voudrait travailler, il sent l'obligation de le faire et l'humiliation de n'être bon à rien. Voyez-vous, il a le sentiment qu'un homme a le devoir de travailler et que s'il en est incapable, il n'a pas droit à la vie. Il ne peut supporter l'idée d'être un laissé pour compte, et le seul moyen pour moi de le décider à venir ici a été de lui mettre en tête que le repos et le changement lui rendraient son équilibre. Mais, je le sais parfaitement, il ne sera pas vraiment heureux tant qu'il n'aura pas repris le harnais.

— Vous avez dû passer des moments très pénibles au cours de ces derniers mois.

— Oh ! vous savez, au début de la débâcle, je ne pouvais tout simplement pas y croire. La ruine pour nous me semblait inconcevable. J'admettais très bien que les autres fussent ruinés, mais nous — eh bien ! cela me paraissait tout bonnement impossible. Je m'obstinais à penser qu'au dernier moment quelque événement surviendrait qui nous sauverait. Aussi, quand vint le coup final, la vie ne me sembla plus valoir la peine d'être vécue ; je me croyais incapable d'envisager l'avenir ; tout était trop sombre. Durant une quinzaine de jours, je ne fus qu'une pauvre loque. Mon Dieu ! que c'était affreux de devoir se séparer de tout, de savoir qu'il n'y aurait plus de joie pour moi, d'être obligée désormais de me passer de tout ce que j'aimais — et puis, au bout de la deuxième semaine, je me suis dit : « Ah ! au diable tout cela ; je ne veux plus y penser davantage », et j'ai tenu parole, je vous l'affirme. Je ne regrette rien. J'ai bien profité de tout tant que j'ai pu, et maintenant que c'est parti, eh bien ! tant pis.

— La ruine est certainement plus facile à supporter quand on vit sans bourse délier dans un luxueux appartement et un quartier élégant, avec un maître d'hôtel bien stylé et une excellente cuisinière, et quand on peut couvrir sa pauvre carcasse d'une robe de chez Chanel, n'est-il pas vrai ?

— Lanvin, fit-elle dans un petit rire étouffé. Je vois qu'en dix ans vous n'avez pas beaucoup changé. Le cynique que vous êtes ne me croira certainement pas, mais je me demande si, sans Gray et les enfants, j'aurais accepté l'offre d'Oncle Elliott. Avec mes deux mille huit cents dollars par an, nous aurions très bien pu nous débrouiller dans la plantation ; nous y aurions fait pousser du riz, de l'orge, du maïs, et nous aurions élevé des porcs. Après tout, ne suis-je pas née et n'ai-je pas grandi dans une ferme de l'Illinois ?

— Façon de parler, dis-je en souriant, sachant pertinemment qu'elle était venue au monde dans une luxueuse maison de santé de New York.

A ce moment, Gray entra. Je l'avais vu, il est vrai, deux ou trois fois seulement douze ans plus tôt, mais j'avais eu sous les yeux une photo le représentant avec sa jeune épouse (Elliott l'exposait sur le piano dans un cadre splendide côte à côte avec des photos dédicacées du roi de Suède, de la reine d'Espagne et du duc de Guise), et j'avais de lui un souvenir assez précis. J'eus un choc. Ses tempes s'étaient dégarnies, une petite calvitie se dessinait sur le dessus de sa tête, son visage était bouffi et congestionné et il avait un double menton. Il avait pris énormément de poids durant les années de bonne chère et de libations abondantes, et seule sa haute taille le sauvait d'une obésité marquée. Mais ce qui me frappa le plus, ce fut l'expression de son regard. Je me rappelais fort bien la confiance et la droite franchise de ses yeux bleus d'Irlandais, lorsque la vie s'ouvrait devant lui sans aucun souci à l'horizon. A présent, il me sembla lire dans son regard une sorte de découragement et de désarroi, et même si les faits ne m'avaient pas été connus, j'aurais deviné, je crois, que pour lui faire perdre à tel point sa confiance en lui-même, un accident imprévu avait dû survenir dans le cours bien ordonné de son existence. Je perçus chez lui une certaine hésitation, comme s'il avait commis une faute, bien involontairement il est vrai, et en éprouvait de la honte. Ses nerfs, sans aucun doute, étaient malades. Il me salua avec une cordialité charmante, et parut vraiment aussi ravi de me voir que si j'étais un ami de longue date ; mais j'eus l'impression que son affabilité assez exubérante était seulement une manière d'être habituelle qui ne répondait guère à ses sentiments intimes.

On apporta des boissons, et il prépara les cocktails. Il avait fait deux parcours de golf et se montrait satisfait de son jeu. Il raconta avec des détails quelque peu oiseux les difficultés qu'il avait rencontrées et surmontées à l'un des trous, et Isabel l'écoutait d'un air vivement intéressé. Peu d'instants après, je pris date avec eux pour les emmener au restaurant et au théâtre, et je partis.

II

Je pris habitude de passer voir Isabel trois ou quatre fois par semaine en fin d'après-midi, quand j'avais terminé mon travail de la journée. C'était l'heure où, se trouvant généralement seule, elle était heureuse d'avoir un interlocuteur. Les personnes qu'Elliott lui avait fait connaître étaient bien plus âgées qu'elle, et je m'aperçus qu'elle avait peu d'amis de sa propre génération. Les miens, pour la plupart, étaient occupés jusqu'à l'heure de dîner, et je trouvais plus agréable de bavarder avec Isabel que d'aller à mon cercle jouer au bridge en compagnie de Français qui n'accueillaient pas avec une chaleur excessive l'intrusion d'un étranger. La manière charmante dont Isabel me traitait — comme si nous étions, elle et moi, du même âge — donnait de l'aisance à nos conversations, et nous plaisantions et riions et nous taquinions l'un l'autre, parlant tantôt de nous-mêmes, tantôt de nos relations communes, tantôt de livres et de tableaux, et le temps passait fort agréablement. J'ai le défaut de ne jamais pouvoir m'habituer aux tares physiques des gens ; des années d'intimité avec un ami n'ont jamais pu me réconcilier, si gentil qu'il puisse être, avec ses dents gâtées ou son nez de travers ; par contre, je ne me lasse jamais de la beauté et, après vingt ans de camaraderie, je prends encore plaisir à contempler un sourcil bien dessiné ou l'ovale délicat d'un visage. Aussi n'ai-je jamais pu me trouver en présence d'Isabel sans éprouver chaque fois un léger frémissement de joie en voyant la perfection de son visage régulier, la finesse laiteuse de sa peau et la chaleur éclatante de ses yeux noisette.

Ce fut alors que survint un événement inattendu.

III

Dans toutes les grandes villes, il se forme des clans nettement distincts et sans aucune communication entre eux, des mondes isolés au sein d'un monde plus vaste qui dirige leurs destinées ; dans chacun d'eux, ceux qui en font partie doivent, pour mener une vie de société, se fréquenter entre eux, comme en sont réduits à se fréquenter entre eux les habitants d'îles voisines mais séparées par des bras de mer infranchissables. A ma connaissance, il n'est pas de ville où ce soit plus vrai qu'à Paris. La haute société admet rarement des éléments étrangers ; les politiciens vivent dans leur propre milieu corrompu, les grands et petits bourgeois se voient entre eux, les hommes de lettres se réunissent avec les hommes de lettres (il est intéressant de noter dans le *Journal* d'André Gide combien rares sont ses intimes qui ne sont pas de son bord), les peintres fraient avec les peintres, les musiciens avec les musiciens. Il en est de même à Londres, mais dans une moindre mesure ; là, les oiseaux de même plumage ont moins tendance à se grouper, et on compte une bonne douzaine de maisons où se trouvent réunis autour de la même table une duchesse, une actrice, un peintre, un membre du Parlement, un avocat, un couturier et un écrivain.

Les hasards de ma vie m'ont amené de temps à autre à évoluer passagèrement dans presque tous les milieux parisiens, et même grâce à Elliott, dans le monde fermé du boulevard Saint-Germain ; mais ce qui me plaît, bien plus que le cercle restreint ayant son centre avenue Foch comme on l'appelle maintenant, bien plus aussi que la foule cosmopolite assidue de Larue et du Café de Paris, ou encore que la gaieté crapuleuse et bruyante de Montmartre, c'est le quartier dont le boulevard du Montparnasse est l'artère principale. Dans ma jeunesse, j'avais habité pendant un an, près du Lion de Belfort, un petit appartement au cinquième étage d'une maison d'où mon regard découvrait largement le cimetière. Montparnasse a conservé pour moi cet air tranquille de ville de province qui le caractérisait dans ce temps-là. Quand il m'arrive de passer par la triste et étroite rue d'Odessa, je me souviens avec un serrement de cœur du restaurant minable où nous avions coutume de nous retrouver pour dîner, peintres, dessinateurs, sculpteurs et moi-même le seul homme de lettres du groupe, à part de temps à autre Arnold Bennett : et nous restions assis là jusqu'à une heure avancée de la nuit à discuter peinture et littérature avec passion, incohérence ou véhémence. J'aime encore à déambuler sur le boulevard en observant les jeunes gens qui ont l'âge que j'avais alors, et je me plais à imaginer toutes sortes d'histoires fantaisistes à leur sujet. Quand je n'ai rien de mieux à faire, je prends un taxi et vais m'asseoir au vieux Café du Dôme. Il n'est plus maintenant ce qu'il était à cette époque, le rendez-vous de la seule bohème ; les petits commerçants du voisinage ont pris l'habitude de le fréquenter, et les transfuges de l'autre rive de la Seine s'y rendent dans l'espoir d'y retrouver un monde qui n'est plus. Les étudiants, il est vrai, y viennent toujours, ainsi que les peintres et les écrivains, mais presque tous sont étrangers, et à la terrasse on entend autour de soi autant de russe, d'espagnol, d'allemand et d'anglais que de français. Leurs propos, j'ai idée, ne sont d'ailleurs guère différents de ceux que nous tenions quarante ans auparavant ; seulement au lieu de Manet, ils parlent de Picasso, et d'André Breton au lieu de Guillaume Apollinaire. De tout cœur je suis avec eux.

J'étais à Paris depuis une quinzaine de jours environ quand, un soir, je décidai d'aller au Dôme ; la terrasse étant comble, je dus m'asseoir à une table de la première rangée. Il faisait beau et chaud. Les bourgeons des platanes venaient d'éclore, et il flottait dans l'air ce je ne sais quoi de nonchalant, de gai et d'ardent si particulier à Paris. Je me sentais apaisé, non d'une paix léthargique, mais au contraire pleine d'entrain. Soudain, un homme qui passait s'arrêta devant moi et, avec un sourire qui découvrit toute une rangée de dents d'un blanc éclatant, me fit : « Hello ! » Je le regardai sans le reconnaître. Il était grand et mince, sans chapeau, et son abondante crinière d'un brun sombre réclamait impérieusement un bon coup de ciseau. Sa lèvre supérieure et son menton disparaissaient sous une épaisse barbe noire, son front et son cou étaient profondément brûlés du soleil. Il avait l'air d'un clochard et, de la meilleure foi du monde, je pensais ne l'avoir jamais vu. Je le pris pour un de ces ratés qui, à Paris, tirent le diable par la queue, et je m'attendais de sa part à une histoire de malchance se terminant par un tapage de quelques francs pour un dîner et un lit. Il se tenait debout devant moi, les mains dans les poches, montrant ses dents blanches, un air amusé dans ses yeux noirs.

— Vous ne me reconnaissez pas ? fit-il.

Je voulais bien lui donner vingt francs, mais je n'étais pas disposé à me laisser faire le bluff de relations antérieures.

— Larry, dit-il.

— Grand Dieu ! asseyez-vous. Il rit doucement, s'avança et s'assit à côté de moi sur une chaise inoccupée. Prenez quelque chose... J'appelai le garçon. Comment, avec tous ces poils sur la figure pouviez-vous imaginer que je vous reconnaisse ?

Le garçon vint, et il commanda une orangeade. A présent, en le regardant de plus près, je me rappelai la particularité de ses yeux dont l'iris était aussi noir que la pupille, ce qui les faisait paraître à la fois immenses et opaques.

— Depuis quand êtes-vous à Paris ? demandai-je.

— Depuis un mois.

— Pensez-vous y rester ?

— Oui, un certain temps.

Tandis que je posais ces questions, mon cerveau travaillait. Je remarquai que les revers de ses pantalons étaient effilochés et que son veston était troué aux coudes. Il avait l'air aussi minable que le plus pauvre mendiant que j'eusse jamais rencontré dans un port de l'Orient. Il était difficile dans ce temps-là d'oublier la dépression financière, et je me demandai si le krach de 29 l'avait laissé sans le sou. L'idée m'en était pénible ; comme je ne suis pas homme à tourner autour du pot, je lui posai carrément la question.

— Etes-vous complètement fauché ?

— Non, ça va très bien. Qu'est-ce qui vous fait croire cela ?

— Hum ! vous avez l'air comme si un bon repas ne vous ferait pas de mal, et les affaires que vous avez sur vous sont tout juste bonnes pour la poubelle.

— Sont-elles vraiment en si mauvais état ? Je n'y ai jamais fait attention. A vrai dire, je me propose toujours de m'acheter quelques frusques, mais je ne parviens jamais à m'y décider.

Je pensai qu'il était peut-être timide et fier, et je ne voyais pas pourquoi j'avalerais ces absurdités.

— Ne soyez pas ridicule, Larry. Je ne suis pas millionnaire, mais je ne suis pas pauvre. Si vous êtes à court d'argent, laissez-moi vous avancer quelques milliers de francs. Cela ne me ruinera pas.

Il éclata de rire.

— Merci beaucoup ; mais je ne suis à court de rien. J'ai plus d'argent que je n'en puis dépenser.

— Malgré le krach ?

— Oh ! il ne m'a pas touché. Tout ce que j'avais était placé en fonds d'Etat. Je ne sais s'ils se sont dépréciés, je ne m'en suis jamais informé, mais par contre je sais que je n'ai jamais cessé d'en toucher les coupons. En réalité, j'ai si peu dépensé durant ces dernières années que je dois disposer maintenant d'un bon petit magot.

— D'où venez-vous à présent ?

— De l'Inde.

— Ah ! c'est vrai, j'avais entendu dire que vous y aviez été. Isabel me l'a raconté. Elle connaît, paraît-il, le directeur de votre banque à Chicago.

— Isabel ? Quand l'avez-vous vue pour la dernière fois ?

— Hier.

— Vous n'allez pas me dire qu'elle est à Paris ?

— Elle y est pourtant. Elle occupe l'appartement d'Elliott Templeton.

— Ça, c'est épatant ! J'aimerais tant la voir.

Quoique observant de très près son regard tout en échangeant ces propos, je ne parvins à y lire que de la surprise et un plaisir sincère, sans autre sentiment plus compliqué.

— Gray est ici aussi. Vous savez qu'ils sont mariés ?

— Oui, oncle Bob — mon tuteur, le docteur Nelson — m'avait écrit pour me l'annoncer ; mais il est mort il y a quelques années.

Je me dis que la rupture du lien, apparemment le seul l'unissant à Chicago et à ses amis de là-bas avait dû le laisser dans l'ignorance de tout ce qui était arrivé. Je lui racontai donc la naissance des deux filles d'Isabel, la mort d'Henry Maturin et de Mrs. Bradley, la ruine complète de Gray et la générosité d'Elliott.

— Elliott est-il ici aussi ?

— Non.

Pour la première fois en quarante années, Elliott ne passait pas le printemps à Paris. Il avait à présent soixante-dix ans, mais ne les paraissait pas ; et comme il arrive couramment aux hommes de cet âge, il y avait des jours où il se sentait fatigué et souffrant.

Il avait peu à peu renoncé à tout autre exercice qu'à la marche ; sa santé le préoccupait, et son médecin venait deux fois par semaine lui faire alternativement dans l'une ou l'autre fesse une piqûre hypodermique de la préparation en vogue à l'époque. A chaque repas, chez lui ou ailleurs, il sortait de sa poche un petit drageoir en or d'où il extrayait un comprimé qu'il avalait avec componction comme s'il accomplissait un rite religieux. Son docteur lui ayant recommandé de faire une cure à Montecatini, une ville d'eaux dans le nord de l'Italie, il se proposait d'aller de là à Venise pour tâcher de trouver des fonts baptismaux dignes de son église romane. Il ne regrettait guère maintenant de ne pas passer par Paris, car il estimait que d'année en année, la vie mondaine y devenait de moins en moins agréable. Il n'aimait pas les vieilles gens, et se sentait froissé quand on l'invitait seulement en compagnie de personnes de son âge ; quant aux jeunes, il les trouvait insipides. A présent, son intérêt dans la vie se concentrait surtout sur la décoration de l'église qu'il avait fait construire, et c'était pour lui l'occasion de s'abandonner à son irrésistible passion d'acheter des œuvres d'art avec la certitude encourageante d'agir pour la gloire de Dieu. Il avait découvert à Rome un autel primitif en pierre couleur de miel et, pour le surmonter, il avait négocié pendant six mois à Florence l'achat d'un triptyque de l'Ecole de Sienne.

Larry me demanda ensuite si Gray se plaisait à Paris.

— Je crains qu'il ne se sente un peu perdu ici.

Je tentai de lui expliquer combien l'aspect de Gray m'avait frappé. Il écoutait, les yeux fixés sur moi, et son regard rêveur, immobile, m'inspira l'idée, je ne sais pourquoi, que mes propos étaient recueillis par quelque organe de l'ouïe plus intime et plus sensible que ses seules oreilles. C'était étrange et un peu gênant.

— Mais vous jugerez par vous-même, dis-je en terminant.

— Oui, je serai si heureux de les voir ! Je trouverai, je suppose, leur adresse dans l'annuaire du téléphone.

— Mais si vous ne voulez pas les affoler et faire hurler de terreur les enfants, il serait sage, je crois, de vous faire couper les cheveux et raser la barbe.

Il se mit à rire.

— J'y ai déjà pensé. Je ne vois d'ailleurs pas pourquoi je me présenterais en excentrique.

— En même temps vous pourriez en profiter pour vous nipper de frais...

— En effet, je dois paraître un peu minable. En quittant l'Inde, je me suis aperçu qu'en fait de vêtements il me restait seulement ceux que j'ai sur le dos.

Il porta les yeux sur mon costume et me demanda le nom de mon tailleur. Je le lui donnai, mais ajoutai qu'étant installé à Londres il ne saurait lui être de grande utilité. Il n'insista pas et se remit à parler de Gray et d'Isabel.

— Je les vois beaucoup, dis-je. Ils sont très heureux ensemble. Je n'ai jamais eu l'occasion de bavarder seul avec Gray, et d'ailleurs, je ne pense pas qu'il m'eût parlé d'Isabel, mais je sais qu'il a un véritable culte pour elle. Son visage au repos est plutôt maussade et ses yeux ont quelque chose de tourmenté ; mais quand il regarde Isabel ils s'illuminent d'une telle expression de douceur et de bonté qu'on en est tout ému. Je suppose qu'au cours de leurs ennuis elle est restée à ses côtés ferme comme roc, et il n'oubliera jamais tout ce dont il lui est redevable. Vous trouverez Isabel changée.

Je ne lui dis pas qu'elle était plus belle que jamais. Je n'étais pas certain qu'il sût apprécier la transformation de la jolie fille bien faite d'autrefois en cette femme merveilleuse, gracieuse, délicate et exquise. Certains hommes s'offusquent du secours que l'artifice peut apporter à la nature féminine.

— Elle est très bonne pour Gray. Elle se donne un mal infini pour lui rendre confiance en lui-même.

Mais il se faisait tard, et je demandai à Larry s'il voulait venir dîner avec moi sur le boulevard.

— Non, merci ; je regrette, mais je ne peux pas, répondit-il. Il faut que je parte.

Il se leva, me fit un signe de tête amical et s'éloigna sur le trottoir.

IV

Le jour suivant, je vis Gray et Isabel et leur racontai que j'avais rencontré Larry. Ils furent aussi surpris que je l'avais été moi-même.

— Comme je suis heureuse de le revoir ! dit Isabel. Téléphonons-lui tout de suite.

Je me rappelai alors avoir oublié de demander à Larry où on pouvait le joindre. Isabel me maudit.

— Je doute qu'il me l'eût dit, même si je le lui avais demandé, protestai-je en riant. Sans doute mon subconscient est-il intervenu. Ne vous en souvenez-vous pas, il n'a jamais aimé dire où il habitait. C'était une de ses marottes. Il se peut qu'il survienne d'un moment à l'autre.

— Cela lui ressemblerait bien, dit Gray. Même dans le bon vieux temps, on n'était jamais sûr de le voir là où l'on pouvait s'attendre à le trouver. Un jour il était ici, et le lendemain il était ailleurs. Quand vous l'aperceviez dans une pièce et que vous vous proposiez d'aller un instant plus tard vers lui pour lui dire bonjour, à peine aviez-vous le temps de tourner le dos, il avait disparu.

— Il a toujours été le type le plus exaspérant du monde, dit Isabel. Ce n'est pas la peine de le nier. La seule chose à faire, je crois, c'est d'attendre qu'il daigne se montrer.

Il ne vint pas ce jour-là, ni le lendemain ni le jour suivant. Isabel m'accusa d'avoir inventé cette histoire pour la contrarier. Je lui affirmai qu'il n'en était rien et m'évertuai à trouver des raisons à l'abstention de Larry. Mais aucune n'était plausible. Au fond de moi-même, je me demandais si, à la réflexion, il ne s'était pas tout simplement mis en tête de ne pas voir Gray et Isabel, et s'il n'était pas parti à l'aventure n'importe où, loin de Paris. J'avais déjà le sentiment que, ne prenant racine nulle part, il était toujours prêt à s'éclipser subitement pour une raison précise ou simplement par caprice.

Il vint enfin. Le temps étant pluvieux ce jour-là, Gray n'était pas allé à Mortefontaine. Nous étions assis tous les trois, Isabel et moi buvant une tasse de thé et Gray un whisky-soda, quand le valet de chambre ouvrit la porte et Larry entra d'un pas tranquille. Isabel, poussant un cri, se leva brusquement et, se précipitant dans ses bras, l'embrassa sur les deux joues. Gray, sa grosse figure plus couperosée que jamais, lui serra chaleureusement la main.

— Dieu ! que je suis content de te voir, Larry, fit-il la voix tremblante d'émotion.

Isabel se mordait les lèvres, et je vis qu'elle se retenait pour ne pas pleurer.

— Prends un verre, mon vieux, dit Gray tout agité.

Leur joie de revoir le nomade était touchante ; leurs marques d'affection devaient certainement lui faire plaisir. Il souriait d'un air heureux ; je vis cependant clairement qu'il conservait tout son sang-froid. Il remarqua le service à thé.

— Je prendrai une tasse de thé, fit-il.

— Sans blague, tu ne vas pas prendre du thé, s'exclama Gray. On va déboucher une bouteille de champagne.

— Je préférerais du thé, fit Larry en souriant.

Son attitude eut sur les autres l'effet qu'il en espérait sans doute. Ils se calmèrent, mais le couvaient encore d'un regard plein de tendresse. Je ne voudrais pas faire croire qu'à leur exubérance sincère il répondît par une indifférence déplaisante : il était au contraire, cordial et charmant à souhait. Mais je percevais dans sa façon d'être une sorte de réserve distante, et je me demandais quelle en était la raison.

— Espèce d'horreur, pourquoi n'es-tu pas venu nous voir immédiatement ? s'écria Isabel avec une indignation feinte. Voilà cinq jours que je te guette de ma fenêtre, et chaque fois qu'on sonne, mon cœur s'arrête et j'ai toutes les peines du monde à retrouver mon souffle.

Larry rit doucement.

— Mr. M... m'a dit que j'avais l'air si dépenaillé que votre domestique ne me laisserait pas passer le seuil de la porte. J'ai donc pris l'avion pour Londres où je me suis acheté quelques vêtements.

— C'était inutile, dis-je en souriant. Vous auriez pu trouver du tout fait aux *Galeries* ou à la *Belle Jardinière*.

— Du moment que je m'y suis décidé, ai-je pensé, il vaut mieux le faire convenablement. Il y a dix ans que je ne me suis pas commandé un seul costume en Europe. Je suis allé chez votre tailleur et lui ai déclaré que je voulais un complet en trois jours. Il m'a répondu qu'il lui en faudrait quinze, et nous avons transigé sur quatre. Je suis rentré de Londres il y a une heure.

Il portait un vêtement de serge bleue qui épousait bien sa taille mince, une chemise blanche à col souple, une cravate de soie bleue et des chaussures jaunes. Il avait fait couper court ses cheveux et était rasé de frais. Il avait l'air non seulement soigné, mais tiré à quatre épingles. C'était une métamorphose. Très maigre, il avait les pommettes plus proéminentes encore, les tempes creusées, et ses yeux profondément enfoncés étaient plus grands que je n'en avais le souvenir ; mais dans l'ensemble il était très bien. Vraiment, avec son teint fortement hâlé, son visage sans rides, il paraissait étonnamment jeune. Il avait un an de moins que Gray, tous deux venaient d'atteindre la trentaine ; mais tandis que Gray paraissait dix ans de plus que son âge, Larry semblait en avoir dix de moins. En raison de son énorme stature, les mouvements de Gray étaient empruntés et assez lourds, ceux de Larry par contre étaient souples et aisés. Sa manière d'être était enfantine, gaie, bienveillante ; mais par-dessus tout, il respirait une sérénité qui me frappa tout particulièrement et qu'à ma souvenance je n'avais pas remarquée chez le jeune garçon que j'avais connu autrefois. La conversation se poursuivait, nourrie et facile ainsi qu'il était normal entre de vieux amis ayant tant de souvenirs communs : Gray et Isabel rapportant des potins de Chicago, faisant des plaisanteries faciles, un sujet en amenant un autre, leurs propos étant interrompus seulement par des rires légers ; j'avais cependant l'impression persistante qu'en Larry, malgré sa gaieté sincère et le réel plaisir qu'il prenait à écouter le frais babillage d'Isabel, il y avait un détachement très singulier. Il ne me paraissait pas jouer la comédie, car il était trop spontané et d'une sincérité trop évidente ; mais je croyais percevoir en lui quelque chose d'étrangement réservé, difficile à définir : une sorte de tension dirai-je, de sensibilité, de force. Je ne sais.

On fit venir les enfants, et on les présenta à Larry à qui elles firent poliment une petite révérence. Il leur tendit la main, les regardant avec dans ses yeux si doux une tendresse engageante ; elles mirent leur main dans la sienne en l'observant d'un air grave. Isabel, après lui avoir raconté avec fierté qu'elles travaillaient très gentiment à l'école, leur donna à chacune un gâteau sec, et les renvoya.

— Je viendrai vous faire la lecture pendant dix minutes quand vous serez couchées.

Tout à son plaisir de revoir Larry, elle ne voulait pas être dérangée pour le moment. Les fillettes allèrent dire bonsoir à leur père. Tandis qu'il les prenait dans ses bras pour les embrasser, la tendresse éclairant le visage congestionné de ce colosse était charmante à regarder. Nul n'eût pu douter qu'il les adorât et fût fier d'elles ; après leur départ, un sourire doux et tranquille sur les lèvres, il se tourna vers Larry et dit :

— Ce sont de bonnes gosses, n'est-ce pas ?

Isabel lui lança un regard affectueux.

— Si je laissais faire Gray, il les pourrirait jusqu'à la moelle. Il me laisserait mourir de faim, cette grande brute, pour nourrir ses enfants de caviar et de pâté de foie gras.

Il la regarda en souriant et dit :

— Tu es une menteuse, et tu le sais. Je vénère chaque parcelle du sol qui te porte.

Isabel eut dans les yeux un sourire de gratitude. Elle le savait en effet et en était ravie. Quel heureux couple !

Elle insista pour que nous restions à dîner. Pensant qu'ils préféreraient demeurer entre eux, j'essayai de me dérober, mais elle ne voulut rien savoir.

— Je vais dire à Marie de mettre une carotte de plus dans la soupe et il y en aura bien assez pour quatre. Nous avons un poulet : vous et Gray, vous aurez les cuisses, Larry et moi, nous nous partagerons les ailes ; quant au soufflé, elle peut le faire assez grand pour nous tous.

Gray aussi semblait désireux de me voir rester. Je me laissai donc faire une douce violence.

En attendant le dîner, Isabel raconta longuement à Larry tout ce dont je lui avais déjà parlé brièvement. Bien qu'elle narrât aussi gaiement que possible la lamentable histoire, le visage de Gray trahissait une sombre mélancolie. Elle tenta de le remonter.

— Après tout, c'est du passé maintenant. Nous nous sommes ressaisis et devant nous, il y a l'avenir. Dès que les choses iront mieux, Gray retrouvera une situation splendide et fera des millions.

On apporta les cocktails ; après en avoir pris quelques-uns, le pauvre garçon se sentit de meilleure humeur. Je remarquai que Larry avait à peine trempé ses lèvres dans son verre, et lorsque Gray, distrait, lui en offrit un second, il refusa. Nous allâmes nous laver les mains et passâmes à table. Gray avait fait monter une bouteille de champagne, mais comme le maître d'hôtel se disposait à remplir la coupe de Larry, celui-ci l'arrêta.

— Ah ! mais il faut que tu en prennes un peu, s'écria Isabel. C'est le meilleur d'Oncle Elliott et il ne l'offre qu'aux invités de tout premier choix.

— A dire vrai, je préfère l'eau. C'est un régal de boire de l'eau potable après avoir si longtemps vécu en Orient.

— Mais ce jour est exceptionnel.

— Bon, alors j'en boirai une coupe.

Le dîner était excellent, mais Isabel, comme moi-même

d'ailleurs, remarqua que Larry mangeait très peu. Elle dut s'apercevoir aussi que jusqu'ici c'était elle qui avait toujours parlé, et que Larry n'avait pu placer un mot ; elle entreprit donc de le questionner sur ce qu'il était devenu durant les dix années où elle ne l'avait vu. Il répondit avec sa franchise cordiale, mais de façon très vague, comme pour ne pas nous en révéler trop.

— Oh ! vous savez, j'ai flâné un peu partout. J'ai passé un an en Allemagne et quelque temps en Espagne et en Italie. Et j'ai aussi quelque peu roulé ma bosse en Orient.

— Et maintenant d'où viens-tu ?

— De l'Inde.

— Combien de temps y as-tu passé ?

— Cinq ans.

— T'y es-tu bien amusé ? demanda Gray. As-tu chassé le tigre ?

— Non, fit Larry en souriant.

— Pour l'amour du ciel, qu'as-tu bien pu faire dans l'Inde pendant cinq ans ? dit Isabel.

— Je me suis distrait, répondit-il avec un sourire ironique.

— Et le coup de la corde ? demanda Gray. L'as-tu vu ?

— Non, je ne l'ai pas vu.

— Qu'as-tu donc vu ?

— Des tas de choses.

Je lui posais alors une question.

— Est-il vrai que les Yogis acquièrent un pouvoir qui nous semblerait à nous surnaturel ?

— Je ne sais pas. Tout ce que je puis vous dire, c'est que dans l'Inde on le croit communément. Mais les gens les plus sages n'attachent aucune importance à des pouvoirs de ce genre. Ils considèrent qu'ils peuvent entraver le progrès de l'esprit. L'un d'eux, je m'en souviens, me parla d'un Yogi qui était venu sur la rive du fleuve ; comme il n'avait pas d'argent pour payer le passeur qui devait le conduire en face, celui-ci avait refusé de le transporter gratuitement ; alors, enjambant l'eau, il marcha sur les flots jusqu'à l'autre rive. Le Yogi qui me raconta la chose haussa les épaules assez dédaigneusement. « Un miracle de cette sorte, dit-il, n'a pas plus de valeur que le sou qu'eût coûté le passage en bac. »

— Mais, selon toi, le Yogi marchait-il vraiment sur l'eau ? demanda Gray.

— Le Yogi qui m'a fait ce récit en avait l'air convaincu.

C'était un plaisir d'entendre parler Larry, car sa voix était délicieusement mélodieuse : claire, chaude sans être profonde, aux intonations d'une rare diversité. Le dîner terminé, nous retournâmes au salon pour prendre le café. Je n'avais jamais vu l'Inde et j'étais avide d'en entendre davantage.

— Avez-vous été en contact avec des écrivains et des penseurs ? demandai-je.

— Je note que vous faites une distinction entre les deux, fit Isabel pour me taquiner.

— J'en avais fait ma principale occupation, me répondit Larry.

— Comment vous entreteniez-vous avec eux ? En anglais ?

— Les plus intéressants, quand ils se décidaient à ouvrir la bouche, ne le parlaient pas très bien et le comprenaient encore moins. J'ai appris l'hindoustani, et quand j'allai dans le sud, je m'étais assimilé suffisamment de tamil pour pouvoir me débrouiller assez convenablement.

— Combien de langues savez-vous maintenant, Larry ?

— Oh ! je n'en sais rien. Une demi-douzaine à peu près.

— J'aimerais avoir plus de détails sur les Yogis, dit Isabel. En as-tu connu quelques-uns de très près ?

— D'aussi près qu'il est possible de connaître des personnes qui passent la plus grande partie de leur temps dans l'Infini, fit-il en souriant. J'ai passé deux ans dans l'Ashrama de l'un d'eux.

— Deux ans ? Qu'est-ce que c'est qu'une Ashrama ?

— Mon Dieu ! on pourrait, je suppose, l'appeler un ermitage. Il y a là de saints hommes qui vivent isolés dans un temple au milieu de la forêt ou sur les pentes de l'Himalaya. Il y en a d'autres qui s'entourent de disciples. Dans de pieuses intentions, une personne charitable fait construire une pièce grande ou petite pour y loger un Yogi de qui la piété l'a impressionnée, et les disciples vivent là avec lui, couchant sous la véranda ou dans la maison du cuisinier s'il y en a une, ou sous les arbres. J'avais pour habitation une petite hutte tout juste assez spacieuse pour abriter mon lit de camp, une chaise et un rayonnage pour mes livres.

— Où était-ce ? m'informai-je.

— Dans le Travancore, un pays ravissant de vertes collines et de vallées et de rivières au cours paisible. En haut, dans les montagnes, vivent des tigres, des léopards, des éléphants et des bisons ; mais l'Ashrama se trouvait sur une lagune, au milieu de cocotiers et de palmiers. Elle était à quelques kilomètres de la ville la plus proche, mais les gens avaient coutume d'y venir, et même de beaucoup plus loin, à pied ou en charrette à bœufs, pour écouter le Yogi quand il était d'humeur à parler, ou tout simplement pour s'asseoir à ses pieds et partager entre eux la paix et la béatitude qui irradiaient de sa présence comme flotte dans l'air le parfum suave de la tubéreuse.

Gray s'agitait sur sa chaise d'un air gêné. Je supposai que la conversation prenait un tour qui le mettait mal à l'aise.

— Voulez-vous boire ? me demanda-t-il.

— Non, merci.

— Eh bien ! moi, je vais prendre un verre. Et toi, Isabel ? Il souleva de son siège son énorme masse, et se dirigea vers le guéridon où se trouvaient le whisky, l'eau de Perrier et les verres.

— Y avait-il d'autres Blancs, là-bas ?

— Non, j'étais le seul.

— Comment as-tu pu supporter cela pendant deux ans ? s'exclama Isabel.

— Le temps a passé comme un éclair. J'ai connu dans ma vie des jours qui m'ont paru indiscutablement plus longs.

— Qu'as-tu fait pendant toutes ces années ?

— Je lisais. Je faisais de longues promenades. Je parcourais la lagune en barque. Je méditais. La méditation est très fatigante ; après deux ou trois heures, on en est aussi épuisé que si on avait tenu le volant d'une auto pendant mille kilomètres, et tout ce que l'on demande alors, c'est un bon repos.

Isabel fronça légèrement les sourcils. Elle paraissait troublée et je ne suis pas tout à fait certain qu'elle ne se sentît pas tant soit peu effrayée. Peu à peu elle devinait, je crois, que le Larry qui était entré quelques heures auparavant dans la pièce, quoique toujours le même physiquement, et en apparence aussi ouvert et cordial qu'autrefois, était différent du Larry si candide, facile et gai et, à son avis, entêté mais charmant, qu'elle avait connu dans le passé. Une fois déjà, elle l'avait perdu ; mais en le revoyant elle avait cru retrouver le Larry d'autrefois, et conservait ancrée en elle l'impression qu'en dépit des circonstances, il lui appartenait encore. A présent, elle se sentait légèrement découragée, comme si elle avait cherché à saisir dans le creux de sa main un rayon de soleil qui fuirait entre ses doigts. Je l'avais beaucoup regardée ce soir-là — spectacle toujours fort agréable — et j'avais lu de la tendresse dans ses yeux quand ceux-ci se posaient sur la tête joliment dessinée de Larry, avec ses petites oreilles bien collées au crâne ; et j'avais vu son regard changer d'expression lorsqu'il s'attachait à ses tempes creusées et à ses joues décharnées. Elle contemplait ses longues mains maigres, puissantes et viriles bien qu'émaciées ; puis son attention se fixa sur sa bouche mobile, bien dessinée, aux lèvres pleines sans être sensuelles, sur son front serein et sur son nez aux arêtes fermes. Il portait ses nouveaux vêtements, non pas avec l'élégance apprêtée d'Elliott, mais avec une sorte de laisser-aller facile, comme s'il les avait mis depuis longtemps déjà. J'eus l'impression qu'il éveillait en Isabel des instincts maternels que je n'avais jamais perçus dans sa manière d'être avec ses propres enfants. Elle avait déjà vécu ; lui avait encore l'air d'un tout jeune homme ; et je crus lire dans son attitude à elle l'orgueil d'une mère pour son grand fils quand il parle avec intelligence, et que les autres l'écoutent et le trouvent intéressant. Je ne pense pas que le sens de ses propos la pénétrât.

Mais je n'avais pas fini de le questionner.

— De quoi votre Yogi avait-il l'air ?

— Extérieurement, voulez-vous dire ? Mon Dieu ! il n'était pas grand, ni maigre ni gros, le visage imberbe et d'un brun clair, et les cheveux blancs tondus de près. Il ne portait jamais qu'un pagne, et pourtant il s'arrangeait, je ne sais comment, pour paraître aussi soigné, net et élégant que s'il sortait d'une boîte.

— Et qu'y avait-il en lui qui vous attirait si particulièrement ?

Larry, avant de me répondre, me fixa pendant un long moment. De ses yeux profondément enfoncés, il avait l'air de vouloir pénétrer jusqu'au fond de mon âme.

— La sainteté.

Sa réponse me déconcerta légèrement. Dans cette pièce à l'ameublement raffiné, avec ces dessins ravissants accrochés au mur, le mot tomba comme d'un bain débordant tombe une goutte d'eau à travers le plafond.

— Nous avons tous lu l'histoire des saints, saint François, saint Jean de la Croix, mais cela se passait il y a des centaines d'années. Je n'aurais jamais cru possible d'en rencontrer un de nos jours. Dès la première fois où je l'ai vu, je n'ai jamais mis en doute qu'il fût un saint. Quelle magnifique aventure !

— Et qu'y avez-vous gagné ?

— La paix, fit-il avec un léger sourire et d'un ton négligent. Puis brusquement, il se leva. Il faut que je m'en aille.

— Oh ! pas encore, Larry, s'écria Isabel. Il est très tôt.

— Bonsoir, dit-il, toujours souriant, sans prêter attention à son observation. Il l'embrassa sur la joue. Je reviendrai te voir dans un jour ou deux.

— Où habites-tu ? Je t'appellerai à l'appareil.

— Oh ! ne te dérange pas. Tu sais qu'à Paris il est difficile d'obtenir une communication, et d'ailleurs, notre téléphone est généralement détraqué.

La dextérité avec laquelle Larry avait su éviter de donner son adresse, me fit rire intérieurement. Entourer de mystère son domicile était une de ses bizarreries. Je leur proposai de dîner tous avec moi au Bois de Boulogne le surlendemain. Il était très agréable, par ce temps embaumé de printemps, de manger en plein air sous les arbres ; Gray pourrait nous y conduire dans la limousine. Je partis en même temps que Larry et me disposais à faire quelques pas avec lui ; mais à peine sorti, il me serra la main et s'éloigna rapidement. Je montai dans un taxi.

V

Nous étions convenus de nous retrouver à l'appartement et de prendre un cocktail avant de partir. J'arrivai avant Larry. J'avais projeté de les emmener dans un restaurant très chic et m'attendais à trouver Isabel parée pour la circonstance ; toutes les femmes s'y montraient sur leur trente et un, et je comptais bien qu'elle ne voudrait pas se laisser éclipser. Mais elle était vêtue d'une simple robe de lainage.

— Gray a de nouveau sa migraine, dit-elle. C'est pour lui un réel supplice. Je ne peux vraiment pas le quitter. J'ai dit à la cuisinière qu'après avoir servi le dîner des enfants, elle pourrait sortir ; je vais donc être obligée de lui préparer quelque chose moi-même, et ensuite il faudra que je tâche de le lui faire avaler. Vous ferez mieux d'aller dîner seuls, Larry et vous.

— Gray est-il couché ?

— Non ; quand il a ses maux de tête il ne veut jamais aller au lit ; et Dieu sait pourtant que c'est la seule chose à faire en pareil cas ; mais inutile d'insister. Il est dans la bibliothèque.

C'était une petite pièce tapissée de boiseries marron et or

qu'Elliott avait découvertes dans un vieux château. Les livres étaient défendus des mains indiscrètes par un grillage doré fermé à clef : excellente précaution, car pour la plupart c'étaient des œuvres illustrées et pornographiques du XVIIIe siècle. Ils n'en faisaient pas moins très bel effet dans leurs reliures de maroquin de l'époque. Isabel me fit entrer ; Gray était affalé dans un grand fauteuil, des magazines illustrés éparpillés sur le parquet autour de lui. Il avait les yeux fermés, et son visage était d'une pâleur de cendre. Il souffrait affreusement, c'était visible. Il essaya de se lever, mais je l'en empêchai.

— Lui avez-vous donné de l'aspirine ? demandai-je à Isabel.

— Ça n'agit jamais sur lui. J'ai un médicament américain qui d'ailleurs ne le soulage pas davantage.

— Voyons, ne te tourmente pas, ma chérie, dit Gray. Demain je serai de nouveau bien. Il esquissa un sourire. Je suis désolé d'être un tel trouble-fête, dit-il s'adressant à moi. Allez tous tranquillement au Bois.

— Je n'y songe pas, dit Isabel. Crois-tu que je puisse m'amuser quand je sais que tu souffres comme un damné ?

— Pauvre femme, elle m'aime, je crois, dit Gray, les yeux clos.

Soudain ses traits se contractèrent et l'on pouvait presque voir la douleur lancinante qui lui martelait la tête. La porte s'ouvrit doucement et Larry entra. Isabel lui expliqua ce qui se passait.

— Oh ! je suis navré, dit-il jetant à Gray un regard de commisération. N'y a-t-il rien à faire pour l'aider ?

— Rien, dit Gray, les paupières toujours baissées. La seule chose que vous puissiez chacun de vous faire pour moi, c'est de me laisser tranquille. Allez-vous-en et amusez-vous bien sans moi.

C'était, je le pensais moi-même, le seul parti raisonnable à prendre, mais je doutais qu'Isabel pût en toute conscience accepter.

— Veux-tu me laisser voir si je suis capable de te venir en aide ? demanda Larry.

— Personne n'y peut rien, dit Gray avec lassitude. Cela me tue tout simplement, et il est des moments où je demande à Dieu d'en finir pour de bon.

— J'ai eu tort de dire que peut-être je pourrais t'aider. Ce que je voulais dire, c'est que peut-être je pourrais t'aider à t'aider toi-même.

Lentement Gray entrouvrit les yeux et regarda Larry.

— Comment cela ?

Larry sortit de sa poche quelque chose qui ressemblait à une pièce d'argent et la mit dans la main de Gray.

— Referme tes doigts en serrant fort et tiens ta main la paume en bas. Ne te raidis pas. Ne fais pas d'effort, mais tiens la pièce bien serrée dans ton poing. Avant que j'aie compté jusqu'à vingt, ta main s'ouvrira et la pièce tombera.

Gray fit ce qui lui était demandé. Larry s'assit lui-même au bureau et commença à compter. Isabel et moi étions restés debout. Un, deux, trois, quatre. Jusqu'à quinze, la main de Gray ne bougea pas. Ensuite, elle sembla trembler légèrement, et j'eus l'impression — je peux à peine dire : je vis — que les doigts crispés se détendaient. Le pouce se détacha du poing. Je vis distinctement les doigts frémir. Quand Larry en fut à dix-neuf, la pièce tomba de la main de Gray et roula à mes pieds. Je la ramassai et la regardai. Elle était lourde et bosselée, et sur un côté portait en un relief accusé une tête de jeune homme en qui je reconnus Alexandre le Grand. Gray, perplexe, regardait fixement sa main.

— Je n'ai pas laissé tomber la pièce, dit-il. Elle a glissé d'elle-même.

Il était assis, son bras droit reposant sur l'appui du siège de cuir.

— Es-tu bien confortablement installé dans ce fauteuil ? demanda Larry.

— Autant qu'il m'est possible de l'être quand ma tête me fait souffrir le martyre.

— Bien, détends-toi complètement. Laisse-toi aller. Ne fais rien. Ne résiste pas. Avant que j'aie compté jusqu'à vingt, ton bras droit se soulèvera de l'appui du fauteuil jusqu'à ce que ta main se trouve au-dessus de ta tête. Un, deux, trois, quatre.

Il égrenait les nombres lentement, de cette voix mélodieuse aux intonations argentines qui lui était propre, et quand il atteignit neuf je vis la main de Gray s'élever imperceptiblement d'environ un centimètre au-dessus de la surface de cuir où elle reposait. Elle demeura ainsi une seconde.

— Dix, onze, douze.

Une légère secousse, puis doucement, tout le bras se mit à monter. Il ne reposait plus du tout sur le fauteuil. Isabel, un peu effrayée, me saisit la main. C'était un phénomène étrange, sans rien qui rappelât un mouvement volontaire. Je n'ai jamais vu un homme marcher en dormant, mais il doit se mouvoir, j'imagine, de la même manière bizarre dont bougeait le bras de Gray. La volonté ne semblait pas être la force motrice. Il n'aurait guère pu, me paraissait-il, par un effort conscient, soulever le bras avec une telle lenteur et une telle régularité. On avait l'impression de l'action d'une puissance subconsciente et indépendante du cerveau. C'était un mouvement comparable à celui du va-et-vient très ralenti d'un piston dans un cylindre.

— Quinze, seize, dix-sept.

Les mots tombaient lentement, lentement, lentement, comme s'égoutte dans une cuvette l'eau d'un robinet mal fermé. Le bras de Gray monta, jusqu'à ce que sa main fût au-dessus de sa tête et, comme Larry atteignait le nombre annoncé, le bras retomba de son propre poids sur l'appui du fauteuil.

— Je n'ai pas levé le bras, dit Gray. Je ne pouvais l'empêcher de monter ainsi. Cela s'est fait tout seul.

Larry esquissa un sourire.

— C'est sans importance. J'ai pensé que cet essai te donnerait peut-être confiance en moi. Où est cette pièce de monnaie grecque ?

Je la lui tendis.

— Tiens-la dans ta main. Gray la prit. Larry regarda sa montre. Il est huit heures treize. Dans soixante secondes, tes paupières deviendront si lourdes que tu seras obligé de les fermer, et alors tu t'endormiras. Tu dormiras pendant six minutes. A huit heures vingt, tu te réveilleras, et tes douleurs auront disparu. Tu n'auras plus mal.

Nous ne bronchions, ni Isabel ni moi. Nos yeux ne quittaient pas Larry. Sans plus dire un mot, son regard fixé sur Gray, il ne semblait pas le voir, mais paraissait plutôt le dépasser en le traversant de part en part. Le silence qui pesait sur nous avait quelque chose de surnaturel : c'était comme le silence des fleurs dans un jardin à la tombée de la nuit. Soudain, je sentis la main d'Isabel presser plus étroitement la mienne. Je regardai Gray. Ses yeux étaient fermés. Il respirait avec aisance et régularité ; il était endormi. Nous restâmes ainsi pendant un temps qui nous parut interminable. J'avais follement envie d'une cigarette, mais je n'osais en allumer une. Larry était immobile. Ses yeux plongeaient dans je ne sais quelle profondeur. S'il ne les avait tenus ouverts, on aurait pu le croire en transe. Brusquement il sembla se détendre ; ses yeux reprirent leur expression normale, et il regarda sa montre. Au même moment, Gray ouvrit les yeux.

— Bon Dieu, dit-il, je crois m'être endormi. Puis il tressaillit. Je remarquai que son visage avait perdu sa pâleur cireuse. Mon mal de tête a disparu.

— Parfait, dit Larry. Tiens, prends une cigarette, et ensuite nous irons tous dîner.

— C'est un miracle. Je me sens épatamment bien. Comment as-tu fait ça ?

— Ce n'est pas moi qui l'ai fait. Tu l'as fait toi-même.

Isabel alla se changer et, en l'attendant, Gray et moi prîmes un cocktail. Bien que Larry visiblement n'y tînt pas, Gray continua à parler avec insistance de ce qui venait de se passer. Il n'y comprenait absolument rien.

— Tu sais, je n'aurais jamais cru que tu puisses me soulager, dit-il. Je t'ai laissé faire parce que je me sentais trop à plat pour discuter.

Il continua à décrire ses attaques de migraine, les angoisses qu'il endurait et l'état lamentable où il était après chaque crise. A présent il se sentait en aussi bonne forme qu'à l'ordinaire, et ne parvenait pas à en comprendre la raison. Isabel revint. Elle portait une robe que je ne lui connaissais pas. La jupe touchait terre ; c'était un fourreau blanc d'un tissu qu'on appelle, je crois, du marocain, recouvert d'un nuage de tulle noir, et j'eus la certitude qu'elle nous ferait honneur.

Au Château de Madrid, l'atmosphère était très gaie ; nous étions tous pleins d'entrain. Larry racontait des histoires drôles ; jamais auparavant je ne l'avais vu sous ce jour, et il nous fit rire. J'eus l'impression qu'il agissait ainsi dans le dessein de distraire nos pensées de la démonstration de son surprenant pouvoir. Mais Isabel avait de la suite dans les idées : elle consentait à se laisser tenir en suspens aussi longtemps qu'elle en aurait envie, mais elle n'oubliait cependant pas son désir d'assouvir sa curiosité. Le dîner fini, alors que nous en étions au café et aux liqueurs, elle se dit que la bonne chère, l'unique verre de vin que Larry avait bu et le bavardage aimable avaient eu raison de sa résistance, et elle fixa sur lui ses yeux brillants.

— Maintenant, dis-nous comment tu as guéri Gray de sa migraine.

— Vous l'avez vu vous-mêmes, répondit-il souriant.

— Est-ce dans l'Inde que tu as appris ce genre de truc ?

— Oui.
— Il souffre le martyre. Penses-tu pouvoir le guérir définitivement ?
— Je ne sais pas ; mais cela se peut.
— Sa vie s'en trouverait complètement changée. Il lui est impossible d'accepter un emploi convenable avec la perpétuelle appréhension de se trouver privé de ses moyens pendant quarante-huit heures. Et tant qu'il ne pourra pas recommencer à travailler, il ne sera jamais heureux.
— Tu sais, je ne peux pas faire de miracles.
— Mais ce fut un miracle. Je l'ai constaté de mes propres yeux.
— Non, ce n'en fut pas un. J'ai tout simplement mis une idée dans la tête de ce bon vieux Gray, et c'est lui-même qui a fait le reste. Il se tourna vers Gray : qu'est-ce que tu fais demain ?
— Je joue au golf.
— J'irai chez toi à six heures et nous causerons. Puis, adressant à Isabel son sourire captivant : je n'ai pas dansé avec toi depuis dix ans, Isabel. Te déplaîrait-il de voir si je sais encore ?

VI

Depuis cette soirée, nous vîmes beaucoup Larry. Toute la semaine qui suivit, il vint chaque jour à l'appartement et s'enfermait dans la bibliothèque pendant une demi-heure avec Gray. Il voulait, paraît-il, le persuader — c'est ainsi qu'en souriant il présentait la chose — qu'il était débarrassé de ces épuisantes migraines, et Gray suivait ses indications avec une foi d'enfant. Le peu qu'en disait Gray me donna l'impression qu'en outre Larry essayait de lui rendre confiance en lui-même. Une dizaine de jours plus tard, Gray fut pris d'une nouvelle migraine et par hasard, ce jour-là, Larry ne devait pas venir avant le soir. L'accès n'était pas très violent, mais Gray comptait tellement sur l'étrange pouvoir de Larry qu'il pensait fermement être guéri en quelques instants si seulement on parvenait à joindre ce dernier. Mais ni eux ni moi-même — Isabel m'avait téléphoné pour s'en informer — ne savions où il habitait. Larry arriva enfin et soulagea Gray de sa douleur. Celui-ci lui demanda alors son adresse afin de pouvoir, en cas de besoin, lui faire signe immédiatement. Larry sourit.

— Tu n'as qu'à appeler l'American Express et laisser un message. Je leur téléphonerai tous les matins.

Plus tard, Isabel me posa la question :

— Pourquoi Larry fait-il un tel secret de son adresse ? Il avait déjà agi de même dans le passé, et l'on avait découvert alors qu'il vivait sans rien de mystérieux dans un hôtel de troisième ordre du quartier Latin.

— Je n'en ai pas la moindre idée, répondis-je. Je ne vois qu'une explication, encore est-elle très fantaisiste et probablement sans aucun fondement. Peut-être un instinct bizarre le pousse-t-il à faire de son logis la retraite intime de sa vie spirituelle.

— Au nom du ciel, que voulez-vous dire ? s'écria-t-elle passablement irritée.

— N'avez-vous pas été frappée, lorsqu'il est avec nous toujours agréable et facile, amical et sociable, de constater une sorte de réserve, comme s'il ne se livrait pas entièrement, mais gardait en un coin caché de son âme quelque chose, je ne sais quoi — une tension, un secret, une aspiration, une notion — qui le tient à l'écart ?

— Je connais Larry depuis toujours, dit-elle avec impatience.

— Parfois il me rappelle un grand acteur jouant à la perfection un rôle dans une pièce insignifiante. Comme Eléonora Duse dans la *Locandiera.*

Isabel réfléchit un moment.

— Je crois comprendre ce que vous voulez dire. Nous sommes en train de nous amuser et croyons qu'il partage notre plaisir comme ce serait normal, et, brusquement nous avons le sentiment qu'il nous a échappé comme un cercle de fumée que l'on essaierait vainement d'enfermer dans la main. A votre avis, qu'est-ce qui le rend si bizarre ?

— Peut-être quelque chose de si banal que tout simplement on n'y pense pas.

— C'est-à-dire ?

— Eh bien ! la bonté, par exemple.

Isabel fronça les sourcils.

— Ne parlez pas ainsi. Cela me fait mal au creux de l'estomac.

— N'est-ce pas plutôt au fond de votre cœur ?

Isabel me lança un long regard comme si elle essayait de lire dans ma pensée. Elle prit une cigarette sur la table placée à côté d'elle, l'alluma et se laissa retomber dans son fauteuil. Elle suivait des yeux la fumée qui s'élevait en volutes.

— Désirez-vous que je m'en aille ? demandai-je.

— Non.

Je demeurai un instant silencieux, l'observant et prenant plaisir à contempler la jolie forme de son nez et la ligne exquise de sa bouche.

— Etes-vous très amoureuse de Larry ?

— Je vous le jure. De toute ma vie je n'ai jamais aimé que lui.

— Pourquoi avez-vous épousé Gray ?

— Il fallait bien que je me marie. Gray était fou de moi, et maman voulait que je l'épouse. Tout le monde me disait que j'avais bien fait de me débarrasser de Larry. J'avais beaucoup d'affection pour Gray. J'en ai encore beaucoup aujourd'hui. Vous ne pouvez savoir combien il est gentil. Personne au monde ne saurait être aussi bon et aussi prévenant. Il a l'air d'avoir un très sale caractère, n'est-ce pas ? Avec moi, il a toujours été un ange. Quand il avait de l'argent, il tâchait de deviner mes désirs pour avoir le plaisir de les prévenir. Un jour, je lui avais dit que ce serait amusant d'avoir un yacht et d'aller faire le tour du monde ; et si le krach n'était pas survenu, il en aurait acheté un.

— Presque trop beau pour être sincère, murmurai-je.

— Nous avons vécu des heures magnifiques. Je lui en serai toujours reconnaissante. Il m'a rendue très heureuse.

Je la regardai sans mot dire.

— Je crois que je ne l'aimais pas à proprement parler ; mais on peut très bien vivre ensemble sans amour. Dans le fond de mon cœur j'ai toujours désiré ardemment Larry, mais tant que je ne le voyais pas, cela ne me troublait guère. Vous rappelez-vous m'avoir dit que quand on est séparé par mille lieues d'océan, les chagrins d'amour deviennent très supportables ? J'ai cru alors à une boutade d'un cynisme brutal, mais pourtant c'est la vérité.

— S'il vous est pénible de voir Larry, ne serait-il pas plus sage de l'éviter ?

— Mais c'est une peine divinement douce. D'ailleurs, vous le connaissez ; à tout moment, il peut s'évanouir comme une ombre après le coucher du soleil, et des années peuvent s'écouler avant que nous le revoyions.

— N'avez-vous jamais pensé à divorcer ?

— Je n'ai aucune raison de divorcer.

— Cela n'empêche pas les femmes de votre pays de le faire quand elles en ont envie.

Elle rit.

— Pourquoi donc, d'après vous, le font-elles ?

— Vous ne le savez pas ? Mais parce que les Américaines attendent de leur mari une perfection que les Européennes espèrent trouver seulement chez leur maître d'hôtel.

Isabel eut un mouvement de tête si hautain que je me demandai si elle ne s'était pas donné un torticolis.

— Parce que Gray ne sait pas extérioriser facilement ses sentiments, vous estimez qu'il n'en a pas ?

— Là vous vous trompez, l'interrompis-je vivement. Il y a en lui, je trouve, quelque chose d'assez touchant. Il a une merveilleuse faculté d'aimer. Il suffit de l'observer quand il vous regarde pour constater avec quelle profondeur et quelle dévotion il vous est attaché. Il aime beaucoup plus ses enfants que vous ne les aimez vous-même.

— Vous allez dire maintenant, j'imagine, que je ne suis pas une bonne mère.

— Au contraire, je vous crois une excellente mère. Vous veillez à ce qu'elles soient bien portantes et heureuses. Vous surveillez leur régime et le bon fonctionnement de leurs intestins. Vous leur enseignez à bien se tenir, vous leur lisez des histoires et leur faites réciter leurs prières. Si elles étaient malades, vous appelleriez immédiatement un médecin, et les soigneriez avec sollicitude. Mais vous n'êtes pas accaparée par elles comme l'est Gray.

— Est-ce indispensable ? Je suis un être humain et les traite en êtres humains. Une mère ne peut que nuire à ses enfants en faisant d'eux l'unique préoccupation de sa vie.

— Je crois que vous avez tout à fait raison.

— Et puis toujours est-il qu'elles m'adorent.

— Je l'ai remarqué. Vous représentez leur idéal de grâce, de beauté, de splendeur. Mais elles ne se sentent pas aussi intimes ni aussi à l'aise avec vous qu'avec Gray. Elles vous adorent, c'est vrai, mais lui, elles l'aiment.

— Il mérite d'être aimé.

Moi, je l'aimais pour ces paroles. C'était un des plus charmants traits de son caractère de ne jamais s'offusquer de la vérité toute nue.

— Après la débâcle, Gray s'effondra complètement. Pendant des semaines, il travailla au bureau jusqu'à minuit, et d'habitude je l'attendais à la maison, morte de peur ; je craignais toujours qu'il ne se fît sauter la cervelle, tant il se sentait honteux. Gray et son père, voyez-vous, avaient été si fiers de leur affaire : ils tiraient tant d'orgueil de leur intégrité et de la sûreté de leur jugement. Ce dont il ne pouvait se remettre, ce n'était pas tellement d'avoir perdu tout notre argent, c'était que toutes les personnes qui lui avaient fait confiance eussent perdu le leur. Il se reprochait de ne pas avoir été assez prévoyant. Et je ne pouvais lui faire admettre qu'il n'avait aucun sujet de remords.

Isabel sortit de son sac un bâton de rouge et le passa sur ses lèvres.

— Mais ce n'est pas de cela que je voulais vous raconter. Tout ce qui nous restait, c'était la plantation, et pour Gray, je pensai que la meilleure solution était de s'en aller ; nous confiâmes donc les enfants à maman et nous nous y rendîmes. Il avait toujours aimé la propriété, mais nous n'y avions jamais séjourné seuls ; nous emmenions toujours toute une bande d'amis ; nous nous y amusions beaucoup. Gray est bon tireur, mais à cette époque-là, il n'avait pas le cœur à la chasse. Il prenait généralement une barque et allait passer seul de longues heures dans les marais, à observer les oiseaux. Il remontait et redescendait les canaux bordés de joncs pâles avec, seulement, au-dessus de lui le ciel bleu. Les canaux, certains jours, sont du même azur que la Méditerranée. Il ne parlait guère en rentrant. Tout était parfait, et il se sentait bien, disait-il ; mais je pouvais voir ce qu'il éprouvait. Son cœur était ému, j'en étais sûre, par la beauté, l'immensité et le silence. Il est un moment, tout juste avant le coucher du soleil, où la lumière sur les marais est ravissante. Il restait là debout à la regarder et en était rempli de béatitude. Il faisait de longues courses à cheval dans ces bois solitaires et mystérieux qui ressemblent aux forêts si grises et si silencieuses, presque irréelles, d'une pièce de Maeterlinck : et il vient un moment au printemps — très court, une quinzaine à peine — où les cornouillers s'épanouissent en fleur, où les arbres se couvrent de feuillage, où le vert tendre et frais se détachant sur la grisaille de la mousse espagnole est comme un hymne de joie ; le sol est tapissé alors de magnifiques lis blancs et d'azalées sauvages. Gray ne savait exprimer ce qu'il ressentait ; pour lui, c'était la nature tout entière. Tant de beauté l'enivrait. Oh ! Je sais, je ne trouve pas les mots qu'il faudrait, mais je ne saurais assez dire combien il était touchant de voir ce colosse transporté d'une émotion si pure et si belle que j'en avais envie de pleurer. S'il est un Dieu au ciel, Gray, dans ces moments-là, était très près de Lui.

Tout en me parlant, Isabel elle-même s'était laissée aller à une certaine émotion et, prenant un minuscule mouchoir, elle essuya soigneusement la larme qui brillait au coin de ses yeux.

— Ne faites-vous pas un peu de roman ? fis-je en souriant. J'ai idée que vous prêtez à Gray les impressions et les sentiments que vous lui auriez souhaité d'avoir.

— Comment aurais-je pu les percevoir s'ils n'avaient pas existé ? Vous me connaissez : je ne puis être vraiment heureuse si je ne sens sous mes pieds l'asphalte d'un trottoir et si je ne me promène le long de rues où sont étalés dans de grandes vitrines des chapeaux et des manteaux de fourrure, des bracelets en diamant et des nécessaires de toilette à monture d'or.

Je ris et nous demeurâmes un moment silencieux. Puis elle reprit la conversation au point où nous en étions restés.

— Je ne voudrais jamais divorcer. Gray et moi, nous avons passé ensemble par trop de choses. Il a un absolu besoin de moi. C'est assez flatteur, vous savez, et donne un sentiment de responsabilité. Et d'ailleurs...

— D'ailleurs, quoi ?

Elle me jeta un long regard de biais, et eut dans les yeux une étincelle de malice. Elle me donna l'impression de ne pas savoir très bien comment je prendrais ce qu'elle avait en tête de me dire.

— Au lit, il est magnifique. Voilà dix ans que nous sommes mariés et il est resté un amant aussi passionné qu'au premier jour. N'avez-vous pas écrit une fois dans une de vos pièces qu'aucun homme ne désire la même femme plus de cinq ans ? Eh bien ! vous affirmiez sans savoir. Gray me désire autant que lors de notre nuit de noces. A ce point de vue, il m'a rendue très heureuse. Et sans en avoir l'air, je suis très sensuelle.

— Vous vous trompez tout à fait ; je le crois volontiers.

— Cela ne manque pas d'attrait, n'est-ce pas ?

— Au contraire. Je lui lançai un regard pénétrant. Regrettez-vous de ne pas avoir épousé Larry il y a dix ans ?

— Non, c'eût été de la folie. Mais bien entendu, si dans ce temps-là, j'avais su ce que je sais maintenant, je me serais sauvée et pendant trois mois j'aurais vécu avec lui ; après quoi il me serait sorti de la tête une fois pour toutes et pour toujours.

— Pour vous, il est heureux, je crois, de ne pas vous être lancée dans cette aventure ; vous auriez pu vous trouver enchaînée à lui par des liens impossibles à rompre.

— Je ne le crois pas. Il ne s'agissait que d'une attirance physique et, vous savez, souvent le meilleur moyen de maîtriser un désir, c'est de le satisfaire.

— Vous est-il déjà venu à l'esprit que vous êtes une grande accapareuse ? Gray, m'avez-vous confié, a l'âme profondément poétique et, m'avez-vous dit aussi, c'est un amant ardent ; je comprends parfaitement que ces qualités comptent beaucoup pour vous ; mais ce que vous avez omis d'ajouter, c'est ce qui, pour vous, compte bien plus que les deux réunies — la certitude de le tenir dans le creux de votre ravissante, quoique pas si petite main. Larry, lui, vous aurait toujours échappé. Vous souvenez-vous de cette ode de Keats ? *Amant téméraire, jamais, jamais tu ne pourras atteindre au baiser, si près que tu approches du but.* — « *Bold lover, never, never canst thou kiss, though winning near the goal.* »

— Vous croyez souvent en savoir bien plus que vous n'en savez réellement, dit-elle avec une certaine aigreur. Pour une femme il n'est qu'un moyen de retenir un homme, et vous le connaissez. Et permettez-moi de vous dire ceci : ce n'est pas la première fois où elle couche avec lui qui compte, c'est la seconde. Si elle le tient alors, elle le tient pour de bon.

— Vraiment, vous ramassez les plus extraordinaires bribes de documentation.

— Je circule et j'ai les yeux et les oreilles grands ouverts.

— Puis-je vous demander comment vous vous êtes renseignée sur ce point particulier ?

Elle me fit son rire le plus taquin.

— Auprès d'une femme avec qui je me suis liée à l'occasion d'une présentation de mannequins. A ce que m'avait dit la vendeuse, c'était la femme entretenue la plus élégante de Paris, aussi m'étais-je mis en tête de faire sa connaissance. Adrienne de Troyes. Avez-vous jamais entendu parler d'elle ?

— Jamais.

— Quelle éducation incomplète que la vôtre. Elle a quarante-cinq ans et n'est même pas jolie, mais elle a l'air plus distingué qu'aucune des duchesses d'Oncle Elliott. Je m'étais assise à côté d'elle et, cédant à mon impulsion primesautière de jeune fille américaine, je lui dis que n'ayant de ma vie vu personne plus ravissante j'avais envie de lui parler. Vous avez, lui dis-je, la perfection d'un camée grec.

— Quel aplomb !

— Au début, elle fut plutôt froide et distante, mais je tins bon avec le même air candide, et elle se dégela. Nous eûmes alors une petite conversation agréable. Le défilé terminé, je lui demandai si elle ne voudrait pas venir un jour déjeuner avec moi au Ritz. J'avais toujours, lui dis-je, admiré son chic merveilleux.

— Vous l'aviez donc déjà vue auparavant ?

— Jamais. Elle déclina mon invitation à déjeuner ; il y a tant de mauvaises langues à Paris, me dit-elle, cela pourrait vous compromettre. Mais ma proposition l'avait flattée et, voyant ma moue désappointée, elle m'offrit d'aller plutôt déjeuner chez elle. Quand elle vit à quel point sa cordialité me comblait, elle me donna une petite tape amicale sur la main.

— Et y êtes-vous allée ?

— Bien entendu, j'y suis allée. Elle a un charmant petit hôtel particulier près de l'avenue Foch, et nous fûmes servies par un maître d'hôtel, le portrait craché de George Washington. Je restai là jusqu'à quatre heures. Sans plus de façons nous nous mîmes à l'aise et bavardâmes longuement en femmes. J'en appris assez, ce jour-là, de quoi écrire un livre.

— Pourquoi ne le faites-vous pas ? C'est exactement ce qu'il faut pour *la Revue des Deux Mondes.*

— Espèce de fou ! fit-elle en riant.

Il y eut un moment de silence. Je continuais à poursuivre ma pensée.

— Je me demande si Larry vous a jamais aimée, fis-je peu après.

Elle se redressa. Son expression perdit toute aménité. Il y eut de la colère dans ses yeux.

— Que dites-vous là ? Evidemment, il m'aimait. Croyez-vous qu'une jeune fille ne sache pas reconnaître quand un homme est amoureux d'elle ?

— Oui, je sais ; dans un sens il vous aimait, je crois. Il ne connaissait aucune autre jeune fille aussi intimement que vous. Vous jouiez ensemble depuis votre plus tendre enfance. Alors déjà, il pressentait qu'il serait amoureux de vous. Ses instincts sexuels étaient normaux. Qu'un jour vous vous épousiez lui semblait chose toute naturelle. Cela n'aurait pas apporté grand changement dans vos relations, sauf que vous auriez vécu sous le même toit et partagé le même lit.

Isabel, se calmant quelque peu, attendait que je continuasse ; sachant les femmes toujours avides d'écouter quand on parle d'amour, je poursuivis.

— Les moralistes s'évertuent à nous convaincre que l'instinct sexuel ne joue pas un rôle essentiel dans l'amour. Ils sont toujours prêts à le présenter comme un épiphénomène.

— Seigneur, qu'est-ce encore que cela ?

— Voilà. Certains psychologues estiment que la conscience accompagne les processus du cerveau, qu'elle est déterminée par eux, mais qu'elle n'exerce elle-même sur eux aucune influence. C'est un peu comme l'image d'un arbre se réfléchissant dans l'eau ; le reflet ne pourrait exister sans l'arbre, mais il n'affecte en rien l'arbre lui-même. Il est stupide, je crois, de prétendre qu'il puisse y avoir amour sans passion ; les gens qui disent que l'amour peut subsister quand la passion est morte, parlent d'une chose différente, affection, tendresse, communauté de goûts et d'intérêts, habitude. Surtout l'habitude. Par habitude, deux êtres peuvent continuer leurs rapports sexuels de même qu'ils ont faim à l'heure où ils ont coutume de prendre leurs repas. Le désir peut, bien entendu, exister indépendamment de l'amour. Le désir n'a rien à voir avec la passion. Le désir est la manifestation naturelle de l'instinct de la chair et n'a pas plus d'importance qu'aucune autre fonction de la bête humaine. C'est pourquoi les femmes sont folles de faire une telle musique quand leurs maris, à la faveur d'un moment ou d'un lieu propices, vont ailleurs se livrer à des ébats passagers.

Je souris.

— Cela ne s'applique-t-il qu'aux hommes ?

— Si vous insistez, j'admettrai que la sauce qui est bonne pour le jars est bonne pour l'oie. La seule objection serait qu'une telle aventure sans lendemain n'a pour l'homme aucune valeur sentimentale, tandis que pour la femme, elle en a.

— Tout dépend de la femme.

Je n'étais pas d'humeur à me laisser interrompre.

— A moins que l'amour soit de la passion, ce n'est pas de l'amour, mais quelque chose d'autre ; ce sont les obstacles et non la facilité qui stimulent la passion. D'après vous, qu'entendait Keats en conseillant à l'amoureux sur son urne grecque de ne pas se lamenter ? *Ton amour sera éternel et ton aimée sera toujours désirable.* Pourquoi ? Parce qu'elle était inaccessible et que l'amant passionné avait beau la poursuivre éperdument, toujours elle lui échappait. Car ils étaient tous deux emprisonnés dans le marbre d'une œuvre d'art, à mon avis, insipide. Votre amour pour Larry et son amour pour vous étaient aussi simples et naturels que les amours de Paolo et Francesca, et de Roméo et Juliette. Heureusement pour vous, le dénouement n'en a pas été tragique. Vous avez fait un riche mariage, et Larry a parcouru le monde pour découvrir le chant des sirènes. La passion n'y jouait aucun rôle.

— Comment le savez-vous ?

— La passion ne tient aucun compte du prix à payer. Pascal a dit : le cœur a ses raisons que la raison ne connaît point. Si j'interprète exactement sa pensée, il entendait, je crois, que lorsque la passion s'empare du cœur, elle invente des raisons qui semblent non seulement plausibles, mais concluantes pour prouver que rien au monde ne peut résister à l'amour. Elle vous persuade que l'honneur peut bien lui être sacrifié, et que la honte est un prix minime à payer. La passion est destructrice. Elle a détruit Antoine et Cléopâtre, Tristan et Iseult, Parnell et Kitty O'Shea. Et si elle ne détruit pas, elle meurt. Peut-être alors se trouve-t-on confronté avec la constatation désolante d'avoir gâché sa propre existence, d'avoir attiré le malheur sur soi-même, d'avoir souffert les affres horribles de la jalousie, avalé les pires humiliations, dépensé toute sa tendresse, sacrifié tous les trésors de son cœur pour une sale coureuse, une idiote, une patère à laquelle on avait accroché ses rêves et qui ne valait pas même un mégot.

Déjà, avant la fin de cette tirade, Isabel, je le savais fort bien, ne m'écoutait plus : elle suivait le cours de ses propres réflexions. La remarque qu'elle me fit alors me surprit.

— Pensez-vous que Larry soit vierge ?

— Ma chère, il a trente-deux ans.

— Je suis certaine qu'il l'est.

— C'est une des choses qu'une femme sent instinctivement.

— Je connaissais un jeune homme qui fit une magnifique carrière amoureuse pendant quelques années en affirmant à de splendides créatures, à l'une après l'autre, qu'il n'avait jamais possédé de femme. Il prétendait que cela prenait comme par enchantement.

— Vous pouvez dire ce que vous voulez, je crois à mon intuition.

Il se faisait tard ; Gray et Isabel dînaient avec des amis, et elle devait s'habiller. N'ayant rien à faire par cette agréable soirée de printemps, je remontai à pied le boulevard Raspail. Je n'ai jamais eu grande confiance dans l'intuition des femmes : elle répond trop bien à ce qu'elles souhaitent croire pour me paraître digne de foi ; et en pensant à la conclusion de ma longue conversation avec Isabel, je ne pouvais m'empêcher de rire. Cela me rappela Suzanne Rouvier, et je m'aperçus que je ne l'avais pas vue depuis plusieurs jours. Je me demandai si elle avait quelque projet pour la soirée. Sinon, peut-être accepterait-elle de dîner avec moi et d'aller ensuite au cinéma. J'arrêtai un taxi qui rôdait et donnai l'adresse de son appartement.

VII

J'ai fait mention de Suzanne Rouvier au début de ce livre. Je la connaissais depuis dix ou douze ans, et à l'époque dont je parle maintenant, elle ne devait pas être loin de la quarantaine. Elle était grande, avec un buste court, de longues jambes et de longs bras, et son maintien était dégingandé comme si elle ne savait que faire de ses membres démesurés. La couleur de ses cheveux changeait selon son caprice, mais était le plus souvent d'un brun tirant sur le roux. Elle avait un petit visage carré aux pommettes très proéminentes, violemment rougies, et une grande bouche aux lèvres lourdement peintes. Rien de tout cela ne paraît séduisant, et pourtant l'ensemble l'était. Elle avait, il est vrai, une jolie peau, de grandes et solides dents blanches, des yeux bleus pleins de vie. C'était d'ailleurs ce qu'elle avait de mieux, et elle en tirait le meilleur parti par un maquillage adroit de ses cils et de ses sourcils. Elle avait un air malin, fouineur et cordial, et elle alliait à un très bon cœur une bonne mesure de rudesse. Il lui en avait fallu dans la vie qu'elle avait menée. Sa mère, veuve d'un petit fonctionnaire du gouvernement, était retournée après la mort de son mari vivre de sa pension dans son village natal en Anjou et, quand Suzanne atteignit ses quinze ans, elle la plaça en apprentissage chez une couturière de la ville voisine assez proche pour lui permettre de revenir passer les dimanches à la maison. Ce fut au cours de la quinzaine de ses vacances — elle venait d'avoir dix-sept ans — qu'elle fut séduite par un artiste qui passait l'été au village pour peindre des paysages. Elle savait déjà fort bien que, n'ayant pas d'argent, elle n'avait guère de chances de se faire épouser ; et quand à la fin de la saison, le peintre lui proposa de l'emmener à Paris, elle accepta avec empressement. Il la fit vivre avec lui dans une grande caserne à ateliers de Montmartre, et en sa compagnie elle passa une année très agréable.

Au bout de ce temps, il lui déclara, que n'ayant pas vendu une seule toile, il ne pouvait plus davantage s'offrir le luxe d'une maîtresse. Depuis un moment déjà, elle s'attendait à cette nouvelle et n'en fut pas déconcertée. Il lui suggéra de retourner chez elle et, comme elle refusait, il lui dit qu'un autre peintre, habitant le même immeuble serait heureux de prendre la succession. L'artiste qu'il lui nomma lui avait fait deux ou trois fois déjà des avances ; elle l'avait envoyé promener, mais de si bonne grâce qu'il ne s'en était pas offusqué. Comme il ne lui déplaisait pas, elle accepta l'offre avec placidité. C'était pratique de ne pas devoir faire la dépense d'un taxi pour le transport de sa malle. Son second amant, bien plus âgé que le premier, mais encore acceptable, fit d'elle des portraits dans toutes les attitudes imaginables, nue et vêtue ; elle passa avec lui deux années heureuses. Elle était fière de penser qu'en posant pour lui, elle avait contribué à son premier véritable succès, et elle me montra, découpée d'un journal illustré, la reproduction du tableau qui le lui avait valu. Une galerie américaine l'avait acquis. C'était un nu grandeur nature où elle était allongée à peu près dans la même pose que l'*Olympe* de Manet. Son amant n'avait pas été long à découvrir que dans les proportions de son corps il y avait quelque chose de moderne, d'amusant, et, en affinant encore jusqu'à l'extrême sa minceur naturelle, il avait étiré ses longues jambes et ses longs bras, accentué ses hautes pommettes, et donné à ses yeux bleus une grandeur extravagante. D'après la reproduction, je ne pouvais naturellement pas juger des couleurs, mais je fus sensible à l'élégance du dessin. Le tableau valut au peintre une notoriété suffisante pour lui permettre d'épouser une admiratrice, une veuve fort aisée, et Suzanne, sachant fort bien qu'un homme doit songer à son avenir, accepta sans amertume la rupture de leurs cordiales relations.

Car, à présent, elle avait conscience de ce qu'elle pouvait offrir. Elle aimait la vie d'artiste, poser l'amusait, et après une journée de travail, elle prenait plaisir à aller s'asseoir au café avec des peintres, leurs femmes et leurs maîtresses, à les entendre discuter art, dauber sur les marchands et raconter des histoires paillardes. Ce fut lors d'une de ces réunions que, sentant venir la rupture, elle avait dressé ses plans. Elle avait jeté son dévolu sur un jeune homme qu'elle savait libre et à qui elle trouvait du talent. Elle profita d'un moment où elle se trouva seule avec lui au café pour lui expliquer la situation et, sans autre préambule, lui proposa la vie commune.

— J'ai vingt ans, je suis bonne ménagère. Je t'économiserai de l'argent dans ton intérieur et t'éviterai les frais d'un modèle. Regarde ta chemise : n'est-ce pas une honte ! et ton atelier, quel taudis ! Il te faut une femme pour prendre soin de toi.

Il la savait de bon caractère. Sa proposition l'amusa et elle le vit assez disposé à accepter.

— Après tout, on ne risque rien à essayer, dit-elle. Si ça ne marche pas, nous ne nous en trouverons ni l'un ni l'autre plus mal qu'à présent.

C'était un peintre cubiste ; il fit d'elle des portraits en long et en large. Il la peignit avec un œil et sans bouche. Il la peignit en construction géométrique noire, marron et grise. Il la peignit en un enchevêtrement de lignes à travers lesquelles on distinguait vaguement un visage humain. Elle resta avec lui un an et demi et le quitta de son propre gré.

— Pourquoi ? lui demandai-je. Ne l'aimais-tu pas ?

— Si c'était un gentil garçon. Mais à mon avis, il ne pouvait pas progresser. Il se répétait.

Elle n'eut pas de difficulté à lui découvrir un successeur. Elle demeurait fidèle aux artistes.

— J'ai toujours été dans la peinture, disait-elle. J'ai été avec un sculpteur pendant six mois, mais je ne sais pourquoi, ça ne me disait rien.

Elle était contente à l'idée de ne s'être jamais séparée d'un amant de façon déplaisante. Elle était non seulement un bon modèle, mais une bonne femme d'intérieur. Elle aimait à s'occuper dans un atelier où il lui arrivait d'habiter pendant un temps, et tirait orgueil de le tenir dans un ordre perlé. Bonne cuisinière, elle savait préparer à peu de frais un repas savoureux.

Elle raccommodait les chaussettes de ses amants, recousait les boutons à leurs chemises.

— Je n'ai jamais compris pourquoi un homme, parce qu'il est artiste, ne serait pas propre et bien soigné.

Elle n'avait connu qu'un échec. Ce fut un jeune Anglais qui avait plus d'argent qu'aucun des hommes qu'elle avait connus jusque-là ; il avait une voiture.

— Mais ça n'a pas duré longtemps, disait-elle. Il avait l'habitude de se soûler et devenait alors ennuyeux. S'il avait été bon peintre, ça m'aurait été égal, mais mon cher, ce qu'il faisait était grotesque. Quand je lui annonçai que j'allais le quitter, il s'est mis à pleurer. Il m'aimait, disait-il.

— Mon pauvre ami, lui dis-je, que tu m'aimes ou non, ça n'a pas la moindre importance. Ce qui compte, c'est que tu n'as pas de talent. Retourne dans ton pays et mets-toi dans l'épicerie. C'est la seule chose qui t'aille.

— Et que répondit-il ? demandai-je.

— Il entra en fureur et me dit de f... le camp. Mais, vous savez, c'était un bon conseil que je lui donnais. J'espère qu'il l'a suivi. Ce n'était pas un mauvais garçon, c'était seulement un mauvais artiste.

Le bon sens et la bonne humeur facilitent beaucoup à une femme légère les pérégrinations à travers la vie ; mais la profession que Suzanne avait adoptée a, comme toute autre, ses hauts et ses bas. Il y eut, par exemple, l'histoire du Scandinave. Suzanne eut l'imprudence de s'amouracher de lui.

— C'était un dieu, mon cher, me dit-elle. Il était immense ; aussi grand que la tour Eiffel, avec de magnifiques et larges épaules, et un torse splendide, une taille que l'on pouvait presque tenir dans les mains, un ventre plat, mais plat, tu sais, comme la paume de la main, et les muscles d'un athlète professionnel. Il avait des cheveux d'or ondulés et une peau de miel. Et il ne peignait pas mal du tout. J'aimais son travail à la brosse, c'était audacieux et plein de fougue et il avait une palette riche et vivante.

Elle s'était mis en tête d'avoir un enfant de lui. Il n'était pas d'accord, mais elle lui avait dit qu'elle en prendrait toute la responsabilité.

— Quand il fut né, il l'aima bien. Oh ! un bébé si adorable, tout rose, aux cheveux blonds et aux yeux bleus comme son papa. C'était une fille.

Suzanne vécut avec lui pendant trois ans.

— Il n'était pas très malin et parfois je m'ennuyais avec lui, mais il était très doux, et si beau que cela ne me gênait vraiment pas.

Un jour, il reçut un télégramme de Suède, lui annonçant que son père était mort et lui demandant de rentrer immédiatement. Il promit de revenir, mais elle eut le pressentiment qu'il n'en ferait jamais rien. Il lui laissa tout l'argent qu'il avait. Durant tout un mois, elle n'eut pas de ses nouvelles, puis elle reçut une lettre : son père était mort laissant ses affaires très embrouillées ; il estimait de son devoir, écrivait-il, de rester auprès de sa mère et d'entrer dans le commerce des bois. A sa lettre il avait joint un chèque de dix mille francs. Suzanne n'était pas femme à s'abandonner au désespoir. Comprenant très vite qu'un enfant la gênerait dans son genre d'existence, elle conduisit la petite fille chez sa mère à qui elle la confia en même temps que les dix mille francs.

— J'avais le cœur brisé ; j'adorais cette enfant, mais dans la vie il faut savoir être pratique.

— Qu'arriva-t-il ensuite ? demandai-je.

— Oh ! je m'en suis tirée. J'ai trouvé un ami.

Mais alors survint sa typhoïde. Elle disait toujours : « Ma typhoïde », comme un millionnaire pourrait dire « mon château de Touraine » ou « ma chasse de Sologne ». Elle fut presque à la mort et resta trois mois à l'hôpital. En le quittant, elle n'avait plus que la peau et les os ; elle se sentait aussi faible qu'un rat et d'une telle nervosité qu'elle ne pouvait rien faire d'autre que pleurer. Elle n'était plus capable, pour le moment, d'aucun service pour personne ; elle n'était pas assez forte pour poser et avait très peu d'argent.

— Ah ! là là, disait-elle, j'ai passé des temps très durs. Heureusement j'avais de bons amis. Mais tu sais bien comment sont les artistes ; il leur faut lutter pour arriver à joindre les deux bouts. Je n'ai jamais été une jolie femme ; j'avais quelque chose évidemment, mais je n'avais plus vingt ans. J'ai alors couru chez le cubiste avec qui j'avais été ; il s'était marié et avait divorcé depuis le temps où nous avions vécu ensemble ; il avait renoncé au cubisme et était devenu un surréaliste. Il pensa pouvoir m'utiliser et me dit qu'il se sentait très seul ; il m'offrit le gîte et le couvert et, je te le promets, je fus heureuse d'accepter.

Suzanne resta avec lui jusqu'à ce qu'elle fît la connaissance de son industriel. Ce dernier avait été amené à l'atelier par un ami dans l'espoir qu'il achèterait un des tableaux de l'ex-cubiste, et Suzanne, désireuse de réussir une vente, s'était mise à déployer tous ses charmes. Il ne pouvait pas se décider à acheter séance tenante, mais annonça son intention de revenir et de revoir encore une fois les toiles. Il revint en effet quinze jours après ; elle eut cette fois l'impression qu'il était venu plutôt pour elle que pour les œuvres d'art. Quand il partit, toujours sans avoir acheté, il lui pressa la main avec une effusion excessive. Le lendemain, l'ami qui l'avait amené la guetta à l'heure où elle se rendait au marché pour faire ses provisions de la journée ; l'industriel, lui dit-il, s'était entiché d'elle et, ayant une proposition à lui faire, désirait savoir si elle serait disposée à dîner avec lui lors de son prochain passage à Paris.

« — Dites, que peut-il bien trouver en moi ? demanda-t-elle.

« — C'est un amateur d'art moderne. Il a vu des portraits de vous. Vous l'intriguez. C'est un provincial et un homme d'affaires. Pour lui, vous représentez Paris, l'art, l'aventure, tout ce qui lui manque à Lille.

« — A-t-il de l'argent ? demanda-t-elle, pratique comme toujours.

« — Beaucoup.

« — Bon, j'irai dîner avec lui. Je ne risque rien à écouter ce qu'il a à me dire.

Il l'emmena chez Maxim's, ce qui lui fit une vive impression ; elle était habillée très simplement et avait conscience, en regardant les femmes autour d'elle, de pouvoir fort bien passer pour une respectable femme mariée. Il commanda une bouteille de champagne, d'où elle conclut définitivement que c'était un gentleman. Quand ils en furent au café, il lui fit sa proposition. Elle la trouva très généreuse. Il venait, lui dit-il, régulièrement une fois tous les quinze jours à Paris pour assister à des Conseils d'administration ; il lui déplaisait, le soir, de dîner seul et, quand il éprouvait le besoin d'une présence féminine, de devoir aller dans une maison de tolérance. Marié et père de deux enfants, il trouvait cette solution peu satisfaisante pour un homme de sa situation. Leur ami commun lui avait tout raconté de sa vie à elle et il la savait une femme capable de discrétion. N'étant plus jeune, il n'avait nulle envie de s'encombrer d'une fille agitée et fatigante. Il collectionnait quelque peu les toiles de l'Ecole moderne, et les rapports de Suzanne avec cette dernière lui étaient très sympathiques. Puis il en vint aux questions matérielles. Il était disposé à lui louer un appartement, à le meubler, et à lui assurer une mensualité de deux mille francs. En échange de quoi, il lui demandait le plaisir de sa compagnie pour une nuit toutes les deux semaines. Jamais de toute sa vie, Suzanne n'avait eu tant d'argent à sa disposition ; elle calcula rapidement qu'avec une telle somme elle pourrait non seulement vivre et s'habiller selon les nécessités qu'imposait évidemment une telle ascension dans la vie, mais encore subvenir aux besoins de sa fille et faire quelques économies pour les mauvais jours. Cependant, elle hésita un moment. Elle avait toujours été « dans la peinture », comme elle disait, et à ses yeux, sans aucun doute, devenir la maîtresse d'un homme d'affaires était une sorte de déchéance.

— C'est à prendre ou à laisser, dit-il.

Il ne la dégoûtait pas, et la rosette de la Légion d'honneur ornant sa boutonnière prouvait qu'il était un homme de distinction. Elle sourit.

— Je prends, répondit-elle.

VIII

Bien qu'ayant toujours habité Montmartre, Suzanne jugea nécessaire de rompre avec le passé et prit un appartement à Montparnasse dans un immeuble tout près du boulevard : deux chambres, une minuscule cuisine et une salle de bains, au sixième étage, mais avec ascenseur. Une salle de bains et un ascenseur, même si ce dernier était d'une lenteur d'escargot et ne pouvait contenir plus de deux personnes à la fois, et même si l'on ne pouvait l'utiliser pour la descente, représentaient pour elle non seulement le luxe, mais la haute classe.

Durant les tout premiers mois de leur liaison, lors de ses voyages bimensuels à Paris, M. Achille Gauvain — tel était son nom — descendait à l'hôtel d'où, après avoir passé avec Suzanne la partie de la nuit que réclamait sa disposition amoureuse, il rentrait coucher seul jusqu'à l'heure où il lui fallait se lever pour attraper son train et retourner à ses affaires ainsi qu'aux joies paisibles de la vie familiale ; mais par la suite, Suzanne lui fit remarquer qu'il gaspillait l'argent pour rien et que, pour lui, il serait à la fois plus économique et plus pratique de rester chez elle jusqu'au matin. Il ne put qu'apprécier la justesse de son observation. Il était flatté de voir Suzanne tellement soucieuse de son confort — elle avait raison, il n'y avait rien d'agréable à se retrouver dans la rue par une froide nuit d'hiver et à se mettre en quête d'un taxi — et il estimait hautement la répugnance de son amie à le jeter dans des frais inutiles. C'était une brave fille qui non seulement ménageait ses propres deniers, mais aussi ceux de son amant.

M. Achille avait toutes raisons d'être satisfait. D'habitude, ils allaient dîner dans un des meilleurs restaurants de Montparnasse ; mais de temps à autre, Suzanne lui préparait un repas chez elle. La cuisine savoureuse qu'elle faisait était tout à fait de son goût. Par les soirées chaudes, il se mettait volontiers à table en manches de chemise et il en éprouvait une délicieuse sensation de libertinage et de bohème. Il avait toujours eu un faible pour les tableaux, mais Suzanne ne l'en laissait acheter aucun qu'elle n'eût approuvé ; bientôt il estima raisonnable de s'en remettre à son jugement. Ne voulant pas passer par les marchands, elle l'amenait directement chez les peintres, ce qui lui permit d'acheter des toiles pour la moitié du prix qu'autrement il eût dû payer. Il savait qu'elle mettait un peu d'argent de côté et se sentit une pointe d'orgueil quand elle lui dit que, d'année en année, elle achetait un bout de terrain dans son village natal. Il connaissait ce désir, profondément ancré au fond du cœur de tout Français, de posséder de la terre, et son estime pour Suzanne grandit de savoir qu'elle aussi en était hantée.

Suzanne, de son côté, était très satisfaite. Elle ne lui était ni fidèle ni infidèle ; c'est-à-dire qu'elle évitait soigneusement d'entretenir aucune relation durable avec un autre homme ; mais s'il lui arrivait d'en rencontrer un qui attirât son caprice, elle ne refusait pas de partager sa couche. Cependant, pour elle, c'était un point d'honneur de ne jamais lui permettre de passer la nuit entière chez elle. Elle avait conscience de devoir cet égard à l'homme riche et considéré qui lui avait assuré une vie respectable et à l'abri du besoin.

J'avais fait la connaissance de Suzanne alors qu'elle vivait avec un peintre qui se trouvait être une de mes relations, et dans l'atelier duquel j'étais souvent allé m'asseoir pendant qu'elle posait ; je continuai à la voir par-ci par-là, à de rares intervalles ; mais jusqu'à son installation à Montparnasse nos rapports n'avaient eu aucune sorte d'intimité. Ce fut alors que M. Achille — comme elle le nommait toujours soit en parlant de lui soit en s'adressant à lui — qui avait lu, paraît-il, un ou deux de mes livres en traduction, m'invita un soir à dîner au restaurant avec eux. C'était un homme petit, ayant une demi-tête de moins que Suzanne, aux cheveux gris-fer et à la moustache poivre et sel fort soignée. Il était plutôt rondouillard et avait le ventre tout juste assez bedonnant pour lui donner un air cossu. Il avait la démarche fière des hommes petits et gras, et visiblement n'était pas mécontent de lui-même. Il m'offrit un excellent dîner. Il se montra très aimable. Il était très heureux, me dit-il, de me savoir l'ami de Suzanne ; d'un coup d'œil, il se rendait compte que j'étais *comme il faut* et ajouta qu'il serait ravi de penser que je la verrais quelquefois. Ses affaires, hélas ! le retenaient à Lille, et la pauvre petite se trouvait seule trop souvent ; ce serait un réconfort pour lui de la savoir en rapport d'amitié avec quelqu'un de cultivé. Il était dans les affaires, mais avait toujours admiré les artistes.

— Ah ! mon cher Monsieur, l'art et la littérature ont toujours été les gloires jumelles de la France. Sans oublier ses hauts faits militaires, bien entendu. Et moi, industriel de la laine, je n'hésite pas à dire que je place le peintre et l'écrivain au même niveau que le général et l'homme d'Etat.

On n'aurait su mieux dire.

Suzanne ne voulait pas entendre parler de prendre une bonne pour faire le ménage, d'abord par économie et aussi parce que (pour des raisons bien personnelles) elle ne voulait pas qu'on pût fourrer le nez dans des affaires qui ne regardaient qu'elle. Elle tenait propre et net son petit appartement, meublé avec le modernisme excessif de l'époque, et faisait elle-même toute sa lingerie. Mais même ainsi, à présent qu'elle ne posait plus, le temps lui semblait long, car elle aimait à s'occuper : aussi bientôt lui vint-il à l'idée qu'après avoir posé pour tant de peintres, rien ne s'opposait à ce qu'elle peignît à son tour. Elle acheta des toiles, des pinceaux et des couleurs et se mit aussitôt à l'ouvrage. Parfois, allant la chercher pour dîner dehors, j'arrivais de bonne heure et la trouvais en blouse, occupée à travailler avec acharnement : comme l'embryon dans le ventre maternel résume en raccourci l'évolution de l'espèce, Suzanne synthétisait la manière de tous ses amants. Elle faisait le paysage comme l'artiste paysagiste, les abstractions comme le cubiste et, s'aidant de cartes postales comme le Scandinave, les bateaux à voiles amarrés au port. Elle ne savait pas dessiner, mais son sens des couleurs était agréable ; et si ses tableaux n'étaient pas fameux, elle prenait à les peindre un plaisir extrême.

M. Achille l'encourageait dans cette voie. Il éprouvait une vive satisfaction à penser qu'il avait pour maîtresse une artiste. Cédant à ses instances, elle envoya une toile au Salon d'automne, et tous deux furent très fiers de l'y voir exposée. Il lui donna aussi quelques bons conseils.

— N'essaie pas de peindre comme un homme, ma chère, lui dit-il. Peins en femme. Ne vise pas à la puissance ; contente-toi de charmer. Et sois sincère. En affaires, la manière forte réussit parfois, mais dans l'art, l'honnêteté est, non seulement le principe le meilleur, mais le seul.

A l'époque dont je parle, leur liaison durait depuis cinq ans à leur satisfaction réciproque.

— Il ne m'excite évidemment pas, disait Suzanne, mais il est intelligent et bien assis. J'ai atteint l'âge où il me faut songer à ma situation.

Elle était intelligente et raisonnable, et M. Achille appréciait hautement son jugement. Elle prêtait une oreille complaisante quand il lui parlait de ses affaires commerciales ou familiales. Avec lui, elle se désola quand sa fille échoua à un examen, et se réjouit quand son fils se fiança à une jeune fille aisée. Lui-même avait épousé l'enfant unique d'un industriel dans la même branche que lui, et la fusion de deux maisons concurrentes avait été une source de bénéfices pour les deux parties. Il fut naturellement très satisfait que son fils eût été assez raisonnable pour comprendre que la communauté d'intérêts financiers était la base la plus saine d'un mariage heureux. Il confia à Suzanne son ambition de marier sa fille dans l'aristocratie.

— Et pourquoi pas, avec sa fortune ? répondit-elle.

M. Achille fit le nécessaire pour que Suzanne pût envoyer sa propre fille dans un couvent où elle recevrait une bonne éducation ; il lui promit en outre que lorsqu'elle en aurait l'âge, il paierait l'apprentissage devant lui permettre un jour de gagner sa vie comme sténodactylo.

— Ce sera une beauté quand elle sera grande, me dit Suzanne, mais malgré tout, cela ne lui fera pas de mal d'avoir de l'instruction et de savoir taper sur une machine à écrire. Elle est naturellement trop jeune pour qu'on puisse en juger, mais peut-être n'aura-t-elle pas de tempérament.

Suzanne avait de la délicatesse. Elle laissait à mon intelligence le soin de deviner sa pensée. Je la devinai parfaitement.

IX

Une semaine environ après être tombé de façon si inattendue sur Larry, j'avais dîné avec Suzanne et l'avais ensuite emmenée au cinéma. Après quoi, nous étions allés nous installer, elle et moi, au Select sur le boulevard Montparnasse, et prenions un bock quand, en passant, Larry entra.

Elle eut un sursaut d'étonnement et, à ma grande surprise, lui fit signe. Il s'approcha de notre table, l'embrassa et me serra la main. Visiblement elle pouvait à peine en croire ses yeux.

— Puis-je m'asseoir ? demanda-t-il. Je n'ai pas dîné et je voudrais manger quelque chose.

— Dieu ! que c'est bon de te voir, mon petit, dit-elle, les yeux brillants. D'où sors-tu, et pourquoi depuis tant d'années n'as-tu pas donné signe de vie ? Seigneur, que tu es maigre ! Je savais si peu de choses de toi, j'aurais tout aussi bien pu te croire mort.

Il cligna de l'œil et répondit :

— Eh bien ! tu vois, il n'en est rien. Comment va Odette ?

C'était le nom de la fille de Suzanne.

— Ah ! elle devient une grande fille. Et jolie ! Elle se souvient toujours de toi.

— Tu ne m'as jamais dit que tu connaissais Larry, lui dis-je.

— Pourquoi aurais-je dû te le dire ? Je n'ai jamais su que tu le connaissais toi-même. Nous sommes de vieux amis.

Larry se commanda des œufs au jambon. Suzanne lui parla longuement de sa fille, puis d'elle-même. Tandis qu'elle bavardait ainsi, il écoutait de sa manière souriante et charmante. Elle lui raconta qu'elle s'était rangée et faisait de la peinture. Elle se tourna vers moi.

— Je suis en progrès, ne trouves-tu pas ? Je n'ai pas la prétention d'être un génie, mais j'ai autant de talent que beaucoup de peintres de ma connaissance.

— Est-ce que tu vends des toiles ? demanda Larry.

— Je n'en ai pas besoin, répondit-elle d'un ton dégagé. J'ai des ressources personnelles.

— Veinarde.

— Non, pas veinarde : débrouillarde. Il faut que tu viennes voir mes tableaux.

Elle griffonna son adresse sur un morceau de papier et lui fit promettre de venir. Toute remontée, elle continua à bavarder comme une pie. Puis Larry réclama son addition.

— Tu ne vas pas déjà partir ? s'écria-t-elle.

— Si, fit-il en souriant.

Il paya et, avec un geste de la main, nous quitta. Je me mis à rire. Sa façon de passer avec vous un moment, puis, sans explication, de s'éclipser l'instant d'après, m'avait toujours amusé. C'était si soudain, presque comme s'il se volatilisait brusquement dans l'air.

— Pourquoi a-t-il voulu s'en aller si vite ? dit Suzanne vexée.

— Il a peut-être une femme qui l'attend, répliquai-je d'un ton moqueur.

— C'est une idée comme une autre. Elle sortit son poudrier de son sac et se passa la houppette sur le visage. Je plains la femme qui tombe amoureuse de lui. Oh ! là là !

— Pourquoi dis-tu cela ?

Elle me regarda pendant un moment avec un sérieux que je ne lui avais pas vu souvent.

— Moi-même, j'ai failli une fois m'amouracher de lui. Autant s'éprendre d'un reflet dans l'eau ou d'un rayon de soleil ou d'un nuage au ciel. Je l'ai échappé d'un cheveu. Encore maintenant, quand j'y pense, je tremble à l'idée du danger que j'ai couru.

Au diable la discrétion ! Il eût été contraire à la nature humaine de ne pas chercher à savoir ce qu'il y avait derrière tout cela. Mais Suzanne, et je m'en félicitai, n'avait rien d'une cachottière.

— Comment, bon Dieu ! l'as-tu connu ? demandai-je.

— Oh ! il y a bien des années de cela. Six ans, sept ans, j'ai oublié. Odette n'avait que cinq ans. Il connaissait Marcel au moment où je vivais avec lui. Il avait l'habitude de venir à l'atelier, et de s'y asseoir tandis que je posais. Parfois, il nous emmenait dîner. On ne savait jamais quand il allait venir. Quelquefois, il restait des semaines sans se montrer, puis on le voyait deux ou trois jours de suite. Marcel aimait l'avoir dans l'atelier ; il peignait mieux, disait-il, quand il était là. C'est alors que j'eus ma typhoïde. J'ai passé des moments très difficiles en sortant de l'hôpital. Elle haussa les épaules. Mais je t'ai déjà raconté tout ça. Eh bien ! un jour, en quête de travail j'avais fait le tour des ateliers, mais personne ne voulait de moi ; de toute la journée je n'avais pris qu'un verre de lait et un croissant, et je ne savais comment je ferais pour payer ma chambre quand, par hasard, je le rencontrai sur le boulevard de Clichy. Il s'arrêta et me demanda de mes nouvelles. Je lui racontai l'histoire de ma typhoïde et il me dit alors : « Tu as l'air comme si un vrai repas ne te ferait pas de mal. » Et dans sa voix et dans ses yeux, il y avait quelque chose qui me brisa ; je me mis à pleurer.

« Nous étions tout à côté de chez la Mère Mariette ; il me prit par le bras et m'installa à une table. J'avais si faim que j'étais prête à dévorer une vieille savate, mais quand vint l'omelette, je sentis qu'il me serait impossible de rien avaler. Il m'obligea à en prendre un peu et me fit boire un verre de bourgogne. Me sentant mieux alors, je mangeai quelques asperges. Je lui racontais tous mes ennuis. J'étais trop faible pour tenir la pose. Je n'avais que les os et la peau et ma mine était affreuse ; je ne pouvais espérer trouver un homme. Je lui demandai s'il voudrait bien me prêter de l'argent pour retourner à mon village. Là, au moins, j'avais ma petite fille. A son tour, il me demanda si j'y tenais vraiment et bien entendu, je lui avouai que non ; maman ne voulait pas de moi ; avec les prix actuels elle avait du mal à vivre de sa pension, et l'argent que j'avais envoyé pour Odette avait été dépensé entièrement ; mais si j'apparaissais à la porte, elle ne pourrait refuser de me laisser entrer en voyant combien j'avais l'air malade. Il me regarda un long moment, et allait, je le pensais, me répondre qu'il ne pouvait rien me prêter. Il dit alors :

« — Aimerais-tu que je vous emmène, toi et la gosse, dans un petit coin que je connais à la campagne ? Je voudrais prendre un peu de vacances.

« — Dans l'état où je suis ? dis-je. Je ne pouvais m'empêcher de rire. Mon pauvre ami, pour l'instant je ne suis bonne à rien pour un homme.

« Il me sourit. — As-tu jamais remarqué son merveilleux sourire ? Doux comme du miel.

« — Ne sois pas sotte, dit-il. Je ne pense pas à cela.

« Je sanglotais au point de pouvoir à peine parler. Il me donna de l'argent pour aller prendre la petite et nous partîmes ensemble pour la campagne. Oh ! l'endroit charmant où il nous conduisit !

Suzanne m'en fit la description. C'était à près d'une lieue d'une petite ville dont j'ai oublié le nom ; une fois arrivés là, ils prirent une voiture pour se rendre à l'auberge. C'était une maison délabrée au bord d'une rivière, avec une prairie qui s'étendait jusqu'à l'eau. Sur la pelouse, il y avait des platanes à l'ombre desquels ils prenaient leurs repas. Les artistes y venaient en été pour peindre, mais ce n'était pas encore la saison et l'auberge fut pour eux seuls. La chère était fameuse et le dimanche on y venait en auto de partout pour déjeuner à la bonne franquette ; en semaine, par contre, leur quiétude se trouvait rarement troublée. Avec le repos, la bonne table et un peu de vin, Suzanne reprit des forces. Elle était heureuse d'avoir son enfant avec elle.

— Il était charmant avec Odette, et elle l'adorait. Je devais empêcher la petite de devenir insupportable, mais lui, il se laissait embêter, et comment, sans en paraître contrarié. J'étais obligée de rire ; ils étaient comme deux gosses ensemble.

— A quoi passiez-vous votre temps ? demandai-je.

— Oh ! on avait toujours quelque chose à faire. Nous prenions souvent une barque pour aller à la pêche ; parfois nous obtenions que le patron nous prête sa Citroën et nous allions alors faire un tour à la ville. Larry l'aimait beaucoup : les vieilles maisons et la place. Tout y était si paisible qu'on y entendait uniquement le bruit des pas sur le pavé. Il y avait un Hôtel de ville Louis XIV et une vieille église et, à l'entrée de la ville, le château avec son parc dessiné par Le Nôtre. Quand on était assis au café sur la place, on avait l'impression d'être revenu trois cents ans en arrière, et la Citroën qui attendait au coin de la rue semblait être d'un autre monde.

Ce fut en rentrant de l'une de ces promenades que Larry lui conta l'histoire du jeune aviateur que j'ai rapportée au début de ce livre.

— Je me demande pourquoi il te l'a confiée ? dis-je.

— Je n'en ai pas idée. Pendant la guerre, il y avait eu dans la ville un hôpital ; et au cimetière on voyait des rangées et des rangées de petites croix. Le jour où nous y allâmes, nous n'y restâmes pas longtemps, j'en avais la chair de poule — tous ces pauvres garçons couchés là ! Larry fut très silencieux au retour. Il ne mangeait jamais beaucoup, mais à dîner il ne toucha à presque rien. Je m'en souviens si bien ; la nuit était magnifique, tout étoilée, et nous nous assîmes au bord de la rivière ; comme c'était beau, la silhouette des peupliers se détachant sur l'obscurité !

Larry fumait sa pipe ; et soudain, à propos de bottes, il me raconta l'histoire de son ami et comment celui-ci était mort pour le sauver. Suzanne avala une gorgée de bière. C'est un être étrange. Je ne le comprendrai jamais. Il avait coutume de me faire la lecture : parfois dans la journée, pendant que je cousais des affaires pour la petite, et le soir, après que je l'avais mise au lit.

— Qu'est-ce qu'il lisait ?

— Oh ! des tas de choses : des lettres de Mme de Sévigné et des passages de Saint-Simon. Pense un peu, moi qui n'avais jamais rien lu sauf le journal et de temps à autre un roman, parce que, dans les ateliers, en entendant les copains discuter, je ne voulais pas être prise pour une idiote ! Jamais je n'aurais cru que la lecture pût être si intéressante. Ces vieux auteurs, ils n'étaient pas aussi raseurs qu'on le croirait.

— Qui le croirait donc ? fis-je avec un rire un peu narquois.

— Puis il me fit lire avec lui : *Phèdre* et *Bérénice*. Il prenait les rôles des hommes et moi ceux des femmes. Tu ne peux t'imaginer comme c'était amusant, ajouta-t-elle naïvement. Il me regardait si drôlement quand il m'arrivait de pleurer aux passages pathétiques. C'était uniquement, il est vrai, parce que je n'avais pas encore repris toutes mes forces. Et tu sais, les livres, je les ai toujours. Encore maintenant, il m'est impossible de relire certaines des lettres de Mme de Sévigné dont il me donnait lecture, sans entendre sa voix délicieuse et sans voir la rivière coulant si paisiblement et les peupliers sur la rive d'en face, et parfois je ne peux pas continuer ; ça me donne une telle douleur au cœur ! A présent, je le sais, ce furent les semaines les plus heureuses de ma vie. Cet homme, c'est un ange de bonté.

Suzanne se sentait devenir sentimentale et craignait — à tort — que je ne me moquasse d'elle. Elle haussa les épaules et sourit.

— Tu sais, je me suis toujours promis que, lorsque j'atteindrai l'âge canonique et qu'aucun homme ne voudra plus de moi, je ferai la paix avec l'Eglise et demanderai pardon de mes péchés. Mais ceux que j'ai commis avec Larry, rien au monde ne me décidera à m'en repentir. Jamais, jamais, jamais.

— Mais d'après ce que tu m'as décrit, je ne vois rien que tu puisses avoir à te faire pardonner.

— Je ne t'en ai pas encore raconté la moitié. Vois-tu, je suis forte de nature ; et d'être ainsi à l'air toute la journée, de bien manger, de bien dormir, sans un souci au monde, au bout de trois ou quatre semaines de ce régime, je fus aussi solide que je l'avais jamais été et j'étais de nouveau en forme. Mes joues avaient retrouvé leurs couleurs et mes cheveux leur éclat. Je me sentais vingt ans. Chaque matin, Larry se baignait dans la rivière, et j'allais le regarder. Il avait un corps superbe ; pas celui d'un athlète comme mon Scandinave, mais d'une vigueur et d'une grâce infinies.

« Pendant tout le temps où j'avais été si faible, il avait été très patient ; mais maintenant, j'étais tout à fait rétablie et je ne voyais aucune raison de le faire attendre plus longtemps. Par une ou deux allusions, je lui laissai entendre que j'étais prête à tout, mais il ne sembla pas comprendre. Evidemment, vous êtes bizarres, vous autres Anglo-Saxons ; vous êtes à la fois des brutes et des sentimentaux. Ce n'est pas la peine de le nier : comme amants, vous ne valez rien. Je me dis en moi-même : « C'est peut-être par délicatesse ; il a tant fait pour moi, il m'a permis d'avoir l'enfant ici, il se peut qu'il n'ait pas le courage de me demander à son tour ce à quoi il a droit. » Donc un soir, en montant nous coucher, je lui dis : « Veux-tu que j'aille dans ta chambre pour cette nuit ? »

— Tu y es allée un peu trop de but en blanc, ne trouves-tu pas ?

— Voyons, je ne pouvais tout de même pas lui demander de venir chez moi, puisque Odette y couchait, répliqua-t-elle ingénument. Pendant un moment il me regarda avec cette expression de bonté qui lui est propre, puis il sourit :

« — As-tu envie de venir ? dit-il.

« — Qu'est-ce que tu crois — avec le beau corps que tu as ?

« — Entendu, alors, viens.

« Je montai me déshabiller, puis à travers le couloir, je me glissai jusqu'à sa chambre. Il était au lit, lisant et fumant sa pipe. Il déposa sa pipe et son livre, et se poussa pour me faire de la place.

Suzanne demeura silencieuse un moment, et il me répugnait de lui poser des questions. Mais après un temps elle poursuivit.

— C'était un amant singulier. Très gentil, affectueux et même tendre, viril sans être passionné, si tu comprends ce que je veux dire, et pas vicieux pour un sou. Il faisait l'amour comme un collégien au sang chaud. C'était assez drôle et assez touchant. Quand je le quittai, j'eus le sentiment que de nous deux, c'était moi qui devais être reconnaissante. Comme je fermais la porte, je le vis reprendre son livre et se remettre à lire à l'endroit où il en était resté.

Je me mis à rire.

— Je suis contente que cela t'amuse, dit-elle quelque peu vexée. Mais elle ne manquait pas d'humour. Elle eut un rire étouffé. Je m'aperçus rapidement que si j'attendais une invitation, je pourrais toujours courir ; aussi, quand je m'y sentais disposée, j'allais tout simplement dans sa chambre et me glissais dans son lit. Il était toujours très gentil. En somme, il avait des instincts humains normaux, mais il était comme un homme si préoccupé qu'il en oublie de manger, mais qui cependant, si vous lui mettez sous le nez un bon repas, l'avale avec appétit. Quand un homme est amoureux de moi je le sens, et j'aurais été une buse de croire que Larry m'aimait ; mais je pensais qu'il s'habituerait à moi. Dans la vie, il faut être pratique, et je me dis que si, une fois de retour à Paris, il me prenait pour vivre avec lui, cela ferait tout à fait mon affaire. Je savais qu'il me permettrait de garder l'enfant et cette perspective me plaisait. Mon instinct me disait que je serais folle de m'éprendre de lui ; tu sais, les femmes n'ont vraiment pas de chance : trop souvent, quand elles deviennent amoureuses, elles cessent d'être désirables, et j'étais bien décidée à être sur mes gardes.

Suzanne aspira la fumée de sa cigarette et la souffla par les narines. Il se faisait tard et de nombreuses tables à présent étaient vides, mais il restait encore un groupe de consommateurs sur les tabourets autour du bar.

— Un matin, après le petit déjeuner, j'étais assise sur la rive, en train de coudre et Odette s'amusait avec un jeu de cubes que Larry lui avait acheté, quand il s'approcha de moi.

« — Je viens te dire au revoir, dit-il.

« — Tu t'en vas ? fis-je surprise.

« — Oui.

« — Pas pour de bon ? fis-je.

« — Tu vas tout à fait bien maintenant. Voilà assez d'argent pour te permettre de passer la fin de l'été et pour te dépanner en rentrant à Paris.

« Je demeurai interloquée un bon moment, je ne savais plus que dire. Il restait là debout devant moi, souriant de cette façon candide qui est la sienne.

« — Ai-je fait quelque chose qui t'a déplu ? lui demandai-je.

« — Absolument pas. Surtout n'en crois rien. J'ai du travail à faire. Nous avons passé ici des jours délicieux. Odette, viens dire au revoir à ton oncle.

« Elle était trop jeune pour comprendre. Il la prit dans ses bras et l'embrassa ; et puis il m'embrassa à mon tour et remonta vers l'hôtel. Un instant après, j'entendis la voiture s'éloigner. Je regardai les billets de banque que j'avais dans la main. Douze mille francs. Tout avait été si rapide que je n'avais pas eu le temps de réagir. « Zut, alors, me dis-je. Il est au moins une chose dont je puis me féliciter : je ne me suis pas laissée aller à m'amouracher de lui. » Mais je ne comprenais goutte à tout cela.

Je fus obligé de rire.

— Tu sais, à un moment donné, je me suis fait une bonne petite réputation d'humoriste en appliquant le procédé tout simple de dire la vérité. Presque tout le monde en fut tellement surpris qu'on me trouvait amusante.

— Je ne vois pas le rapport.

— Si. Larry est, je pense, le seul être parfaitement désintéressé que j'aie jamais rencontré. C'est pourquoi ses actes paraissent singuliers. Nous ne sommes pas habitués à voir les gens faire des choses pour l'amour d'un Dieu en qui ils ne croient même pas.

Suzanne me regarda.

— Mon pauvre ami, tu as trop bu !

CHAPITRE V

I

Je travaillais à Paris sans trop d'entrain. Que le printemps y était agréable avec les marronniers des Champs-Elysées en fleur, et la lumière si gaie de la rue ! Il y avait du plaisir dans l'air, un plaisir léger et éphémère, sensuel sans grossièreté, qui rendait la démarche plus souple et l'esprit plus alerte. Je passais des jours heureux en compagnie de mes divers amis ; le cœur empli des souvenirs charmants du passé, je retrouvais, moralement tout au moins, un peu de l'ardeur de la jeunesse. Il me semblait folie de gâcher en travaillant le charme de cette heure passagère que peut-être je ne revivrais plus jamais aussi intensément.

Isabel, Gray, Larry et moi-même fîmes des excursions aux endroits intéressants et assez rapprochés : Chantilly et Versailles, Saint-Germain et Fontainebleau. Partout où nous allions, nous trouvions toujours un bon et copieux déjeuner. Gray mangeait abondamment pour satisfaire aux exigences de son énorme carcasse et, parfois même, il buvait un peu trop. Etait-ce l'effet du traitement de Larry ou tout simplement l'action normale du temps ? Sa santé s'était incontestablement améliorée. Il était débarrassé de ses atroces migraines et ses yeux avaient perdu l'expression égarée et si lamentable que je leur avais vue, pour la première fois, lors de mon arrivée à Paris. Il ne parlait guère, si ce n'était pour raconter par moments une histoire interminable, mais il riait aux éclats des bêtises que nous disions, Isabel et moi. Il s'amusait. Il n'était jamais très drôle mais toujours de bonne humeur, et si facile à contenter qu'on ne pouvait se défendre de l'aimer. C'était le genre d'homme avec lequel on aurait hésité à passer une soirée de solitude, mais avec qui on pouvait désirer vivre six mois.

Son amour pour Isabel faisait plaisir à voir. Il admirait sa beauté et la trouvait la créature la plus brillante, la plus fascinante du monde ; et sa dévotion à Larry, une dévotion de bon chien, était touchante. Celui-ci semblait s'amuser aussi ; j'avais idée qu'il considérait cette période comme un répit qu'il se donnait à lui-même dans les projets qui l'obsédaient, et qu'il en tirait placidement le plus d'agrément possible. Il n'était guère plus loquace que Gray, mais cela importait peu : sa présence seule suffisait à combler le silence ; il était si simple, si gentiment enjoué qu'on ne lui en demandait pas plus qu'il ne donnait, et je savais fort bien que si nous passions tous des journées si heureuses, c'est parce qu'il était là. Bien qu'il ne dît jamais rien de particulièrement brillant ou spirituel, sans lui nous nous serions morfondus.

Ce fut au retour de l'une de ces petites promenades que je fus témoin d'une scène qui me fit quelque peu frémir. Nous avions été à Chartres et rentrions à Paris. Gray était au volant, Larry à ses côtés ; Isabel et moi dans le fond de la voiture. Nous étions fatigués d'une longue journée. Larry était assis, le bras étendu sur le dossier du siège avant. La manchette de sa chemise tirée en arrière laissait voir son poignet mince et puissant et son avant-bras bruni recouvert d'un léger duvet que le soleil dorait. Quelque chose dans l'immobilité d'Isabel attira mon attention, et je l'observai. Elle était tellement figée qu'on eût pu la croire en état d'hypnose. Sa respiration était rapide. Ses yeux ne quittaient pas le poignet nerveux aux petits poils dorés et cette main longue, délicate, mais puissante ; jamais je n'ai lu sur un visage humain autant de concupiscence affamée. C'était comme un masque de luxure. Jamais je n'aurais cru que ses traits ravissants pussent revêtir une telle expression de sensualité déchaînée. C'était plus bestial qu'humain. Son visage avait perdu toute beauté, l'expression qu'il avait prise le rendait hideux et effrayant. Il évoquait terriblement l'image d'une chienne en chaleur, et je me sentais mal à l'aise. Elle avait oublié ma présence et n'avait plus conscience que de cette main allongée si négligemment sur le dossier et qui la remplissait d'un désir frénétique. Puis ce fut comme si un spasme crispait ses traits : elle frissonna et, fermant les yeux, retomba dans le coin de la voiture.

— Donnez-moi une cigarette, dit-elle d'une voix que je reconnus à peine tant elle était rauque.

J'en sortis une de mon étui et la lui allumai. Elle la fuma avec avidité. Tout le restant de la route, elle regarda par la portière sans plus mot dire.

En arrivant chez eux, Gray demanda à Larry de me reconduire à mon hôtel et de ramener ensuite la voiture au garage. Larry se mit au volant et je m'assis à côté de lui. Comme ils traversaient le trottoir, Isabel prit Gray par le bras et, se serrant contre lui, lui jeta un regard que je ne pus voir, mais dont il m'était néanmoins aisé de deviner le sens. Je supposai que cette nuit-là, Gray aurait une compagne de lit passionnée, mais qu'il ne saurait jamais à quels remords de conscience il serait redevable de cette ardeur.

Juin touchait à sa fin et il me fallait retourner sur la Riviera. Des amis d'Elliott qui partaient pour l'Amérique avaient prêté aux Maturin leur villa de Dinard, et ceux-ci avaient l'intention de s'y rendre avec leurs enfants dès la fin des classes. Larry restait à Paris pour travailler ; mais, s'étant acheté une Citroën d'occasion, il leur avait promis d'aller en août passer quelques jours avec eux. Pour ma dernière soirée dans la capitale, je leur demandai à tous trois de venir dîner avec moi.

Ce fut cette nuit-là que nous rencontrâmes Sophie MacDonald.

II

Isabel avait très envie de faire un tour dans les quartiers crapuleux et comme je les connaissais un peu, elle me demanda de leur servir de guide. L'idée ne m'en souriait guère car, à Paris, dans les endroits de ce genre, les gens sont toujours capables de manifester sans équivoque et de façon peu plaisante l'antipathie qu'ils éprouvent pour des touristes d'un monde différent, venus là en curieux. Mais Isabel insista. Je l'avertis que ce ne serait nullement amusant et la priai de s'habiller simplement. Nous dînâmes tard, allâmes passer une heure aux Folies-Bergère, puis nous nous mîmes en route. Je les conduisis d'abord près de

Notre-Dame, dans un caveau fréquenté par des apaches et leurs « marmites ». Le patron, que je connaissais, nous fit de la place à une longue table à laquelle étaient assis déjà quelques individus à mine patibulaire ; je commandai du vin pour tout le monde et nous bûmes à la santé les uns des autres. Il faisait chaud ; le local était sale et enfumé. Puis, j'emmenai mes amis au *Sphynx*, où les femmes, nues sous leurs robes du soir voyantes et de mauvais goût, la gorge, le bout des seins et tout le reste exposés à l'air, sont assises sur deux banquettes se faisant face et, dès que le jazz commence à jouer, se mettent à danser entre elles avec un air de profond ennui, guettant de l'œil les hommes attablés autour de la piste. Nous fîmes venir une bouteille de champagne qui nous fut servi tiède. En passant devant nous, certaines des femmes jetaient à Isabel, un regard qui en disait long, et je me demandais si elle comprenait.

Puis nous nous rendîmes rue de Lappe. C'est un passage étroit et sale où, dès l'abord, on éprouve une impression de luxure sordide. Nous entrâmes dans un café. Il y avait là un pianiste, l'habituel jeune homme pâle et agité, avec un compagnon vieux et fatigué, grattant un violon, et un autre tirant d'un saxophone des bruits discordants. La salle était comble et pas une seule table ne paraissait être inoccupée ; mais le patron, flairant des clients au gousset bien garni, renvoya sans autre forme de procès un couple qu'il fit asseoir à une table déjà en partie occupée et nous installa à leur place. Les deux personnes délogées manifestaient leur mécontentement par des réflexions loin d'être flatteuses. De nombreux couples dansaient : des marins au béret à pompon rouge ; des hommes, pour la plupart en casquette avec des foulards noués autour du cou ; des femmes mûres et de très jeunes filles fardées jusqu'au bout des cils, tête nue, jupe courte et blouse de couleur. Des hommes dansaient avec des garçons potelés aux yeux maquillés ; des femmes décharnées aux traits durs dansaient avec d'autres femmes grasses aux cheveux teints ; des hommes dansaient avec des femmes. L'air était chargé d'un relent de fumée, d'alcool, et de corps en sueur. La musique jouait sans arrêt, et cette populace repoussante continuait à tourner autour de la salle, la face luisante de transpiration avec un air de gravité solennelle qui avait quelque chose de répugnant. Certains des hommes étaient grands et d'aspect brutal, mais la plupart étaient chétifs et mal nourris. J'observai les trois musiciens de l'orchestre. On eût dit des automates tant leur jeu était mécanique, et je me demandai si autrefois, à leurs débuts, ils avaient pu espérer devenir un jour des artistes que l'on viendrait de loin entendre et applaudir. Même pour mal jouer du violon, il faut prendre des leçons et s'exercer ; ce grinceur s'était-il donné toute cette peine pour finir par débiter des fox-trots jusqu'au petit jour au milieu de cette racaille malodorante ? La musique s'arrêta et le pianiste se passa sur le visage un mouchoir sale. Pesamment, ou en vacillant, ou en se dandinant, les danseurs rejoignirent leur table. Tout à coup nous entendîmes une voix à l'intonation américaine.

— Grands dieux !

D'une des tables de l'autre côté de la salle, une femme s'était levée. L'homme qui se trouvait avec elle fit un geste pour la retenir, mais elle le repoussa et traversa la piste en titubant. Elle était complètement ivre. Elle s'approcha de notre table et resta debout devant nous, chancelant un peu et grimaçant d'un air stupide. Elle paraissait extrêmement amusée de nous voir. Je jetai un coup d'œil sur mes compagnons. Isabel la fixait d'un air vague, Gray avait un froncement maussade des sourcils et Larry l'examinait comme s'il n'en pouvait croire ses yeux.

— Hello ! dit-elle.

— Sophie ! fit Isabel.

— Qui diable voulais-tu que ce soit ? gloussa-t-elle. Elle attrapa au passage le garçon : Vincent, cherche-moi une chaise.

— Cherches-en une toi-même, dit-il en se dégageant.

— Salaud ! cria-t-elle en lui crachant dessus.

— T'en fais pas, Sophie, dit un grand type gras, à la grosse tête couverte de cheveux pommadés et qui était assis près de nous en manches de chemise. Voilà une chaise.

— C'est drôle de vous rencontrer tous comme ça, fit-elle, toujours titubante. Hello Larry. Hello Gray. Elle se laissa tomber sur le siège que l'homme qui avait parlé avait placé derrière elle. On va tous prendre un verre. Patron ! hurla-t-elle. J'avais remarqué que le tenancier ne nous quittait pas du regard. Il s'avança.

— Tu connais ces gens-là, Sophie ? demanda-t-il, la tutoyant avec familiarité.

— Ta gueule ! fit-elle dans un rire d'ivrogne. Ce sont mes amis d'enfance. Je leur paie une bouteille de champagne. Et pas du pipi de cheval, hein ! Apporte-nous quelque chose qu'on puisse avaler sans vomir.

— Tu es soûle, ma pauvre Sophie, dit-il simplement.

— Fous-moi la paix.

Il s'éloigna, assez content de vendre une bouteille de champagne — par mesure de prudence, nous avions d'abord pris des fines à l'eau — et Sophie, l'air hébété, me regarda fixement un moment.

— Qui est votre ami, Isabel ?

Isabel me nomma.

— Ah ! oui, je me rappelle, vous êtes venu une fois à Chicago. Un rien crâneur, hein ?

— Peut-être, fis-je en souriant.

Je n'avais d'elle aucune souvenance, mais il n'y avait là rien de surprenant, n'étant pas retourné à Chicago depuis dix ans et ayant rencontré à cette époque des tas de gens et beaucoup d'autres depuis.

Elle était grande et, quand elle était debout, sa minceur l'allongeait encore. Elle portait une blouse de soie d'un vert criard, d'ailleurs fripée et tachée, et une courte jupe noire. Ses cheveux, coupés court négligemment bouclés et en désordre, étaient d'un henné violent. Fardée outrageusement, elle avait les joues rougies jusqu'aux yeux, les paupières du haut et du bas recouvertes d'une épaisse couche de bleu. Ses cils et ses sourcils étaient alourdis de Rimmel's et sa bouche peinte d'un rouge écarlate. Ses mains aux ongles laqués étaient sales. Plus qu'aucune autre des femmes présentes, elle avait l'air d'une roulure et elle me parut non seulement ivre, mais droguée. On ne pouvait cependant s'empêcher de lui trouver un certain charme vicieux et attirant. Elle avait un port de tête hautain et son maquillage accentuait encore le vert lumineux de ses yeux. Saturée de boisson comme elle l'était, elle avait une effronterie impudente qui, je pouvais l'imaginer aisément, devait éveiller les instincts les plus bas des hommes.

Elle nous enveloppa tous d'un sourire sardonique.

— Je ne peux pas dire que vous ayez l'air extrêmement contents de me voir, dit-elle.

— J'ai su que tu étais à Paris, dit Isabel en manière d'excuse, un pâle sourire sur les lèvres.

— Tu aurais pu me téléphoner. Je suis dans l'annuaire.

— Nous ne sommes pas ici depuis très longtemps.

Gray vint à la rescousse.

— Est-ce que tu passes ici des moments agréables, Sophie ?

— Epatants. Dis donc, Gray, tu as bu un bouillon, paraît-il ?

Il rougit violemment.

— Oui.

— C'est dur, hein ! Je suppose qu'à présent, il doit faire plutôt moche à Chicago. Heureusement pour moi, j'en suis partie à temps. Pour l'amour du ciel, pourquoi cette espèce de salaud ne nous apporte-t-il pas à boire ?

— Le voilà qui vient, dis-je en voyant le garçon, portant des verres et une bouteille sur un plateau, se frayer un chemin à travers les tables.

Mon observation attira sur moi son attention.

— Ma bien chère belle-famille m'a chassée de Chicago à coups de pied dans le derrière. Ça la fichait mal, paraît-il, pour leur sacré nom de Dieu de réputation. Elle ricana d'un air féroce. A présent je fais le miché.

Le champagne fut apporté et versé. D'une main tremblante elle porta la coupe à ses lèvres.

— Au diable tous ces crâneurs ! fit-elle. Elle vida son verre et, lançant un coup d'œil à Larry : tu n'as pas l'air d'avoir grand-chose à raconter, Larry.

Il la regardait, le visage impassible. Ses yeux ne l'avaient pas quittée depuis qu'elle était apparue. Il sourit gentiment.

— Je ne suis pas un type très bavard.

La musique reprit et un homme s'approcha de nous : un assez grand gaillard, bien bâti, au nez aquilin, à la chevelure noire et gominée et aux épaisses lèvres sensuelles. On eût dit un Savonarole diabolique. Comme la plupart des hommes présents, il ne portait pas de faux col, et son veston, étroitement boutonné, lui soulignait la taille.

— Allons, Sophie, viens, on va danser.

— Fous le camp. Je suis occupée. Tu ne vois pas que je suis avec des amis ?

— J'm'en fous, d'tes amis. Tu vas danser.

Il saisit son bras, mais elle le repoussa d'un geste brusque.

— Fous-moi la paix, espèce de con ! cria-t-elle avec une violence soudaine.

— Merde.

— Mange.

Gray ne comprenait pas ce qu'ils disaient, mais je vis qu'Isabel, avec ce sens étrange de l'obscénité dont paraissent douées les femmes même les plus vertueuses, saisit parfaitement ; et son visage se figea dans une crispation de dégoût. L'homme leva le bras, la main ouverte, une main calleuse d'ouvrier et, se disposait à gifler Sophie quand Gray se souleva à demi de sa chaise.

— Allaiz-vous ong, hurla-t-il avec son exécrable accent.

L'homme, s'arrêtant, jeta à Gray un regard furieux.

— Fais attention, Coco, fit Sophie avec un rire amer. Il est capable de t'allonger raide.

D'un regard, l'homme jaugea Gray, sa taille énorme, son poids et sa force. Il haussa les épaules d'un air revêche et, nous jetant à la face un mot ordurier, il s'esquiva. Sophie éclata d'un rire de femme soûle. Nous restâmes tous silencieux. Je remplis de nouveau son verre.

— Tu habites Paris, Larry ? demanda-t-elle, après avoir bu.

— Oui, pour l'instant.

Il est toujours difficile de faire la conversation avec un ivrogne et, à n'en pas douter, on se trouve nettement en état d'infériorité, à moins d'être ivre également. Pendant quelques minutes encore, nous continuâmes à échanger avec gêne des propos quelconques ; puis Sophie repoussa sa chaise.

— Si je ne retourne pas auprès de mon ami, il va devenir enragé comme un beau diable. C'est une sombre brute, mais bon Dieu ! quel étalon ! Elle se leva en chancelant. A bientôt, la compagnie. Revenez. Je suis ici tous les soirs.

Elle se faufila à travers les danseurs, et nous la perdîmes de vue dans la foule. Le mépris glacial que reflétait le pur visage d'Isabel me fit presque rire. Nul d'entre nous ne dit mot.

— C'est une boîte infecte, dit brusquement Isabel. Allons-nous-en.

Je réglai nos consommations et le champagne de Sophie, et nous partîmes. La foule se trouvait sur la piste, et notre sortie ne souleva aucune remarque. Il était deux heures passées et, à mon avis, grand temps d'aller se coucher ; mais Gray ayant dit qu'il avait faim, je proposai d'aller prendre quelque chose chez Graff à Montmartre. Durant le trajet en auto, nous restâmes silencieux. Je m'étais mis à côté de Gray pour lui indiquer le chemin. Nous arrivâmes à la brasserie aux lumières criardes. Des gens étaient encore attablés à la terrasse. Nous entrâmes et commandâmes des œufs au jambon et de la bière. Isabel, en apparence tout au moins, avait retrouvé son calme. Avec une légère pointe d'ironie, elle me félicita de connaître si bien les quartiers les plus mal famés de Paris.

— Vous l'avez voulu ! dis-je. Moi, je me suis parfaitement amusé ; j'ai passé une soirée magnifique.

— Infâme, fit Gray. C'était écœurant. Et cette Sophie !

Isabel haussa les épaules d'un air indifférent.

— Ne vous souvenez-vous pas d'elle ? me demanda-t-elle. Elle était assise à côté de vous la première fois que vous êtes venu dîner chez nous. Elle n'avait pas alors cette horrible chevelure rousse. Sa teinte naturelle est d'un blond sale.

Je fis un effort de mémoire. J'avais le vague souvenir d'une très jeune fille aux yeux d'un bleu tirant sur le vert et dont le port de tête était séduisant. Pas jolie, mais fraîche et ingénue, avec un mélange de timidité et d'impertinence que j'avais trouvé amusant.

— Mais oui, je me souviens. Son nom m'avait plu. J'avais une tante qui s'appelait Sophie.

— Elle avait épousé un jeune homme, Bob Macdonald.

— Un chic type, interrompit Gray.

— C'était un des plus jolis garçons que j'aie connus. Je n'ai jamais compris ce qui en elle avait pu le séduire. Elle s'est mariée très peu de temps après moi. Ses parents étaient divorcés et sa mère remariée à un fonctionnaire de la Standard Oil en Chine. Elle vivait à Marvin dans la famille de son père et nous la voyions beaucoup alors ; mais après son mariage, elle nous a tous plus ou moins semés. Bob Macdonald était avocat et, comme il ne gagnait pas beaucoup d'argent, le jeune ménage occupait dans un quartier assez vulgaire un appartement sans ascenseur. Mais là n'était pas la raison. Ils ne voulaient voir personne. Je n'ai jamais connu deux êtres aussi fous l'un de l'autre. Même après deux ou trois ans de mariage, et ayant un enfant, quand ils allaient au cinéma, ils se tenaient tendrement enlacés tout comme des amoureux. On en faisait des gorges chaudes à Chicago.

Larry écoutait ce que racontait Isabel, mais s'abstenait de tout commentaire. Son visage était indéchiffrable.

— Qu'arriva-t-il alors ? demandai-je.

— Un soir, ils revenaient à Chicago dans leur petite voiture découverte, avec l'enfant. N'ayant pas de domestique, ils étaient toujours obligés de l'emmener avec eux : Sophie faisait tout elle-même, et d'ailleurs elle adorait le bébé. Tout à coup, une grande limousine occupée par des gens ivres et qui roulait à cent vingt à l'heure vint s'écraser sur eux, tête en avant. Bob et le petit furent tués sur le coup, mais Sophie s'en tira avec des contusions et une ou deux côtes cassées. On lui cacha aussi longtemps que possible que Bob et l'enfant étaient morts, mais à la fin, il fallait le lui dire. Ce fut affreux, paraît-il. Elle devint presque folle. Elle hurla à renverser les murs. Nuit et jour, on dut la surveiller, et une fois même elle réussit presque à sauter par la fenêtre. Nous avons naturellement fait pour elle tout ce que nous pouvions, mais elle semblait nous haïr. A sa sortie de l'hôpital, on la mit dans un sanatorium où elle resta pendant des mois.

— Pauvre petite !

— Une fois sortie de là, elle commença à boire ; et quand elle était ivre elle se donnait à quiconque voulait d'elle. Ce fut terrible pour sa belle-famille. Ce sont des gens très bien, très tranquilles et qui ont horreur du scandale. Au début, nous avons tous essayé de l'aider, mais il n'y avait rien à faire. Si on l'invitait à dîner, elle arrivait tout éméchée déjà et elle était très capable de s'endormir avant la fin de la soirée. Puis elle fréquenta un milieu corrompu, et nous fûmes obligés de la laisser tomber. Elle fut arrêtée une fois pour avoir, en état d'ébriété, conduit une voiture. Elle était accompagnée d'un métèque qu'elle avait ramassé dans un bar louche et qui se trouvait être recherché par la police.

— Mais avait-elle de la fortune ?

— Il y avait l'assurance de Bob et, comme les propriétaires de la voiture qui les avait écrabouillés étaient également assurés, elle toucha encore une certaine indemnité. Mais cela ne fit pas long feu. Elle dépensa le tout comme un matelot en bordée et, en deux ans, elle n'eut plus le sou. Sa grand-mère ne voulait plus d'elle à Marvin. Sa belle-famille lui promit alors une pension à la condition qu'elle parte pour l'étranger. Je suppose que c'est de cette rente qu'elle vit actuellement.

— La roue tourne, observai-je. Il fut un temps où, quand dans une famille de mon pays, il y avait une brebis galeuse on l'envoyait en Amérique ; maintenant on l'envoie, semble-t-il, de chez vous en Europe.

— Je ne puis m'empêcher de la plaindre, dit Gray.

— Vraiment ? fit sèchement Isabel. Moi, je m'en dispense. C'est entendu, le coup fut dur pour elle, et personne n'a pu plus que moi avoir pitié de Sophie. Mais un être normal se remet d'un malheur pareil. Si elle s'est laissé démolir, c'est qu'en elle il y avait une fissure pourrie. Elle était déséquilibrée de nature ; même son amour pour Bob était exagéré. Si elle avait eu du caractère, elle eût été capable de tirer quand même quelque chose de la vie.

— Avec des si et des mais... N'êtes-vous pas très dure, Isabel ? murmurai-je.

— Je ne crois pas. J'ai du bon sens et ne vois aucune raison de m'attendrir sur Sophie. Personne, Dieu le sait, ne saurait être plus dévouée que moi à Gray et aux petites et, s'ils devaient être tués dans un accident d'auto, je perdrais la raison, mais tôt ou tard, je me ressaisirais. Gray, n'est-ce pas là ce que tu souhaiterais, ou préférerais-tu que je m'enivre tous les soirs et que j'aille coucher avec tous les apaches de Paris ?

Cela amena Gray à faire la remarque la plus humoristique que je lui aie jamais entendue.

— Je préférerais, il va de soi, que tu te jettes sur mon bûcher funéraire vêtue d'une nouvelle robe de Molyneux, mais comme c'est passé de mode, ce que tu aurais de mieux à faire, je pense, serait de te mettre au bridge. Et je voudrais te rappeler de ne pas te lancer dans un sans-atout de fantaisie avec moins de trois et demi à quatre points.

Ce n'était pas le moment pour moi de faire remarquer à Isabel que son amour — assez sincère pourtant — pour son mari et ses enfants n'allait guère jusqu'à la passion. Peut-être saisit-elle la pensée qui me traversait l'esprit, car elle s'adressa à moi d'un ton quelque peu vif.

— Qu'avez-vous à dire ?

— Je suis comme Gray. J'ai de la pitié pour cette petite.

— Ce n'est pas une petite ; elle a trente ans.

— J'imagine que, pour elle, ce fut la fin du monde quand son mari et son bébé furent tués. Peu lui importait, je présume, ce qu'il adviendrait d'elle ; et si elle s'est jetée dans l'horrible dégradation de la boisson et de la débauche, c'est sans doute pour se venger de la vie qui l'avait traitée avec tant de cruauté. Elle s'était crue au paradis et, lorsqu'elle en fut chassée, ne pouvant s'adapter à l'existence normale des êtres terrestres, dans son désespoir elle se précipita tête baissée dans l'enfer. J'imagine que, se voyant privée du nectar des dieux, elle crut pouvoir désormais savourer tout aussi bien du gin de trente-sixième ordre.

— Oui, c'est le genre d'histoires que vous racontez dans vos romans. Ce sont des blagues, et vous savez que ce sont des blagues. Si Sophie se vautre dans le ruisseau, c'est parce qu'elle aime ça. Il est arrivé à d'autres femmes de perdre leur mari et leurs enfants. Non, ce n'est pas cela qui l'a conduite au mal. Le mal ne sort jamais du bien. Le mal a toujours été en elle. Cet accident d'auto, en brisant les entraves qui la retenaient, a donné libre cours à ses instincts naturels. Ne gâchez pas votre pitié pour elle ; elle est à présent ce que, dans le fond, elle a toujours été.

Tout ce temps Larry était demeuré silencieux. Il paraissait absorbé dans de sombres réflexions et entendait à peine, je pense, ce que nous disions. Un court silence avait suivi les paroles d'Isabel. Il se mit alors à parler, mais d'une voix singulière, sans timbre, comme s'il ne s'adressait pas à nous, mais à lui-même ; son regard semblait perdu dans la profondeur du passé.

— Je me la rappelle quand elle avait quatorze ans, avec ses longs cheveux rejetés en arrière qui dégageaient son front, et que retenait un nœud noir ; je revois son visage sérieux, criblé de taches de rousseur. C'était une enfant modeste, d'esprit élevé, idéaliste. Elle lisait tout ce qui lui tombait sous la main et nous discutions livres.

— Quand ? demanda Isabel avec un léger froncement des sourcils.

— Oh ! quand tu sortais avec ta mère pour des mondanités. Je montais chez sa grand-mère, nous nous asseyions sous un orme magnifique et nous nous faisions l'un à l'autre la lecture. Elle adorait la poésie et faisait elle-même des vers.

— Comme beaucoup de jeunes filles de cet âge. Ce qu'elles pondent est d'ailleurs assez piètre.

— Il y a évidemment très longtemps de cela et je n'étais pas, je pense, très bon juge.

— Tu ne devais pas avoir plus de seize ans.

— C'est vrai ; il y avait beaucoup de réminiscences des poètes qu'on lisait alors. Mais malgré tout, pour une si jeune fille, cela ne me paraissait pas dépourvu d'intérêt. Elle avait l'oreille délicate et le sens du rythme. Elle savait percevoir les bruits et les parfums de la campagne, les premiers effluves du printemps et l'odeur de la terre désaltérée par la pluie.

— Je n'ai jamais su qu'elle écrivait des poèmes, dit Isabel.

— Elle en faisait secret, elle craignait que vous tous ne riiez d'elle. Elle était timide.

— Elle ne l'est plus maintenant.

— Quand je revins de la guerre, c'était déjà une grande jeune fille. Elle avait lu quantité de choses sur la condition de la classe ouvrière et en avait observé un peu par elle-même à Chicago. Elle avait découvert les poètes prolétariens et écrivait des vers libres incendiaires sur la misère des pauvres et l'exploitation des travailleurs. C'étaient, je crois, des lieux communs, mais il y avait là de la sincérité, de la pitié et de l'élan. A cette époque, elle voulait devenir assistante sociale. Cette soif de sacrifice avait quelque chose de touchant. Cette petite était, je crois, pleine de promesses ; ni sotte ni insipide, elle donnait l'impression d'une adorable pureté et d'une singulière élévation d'âme. Nous nous vîmes beaucoup l'un l'autre cette année-là.

Isabel, je m'en rendais compte, écoutait avec une exaspération de plus en plus visible. Larry, sans s'en douter, lui enfonçait un poignard dans le cœur et chacune de ses paroles lui retournait l'arme dans la plaie. Mais quand elle se remit à parler, ce fut avec un sourire emprunté.

— Comment en était-elle venue à te prendre pour confident ?

Larry la regarda de ses yeux candides.

— Je ne sais pas. Parmi vous tous qui aviez beaucoup d'argent, elle était pauvre ; quant à moi, je ne faisais pas davantage partie du même milieu : je ne me trouvais là que parce qu'oncle Bob exerçait sa profession à Marvin. C'est cela, je présume, qui donnait à Sophie le sentiment d'avoir quelque chose de commun avec moi.

Larry n'avait aucune famille. Nous avons presque tous au moins des cousins que nous connaissons peut-être à peine, mais qui nous donnent tout de même le sentiment de faire partie de la famille humaine. Le père de Larry avait été fils unique, sa mère fille unique ; son grand-père d'un côté, le Quaker, s'était encore tout jeune perdu en mer et celui de l'autre branche n'avait ni frère ni sœur. Nul ne pouvait être plus seul au monde que Larry.

— Ne t'est-il jamais venu à l'esprit que Sophie était amoureuse de toi ? demanda Isabel.

— Jamais, fit-il en souriant.

— Eh bien ! elle l'était.

— Quand il est revenu de la guerre en héros blessé, la moitié des jeunes filles de Chicago ont eu le coup de foudre pour Larry, dit Gray avec son exagération coutumière.

— C'était plus qu'un coup de foudre. Elle t'idolâtrait, mon pauvre Larry. Oses-tu vraiment prétendre que tu n'en savais rien ?

— Je ne le savais certainement pas, et d'ailleurs je ne le crois pas.

— Tu pensais, sans doute, qu'elle était au-dessus de ces contingences.

— Je revois encore cette petite fille maigrichonne avec son nœud dans les cheveux et son visage sérieux, récitant un poème avec des larmes dans la voix. Je me demande où elle est maintenant.

Isabel, tressaillant légèrement, lui lança un coup d'œil interrogateur et soupçonneux.

— Il se fait terriblement tard et je n'en peux plus, tant je me sens fatiguée. Partons.

III

Le soir suivant, je pris le Train Bleu pour la Riviera et, deux ou trois jours plus tard, je me rendis à Antibes pour voir Elliott et lui apporter des nouvelles de Paris. Il était loin d'avoir bonne mine. La cure de Montecatini n'avait pas donné le résultat qu'il en attendait, et ses déplacements ultérieurs l'avaient exténué. Ayant trouvé à Venise des fonts baptismaux, il était allé ensuite à Florence afin d'acheter le triptyque pour lequel il était en pourparlers. Impatient de voir ces objets mis en place, il était descendu vers les marais Pontins où la chaleur avait été pénible à supporter et où il n'avait pu se loger que dans une misérable auberge. Ses précieux achats mirent longtemps à arriver ; mais, décidé à ne pas repartir avant d'avoir exécuté tout son programme, il demeura. Quand enfin tout fut terminé, il fut ravi du résultat ; avec fierté il me montra la photo qu'il avait prise lui-même. L'église, bien que petite, avait de l'allure, et la richesse discrète de l'intérieur témoignait le bon goût du donateur.

— J'ai vu à Rome un sarcophage du début de l'ère chrétienne, qui m'a enthousiasmé et j'ai longtemps songé à l'acheter ; mais en définitive, je me suis ravisé.

— Au nom du ciel, que vouliez-vous faire d'un sarcophage primitif chrétien, Elliott ?

— Me mettre dedans, mon cher ami. La sculpture en était fort belle et je pensais qu'il ferait heureusement pendant à la vasque baptismale de l'autre côté de l'entrée ; mais les chrétiens de cette époque étaient de petits types trapus et il n'était pas à ma taille. Je ne voulais tout de même pas rester couché là-dedans jusqu'au Jugement dernier, les genoux repliés sous le menton comme un fœtus. Tout à fait inconfortable !

Je ris, mais Elliott était sérieux.

— J'ai eu une meilleure idée. J'ai pris mes dispositions, non sans quelque difficulté, comme il était d'ailleurs à prévoir, pour être enterré devant l'autel, au pied du Sanctuaire, de façon que les pauvres paysans des marais Pontins qui viendront communier piétinent mes ossements de leurs lourds sabots. Assez chic, ne trouvez-vous pas ? Rien qu'une simple plaque de marbre gravée de mon nom avec deux dates. *Si monumentum quaeris, circumspice.* Vous connaissez la phrase : « Si tu cherches son monument, regarde autour de toi. »

— Elliott, je connais assez le latin pour comprendre une citation courante, fis-je sèchement.

— Je vous demande pardon, mon cher. Je suis tellement habitué à l'ignorance crasse des classes supérieures ; j'ai oublié pour un instant que je m'adresse à un homme de lettres.

Il marquait le coup.

— Mais voici ce que je voulais vous dire, continua-t-il. J'ai laissé dans mon testament des instructions précises et je voudrais que vous veilliez à ce qu'on les suive. *Je ne veux pas* être enterré sur la Côte d'Azur au milieu d'un tas de colonels retraités et de bourgeois français.

— Je ferai évidemment ce que vous désirez, Elliott, mais je ne pense pas que la question se pose avant de longues années.

— Je ne rajeunis pas, voyez-vous, et, à vous dire la vérité, je ne serais pas fâché de m'en aller. Quels sont donc ces vers de Landor ? *Je me suis chauffé les deux mains...*

Bien que j'aie mauvaise mémoire des textes, le poème étant très court, je sus le lui réciter :

Je n'ai rivalisé avec personne, car personne n'était digne de mon effort.
J'adorais la Nature, et tout de suite après la Nature, l'Art :
Je me suis chauffé les deux mains à la flamme de la Vie ;
La flamme baisse et je suis prêt au départ (1).

(1) I strove with none. for none was worth my strife.
Nature I loved. next to nature. Art
I warmed both hands before the fire of Life ;
It sinks, and I am ready to depart.

— C'est cela, dit-il.

Je ne puis m'empêcher de penser qu'il fallait à Elliott un violent effort d'imagination pour s'appliquer la stance à lui-même.

— Ces vers expriment exactement mes sentiments, dit-il cependant. Tout ce que je puis ajouter, c'est que j'ai toujours évolué dans la meilleure société d'Europe.

— Constatation qu'il serait difficile de condenser en un quatrain.

— La société est morte. Il fut un temps où j'espérais que l'Amérique prendrait la place de l'Europe et créerait une aristocratie que le *vulgum pecus* respecterait, mais la crise a mis fin à ce rêve. Mon pauvre pays est devenu irrémédiablement bourgeois. Vous ne le croiriez pas, mon cher ami, mais, lors de mon dernier voyage en Amérique, un chauffeur de taxi m'a interpellé en ces termes : « Hé ! le frère. » « *Brother !* »

Cependant bien que la Côte, encore sous le coup du krach de 1929, ne fût plus ce qu'elle avait été, Elliott continuait à donner des réceptions et à se rendre à des invitations. Jamais il n'avait fréquenté de Juifs, faisant exception uniquement pour les Rothschild ; mais à présent les plus belles réunions avaient lieu chez les membres de la race élue, et Elliott ne pouvait supporter l'idée de ne pas être présent à toutes les fêtes. Il papillonnait dans ces réunions, serrant gracieusement la main de l'un, baisant celle de l'autre, non sans une sorte de détachement distant, comme une personnalité royale exilée qui se sent légèrement embarrassée de se trouver en telle compagnie. C'était cependant l'époque où les rois déchus connaissaient les meilleurs jours de leur vie et semblaient n'avoir de plus haute ambition que de rencontrer des stars de cinéma. Elliott n'avait d'ailleurs jamais approuvé la coutume moderne de rechercher la fréquentation des gens de théâtre ; une actrice à la retraite s'était fait construire tout près de chez lui une résidence somptueuse où elle tenait table ouverte. Des ministres, des ducs, de grandes dames séjournaient chez elle pendant des semaines. Elliott devint son hôte assidu.

— Un milieu certainement très mélangé, me dit-il, mais on n'est pas obligé de parler à n'importe qui. C'est une de mes compatriotes, et j'ai le sentiment de devoir l'aider de mes conseils. Et puis, ce doit être un soulagement pour ses invités de trouver quelqu'un qui parle leur propre langue.

Il était parfois visiblement en si mauvaise santé que je lui demandai pourquoi il ne se simplifiait pas la vie.

— A mon âge, mon cher, on n'a pas le droit de s'éclipser. Vous ne pensez pas que j'aie évolué durant près de cinquante ans dans les sphères les plus élevées sans apprendre que si on ne se montre pas partout, on est vite oublié.

Je me demandais s'il comprenait ce que cet aveu avait de lamentable. Je n'avais plus le cœur à me moquer d'Elliott. Il m'apparaissait comme un cas profondément tragique. Le monde était la raison de sa vie ; une réception, l'air qu'il respirait ; ne pas être prié à l'une d'elles, un affront ; être seul, une mortification ; et vieux maintenant, il se sentait désespérément effrayé.

L'été s'écoula ainsi. Elliott le passa à courir d'un bout à l'autre de la Côte, déjeunant à Cannes, dînant à Monte-Carlo et dépensant toute son ingéniosité à combiner un thé par-ci avec un cocktail par-là ; et, si épuisé se sentît-il, il s'efforçait d'être affable, causeur et amusant. Intarissable de potins, il connaissait — on pouvait en être sûr — avant quiconque — à part les intéressés directs — tous les détails du dernier scandale. Si vous lui aviez laissé entendre que son existence était futile, il vous eût regardé avec un étonnement sincère. Il vous eût pris alors pour un indécrottable roturier.

IV

L'automne vint et Elliott décida d'aller passer quelque temps à Paris, en partie pour voir Isabel, Gray et les enfants, et aussi pour faire ce qu'il appelait acte de présence dans la capitale. Il comptait ensuite se rendre à Londres pour se commander de nouveaux vêtements et profiter de cette occasion pour visiter quelques vieux amis. Je projetais moi-même de partir tout droit pour Londres, mais il me demanda de l'accompagner en auto jusqu'à Paris ; le parcours étant agréable, j'acceptai et ne voyais pas pourquoi, dans ces conditions, je ne m'y arrêterais pas aussi moi-même quelques jours. Nous fîmes le voyage par petites étapes, nous arrêtant aux endroits où la cuisine était bonne ; Elliott se plaignait de quelques troubles du côté des reins et ne buvait que de l'eau, mais il insistait toujours pour me choisir ma demi-bouteille de vin ; trop bon pour me tenir rancune d'un plaisir qu'il ne pouvait partager, il était sincèrement enchanté de me voir savourer une bonne cuvée. Sa largesse était telle que j'avais toutes les peines du monde à le convaincre de me laisser payer ma part des frais. Quoiqu'un peu las du récit constamment répété de ses illustres fréquentations d'autrefois, je pris plaisir au voyage. Légèrement touchée par la splendeur de l'automne à son début, une grande partie du pays que nous traversions était tout à fait ravissante. Ayant déjeuné à Fontainebleau, nous n'arrivâmes à Paris que dans l'après-midi. Elliott me déposa à mon hôtel modeste et vieillot et se rendit en face, au Ritz.

Nous avions averti Isabel de notre arrivée, aussi ne fus-je pas surpris de trouver un mot d'elle qui m'attendait ; mais ce qu'elle écrivait m'étonna.

Venez tout de suite. Quelque chose de terrible est arrivé. N'amenez pas Oncle Elliott. Pour l'amour de Dieu, venez le plus tôt possible.

Comme tout le monde, je suis assez curieux ; mais il me fallait me rafraîchir et changer de chemise ; je pris ensuite un taxi, et me rendis aussitôt à l'appartement de la rue Saint-Guillaume. Je fus introduit dans le salon. Isabel bondit.

— Qu'avez-vous fait pendant tout ce temps-là ? J'attends depuis des heures.

Il était cinq heures, et avant que j'aie pu répondre, le maître d'hôtel apporta le thé. Isabel, les mains crispées, l'observait avec impatience. Je ne pouvais deviner ce qu'il y avait.

— Je viens seulement d'arriver. Nous nous sommes attardés à Fontainebleau pour déjeuner.

— Dieu qu'il est lent ! C'est à devenir fou, dit Isabel.

Le domestique posait sur la table le plateau avec la théière, et le sucrier, et les tasses, et disposait autour, avec une minutie vraiment exaspérante, les assiettes de pain, de beurre, les gâteaux et les petits fours. Il sortit enfin et ferma la porte derrière lui.

— Larry va épouser Sophie Macdonald.

— Qui est-ce ?

— Ne soyez pas stupide, s'écria Isabel, les yeux brillants de colère. Cette espèce de roulure ivrogne que nous avons rencontrée dans cette boîte immonde où vous nous avez emmenés. Dieu sait pourquoi vous nous avez conduits dans un endroit pareil. Gray était dégoûté.

— Ah ! vous voulez dire votre amie de Chicago ? dis-je, voulant ignorer son injuste reproche. Comment le savez-vous ?

— Comment le saurais-je ? Larry est venu hier après-midi et me l'a annoncé lui-même. Je suis folle furieuse depuis.

— Ne pourriez-vous d'abord vous asseoir, me donner une tasse de thé et puis me raconter tout cela tranquillement ?

— Servez-vous.

Elle s'assit derrière la table à thé, me surveillant avec irritation tandis que je remplissais moi-même ma tasse. Je m'installai confortablement sur un canapé bas près du foyer.

— Nous ne l'avons pas vu aussi souvent que d'habitude ces temps derniers, c'est-à-dire depuis notre retour de Dinard ; il est venu passer quelques jours là-bas, mais il n'a pas voulu descendre chez nous ; il s'est installé à l'hôtel. Il allait à la plage et jouait avec les enfants qui l'adorent. Ensemble, nous jouions au golf à Saint-Briac. Un jour, Gray lui demanda s'il avait revu Sophie.

« — Oui, je l'ai revue plusieurs fois, dit-il.

« — Pourquoi ? lui ai-je demandé.

« — C'est une vieille amie, me répondit-il.

« — Si j'étais toi, je ne perdrais pas mon temps avec elle, dis-je.

« Il sourit alors. Vous savez comment il sourit : c'est comme s'il trouvait drôle ce que vous avez dit, même si ce n'est pas drôle du tout.

« — Mais tu n'es pas moi, fit-il.

« Je haussai les épaules et changeai de conversation. Je n'y ai plus jamais repensé. Aussi pouvez-vous imaginer mon effarement quand il vint ici m'annoncer qu'ils allaient se marier !

« — Tu ne peux pas faire cela, Larry, lui ai-je dit. Tu ne peux pas !

« — Si, fit-il avec autant de calme que s'il disait qu'il allait se servir une seconde fois de pommes de terre. Et je voudrais même, Isabel, que tu sois très gentille avec elle.

« — C'est trop demander, lui dis-je. Tu es fou. Elle ne vaut rien, rien, rien.

— Qu'est-ce qui vous fait penser cela ? fis-je en l'interrompant.

Isabel me regardait, les yeux pleins de flammes.

— Elle est noire du matin au soir. Elle couche avec tous les voyous qui veulent bien d'elle.

— Ça ne veut pas dire qu'elle ne vaille rien. De nombreux citoyens hautement respectés s'enivrent et ont le goût de la canaille. Ce sont de mauvaises habitudes, comme de se ronger les ongles, mais je ne sache pas qu'ils soient pires pour cela. Je dis qu'une personne ne vaut rien quand elle ment, trompe ou veut du mal.

— Si vous prenez son parti, je vous tue !

— Comment Larry l'a-t-il retrouvée ?

— Il avait découvert son adresse dans l'annuaire du téléphone. Il alla la voir. Elle était malade ; rien d'étonnant avec la vie qu'elle mène. Il fit venir un médecin et quelqu'un pour prendre soin d'elle. Voilà comment ça a commencé. Il prétend qu'elle a renoncé à boire ; ce sacré fou la croit guérie.

— Avez-vous oublié ce que Larry a fait pour Gray ? Il l'a guéri, n'est-ce pas ?

— C'est différent. Gray voulait être guéri. Elle, non !

— Qu'en savez-vous ?

— Parce que je connais les femmes. Quand une femme s'est laissée aller comme elle s'est laissée aller, c'est fini ; elle ne peut jamais se ressaisir. Si Sophie est ce qu'elle est, c'est parce que telle est sa nature. Croyez-vous qu'elle restera fidèle à Larry ? Jamais de la vie. Tôt ou tard elle retombera. Elle a cela dans le sang. Il lui faut une brute, c'est ce qui l'excite, et c'est après une brute qu'elle courra. Elle fera mener à Larry une vie d'enfer.

— Cela me paraît en effet très probable ; mais je ne vois pas comment vous pourriez l'empêcher. Larry entre là-dedans en toute connaissance de cause.

— Moi, je n'y peux rien ; mais vous, vous pouvez.

— Moi ?

— Parfaitement. Larry vous aime bien et vous écoute. Vous êtes le seul être qui ait de l'influence sur lui. Vous connaissez la vie. Allez le trouver et dites-lui qu'il n'a pas le droit d'agir ainsi comme un fou furieux. Il va gâcher toute son existence, dites-le-lui.

— A quoi il se contentera de me répondre que cela ne me regarde pas, et il aura parfaitement raison.

— Mais vous avez de l'affection pour lui, tout au moins vous vous intéressez à lui ! Vous ne pouvez pas rester assis à l'écart et le laisser gâcher irrémédiablement sa vie !

— Gray est son ami le plus ancien et le plus intime. Je le croirais volontiers plus qualifié que n'importe qui pour parler à Larry ; à mon avis ce sera d'ailleurs peine perdue.

— Oh ! Gray, fit-elle impatientée.

— Peut-être voyez-vous, tout ne tournera-t-il pas si mal que vous le croyez. J'ai connu deux ou trois types, l'un en Espagne, et deux en Orient, qui se sont mariés avec des grues : elles sont devenues de très bonnes épouses. Elles étaient reconnaissantes à leurs maris de la sécurité qu'ils leur avaient donnée et, comme il va de soi, elles savaient ce qui plaît à un homme.

— Vous m'énervez. Pensez-vous que je me sois sacrifiée pour laisser Larry tomber entre les mains d'une nymphomane déchaînée ?

— Quoi ! *vous,* vous êtes-vous sacrifiée ?

— J'ai renoncé à Larry pour la seule et unique raison que je ne voulais pas être une entrave pour lui.

— Allons, Isabel, avouez-le. Vous avez renoncé à lui pour un diamant taillé en émeraude et pour un manteau de zibeline.

A peine ces mots étaient-ils tombés de mes lèvres qu'une assiettée de pain et de beurre me fut lancée à la tête. J'eus la chance d'attraper l'assiette à la volée, mais le pain et le beurre s'écrasèrent sur le parquet. Je me levai et remis l'assiette sur la table.

— Votre oncle Elliott ne vous aurait pas su gré d'avoir cassé l'un de ses plats en Crown Derby. Ils ont été fabriqués pour le troisième duc de Dorset et sont presque sans prix.

— Ramassez le pain et le beurre, fit-elle me rudoyant.

— Ramassez-les vous-même, dis-je en me rasseyant sur le canapé.

Elle se leva en rage et recueillit les morceaux éparpillés.

— Et vous vous prétendez un gentleman anglais ? s'exclama-t-elle férocement.

— Non, c'est une chose dont je ne me suis jamais vanté de toute ma vie.

— Allez au diable ! Je ne veux plus jamais vous revoir. Vous me faites horreur.

— J'en suis navré, car vous contempler a toujours été un régal pour moi. Vous a-t-on déjà dit que votre nez est exactement semblable à celui de la *Psyché* du Musée de Naples, la plus ravissante reproduction de la beauté virginale qui ait jamais existé ? Vous avez des jambes exquises, longues et bien dessinées, et je m'en étonne toujours, car lorsque vous étiez jeune fille, elles étaient épaisses et lourdes. Je n'ai jamais pu comprendre comment vous vous y étiez prise.

— Une volonté de fer et la grâce de Dieu, répondit-elle avec humeur.

— Mais, ce que vous avez de plus fascinant, ce sont vos mains. Elles sont si minces, si élégantes.

— J'avais l'impression que vous les trouviez trop grandes.

— Pas pour votre taille et votre carrure. Je ne cesse d'admirer avec quelle grâce infinie vous vous en servez. Soit naturellement, soit par calcul, jamais vous ne faites un geste sans lui donner de la beauté. Elles sont parfois comme des fleurs, parfois comme des oiseaux en plein vol. Elles sont plus expressives qu'aucune de vos paroles. Elles ressemblent aux mains des portraits du Greco ; vraiment, quand je les regarde, je suis tenté d'ajouter foi à l'histoire, bien invraisemblable cependant, d'Elliott sur votre soi-disant ancêtre, le Grand d'Espagne.

Elle me regarda de travers.

— Qu'est-ce que vous racontez là ? C'est la première fois que j'en entends parler.

Je lui rapportai ce que je savais du comte de Lauria et de la dame d'honneur de la reine Mary, de qui Elliott se disait le descendant par lignée maternelle. Pendant ce temps, Isabel contemplait avec complaisance ses doigts allongés et ses ongles bien soignés et laqués.

— Il faut bien descendre de quelqu'un, fit-elle. Puis avec un petit rire, me jetant un regard empreint de malice dans lequel ne subsistait aucune trace de rancune, elle ajouta : espèce de salopard !

Tant il est aisé de faire entendre raison à une femme en lui disant seulement la vérité !

— Il y a des moments où je ne vous déteste pas tout à fait, dit Isabel.

Elle vint s'asseoir auprès de moi sur le divan et, passant son bras sous le mien, elle se pencha pour m'embrasser. Je me reculai.

— Je ne veux pas avoir la figure barbouillée de rouge à lèvres, dis-je. Si vous voulez m'embrasser, embrassez-moi sur la bouche : une Providence bienveillante l'a créée à cet effet.

Elle rit doucement et, prenant ma tête dans sa main, elle la tourna vers elle ; ses lèvres imprimèrent sur les miennes une fine traînée de peinture. La sensation fut loin d'être désagréable.

— Maintenant que c'est fait, peut-être me direz-vous ce que vous attendez de moi.

— Un conseil.

— Je suis tout disposé à vous le donner, mais je ne pense pas un seul instant que vous acceptiez de le suivre. Vous ne pouvez faire qu'une chose : contre mauvaise fortune, bon cœur.

S'emballant de nouveau, elle retira vivement son bras et brusquement, elle alla s'affaler dans un fauteuil de l'autre côté de la cheminée.

— Je ne vais certainement pas rester les bras croisés et laisser Larry gâcher sa vie. Rien ne me retiendra de l'empêcher d'épouser cette traînée.

— Vous n'y parviendrez pas. Voyez-vous, il est emporté par l'une des émotions les plus violentes qui puissent étreindre le cœur humain.

— Vous n'allez tout de même pas prétendre qu'il soit amoureux d'elle ?

— Non, car en compensation ce serait insignifiant.

— Alors ?

— Avez-vous jamais lu le Nouveau Testament ?

— Sans doute.

— Vous souvenez-vous comment Jésus, ayant été entraîné dans le désert, jeûna pendant quarante jours ? Puis, lorsqu'il fut à l'extrême limite de la faim, le diable vint à lui et lui dit : « Si tu es le Fils de Dieu, ordonne que toutes ces pierres se transforment en pain. » Mais Jésus résista à la tentation. Puis le diable le plaça au faîte d'un temple et lui dit : « Si tu es le Fils de Dieu, saute dans le vide. » Car les anges qui devaient veiller sur lui l'auraient soutenu. Mais de nouveau Jésus résista. Puis, le diable le conduisit sur une haute montagne et, lui montrant les royaumes de la terre, lui dit qu'il lui en ferait don s'il consentait à se prosterner à ses pieds et à l'adorer. Mais Jésus dit : « Arrière Satan ! » C'est là que s'arrête l'histoire selon le bon et simple Matthieu. Mais ce n'était pas fini. Le diable tenace revint une fois de plus auprès de Jésus et lui dit : « Si tu es disposé à accepter la honte et le déshonneur, la flagellation, une couronne d'épines et la mort sur la croix, tu sauveras le genre humain, car il n'est de plus grand amour que celui d'un homme qui sacrifie sa vie pour ses amis. » Jésus succomba. Le diable alors se tint les côtes de rire jusqu'à en souffrir, parce qu'il savait tout le mal que les hommes commettraient au nom de leur rédempteur.

Isabel me regarda avec indignation.

— Où donc, grands dieux, êtes-vous allé chercher cela ?

— Nulle part. Je viens de l'inventer sur-le-champ.

— Je trouve que c'est une idiotie et un blasphème.

— Tout ce que je voulais vous faire comprendre, c'est que le sacrifice de soi-même est une passion si dévorante qu'en comparaison, même la luxure et la faim ne sont que vétilles. Celui qui en est possédé est entraîné comme dans un tourbillon jusqu'à se détruire lui-même dans la plus haute affirmation de sa personnalité. Peu importe l'objet du sacrifice, qu'il en vaille la peine ou non. Aucun vin n'est plus grisant, aucun amour plus dévastateur, aucun vice plus impérieux. Quand un homme se sacrifie lui-même, il dépasse en grandeur la Divinité, car comment Dieu, infini et tout-puissant, pourrait-il faire le sacrifice de Lui-même ? Tout au plus peut-il sacrifier son Fils Unique.

— Oh ! ciel, ce que vous pouvez m'assommer ! dit Isabel.

Je ne fis pas attention.

— Comment pouvez-vous croire que le bon sens ou la prudence puissent avoir la moindre influence sur Larry alors qu'il est la proie d'une telle passion ? Vous ne savez pas ce qu'il poursuit depuis tant d'années, je ne le sais pas davantage, je le soupçonne seulement. Toutes ces années de travail, toute cette expérience acquise, ne peuvent rien à présent contre son désir — Oh ! c'est plus qu'un désir — son besoin urgent, exigeant, de sauver l'âme d'une femme débauchée qu'il a connue enfant innocente. Vous avez raison ; comme vous, je pense qu'il s'attelle à une tâche sans issue ; dans sa sensibilité aiguë, il souffrira des tortures de damné ; l'œuvre de sa vie, quelle qu'elle soit, demeurera inachevée. L'ignoble Pâris a tué Achille d'une flèche dans le talon. Il manque précisément à Larry ce je ne sais quoi d'inexorable sans quoi le saint lui-même ne peut gagner son auréole.

— Je l'aime, dit Isabel. Dieu m'est témoin, je ne veux rien de lui ; je n'attends rien de lui. On ne saurait aimer moins égoïstement que je ne l'aime. Il va être tellement malheureux !

Elle se mit à pleurer et, pensant que cela lui ferait du bien, je la laissai s'abandonner à ses larmes, tandis que je poursuivais l'idée qui avait si soudainement surgi dans mon esprit : je m'en amusais. Je ne pouvais m'empêcher d'imaginer qu'en contemplant les guerres cruelles provoquées par le christianisme, les persécutions, les tortures infligées aux chrétiens par d'autres chrétiens, la malveillance, l'hypocrisie, l'intolérance, le diable devait considérer le bilan avec satisfaction. Et en se souvenant d'avoir imposé à l'humanité la charge pénible du sens du péché, ce sens qui a obscurci la beauté de la nuit étoilée et projeté une ombre sinistre sur les plaisirs passagers que pouvait offrir la vie terrestre, il devait ricaner en murmurant : « Payez au diable son dû. »

Après quelques instants, Isabel sortit de son sac un mouchoir et une glace et, se regardant, s'essuya soigneusement le coin des yeux.

— Vous avez diablement pitié, n'est-ce pas ? fit-elle d'un ton cassant.

Je la regardai pensivement, mais ne répondis pas. Elle se poudra le visage et se rougit les lèvres.

— Vous venez de dire que vous aviez idée de ce qu'il a poursuivi au cours de toutes ces années. Qu'entendez-vous par là ?

— Voyez-vous, ce ne sont que des hypothèses ; je puis me tromper complètement. Je pense qu'il était à la recherche d'une philosophie, ou peut-être d'une religion et d'une règle de vie pouvant satisfaire à la fois sa raison et son cœur.

Isabel réfléchit un moment. Elle soupira.

— Ne vous semble-t-il pas très étrange qu'un garçon de la campagne, venant de Marvin, Illinois, ait des préoccupations de ce genre ?

— Pas plus étrange que lorsqu'un Luther Burbank, né dans une ferme du Massachusetts, est arrivé à produire des oranges sans pépins ou qu'un Henry Ford, né dans une ferme du Michigan, a inventé la *Tin Lizzie.*

— Mais ce sont là des choses utiles. C'est dans la tradition américaine.

Je ris.

— Peut-il y avoir au monde quelque chose de plus utile que d'apprendre à vivre le mieux possible ?

Isabel eut un geste de lassitude.

— Que voulez-vous que je fasse ?

— Vous ne voulez pas perdre complètement Larry, n'est-ce pas ?

Elle secoua la tête.

— Vous savez combien il est loyal : si vous ne voulez rien savoir de sa femme, il ne voudra rien savoir de vous. Si vous avez tant soit peu de bon sens, vous vous lierez d'amitié avec Sophie. Vous oublierez le passé et serez aussi gentille avec elle que vous savez l'être quand vous le voulez. Elle va se marier, et s'achètera, je suppose, quelques affaires. Pourquoi ne lui offririez-vous pas de l'accompagner dans ses courses ? Elle accepterait avec empressement, j'en suis sûr.

Isabel m'écoutait, les yeux à demi clos. Elle semblait peser mes paroles. Elle médita un moment, mais je ne pouvais deviner ce qui se passait dans son esprit. Puis elle m'étonna :

— Voulez-vous l'inviter à déjeuner ? Pour moi, ce serait plutôt pénible après ce que j'ai dit hier à Larry.

— Si je l'invite, vous tiendrez-vous bien ?

— Comme un ange du ciel, répondit-elle en me faisant son plus engageant sourire.

— Je vais tout de suite prendre rendez-vous.

Il y avait un appareil dans la pièce. Je trouvai bientôt le numéro de Sophie et, après l'attente habituelle à laquelle on apprend à se résigner quand on se sert du téléphone en France, je l'obtins au bout du fil. Je me nommai.

— Je viens d'arriver à Paris, dis-je, et j'apprends que vous allez vous marier, vous et Larry. Je tiens à vous féliciter. J'espère que vous serez très heureux. — J'étouffai un cri ; Isabel, debout à côté de moi, me pinçait cruellement le gras du bras. — Je ne suis ici que pour très peu de temps et je voudrais vous demander à tous deux de venir déjeuner avec moi demain au Ritz. J'inviterai également Gray et Isabel, et Elliott Templeton.

— Un instant, je vais demander à Larry ; il est justement ici. Il y eut un silence. Oui, nous viendrons avec plaisir.

Je fixai l'heure, pris poliment congé et raccrochai le récepteur. Je surpris dans les yeux d'Isabel une expression qui me causa quelque appréhension.

— Qu'êtes-vous en train de mijoter ? lui demandai-je. Votre figure ne me dit rien qui vaille.

— J'en suis désolée ; je croyais pourtant que c'était la seule chose qui vous plaisait en moi.

— Ne nourrissez-vous pas quelque abominable dessein, Isabel ?

Elle ouvrit de grands yeux.

— Non, je vous le promets. D'ailleurs, je dois l'avouer, je suis terriblement curieuse de voir de quoi Sophie a l'air à présent que Larry l'a convertie. Tout ce que je souhaite, c'est qu'elle n'arrive pas au Ritz avec une couche de peinture sur le visage.

V

Mon déjeuner ne se passa pas trop mal. Gray et Isabel arrivèrent les premiers ; Larry et Sophie Macdonald, cinq minutes plus tard. Isabel et Sophie s'embrassèrent avec effusion, et Isabel et Gray la félicitèrent de ses fiançailles. Je surpris le coup d'œil d'Isabel jaugeant Sophie. J'en fus choqué. Lorsque j'avais vu cette dernière dans ce bouge de la rue de Lappe, outrageusement fardée, avec les cheveux passés au henné et cette toilette d'un vert criard, elle avait même dans son extravagance et son ébriété, quelque chose de provocant et même de bassement attirant ; mais maintenant, elle paraissait négligée et beaucoup plus vieille qu'Isabel, quoique ayant certainement un an ou deux de moins qu'elle. Elle avait toujours son fier port de tête, mais à présent, avec je ne sais quoi de tragique. Elle laissait revenir ses cheveux à leur couleur naturelle et ils avaient l'apparence peu soignée de toute chevelure teinte qui repousse. A l'exception d'un trait de rouge sur les lèvres, elle n'avait aucun maquillage. Sa peau d'une pâleur malsaine manquait de finesse. Je me rappelais le vert étincelant de ses yeux d'autrefois, aujourd'hui ternes et éteints. Elle portait une robe rouge visiblement toute neuve, avec un chapeau, des souliers et un sac assortis ; je ne prétends pas entendre quoi que ce soit à la toilette féminine, mais la sienne me parut trop recherchée et trop apprêtée pour la circonstance. A son corsage était épinglé un de ces faux bijoux voyants que l'on vend rue de Rivoli. A côté d'Isabel vêtue de soie noire, avec son rang de perles de culture autour du cou, et son très élégant chapeau, elle faisait vulgaire et mal fagotée.

Je commandai des cocktails ; ni Larry ni Sophie n'en voulurent. Puis Elliott survint. Il n'avançait que lentement à travers le vaste hall, s'attardant à serrer ou à baiser les mains d'une personne après l'autre de ses connaissances. Il se comportait comme si le Ritz était son domicile privé et comme s'il témoignait à ses hôtes sa satisfaction de ce qu'ils aient pu se rendre à son invitation. De Sophie, on ne lui avait rien dit, sinon qu'elle avait perdu son mari et son enfant dans un accident d'auto et qu'elle allait épouser Larry. Quand enfin il parvint jusqu'à nous, il les félicita tous deux avec cette amabilité affectée où il était passé maître. Nous nous rendîmes à la salle à manger et comme nous étions quatre hommes et deux femmes, je plaçai à la table ronde Isabel et Sophie en vis-à-vis, Sophie entre Gray et moi-même ; la table, suffisamment petite, permettait une conversation générale. J'avais commandé le déjeuner à l'avance et le sommelier s'approcha avec la carte des vins.

— Vous n'y connaissez rien en vins, mon cher ami, dit Elliott. Donnez-moi la carte, Albert. — Il tourna les pages l'une après l'autre. — Moi, je ne prends que du Vichy, mais je ne peux souffrir de voir les gens boire un vin qui n'est pas parfait.

Il connaissait Albert, le sommelier, de longue date et, après une discussion animée, ils décidèrent du vin que je devais offrir à mes convives. Puis il se tourna vers Sophie.

— Et où irez-vous pour votre voyage de noces, ma chère ?

Il jeta un coup d'œil sur sa robe, et un presque imperceptible haussement de ses sourcils me fit comprendre son jugement défavorable.

— Nous irons en Grèce.

— Voilà dix ans que je veux y aller, dit Larry, et que j'en suis toujours empêché.

— Ce doit être ravissant à cette époque de l'année, dit Isabel avec un enthousiasme de commande.

Comme moi-même, elle se rappelait que c'était là que Larry lui avait proposé de l'emmener lorsqu'il voulait l'épouser. Il avait, semblait-il, l'idée fixe d'aller passer en Grèce sa lune de miel.

La conversation se poursuivait sans trop d'aisance et c'eût été pour moi, une corvée pénible sans le secours d'Isabel. Elle donnait son maximum. Chaque fois qu'un silence semblait menacer et que je me torturais l'esprit pour trouver quelque chose de nouveau à dire, elle intervenait de son babil léger. Je lui en étais reconnaissant. Sophie parlait à peine, sauf quand on s'adressait à elle, et même alors, elle paraissait devoir faire un effort. Tout élan l'avait abandonnée. On eût dit qu'en elle quelque chose était mort, et je me demandai si Larry ne lui imposait pas une contrainte au-dessus de ses forces. Si, comme j'en avais le soupçon, elle s'était livrée aux stupéfiants aussi bien qu'à la boisson, la brusque abstinence avait dû tendre ses nerfs jusqu'à l'extrême. Parfois, je surprenais un regard entre eux. Dans celui de Larry, je lus de la tendresse et de l'encouragement ; dans ses yeux à elle, un appel émouvant. Peut-être Gray, avec sa douceur naturelle, éprouva-t-il ce que je crus voir moi-même, car il se mit à raconter à Sophie comment Larry l'avait guéri de ces épuisantes migraines qui le paralysaient : « J'avais constamment besoin de lui, ajouta-t-il, et je lui dois beaucoup. »

— A présent, je me sens comme un poisson dans l'eau, continua-t-il. Dès l'instant où je pourrai trouver une situation, je me remettrai à travailler. J'ai plusieurs choses qui mijotent et j'espère sous peu aboutir à un résultat positif. Dieu, qu'il fera bon d'être de nouveau chez soi !

Les intentions de Gray étaient louables, mais peut-être manquait-il un peu de tact si, comme je le supposais, il voulait insinuer que Larry, pour guérir Sophie de son alcoolisme excessif, devait lui appliquer la même méthode de suggestion — car, j'en avais la conviction, c'était cela en réalité son procédé — dont l'effet avait été si heureux sur Gray.

— Maintenant, vous ne souffrez plus jamais de migraines, Gray ? demanda Elliott.

— Depuis trois mois, je n'en ai pas eu une seule, et si j'en sens venir une je tiens mon talisman dans la main et je suis de nouveau bien. — Fouillant dans sa poche, il en sortit la monnaie ancienne dont Larry lui avait fait cadeau. — Je ne la céderais pas pour un million.

Nous finissions de déjeuner et le café fut servi. Le sommelier vint demander si nous désirions des liqueurs. Nous refusâmes tous, sauf Gray qui réclama une fine. Quand on apporta la bouteille, Elliott insista pour la voir.

— Bon, je vous la recommande… Ça ne vous fera pas de mal.

— Un petit verre pour Monsieur ? demanda le garçon.

— Hélas ! Cela m'est défendu.

Elliott lui raconta avec quelque longueur qu'à cause de ses ennuis du côté des reins, son docteur lui interdisait l'alcool.

— Une larme de Zubrovka ne ferait pas de mal à Monsieur.

C'est bien connu pour être très bon pour les reins. Nous venons d'en recevoir tout juste une livraison de Pologne.

— Vraiment ? C'est difficile à obtenir par le temps qui court. Faites-moi voir la bouteille.

Le sommelier, majestueux et plein de componction avec sa chaîne autour du cou, s'en fut la chercher. C'est, expliqua Elliott, une sorte de *vodka* fabriquée en Pologne, mais à tout point de vue de qualité infiniment supérieure.

— Nous en buvions chez les Radziwill quand j'allais chez eux pour la chasse. Vous auriez dû voir comment ces princes polonais s'en envoyaient : je n'exagère pas en disant qu'ils en avalaient des gobelets entiers sans broncher d'un cheveu. Bonne race, évidemment ; aristocrates jusqu'au bout des ongles. Sophie, il faut l'essayer et toi aussi Isabel. C'est une occasion que personne ne peut se permettre de négliger.

Le sommelier apportait la bouteille. Larry, Sophie et moi-même, refusâmes de nous laisser tenter, mais Isabel déclara qu'elle en goûterait volontiers. J'en fus surpris, car généralement elle buvait très peu, et elle avait déjà pris deux cocktails et deux ou trois verres de vin. Le garçon lui versa un liquide vert pâle et elle le huma.

— Ah ! quel délicieux arôme !

— N'est-ce pas ? s'écria Elliott. Cela vient des herbes que l'on y met ; c'est ce qui donne ce goût délicat. Rien que pour te tenir compagnie, j'en prendrai une goutte. Une fois en passant, ça ne me fera pas de mal.

— C'est divin, dit Isabel. Ça se boit comme du petit lait. Jamais je n'ai rien bu de meilleur.

Elliott porta le verre à ses lèvres.

— Ah ! comme cela rappelle les bons jours d'autrefois. Vous autres qui n'êtes jamais allés chez les Radziwill, vous ne savez pas ce que c'est que de vivre. C'était tout à fait grand style. Seigneurial, vous savez. On se serait cru revenu au Moyen Age. On était attendu à la gare par un carrosse attelé de six chevaux conduits par des postillons. Et à table, un valet de pied en livrée derrière chaque convive !

Il continua à décrire la magnificence et le luxe du château et l'éclat des réceptions. Et il me vint le soupçon — peu généreux sans doute — que toute cette mise en scène avait été organisée d'avance entre le sommelier et Elliott afin de fournir à ce dernier l'occasion de discourir sur la majesté de cette famille princière et l'hospitalité des aristocrates polonais en compagnie desquels il avait vécu dans leurs châteaux sur un pied d'intimité. On ne pouvait plus l'arrêter.

— Encore un verre, Isabel ?

— Oh ! je n'oserais pas. Mais c'est vraiment merveilleux. Je suis si contente de connaître cela ; Gray, nous devrions nous en procurer.

— Je vous en enverrai à la maison.

— Oh ! Oncle Elliott, vraiment ? s'écria Isabel avec enthousiasme. Tu es si gentil pour nous. Il faut que tu en goûtes, Gray ; ça a un parfum de foin fraîchement fauché et de fleurs printanières, de thym et de lavande, et c'est si doux au palais, si stimulant ; c'est comme d'écouter de la musique au clair de lune.

Cette sentimentalité débordante ne ressemblait pas à Isabel et je me demandais si elle n'était pas quelque peu grise. Nous prîmes congé les uns des autres. Je serrai la main de Sophie.

— A quand le mariage ? fis-je.

— Dans une dizaine de jours. Vous y viendrez, j'espère ?

— Je crains de ne pas être à Paris. Je pars demain pour Londres.

Tandis que je disais au revoir à mes autres invités, Isabel, entraînant Sophie dans un coin, s'entretint un instant avec elle ; puis, se tournant vers Gray :

— Ah ! Gray, je ne rentre pas tout de suite à la maison. On présente une collection chez Molyneux et j'y emmène Sophie. Il faut qu'elle voie les nouveaux modèles.

— J'en serai ravie, dit Sophie.

Nous nous séparâmes. Ce soir-là, j'invitai Suzanne Rouvier à dîner et, le matin suivant, je me mis en route pour l'Angleterre.

VI

Elliott arriva au Claridge quinze jours plus tard et, peu après, en passant, j'allai le voir. Il s'était commandé plusieurs costumes et m'expliqua avec une abondance de détails qui me parurent extrêmement oiseux tout ce qu'il avait choisi et les raisons de son choix. Quand enfin je pus placer un mot, je lui demandai comment s'était déroulé le mariage.

— Il n'a pas eu lieu, répondit-il en ricanant.

— Que voulez-vous dire ?

— Trois jours avant la date fixée, Sophie a disparu. Larry l'a recherchée partout.

— Quelle histoire extraordinaire ! S'étaient-ils disputés ?

— Non. Loin de là. Tout était prêt. Je devais la conduire moi-même à l'autel et aussitôt après la cérémonie, ils devaient prendre l'Orient-Express. Si vous voulez mon avis, Larry s'en est bien tiré.

Je devinai qu'Isabel avait tout raconté à Elliott.

— Que s'est-il donc exactement passé ? demandai-je.

— Eh bien ! voilà. Vous vous souvenez de ce jour où nous avons déjeuné avec vous au Ritz ? Isabel l'avait emmenée chez Molyneux. Vous rappelez-vous la robe que portait Sophie ? Lamentable ! Avez-vous remarqué les épaules ? C'est ainsi que l'on peut juger si une robe est bien faite : à la façon dont les manches sont montées. La pauvre fille, évidemment, n'avait pas les moyens de payer les prix de Molyneux ; vous savez combien Isabel est généreuse et, après tout, elles se connaissent depuis l'enfance ; aussi Isabel lui proposa-t-elle de lui offrir une robe afin que pour le mariage elle eût au moins quelque chose de convenable à se mettre. Naturellement, Sophie sauta sur l'occasion. Enfin, pour vous raconter l'histoire en deux mots, Isabel lui demanda de venir la prendre chez elle un jour à trois heures afin de l'accompagner pour le dernier essayage. Sophie vint comme convenu ; mais malheureusement, ayant dû conduire l'une des petites chez le dentiste, Isabel ne rentra pas avant quatre heures, et Sophie n'était plus là. Isabel pensa que, lasse d'attendre, elle était allée chez Molyneux. Elle s'y rendit aussitôt, mais on n'y avait pas vu Sophie. Renonçant finalement à la retrouver, elle rentra à la maison. Ils devaient tous dîner ensemble ce soir-là, et Larry arriva à l'heure dite ; son premier mot fut pour demander où était Sophie.

« N'y comprenant rien il téléphona à son appartement ; comme on ne répondait pas, il les quitta pour se rendre chez elle. Ils tinrent le dîner au chaud le plus longtemps possible, mais comme aucun des deux ne revenait, ils se mirent à table. Vous savez évidemment ce qu'était la vie de Sophie avant que vous tombiez sur elle rue de Lappe ; quelle malencontreuse idée vous avez eue de les conduire là ! Quoi qu'il en soit, Larry passa la nuit entière à faire la tournée de tous les endroits qu'elle fréquentait autrefois, mais sans pouvoir la découvrir nulle part. A plusieurs reprises il se rendit chez elle, mais la concierge lui répétait invariablement qu'elle n'était pas revenue. Pendant trois jours il lui donna ainsi la chasse. Elle s'était tout bonnement volatilisée. Enfin, le quatrième jour, comme il retournait une fois de plus à l'appartement, la concierge lui annonça qu'elle était venue faire une valise et repartie en taxi.

— Larry n'était-il pas terriblement ennuyé ?

— Je ne l'ai pas vu, mais Isabel m'a dit qu'il l'était passablement.

— Elle n'a pas écrit, ni rien ?

— Rien.

Je réfléchissais.

— Qu'en déduisez-vous ? dis-je.

— Mon cher ami, exactement la même chose que vous. Elle était incapable de se ranger. Elle est retombée dans son ivrognerie.

C'était évident, mais malgré tout, bizarre. Je ne pouvais comprendre qu'elle eût choisi précisément ce moment-là pour faire le saut.

— Comment Isabel prend-elle tout cela ?

— Elle en est très attristée bien entendu, mais elle est raisonnable et avait toujours pensé, m'a-t-elle dit, que pour Larry ce serait un désastre d'épouser une femme pareille.

— Et Larry ?

— Isabel a été très gentille pour lui. Ce qui complique les choses, dit-elle, c'est qu'il ne veut pas en parler. Mais, vous savez, il s'en remettra ; Isabel prétend qu'il n'a jamais été amoureux de Sophie. Sa décision de l'épouser répondait seulement en quelque sorte à une intention chevaleresque déplacée.

Je pouvais sans peine imaginer l'air triomphant d'Isabel en présence d'événements dont la tournure lui procurait certainement une grosse satisfaction. Je savais fort bien qu'à la première occasion, elle ne manquerait pas de me faire remarquer que, depuis le début, elle n'avait cessé de prévoir ce qui était finalement arrivé.

Mais avant que je la revisse, près d'un an se passa ; et bien qu'à ce moment-là j'eusse été en mesure de lui raconter au sujet de Sophie quelque chose qui lui eût donné matière à réflexion, les circonstances ne m'y disposèrent guère. Je restai à Londres presque jusqu'à Noël, puis, désireux de me retrouver chez moi, sans m'arrêter à Paris je descendis directement sur la Côte d'Azur. Je me mis à travailler à un roman et passai dans la retraite les quelques mois qui suivirent. Je voyais Elliott de temps à autre. Sa santé se délabrait visiblement et j'étais peiné de le voir continuer néanmoins à mener une vie mondaine. Il m'en voulait de mon refus de faire cinquante kilomètres de route pour me rendre aux multiples réceptions qu'il continuait à donner. Il trouvait très prétentieux de ma part de préférer rester tranquillement chez moi à travailler.

— La saison est exceptionnellement brillante, mon cher, me disait-il. C'est un crime de vous enfermer ainsi chez vous et de rester à l'écart de tout ce qui se passe. Pourquoi aussi avez-vous choisi pour y habiter ce coin de la Riviera absolument hors de mode ? Je n'arriverai jamais à le comprendre, dussé-je vivre jusqu'à cent ans.

Pauvre aimable fou d'Elliott ! il était trop clair qu'il n'atteindrait pas un tel âge.

En juin, ayant achevé l'ébauche de mon roman, je pensai avoir droit à des vacances : je fis une valise et montait sur le petit yacht dont nous nous servions en été pour aller nous baigner dans la Baie des Fosses, et nous longeâmes la côte en direction de Marseille. La brise était rare et pendant la plus grande partie du voyage nous n'avançâmes qu'à l'aide du moteur. Nous passâmes une nuit dans le port de Cannes, une autre à Sainte-Maxime et une troisième à Sanary. Puis nous atteignîmes Toulon. C'est un port pour lequel j'ai toujours eu de la prédilection. Les bâtiments de la Flotte française lui donnent un air à la fois romanesque et accueillant, et jamais je ne me lasse de flâner à travers ses vieilles rues. Des heures entières, je peux traîner sur les quais à observer les marins en permission d'escale, se promenant deux par deux ou avec leurs petites amies et les civils déambulant de long en large comme s'ils n'avaient rien d'autre à faire sur terre que de jouir de l'agrément du soleil. Tous ces bateaux et ces bacs transportant la foule grouillante d'un point à l'autre du grand port vous donnent l'impression que Toulon est le point vers lequel convergent toutes les routes du vaste monde. Et quand vous êtes assis à la terrasse d'un café, les yeux légèrement éblouis par l'éclat de la mer et du ciel, l'imagination vous emporte dans des voyages de rêve vers les coins les plus reculés de la terre : vous abordez en chaloupe sur une plage de corail du Pacifique bordée de cocotiers ; vous descendez sur le quai de Rangoon et montez dans un pousse-pousse ; du pont supérieur de votre bateau amarré à Port-au-Prince, vous observez la foule bruyante et grouillante des nègres.

Quand nous arrivâmes, la matinée était déjà avancée, je débarquai vers le milieu de l'après-midi et me promenai le long du quai, regardant les boutiques, les passants et les gens assis sous les parasols des cafés. Soudain j'aperçus Sophie ; elle me vit au même instant. Elle sourit et me fit : « Hello ! » Je m'arrêtai pour lui serrer la main. Elle se trouvait seule à une petite table, un verre vide devant elle.

— Asseyez-vous et prenez quelque chose, dit-elle.

— Vous aussi, répliquai-je en m'installant.

Elle portait le jersey rayé bleu et blanc des matelots français, un pantalon rouge vif et des sandales laissant pointer les ongles carminés de ses orteils. Aussi violemment maquillée que lors de notre soirée de la rue de Lappe, elle n'avait pas de chapeau ; ses cheveux coupés très court et bouclés étaient d'un or si pâle qu'on eût presque dit de l'argent. A en juger par les soucoupes sur la table, elle avait déjà pris une ou deux consommations, mais n'était pas grise. Elle ne semblait pas mécontente de me voir.

— Comment vont-ils tous, à Paris ? demanda-t-elle.

— Je pense qu'ils vont bien. Je n'ai vu personne depuis le jour où nous avons tous déjeuné ensemble au Ritz.

Elle souffla par le nez un long jet de fumée et se mit à rire.

— En fin de compte, je n'ai pas épousé Larry.

— Je sais. Pourquoi ?

— Chéri, une fois au pied du mur, je ne me suis pas vue la Marie-Magdeleine de ce Jésus-Christ. Non, monsieur !

— Qu'est-ce qui vous a fait changer d'idée au dernier moment ?

Elle me regarda narquoisement. Son port de tête provocant, son buste mince, ses hanches étroites, toute sa manière d'être lui donnaient l'apparence d'un jeune garçon vicieux ; mais elle était beaucoup plus attirante, je dois le reconnaître, qu'avec sa robe rouge et cet air morne d'élégance provinciale que je lui avais vu la dernière fois. Son visage et son cou étaient profondément brûlés du soleil et, malgré le hâle de sa peau soulignant encore le rouge de ses joues et le noir de ses sourcils, l'effet, dans sa vulgarité, n'était pas dépourvu de charme.

— Voulez-vous que je vous raconte ?

J'acquiesçai de la tête. Le garçon apporta la bière que je

m'étais commandée et pour elle une fine à l'eau. Ayant achevé sa *caporal,* elle y ralluma une autre.

— Je n'avais pas pris d'alcool depuis trois mois et je n'avais pas fumé ! — Elle vit mon regard légèrement surpris et se mit à rire. — Je ne veux pas dire des cigarettes. De l'opium. Je me sentais affreusement mal. Vous savez, quand j'étais seule, j'aurais pu hurler à tout casser. Je me disais : « Je n'en peux plus, je n'en peux plus. » Quand j'étais avec Larry, c'était moins pénible ; mais quand il n'était pas là, c'était l'enfer.

Je la regardai, et quand elle fit allusion à l'opium, je la scrutai plus intensément. Je remarquai sa pupille en tête d'épingle, preuve qu'elle avait recommencé à fumer. Ses yeux étaient d'un vert brillant.

— Isabel m'avait offert ma robe de mariée. Je me demande ce qu'on en a fait. Elle était couleur de pêche. Il était convenu que j'irais prendre Isabel à l'appartement pour aller ensuite avec elle chez Molyneux. Je dois cette justice à Isabel : en fait de toilette, elle s'y entend mieux que personne. Quand j'arrivai chez elle, le domestique m'annonça qu'ayant dû conduire Joan chez le dentiste, elle me faisait dire qu'elle ne tarderait pas à rentrer.

« J'entrai donc dans le salon. Le café se trouvait encore sur la table et j'en demandai une tasse. Seul le café me soutenait. Le valet de chambre me dit qu'il allait m'en rapporter du frais et reprit les tasses vides et la cafetière. Il laissa une bouteille sur le plateau. Je la regardai ; c'était cette liqueur polonaise dont vous aviez tous tant parlé au Ritz.

— De la Zubrovka. Elliott, je me le rappelle, avait promis d'en envoyer à Isabel.

— Son parfum délicieux vous avait tous emballés, et vous aviez éveillé ma curiosité. Je débouchai la bouteille et la reniflai. Vous aviez parfaitement raison ; ça sentait diablement bon. J'allumai une cigarette et, quelques instants après, l'homme revint avec le café. Il était bon aussi. On fait beaucoup de réclame au café français ; je vous le laisse ; parlez-moi du café américain. C'est la seule chose qui me manque ici. Mais celui d'Isabel n'était pas mauvais. J'étais à plat, mais après en avoir bu une tasse, je me sentis mieux. Je regardai la bouteille, à côté sur le plateau. La tentation était terrible, mais je me dis : « Cré nom de nom, je ne veux pas y penser », et j'allumai une autre cigarette. J'attendais Isabel d'une minute à l'autre, mais elle ne rentrait pas ; je me sentais devenir affreusement nerveuse ; j'ai horreur que l'on me fasse attendre et, dans la pièce, il n'y avait rien à lire. Je commençai à faire le tour du salon, examinant les tableaux ; mais cette sacrée bouteille ne cessait d'attirer mon regard. Je pensai alors à en remplir un verre tout simplement pour le plaisir des yeux. La couleur en était si jolie.

— Vert pâle.

— C'est ça. C'est drôle, sa couleur est exactement semblable à son parfum. C'est comme ce vert que l'on voit parfois dans le cœur d'une rose blanche. Il me *fallait* absolument voir si le goût en était pareil aussi et je pensai que je ne mourrais pas d'y tremper tout juste mes lèvres. Je voulais seulement en boire une gorgée, quand j'entendis un bruit ; je crus qu'Isabel rentrait et, ne voulant pas être surprise par elle, j'avalai le verre en entier. Mais ce n'était pas Isabel. Bon Dieu, comme cela me faisait du bien ; depuis que j'étais entrée dans la danse, je ne m'étais pas sentie ainsi. J'avais l'impression de renaître à la vie. Si Isabel était survenue alors, je suppose qu'à présent je serais mariée avec Larry. Je me demande comment ça aurait marché.

— Et elle n'entra pas.

— Non. J'étais furieuse contre elle. Pour qui me prenait-elle pour me faire attendre ainsi ? Et alors, je vis le verre à liqueur plein de nouveau ; j'avais dû, je pense, le remplir machinalement ; mais vous le croirez ou non, je ne m'en étais pas rendu compte. Il eût été bête de le reverser dans la bouteille ; aussi l'avalai-je. A quoi bon le nier ? c'était exquis. Je me sentais une autre femme : j'avais envie de rire et, depuis trois mois, je ne savais plus ce que c'était. Vous souvenez-vous de ce vieux pantin racontant qu'en Pologne il avait vu des types s'en enfiler par gobelets entiers sans broncher d'un cheveu ? Eh bien ! je me crus capable de boire autant que n'importe lequel de ces salauds de Polonais et tant qu'à être pendu, mieux vaut que ce soit pour un bœuf que pour un œuf : je vidai donc le fond de mon café dans la cheminée et j'emplis la tasse jusqu'au bord. Vous parlez de petit lait — mon œil. Ensuite, je ne sais pas très bien ce qui s'est passé, mais je crois qu'en fin de compte, il ne resta plus grand-chose dans la bouteille. Je crus préférable alors de partir avant le retour d'Isabel. Elle m'a d'ailleurs presque surprise ! Au moment précis où je passais le seuil de la porte, j'entendis la voix de Joan. Au galop, je grimpai l'escalier et attendis de les savoir dans l'appartement ; puis je dégringolai les marches en vitesse et me jetai dans un taxi. Je dis au chauffeur de conduire d'un train d'enfer et, quand il me demanda l'adresse, je lui éclatai de rire au nez. Je me sentais divinement bien.

— Etes-vous rentrée chez vous ? demandai-je, sachant fort bien qu'elle n'en avait rien fait.

— Pour quelle idiote me prenez-vous ? C'est là que Larry viendrait me chercher, je le savais. N'osant me réfugier dans aucun des endroits où j'avais l'habitude de me rendre, j'allai donc chez Hakim. Là, au moins, Larry ne me dénicherait jamais. Et puis aussi, j'avais besoin de fumer.

— Qu'est-ce que c'est, Hakim ?

— Hakim ? Hakim, c'est un Algérien qui trouve toujours moyen de vous avoir de l'opium si vous avez du fric. C'est un vieux copain à moi. Il vous procure tout ce que vous voulez : un jeune garçon, un homme, une femme ou un nègre. Il a toujours une demi-douzaine d'Algériens sous la main. J'y suis restée trois jours. Je ne sais combien d'hommes m'ont passé dessus. Elle se mit à ricaner : toutes les formes, toutes les tailles, toutes les couleurs. J'ai largement rattrapé le temps perdu. Mais malgré tout, vous savez, j'avais peur. Je ne me sentais pas tranquille à Paris. Je tremblais d'être découverte par Larry et de plus, il ne me restait plus d'argent ; ces salauds, il faut casquer pour qu'ils couchent avec vous ! Je filai donc et rentrai chez moi. Je donnai cent francs à la concierge en lui recommandant, si l'on venait me demander, de dire que j'étais partie. J'emballai mes affaires et, le soir même, je pris le train pour Toulon. Je ne me suis pas vraiment sentie en sécurité jusqu'à mon arrivée.

— Et depuis lors, vous êtes restée ici ?

— Tu parles, et je n'en bougerai pas. On trouve tout l'opium qu'on veut, les marins le rapportent d'Orient et c'est de la bonne qualité ; pas comme cette saleté qu'on vous vend à Paris. J'ai une chambre à l'hôtel, vous savez, celui du *Commerce et de la Marine.* Quand on y rentre le soir, les couloirs en sont tout imprégnés — elle renifla voluptueusement — sucré et âcre ; et vous savez, on fume dans les chambres, ce qui donne une agréable impression d'intimité ; et on ne fait aucune attention à ceux qui montent avec vous. Et le matin, à cinq heures, afin que les matelots se lèvent à temps pour regagner leur bateau, on vient frapper à votre porte, de sorte que de ce côté-là vous n'avez pas de souci. — Puis alors, dans un coq-à-l'âne. — J'ai vu un de vos bouquins dans la boutique sur le quai ; si j'avais su vous rencontrer, je l'aurais acheté et je vous aurais demandé de le signer.

En passant devant la librairie, m'étant arrêté pour regarder la vitrine, j'avais remarqué en effet parmi d'autres nouveautés la traduction d'un de mes romans récemment paru.

— Je ne crois pas qu'il vous aurait beaucoup amusée, fis-je.

— Je ne vois pas pourquoi. Je *sais* lire, vous savez.

— Et vous savez aussi écrire, je crois !

Elle me lança un bref coup d'œil, et se mit à rire.

— Ouais, étant gosse, je pondais des vers. Assez lamentables sans doute, mais je les trouvais très bien. Je suppose que c'est Larry qui vous l'a raconté. — Elle hésita un instant. — Quoi qu'il en soit, la vie, c'est un enfer, mais si l'on peut y trouver un peu de plaisir, il faut être un sacré nom de Dieu de fou pour ne pas le prendre. Elle haussa la tête d'un air de défi : si j'achète ce livre, me le signerez-vous ?

— Je pars demain. Si vous y tenez vraiment, j'en prendrai un exemplaire pour vous et le déposerai à votre hôtel.

— Ce serait chic.

A cet instant, une chaloupe accostait et une bande de matelots en dégringolèrent. Sophie les embrassa du regard.

— Voilà mon ami. — De la main elle fit signe à quelqu'un. — Si vous voulez, vous pouvez lui payer un verre en vitesse, après quoi vous ferez mieux de filer. C'est un Corse aussi jaloux que cette bourrique d'Othello.

Un jeune homme venait vers nous ; il hésita en me voyant, mais, sur un geste d'appel, nous rejoignit à notre table. Grand, basané, rasé de près, de splendides yeux foncés, un nez aquilin et des cheveux ondulés noir de corbeau. Il ne paraissait pas avoir plus de vingt ans. Sophie me présenta comme un ami d'enfance américain.

— Pas malin, mais si beau, me dit-elle.

— Vous les aimez costauds, pas vrai ?

— Plus ils sont costauds, mieux ça vaut.

— Un de ces jours, vous vous ferez égorger.

— Ça ne me surprendrait pas, fit-elle en ricanant. Bon débarras d'une mauvaise graine.

— Dites donc, on va parler français, interrompit le matelot d'un ton cassant.

Sophie lui fit un sourire nuancé d'un soupçon d'ironie. Elle parlait couramment un français vulgaire et son accent américain prononcé donnait à ses habituelles formules d'un argot obscène une saveur comique dont on ne pouvait s'empêcher de rire.

— J'étais en train de lui dire combien tu es beau, mais pour ménager ta modestie, je le disais en anglais. Et s'adressant à moi : et solide ! Il a des muscles de boxeur. Tâtez.

La flatterie apaisa la mauvaise humeur du marin ; avec un sourire complaisant il raidit le bras afin de faire saillir le biceps.

— Tâtez, dit-il. Allez-y, tâtez.

Je m'exécutai et exprimai l'admiration espérée. Nous bavardâmes quelques instants. Je payai les consommations et me levai.

— Je dois partir.

— Ravie de vous avoir vu. N'oubliez pas le bouquin.

— Je ne l'oublierai pas.

Je leur serrai la main et m'éloignai. En cours de route, je m'arrêtai à la librairie, achetai le roman et y inscrivis le nom de Sophie et le mien. Puis l'idée m'en étant subitement venue à l'esprit, et faute de mieux, j'ajoutai le premier vers de cet adorable petit poème de Ronsard qui figure dans toutes les anthologies :

Mignonne, allons voir si la rose...

Je déposai le livre à l'hôtel ; celui-ci borde le quai, et j'y suis souvent descendu parce qu'à l'aube, quand vous êtes réveillé par le clairon rappelant au service les permissionnaires de nuit, le soleil, se levant dans la brume au-dessus des eaux calmes du port, enveloppe la masse spectrale des navires d'un nuage d'une beauté irréelle.

Le lendemain, nous mîmes le cap sur Cassis où je désirais acheter du vin, puis sur Marseille pour ramener une nouvelle voiture que nous avions commandée. Une semaine plus tard, j'étais de retour chez moi.

VII

Je trouvai un message de Joseph, le domestique d'Elliott : ce dernier, malade et alité, serait heureux de me voir. Dès le lendemain, je me rendis donc à Antibes. Joseph, avant de me laisser monter chez son maître, me dit qu'Elliott avait eu une attaque d'urémie et que le médecin trouvait son état inquiétant.

Il avait surmonté la crise et allait mieux, mais il avait les reins malades et ne se remettrait jamais complètement. Joseph, depuis quarante ans au service d'Elliott, lui était très dévoué, mais son air chagriné trahissait cependant l'intime satisfaction qu'éprouvent tant de membres de sa confrérie quand une catastrophe s'abat sur la maison des patrons.

— Ce pauvre Monsieur, soupira-t-il, il avait bien sûr ses manies, mais le fond était bon. Tôt ou tard, il faut mourir.

Il s'exprimait déjà comme si Elliott se trouvait à l'agonie.

— Il a certainement fait le nécessaire pour vous, Joseph, fis-je sèchement.

— Il faut l'espérer, répondit-il d'un ton lugubre.

Quand enfin il me fit entrer dans la chambre à coucher, je fus étonné de trouver Elliott tout guilleret. Pâle et semblant vieilli, mais d'excellente humeur, rasé de frais et les cheveux soigneusement coiffés, il portait un pyjama de soie bleu pâle sur la poche duquel étaient brodées ses initiales surmontées de la couronne comtale. Elles se retrouvaient, lourdement brodées en beaucoup plus grand et toujours accompagnées de la couronne, sur le retour du drap de lit.

Je lui demandai comment il se sentait.

— Parfaitement bien, dit-il avec entrain. Ce n'est qu'une indisposition passagère. Dans peu de jours, je serai debout et guéri. Samedi je dois avoir le grand-duc Dimitri à déjeuner, et j'ai dit à mon docteur que d'ici là il devait à tout prix me mettre sur pied.

Je passai une demi-heure avec lui et, en partant, je dis à Joseph de me prévenir au cas où Elliott aurait une rechute. Quelle ne fut pas ma surprise, une semaine plus tard, en allant déjeuner chez un de mes voisins, de l'y trouver également ! Vêtu comme pour une cérémonie, il avait l'air de la Mort en personne.

— Vous ne devriez pas sortir, Elliott, lui dis-je.

— Ah ! quelle blague, mon cher ami. Frieda attend la princesse Mafalda. Je connais la famille royale d'Italie depuis des années, avant même que cette pauvre Louisa fût à Rome, et je ne pouvais pas laisser tomber cette pauvre Frieda.

Je ne savais si je devais admirer son indomptable ténacité ou déplorer qu'à son âge, brisé par une maladie mortelle, il conservât sa passion pour la vie mondaine. Jamais on ne l'eût cru si sérieusement touché. Comme un acteur à l'article de la mort qui, en montant sur scène, le visage maquillé, oublie pour un temps ses souffrances et ses maux. Elliott jouait avec son assurance coutumière son rôle de courtisan aux manières raffinées. Il était infiniment aimable, dispensant ses flatteuses attentions aux gens qu'il fallait, et amusant avec cette ironie malicieuse où il était passé maître. Jamais, je crois, je ne l'avais vu déployer avec plus de succès ses talents mondains. Après le départ de l'altesse royale — il fallait voir avec quelle grâce Elliott s'inclinait, combinant savamment le respect dû à un haut rang avec l'admiration d'un vieil homme pour une avenante jeune femme — je ne fus nullement surpris d'entendre notre hôtesse lui dire qu'il avait été l'animateur et l'âme de la réunion.

A quelques jours de là, il était de nouveau au lit, et son médecin lui défendait de quitter la chambre. Elliott était exaspéré.

— Quelle déveine, juste maintenant où la saison est exceptionnellement brillante !

Il énumérait alors la longue liste des personnages de marque passant l'été sur la Côte.

J'allais le voir tous les trois ou quatre jours. Parfois il était couché dans son lit, parfois seulement étendu sur une chaise longue dans une fastueuse robe de chambre. Il semblait en avoir une collection inépuisable, car je ne me souviens pas de lui avoir vu deux fois la même. Lors de l'une de ces visites — c'était au début d'août — je trouvai Elliott plus silencieux que d'habitude. Joseph, en m'ouvrant la porte, m'avait dit qu'il paraissait un peu mieux ; aussi fus-je surpris de le voir tellement abattu. J'essayai de le distraire en lui racontant les derniers potins de la Côte dont j'avais eu vent ; mais il n'y prit aucun intérêt. Son front s'était creusé entre les yeux et son regard exprimait une maussaderie qui ne lui était pas habituelle.

— Irez-vous au bal d'Edna Novemali ? me demanda-t-il à brûle-pourpoint.

— Certainement pas.

— Vous a-t-elle invité ?

— Elle a invité toute la Riviera.

La princesse Novemali était une Américaine immensément riche qui avait épousé un prince romain, non pas un prince quelconque comme on en trouve treize à la douzaine en Italie, mais le chef d'une grande famille, descendant direct d'un *condottiere* qui, au XVIe siècle, s'était taillé pour lui-même une principauté. C'était une veuve de soixante ans qui avait quitté l'Italie parce que le régime fasciste voulait prélever sur son revenu américain une tranche trop importante à son gré ; elle s'était fait construire une villa florentine sur un magnifique domaine au-dessus de Cannes. Elle avait fait venir d'Italie du marbre pour recouvrir les murs de ses grandioses salons et aussi des peintres pour en décorer les plafonds. Ses tableaux, ses bronzes étaient de qualité rare et Elliott lui-même, quoique n'appréciant pas l'ameublement italien, devait admettre qu'ils étaient magnifiques. Les jardins étaient ravissants et la piscine à elle seule avait dû coûter une petite fortune. La princesse recevait avec prodigalité : chez elle, on n'était jamais moins d'une vingtaine à table. Elle avait organisé un bal masqué pour la nuit d'août où la lune est pleine ; il devait avoir lieu dans trois semaines seulement, mais déjà il n'était question de rien d'autre sur la Côte. Un feu d'artifice était au programme et un orchestre nègre était attendu de Paris pour la circonstance. Les personnalités royales exilées se racontaient l'une à l'autre avec une admiration envieuse qu'il lui en coûterait plus qu'elles-mêmes n'avaient à dépenser en toute une année.

— C'est princier, disaient-elles.

— C'est de la folie, disaient-elles.

— C'est de mauvais goût, disaient-elles.

— Qu'allez-vous mettre ? me demanda Elliott.

— Mais je vous l'ai déjà dit, Elliott ; je n'y vais pas. Vous ne voudriez tout de même pas qu'à mon âge je me déguise ?

— Elle ne m'a pas invité, fit-il d'une voix rauque.

Il me regardait d'un air égaré.

— Oh ! elle le fera, répondis-je tranquillement. Toutes les invitations, je le suppose, n'ont pas encore était lancées.

— Elle ne m'invitera pas. — Sa voix se brisa. — C'est une insulte préméditée.

— Mais non, Elliott, je ne puis le croire. C'est un simple oubli j'en suis certain.

— Je ne suis pas un homme que l'on oublie.

— De toute façon, vous n'auriez pas été assez bien pour y aller.

— Mais comment donc si j'irais ! La plus belle réception de la saison ! Dussé-je être sur mon lit de mort, je me lèverais pour y aller. J'ai comme travesti le costume de mon aïeul, le comte de Laura.

Ne sachant pas très bien que dire, je gardai le silence.

— Paul Barton était chez moi tout juste avant vous, dit brusquement Elliott.

Qui était Paul Barton ? Je ne puis espérer que le lecteur s'en souvienne, car je suis moi-même obligé de retourner en arrière pour voir quel nom j'avais donné à ce personnage. C'est ce jeune Américain qu'Elliott avait présenté dans la société londonienne et qui s'était attiré sa haine en le laissant tomber dès qu'il n'avait plus eu besoin de lui. Il avait été assez en vue ces temps derniers, d'abord parce qu'il avait adopté la nationalité britannique, et puis parce qu'il avait épousé la fille d'un magnat de la Presse qui avait été élevé à la pairie. Grâce à ce haut patronage et à son propre savoir-faire, il devait évidemment aller loin. Elliott était plein d'amertume.

— Quand, la nuit, il m'arrive de me réveiller et que j'entends une souris gratter le long des boiseries, je me dis : « C'est Paul Barton qui grimpe. » Croyez-moi, mon cher, il finira à la Chambre des lords. Dieu merci, je ne serai plus là pour voir cela !

— Que voulait-il ? demandai-je, sachant aussi bien qu'Elliott que ce jeune homme ne faisait rien pour rien.

— Je vais vous dire ce qu'il voulait, fit Elliott hargneux. Il voulait m'emprunter mon costume du comte de Lauria.

— Quel aplomb !

— Ne voyez-vous pas ce que cela veut dire ? Cela veut dire qu'il savait qu'Edna ne m'avait pas invité et ne m'inviterait pas. C'est elle, la vieille garce, qui lui en a donné l'idée. Sans moi, elle ne serait jamais entrée nulle part. J'ai donné des réceptions pour elle. C'est moi qui l'ai présentée à tout le monde qu'elle connaît. Elle couche avec son chauffeur ; vous le saviez, bien entendu. C'est dégoûtant ! Barton s'est installé là où vous êtes et m'a raconté qu'elle ferait illuminer tout le parc et qu'il y aurait un feu d'artifice. J'adore les feux d'artifice ! Et il a ajouté qu'Edna était empoisonnée par des gens en quête d'une invitation ; mais elle les a tous envoyés promener voulant une soirée vraiment brillante. Il parlait comme s'il n'était nullement question de m'inviter.

— Et allez-vous lui prêter le costume ?

— Plutôt crever ! Je me ferai ensevelir dedans. — Se redressant dans son lit, Elliott s'agitait comme une femme en délire. — Ah ! c'est si méchant, dit-il. Je les hais, je les hais tous. Quand je pouvais les inviter ils étaient trop heureux de me faire des grâces ; mais à présent, je suis vieux et malade et je ne les intéresse plus. Depuis que je garde la chambre, pas dix personnes n'ont téléphoné pour prendre de mes nouvelles et, de toute la semaine, je n'ai reçu qu'un misérable bouquet de fleurs. J'ai tout fait pour eux : ils ont mangé à ma table et bu mes vins. Je faisais leurs commissions. Pour eux, j'organisais leurs réceptions. Je me mettais en quatre pour leur faire plaisir. Et en retour, qu'est-ce que j'ai eu ? Rien, rien rien ! Il n'en est pas un qui se préoccupe de savoir si je vis ou si je suis mort. Ah ! c'est tellement cruel — Il se mit à pleurer. De grosses et lourdes larmes coulaient le long de ses joues flétries. — Plût à Dieu que je n'eusse jamais quitté l'Amérique !

C'était lamentable à voir : ce vieillard, un pied dans la tombe béante, pleurant comme un enfant parce qu'il n'avait pas été convié à un bal ; c'était à la fois choquant et d'un tragique presque intolérable.

— Peu importe, Elliott, dis-je. Peut-être pleuvra-t-il le soir du gala. Tout sera raté.

Il s'accrocha à mes paroles comme le noyé de la légende s'agrippe à un fétu de paille. Il se mit à rire à travers ses larmes.

— Je n'y avais pas pensé. Pour qu'il pleuve, je prierai Dieu comme je ne l'ai encore jamais prié. Vous avez tout à fait raison. Tout sera raté.

Je fis de mon mieux pour détourner son esprit frivole vers d'autres pensées et quand je partis, il était sinon joyeux tout au moins apaisé. Mais je n'avais pas l'intention de laisser les choses se passer ainsi ; dès mon retour à la maison, j'appelai Edna Novemali à l'appareil pour lui demander si, devant me rendre à Cannes le lendemain, je pouvais déjeuner avec elle. Elle me fit répondre qu'elle en serait ravie, mais que nous serions entre nous. Cependant, en arrivant, je trouvai dix personnes en plus d'elle-même. Pas mauvaise fille, généreuse et hospitalière, son seul défaut grave était sa langue malveillante. Elle ne pouvait s'empêcher de dire des méchancetés au sujet de ses amis même les plus proches ; elle agissait ainsi parce que manquant d'intelligence, elle n'avait d'autres moyens de se rendre intéressante. On se répétait ses calomnies, aussi se trouva-t-elle souvent brouillée avec les victimes de son venin ; mais comme elle recevait de manière somptueuse, après un temps on jugeait presque toujours opportun de lui pardonner. Ne voulant pas exposer Elliott à l'humiliation d'une demande d'invitation pour son grand tralala, je préférai attendre et tâter le terrain. L'événement proche l'agitait toute et, à table, la conversation porta uniquement sur ce sujet.

— Elliott sera enchanté d'avoir l'occasion de sortir son costume Philippe II, fis-je de l'air le plus détaché possible.

— Je ne l'ai pas invité, dit-elle.

— Pourquoi pas ? répliquai-je jouant la surprise.

— Et pourquoi devrais-je l'inviter ? Il ne compte plus dans la société. C'est un raseur, un snob et une mauvaise langue.

Toutes ces accusations pouvaient avec autant de justesse être retournées contre elle-même, et je trouvai qu'elle allait un peu trop loin. Elle était folle.

— Et puis, ajouta-t-elle, je tiens à ce que Paul porte le costume d'Elliott. Il aura tout simplement l'air d'un dieu.

Je ne dis rien de plus, mais j'étais bien décidé à obtenir coûte que coûte pour ce pauvre Elliott l'invitation si ardemment désirée. Après le déjeuner, Edna emmena ses amis dans le jardin. C'était l'occasion que je guettais. J'avais déjà séjourné quelques jours dans la maison et j'en connaissais bien la disposition. Je me dis qu'il restait encore sans doute un certain nombre de cartes d'invitation dans le bureau de la secrétaire. Je m'y faufilai donc avec l'intention d'en glisser une dans ma poche, d'y inscrire le nom d'Elliott et de l'expédier par la poste. Je le savais trop malade pour pouvoir s'y rendre, mais le seul fait de la recevoir aurait pour lui une importance considérable. Je fus pris de court quand, ouvrant la porte, je trouvai la secrétaire d'Edna installée à sa table de travail. Je la croyais encore en train de déjeuner. C'était une Ecossaise entre deux âges, miss Keith, aux cheveux d'un blond roux, au visage parsemé de taches de rousseur, avec des pince-nez et un air d'irréductible virginité. Je me ressaisis.

— La princesse fait faire le tour du propriétaire à ses invités, aussi ai-je pensé à venir fumer une cigarette avec vous.

— Vous êtes le bienvenu.

Miss Keith parlait avec un fort accent écossais et, quand elle se laissait aller à l'humour à froid qu'elle réservait pour les gens de sa prédilection, elle l'exagérait encore au point de rendre ses saillies extrêmement amusantes ; mais quand vous étiez à moitié mort de rire, elle vous regardait avec une surprise chagrine comme si elle vous trouvait idiot de voir quelque chose de drôle dans ses propos.

— Je suppose que cette soirée vous donne un travail du diable, miss Keith, dis-je.

— Je ne sais plus où donner de la tête.

La connaissant assez pour avoir confiance en elle, j'allai droit au but.

— Pourquoi la patronne n'a-t-elle pas invité Mr. Templeton ?

Miss Keith laissa un sourire éclairer son visage ingrat.

— Vous savez comment elle est. Elle a une dent contre lui. Elle a rayé elle-même son nom sur la liste.

— Vous savez, il est mourant. Il ne quittera plus jamais son lit. Il est affreusement blessé d'avoir été mis au rancart.

— S'il voulait rester en bons termes avec la princesse, il aurait été mieux inspiré de ne pas raconter à tout venant qu'elle couche avec son chauffeur, et encore, un homme marié, père de trois enfants.

— Mais est-ce vrai ?

Miss Keith me regarda par-dessus son lorgnon.

— Mon cher monsieur, je suis secrétaire depuis vingt et un ans et j'ai pour règle de croire tous mes patrons aussi blancs que neige. Je dois reconnaître que ma foi était mise à rude épreuve quand l'une de ces dames se trouvait enceinte de trois mois alors que depuis six mois Monsieur chassait le lion en Afrique ; mais alors, Madame faisait un petit voyage à Paris, un petit voyage d'ailleurs très coûteux, et tout rentrait dans l'ordre. Alors Madame et moi, poussions ensemble un profond soupir de soulagement.

— Miss Keith, je ne suis pas venu pour fumer une cigarette en votre compagnie ; j'étais venu pour chaparder une carte d'invitation que j'aurais envoyée moi-même à Mr. Templeton.

— C'eût été bien peu scrupuleux de votre part.

— D'accord. Soyez chic, miss Keith. Donnez-moi une carte. Il ne viendra pas, le pauvre vieux, mais il en sera si heureux. Vous n'avez rien contre lui, n'est-ce pas ?

— Non, il a toujours été très poli envers moi. C'est un gentleman, je dois lui rendre cette justice ; on ne peut pas en dire autant de la plupart des gens qui viennent ici s'emplir la panse aux frais de la princesse.

Tous les personnages importants ont dans leur entourage quelques subordonnés à qui ils prêtent une oreille complaisante. Ceux-ci sont très sensibles au manque d'égards ; quand ils ne sont pas traités comme ils croient devoir l'être, ils sèment par des flèches adroitement lancées et constamment renouvelées le venin dans l'esprit de leurs patrons et leur montent la tête contre ceux qui ont encouru leur ressentiment. Il est bon de les ménager. Cela, Elliott, mieux que personne, le savait, aussi avait-il toujours un mot aimable et un cordial sourire à l'adresse des parents pauvres, des vieilles servantes ou de la secrétaire de confiance. Il avait souvent, j'en étais certain, badiné de façon plaisante avec miss Keith et n'avait jamais manqué pour Noël de lui envoyer une boîte de chocolats, un poudrier ou un sac à main.

— Allons, miss Keith, un bon mouvement.

Miss Keith raffermit le lorgnon sur son nez proéminent.

— Je suis sûre, Mr. Maugham, que vous ne voudriez rien me faire commettre de déloyal à l'égard de ma patronne, d'autant plus que si elle s'apercevait que je lui ai désobéi, cette vieille vache me liquiderait sur-le-champ. Les cartes dans leurs enveloppes se trouvent sur le bureau. Je vais regarder par la fenêtre, d'abord pour me détendre les jambes, car j'ai attrapé la crampe à rester si longtemps assise dans la même position, et aussi pour contempler la beauté du paysage. Ce qui arrive quand j'ai le dos tourné, ni Dieu ni homme ne peut m'en tenir responsable.

Lorsque miss Keith reprit sa place, j'avais l'invitation dans ma poche.

— Ravie de vous avoir vue, miss Keith, fis-je en lui tendant la main. En quoi serez-vous déguisée pour le bal ?

— Mon cher monsieur, je suis fille de pasteur, répliqua-t-elle. Je laisse ce genre de folies aux classes élevées. Une fois que je me serai assurée que les représentants du *Herald* et du *Mail* auront eu un bon souper et une bouteille de notre meilleur champagne de deuxième qualité, ma tâche sera terminée et je me retirerai avec un roman policier dans l'intimité de ma chambre à coucher.

VIII

Lorsque, deux jours plus tard, j'allai voir Elliott, je le trouvai rayonnant.

— Regardez, me dit-il, j'ai eu mon invitation. Elle est arrivée ce matin.

Il prit la carte sous son oreiller et me la montra.

— C'est bien ce que je vous avais dit, fis-je. Vous voyez, votre nom commence par un T. La secrétaire, c'est évident, y est seulement arrivée maintenant.

— Je n'ai pas encore répondu. Je le ferai demain.

A cette idée, j'eus un moment d'effroi.

— Si vous le voulez, je vais répondre pour vous. Et en vous quittant, je mettrai le mot à la boîte.

— Mais non, pourquoi cela ? Je suis parfaitement à même de répondre tout seul aux invitations que je reçois.

Heureusement, pensai-je, l'enveloppe serait ouverte par miss Keith qui aurait suffisamment d'intelligence pour la supprimer. Elliott sonna.

— Je vais vous faire voir mon costume.

— Elliott, vous ne songez pas à y aller ?

— Mais si, bien entendu. Je ne l'ai pas porté depuis le bal des Beaumont.

Joseph ayant répondu à l'appel, Elliott lui demanda d'apporter le costume. Il était plié dans une grande boîte plate et enveloppé dans du papier de soie. Il se composait de longs bas de soie blanche, de hauts-de-chausses incrustés de bandes de drap d'or et de satin blanc, d'un pourpoint assorti, d'une cape, d'une fraise à mettre autour du cou, d'une toque plate en velours et d'une longue chaîne d'or à laquelle était suspendu l'Ordre de la Toison d'Or. Je reconnus la copie du somptueux costume porté par Philippe II sur le portrait du Titien au Prado, et quand Elliott me dit que c'était celui même du comte de Lauria, au mariage du roi d'Espagne avec la reine d'Angleterre, je ne pus m'empêcher de penser qu'il donnait libre cours à son imagination.

Le lendemain matin, tandis que je prenais mon petit déjeuner, on m'appela au téléphone. C'était Joseph : Elliott, me dit-il, avait eu une nouvelle attaque dans la nuit et le médecin, appelé d'urgence, doutait qu'il pût passer la journée. Je fis amener la voiture et partis pour Antibes. Je trouvai Elliott sans connaissance. Il avait toujours énergiquement refusé d'avoir une garde, mais une infirmière que le docteur avait envoyé prendre à l'hôpital anglais entre Nice et Beaulieu se trouvait à son chevet, et je fus content de l'y voir. Je sortis pour télégraphier à Isabel. Elle et Gray passaient l'été avec les enfants à la station balnéaire populaire de La Baule. C'était un long voyage à faire et je craignais qu'ils ne pussent arriver à temps à Antibes. Isabel, en dehors de ses deux frères qu'Elliott n'avait pas vus depuis des années, était son unique parente encore vivante.

Mais chez lui, la volonté de vivre était forte ; ou peut-être les médicaments du docteur furent-ils efficaces, car il reprit des forces au cours de la journée. Bien que très ébranlé, il tenait bravement tête et s'amusait à poser à la garde des questions indécentes sur sa vie intime. Je passai auprès de lui la plus grande partie de l'après-midi et le lendemain, en retournant le voir, je le trouvai très faible il est vrai, mais assez animé. L'infirmière ne me permit de rester auprès de lui que quelques instants. J'étais tourmenté de ne pas avoir reçu de réponse à mon télégramme. Ne connaissant pas l'adresse d'Isabel à La Baule, je l'avais envoyé à Paris et craignais que la concierge n'eût tardé à le faire suivre. Deux jours plus tard seulement, je reçus une réponse me faisant savoir qu'ils se mettaient en route aussitôt : par un malencontreux hasard, Isabel et Gray excursionnaient en voiture à travers la Bretagne et venaient tout juste de recevoir mon message. En feuilletant l'indicateur des chemins de fer, je vis qu'ils ne pourraient être ici avant trente-six heures au plus tôt.

De bonne heure, le matin suivant, Joseph me téléphona à nouveau pour me dire qu'Elliott avait passé une très mauvaise nuit et me réclamait. Je filai immédiatement. Quand j'arrivai, Joseph me prit à part.

— Monsieur m'excusera de lui parler d'un sujet délicat, me dit-il. Je suis, bien entendu, libre penseur, et je crois que toutes les religions ne sont autre chose qu'un complot du clergé pour prendre la haute main sur le peuple, mais Monsieur connaît les femmes. La mienne et la femme de chambre insistent pour que le pauvre Monsieur reçoive les derniers sacrements et, apparemment, il n'y a pas beaucoup de temps à perdre. — Il me regardait d'un air assez gêné. — Sans doute on ne sait jamais, peut-être vaut-il mieux, si l'on doit mourir, régulariser sa situation vis-à-vis de l'Eglise.

Je le comprenais parfaitement. Malgré la licence de leurs sarcasmes, la plupart des Français, quand vient l'échéance, préfèrent faire la paix avec la foi qu'ils ont dans la chair et dans le sang.

— Et vous voudriez que je le lui suggère ?

— Si Monsieur voulait bien en avoir la bonté.

Cette mission ne m'était guère agréable ; mais après tout, Elliott étant depuis tant d'années un catholique fervent, devait naturellement se conformer aux obligations de sa religion. Je montai à sa chambre. Il était étendu sur le dos, ratatiné et blême, mais ayant toute sa connaissance. Je priai la garde de nous laisser seuls.

— Elliott, je crains que vous ne soyez très malade, dis-je. Je me suis demandé si vous n'aimeriez pas voir un prêtre ?

Il me regarda un moment sans répondre.

— Voulez-vous dire que je vais mourir ?

— Oh ! je souhaite que non. Mais il est toujours préférable d'être en règle.

— Je comprends.

Il demeura silencieux. Il est terriblement pénible de devoir dire à quelqu'un ce que je venais de faire comprendre à Elliott. Je n'avais pas le courage de le regarder. Je serrais les dents, craignant de me mettre à pleurer. J'étais assis sur le bord du lit appuyé sur mon bras replié et faisant face au malade.

Il me tapota la main.

— Ne soyez pas contrarié, mon cher ami. Vous savez, noblesse oblige !

Je fus pris d'un rire nerveux.

— Quel type ridicule vous êtes, Elliott !

— C'est mieux ainsi. Maintenant, appelez l'évêque et dites-lui que je voudrais me confesser et recevoir l'extrême onction. Je lui serais reconnaissant de m'envoyer l'abbé Charles. C'est un ami à moi.

L'abbé Charles était le vicaire général de l'évêque dont j'ai eu l'occasion de parler plus haut. Je descendis au téléphone et obtins l'évêque lui-même au bout du fil.

— Est-ce urgent ? demanda-t-il.

— Très.

— Je fais le nécessaire immédiatement.

Sur ces entrefaites, le docteur survint et je le mis au courant de ce que j'avais fait. Accompagné de la garde, il monta voir Elliott ; j'attendis au rez-de-chaussée dans la salle à manger. Il n'y a que vingt minutes en auto de Nice à Antibes et, un peu plus d'une demi-heure plus tard, une grande limousine noire se rangea devant la porte. Joseph vint vers moi.

— C'est Monseigneur en personne, Monsieur, me lança-t-il tout agité. C'est l'évêque lui-même !

J'allai à sa rencontre. Il n'était pas comme de coutume accompagné de son vicaire général, mais, je ne sais pourquoi, d'un jeune abbé qui tenait une cassette contenant, je le supposai, les objets qu'il faut pour administrer les sacrements. Le chauffeur suivait portant une minable valise noire. L'évêque me serra la main et me présenta son assistant.

— Comment est notre pauvre ami ?

— Je crains qu'il ne soit bien mal, Monseigneur.

— Voudriez-vous avoir l'obligeance de nous conduire dans une pièce où nous puissions nous habiller ?

— La salle à manger est ici, Monseigneur, et le salon à l'étage au-dessus.

— La salle à manger fera très bien l'affaire.

Je l'y fis entrer. Nous attendîmes, Joseph et moi, dans le vestibule. La porte se rouvrit bientôt et l'évêque sortit suivi de l'abbé portant à deux mains le calice recouvert d'une petite soucoupe sur laquelle reposait l'hostie consacrée. Le tout était voilé d'une serviette en batiste fine au point d'être transparente. Je n'avais jamais vu l'évêque si ce n'est à des déjeuners ou des dîners dans le monde. C'était un gros mangeur qui appréciait la bonne chère et un verre de bon vin et racontait avec verve des histoires amusantes, parfois même grivoises. Il m'avait fait alors l'effet d'un homme vigoureux, trapu, de taille moyenne. A présent, sous le surplis et l'étole, il paraissait non seulement grand, mais imposant. Son visage congestionné, plissé généralement par un rire malicieux quoique toujours bienveillant, était grave. Rien dans son allure ne subsistait maintenant de l'officier de cavalerie qu'il avait été autrefois ; il avait l'air de ce qu'il était réellement : un haut dignitaire de l'Eglise. Je fus à peine surpris de voir Joseph lui-même se signer. De la tête, l'évêque fit un salut léger.

— Conduisez-moi auprès du malade, dit-il.

Je m'effaçai pour le laisser gravir l'escalier devant moi, mais il me demanda de le précéder. Dans un silence solennel nous montâmes. J'entrai dans la chambre d'Elliott.

— Elliott, l'évêque est venu lui-même.

Elliott fit effort pour se dresser dans son lit.

— Monseigneur, c'est un honneur auquel je n'aurais osé m'attendre.

— Ne bougez pas, mon ami. L'évêque se tourna alors vers la garde et moi : laissez-nous. Puis s'adressant à l'abbé : je vous appellerai quand je serai prêt.

L'abbé regardait autour de lui et je devinai qu'il cherchait où déposer le calice. J'écartai le jeu de brosses d'écaille sur la table de toilette. La garde descendit au rez-de-chaussée et je fis entrer l'abbé dans la pièce voisine qui servait à Elliott de cabinet de travail. Les fenêtres étaient grandes ouvertes sur le ciel bleu. L'abbé s'en approcha et resta debout devant l'une d'elles. Je m'assis. Une course de *Stars* avait lieu et le blanc des voiles se détachait éblouissant sur le fond d'azur. Une grande goélette à coque noire, les voiles rouges déployées, pointait vers le port en luttant contre la brise. Je la reconnus pour être un bateau de pêche aux homards apportant de Sardaigne un chargement de poissons pour les dîners de gala des casinos. A travers la porte close, je pouvais percevoir le murmure étouffé des voix. Elliott était en train de se confesser. J'avais follement envie d'une cigarette, mais je craignais de scandaliser l'abbé. Il demeurait là debout, immobile, regardant au-dehors. C'était un homme jeune, élancé, à l'abondante chevelure noire ondulée, aux beaux yeux sombres et dont la peau olivâtre révélait son origine italienne. Son apparence avait toute l'exubérance méridionale et je me demandais quelle foi impérieuse, quel besoin brûlant l'avaient décidé à abandonner les joies de la vie normale, les plaisirs de son âge et la satisfaction des sens pour se consacrer au service de Dieu.

Soudain, dans la pièce voisine, les voix se turent et je me retournai vers la porte. Elle s'ouvrit et l'évêque apparut.

— Venez, dit-il au prêtre.

Je restai seul. Une fois de plus, j'entendis la voix du prélat et je compris qu'il récitait les prières prescrites par l'Eglise pour les mourants. Puis il y eut un autre silence et je devinai qu'Elliott s'assimilait le corps et le sang du Christ. Par je ne sais quel instinct hérité, je suppose, de lointains ancêtres, je ne peux jamais assister à une messe sans éprouver une frayeur angoissée lorsque le tintement de la sonnette du servant annonce l'Elévation. Et à présent pareillement, je frissonnai comme si un vent froid me parcourait, je frissonnai de peur et d'extase. La porte s'ouvrit de nouveau.

— Vous pouvez venir, dit l'évêque.

J'entrai. L'abbé recouvrait de la serviette de batiste le calice et la petite soucoupe dorée où avait reposé la sainte hostie. Les yeux d'Elliott rayonnaient.

— Reconduisez Monseigneur à sa voiture, dit-il.

Nous descendîmes l'escalier. Joseph et les domestiques attendaient dans l'entrée. Les femmes pleuraient. Elles étaient trois ; l'une après l'autre, elles s'approchèrent et s'agenouillèrent, baisèrent l'anneau épiscopal. De deux doigts il les bénit. La femme de Joseph poussa du coude son mari ; il s'avança à son tour tomba à genoux et baisa l'améthyste. L'évêque eut un vague sourire.

— Vous êtes libre penseur, mon fils ?

— Oui, Monseigneur.

— Cela ne doit pas vous préoccuper. Vous avez toujours bien et loyalement servi votre maître. Dieu vous pardonnera les erreurs de votre entendement.

Je sortis avec lui dans la rue et ouvris la portière de sa voiture. Il me salua et, en montant, il sourit avec indulgence.

— Notre pauvre ami est bien bas. Ses défauts n'étaient que de surface ; c'était un cœur généreux et bienveillant envers ses semblables.

IX

Pensant qu'après la cérémonie qui venait d'avoir lieu, Elliott aimerait peut-être rester seul, je montais au salon et me mis à lire ; mais à peine m'étais-je installé que la garde vint me prévenir qu'il désirait me voir. Je grimpai aussitôt l'escalier conduisant à sa chambre. Etait-ce l'effet de la piqûre que le docteur lui avait faite pour lui permettre de supporter l'épreuve attendue ou l'excitation due à la cérémonie, je le trouvai calme, souriant d'un air serein et les yeux brillants.

— Quel honneur, mon cher ! dit-il. J'entrerai dans le royaume des cieux avec une lettre d'introduction d'un des princes de l'Eglise. J'imagine que toutes les portes me seront ouvertes.

— J'ai peur que vous ne trouviez la compagnie bien mélangée, fis-je en souriant.

— Ne croyez pas cela, mon cher ami. L'Ecriture Sainte nous apprend qu'au ciel il y a exactement les mêmes distinctions de classes que sur la terre. Il y a les Séraphins et les Chérubins, les Archanges et les Anges. J'ai toujours fréquenté la meilleure société d'Europe et sans aucun doute, je coudoierai la meilleure société du ciel. Notre Seigneur a dit : « Il y a beaucoup de demeures dans la maison de mon Père. » Il serait très indésirable que le *vulgum pecus* fût installé dans des conditions auxquelles il n'est nullement accoutumé.

Je soupçonnai Elliott de se représenter la demeure céleste sous la forme des châteaux d'un baron de Rothschild avec des boiseries du XVIIIe, des tables de Boulle, des commodes de marqueterie et des sièges Louis XV recouverts de leur tapisserie originale au petit point.

— Croyez-moi, mon cher ami, continua-t-il après un silence, au ciel, on ne verra rien de cette sacrée égalité.

Il s'assoupit brusquement. Je m'assis avec un livre. Il fit plusieurs petits sommes. A une heure, la garde vint me prévenir de la part de Joseph que le déjeuner était prêt. Joseph était encore subjugué.

— Monsieur se rend-il compte ? Monseigneur l'évêque se dérangeant lui-même ! Quel grand honneur il a fait à notre pauvre Monsieur ! Monsieur m'a-t-il vu baiser l'anneau ?

— J'ai vu.

— Je ne l'aurais certainement pas fait de mon propre chef. Je l'ai fait pour faire plaisir à ma pauvre femme.

Je passai l'après-midi dans la chambre d'Elliott. Au cours de la journée, parvint un télégramme d'Isabel annonçant qu'elle et Gray arriveraient le lendemain matin par le Train Bleu. J'osais à peine espérer qu'ils seraient là à temps. Le docteur vint aussi. Il hocha la tête. Vers le soir, Elliott se réveilla et put s'alimenter un peu, ce qui sembla lui rendre momentanément quelques forces. Il me fit signe et je m'approchai du lit. Sa voix était très faible.

— Je n'ai pas répondu à l'invitation d'Edna.

— Oh ! Elliott ne vous faites pas de souci pour cela maintenant.

— Pourquoi pas ? J'ai toujours été un homme du monde ; il n'y a pas de raison pour qu'en le quittant j'oublie mes bonnes manières. Où est la carte ?

Elle se trouvait sur la cheminée ; je la lui mis dans la main, mais je doute qu'il ait pu la voir.

— Vous trouverez un bloc de papier à lettres dans mon cabinet de travail. Si vous voulez bien le prendre, je vous dicterai ma réponse.

J'allai dans la chambre voisine et revins avec tout ce qu'il faut pour écrire. Je m'assis sur le bord du lit.

— Etes-vous prêt ?

— Oui.

Ses yeux étaient clos, mais il avait sur les lèvres un sourire narquois et je me demandais ce qui allait sortir.

— *Mr. Elliott Templeton, empêché par un rendez-vous antérieur avec Notre Seigneur, regrette de ne pouvoir accepter l'aimable invitation de la princesse Novemali.*

Il eut un faible ricanement qui semblait déjà venir de l'au-delà. Son visage était d'une singulière pâleur bleuâtre, horrible à voir et il dégageait une odeur nauséabonde particulière à sa maladie. Pauvre Elliott qui avait toujours aimé à s'asperger de parfums de Chanel et de Molyneux ! Il tenait encore la carte d'invitation subtilisée et, pensant qu'elle l'incommodait, je tentai de la lui retirer de la main, mais il la retint en serrant davantage. Je tressaillis en l'entendant dire d'une voix assez haute :

— La vieille garce !

Ce furent ses derniers mots. Il tomba dans le coma. La garde qui l'avait veillé toute la nuit précédente paraissait très fatiguée ; je l'envoyai se coucher, en lui donnant ma parole que je l'appellerais en cas de nécessité et lui promis de rester auprès du malade. Il n'y avait d'ailleurs rien à faire. J'allumai une lampe voilée d'un abat-jour et me mis à lire jusqu'à ce que les yeux me fissent mal ; je l'éteignis alors et restai assis dans l'obscurité. La nuit était chaude et les fenêtres largement ouvertes. A intervalles réguliers, le pinceau lumineux du phare balayait la pièce d'un rayon furtif. La lune qui, lorsqu'elle serait tout à fait pleine, allait contempler la bruyante et creuse gaieté du bal masqué d'Edna Novemali, était déjà haute et dans le ciel d'un bleu si profond, lés innombrables étoiles étincelaient de tout leur éclat impressionnant. Je crois que je m'étais légèrement assoupi, mais mes sens étaient encore en éveil et je fus rappelé soudain à toute ma conscience par un bruit précipité, furieux, le bruit le plus effrayant qu'on puisse entendre : le râle de la mort. Je m'approchai du lit et à la lueur du phare je tâtai le pouls d'Elliott. Il était mort. J'allumai la lampe de chevet et le regardai. Sa mâchoire s'était affaissée. Ses yeux étaient ouverts et avant de les clore, je les contemplai fixement. J'étais ému et quelques larmes, je crois, roulaient le long de mes joues. Vieil et aimable ami ! J'étais attristé de penser combien sa vie avait été futile, inutile et vide. Bien peu importait à présent qu'il fût allé à tant de réceptions et qu'il eût été l'intime de tous ces princes, de ces ducs et de ces comtes. Tous l'avaient déjà oublié.

Ne voyant pas la nécessité de réveiller la garde épuisée, je retournai à mon fauteuil près de la fenêtre. Je m'étais endormi quand, à sept heures, elle entra. Je la laissai seule afin qu'elle pût faire ce qu'il fallait, je pris mon petit déjeuner et me rendis ensuite à la gare pour attendre Gray et Isabel. Je leur annonçai le décès d'Elliott et, comme il n'y avait pas de place pour eux dans la maison, je leur proposai de venir loger dans la mienne, mais ils préférèrent l'hôtel. Je rentrai chez moi prendre un bain, me raser et me changer.

Dans le courant de la matinée, Gray m'appela à l'appareil ; Joseph , me dit-il, lui avait remis une lettre qu'Elliott lui avait confiée et qui m'était adressée. Comme elle pouvait contenir quelque communication qui ne fût que pour moi seul, je lui dis que je prenais la voiture et que j'arrivais aussitôt. Moins d'une heure plus tard, une fois de plus, j'entrai dans la maison. La lettre qui portait sur l'enveloppe : *à être remise immédiatement après ma mort,* donnait des instructions relatives aux obsèques. Je savais qu'Elliott désirait être enseveli dans l'église construite par ses soins et j'en avais déjà prévenu Isabel. Voulant être embaumé, il donnait le nom de la maison à laquelle l'opération devait être confiée.

— Je me suis informé, continuait-il, et l'on m'a dit que ces gens sont très consciencieux. Je compte sur vous pour veiller à ce que ce ne soit pas bâclé. Je désire être revêtu de l'habit de mon ancêtre le comte de Lauria, son épée à mon côté et l'Ordre de la Toison d'or sur ma poitrine. Je vous laisse le choix du cercueil. Il ne doit pas être prétentieux, mais digne cependant de mon rang. Afin de n'importuner inutilement personne, je désire que la maison de Thomas Cook et fils soit chargée de toutes les formalités nécessaires au transfert de mes cendres et que l'un de leurs employés accompagne mon cercueil jusqu'à sa dernière demeure.

Elliott, je m'en souvins, avait exprimé le désir d'être enterré dans ce costume de mascarade, mais j'avais cru à un caprice passager et n'avais pas pensé alors qu'il parlât sérieusement. Joseph insistait pour que ses vœux fussent respectés et il n'y avait aucune raison, semblait-il, pour qu'ils ne le fussent pas. Le corps fut soigneusement embaumé et, accompagné de Joseph, j'allai moi-même le revêtir de ces habits grotesques. Ce fut lugubre.

Nous enfilâmes ses longues jambes dans les bas de soie blanche et les recouvrîmes des hauts-de-chausses dorés. Ce fut toute une affaire de passer ses bras dans les manches du pourpoint. Nous fixâmes la magnifique fraise empesée et drapâmes sur ses épaules la cape de satin. Enfin, nous le coiffâmes de la toque plate de velours et passâmes à son cou le collier de la Toison d'Or. Les embaumeurs avaient rosi ses joues et rougi ses lèvres. Elliott, dans ce costume trop ample maintenant pour son corps émacié, ressemblait à un choriste d'un des premiers opéras de Verdi : triste Don Quichotte d'un idéal futile ! Quand les hommes des pompes funèbres l'eurent déposé dans le cercueil, je plaçai l'épée le long de son corps entre ses jambes, les mains sur le pommeau, ainsi que j'avais vu le glaive posé sur la tombe sculptée d'un Croisé.

Gray et Isabel se rendirent en Italie pour assister aux funérailles.

CHAPITRE VI

I

Je crois devoir prévenir le lecteur que, sans perdre le fil de mon histoire, il peut fort bien passer ce chapitre : j'en consacre la majeure partie au récit d'une conversation que j'eus avec Larry. Je dois ajouter cependant que si ce n'avait été à cause de cette conversation, je n'aurais peut-être pas jugé que mon livre valût la peine d'être écrit.

II

Cet automne-là, me rendant en Angleterre peu de mois après la mort d'Elliott, je passai quelques jours à Paris. Isabel et Gray, en revenant de leur pénible voyage en Italie, étaient retournés en Bretagne, mais à présent ils étaient de nouveau installés dans l'appartement de la rue Saint-Guillaume. Isabel me communiqua les détails du testament. Elliott avait laissé des fonds afin que des messes fussent dites pour le repos de son âme dans l'église construite par ses soins et une donation supplémentaire destinée à l'entretien de l'édifice. A l'évêque de Nice, il avait légué une jolie somme à distribuer aux œuvres charitables ; à moi-même, il avait fait le don quelque peu équivoque de sa bibliothèque pornographique du XVIIIe siècle et d'un merveilleux dessin de

Fragonard représentant un satyre et une nymphe occupés à des ébats auxquels on se livre d'habitude dans l'intimité seulement. Le sujet en était trop indécent pour être accroché au mur et je ne suis pas homme à me régaler d'obscénités dans le privé. Elliott avait généreusement assuré l'avenir de son personnel. Ses neveux devaient recevoir chacun dix mille dollars et le reste de ses biens allait à Isabel. Quel en était le montant ? Elle ne m'en dit rien et je ne m'en informai pas ; son air satisfait me fit comprendre que le chiffre en était imposant.

Depuis longtemps déjà — avant même d'avoir recouvré la santé — Gray se montrait vivement désireux de retourner en Amérique et de se remettre au travail et Isabel, quoique se plaisant assez à Paris, s'était laissé gagner par son impatience. Il y avait un certain temps déjà qu'il était en pourparlers avec des amis, mais les meilleures affaires qu'on lui offrait exigeaient un capital considérable dont il ne disposait pas alors. Cependant la mort d'Elliott mit Isabel en possession d'une somme infiniment plus importante qu'il n'était nécessaire et dès lors, avec son consentement, Gray entreprit des négociations dans l'intention, si tout se dessinait bien, de quitter Paris et d'aller sur place étudier lui-même le projet. Mais auparavant il restait encore beaucoup de questions à régler : il fallait arriver à un accord acceptable avec le Trésor français au sujet des droits de succession ; il fallait se débarrasser de la maison d'Antibes et de l'appartement de la rue Saint-Guillaume ; il fallait organiser à l'hôtel Drouot une vente des meubles, des tableaux et des dessins d'Elliott. Ceux-ci avaient une grosse valeur, et il semblait sage d'attendre jusqu'au printemps — les grands collectionneurs se trouvent généralement à Paris à cette époque de l'année. Isabel n'était nullement contrariée d'y passer encore un hiver ; les enfants babillaient à présent aussi aisément en français qu'en anglais et elle était contente de les laisser quelques mois de plus dans une école française. En trois ans, elles avaient poussé et étaient devenues de petites bonnes femmes hautes sur pattes, maigrichonnes et vives, ayant peu de chose de la beauté de leur mère, mais aux manières gracieuses et à la curiosité insatiable.

Rien de plus à dire à ce sujet.

III

Le hasard me remit en présence de Larry. Isabel, à qui j'avais demandé de ses nouvelles, l'avait vu très peu depuis leur retour de La Baule. Elle et Gray s'étaient fait à présent tout un cercle d'amis de leur âge et ils étaient pris bien plus souvent qu'au cours des agréables semaines où tous les quatre nous nous étions trouvés si fréquemment ensemble. Un soir, j'allai au Théâtre-Français où l'on donnait *Bérénice*. J'avais, bien entendu, lu la pièce, mais ne l'avais jamais vu jouer et comme elle est rarement à l'affiche, je ne voulais pas manquer cette occasion. Ce n'est pas une des meilleures œuvres de Racine : le sujet est trop ténu pour remplir cinq actes, mais il est émouvant et certains passages en sont à juste titre célèbres.

J'imagine que seul un Français est à même d'apprécier pleinement la grâce et la grandeur de Racine, et la musique de ses vers ; mais même un étranger, une fois qu'il s'est habitué à l'emphase grandiloquente du style, ne peut guère se défendre d'être ému par la tendresse passionnée et par la noblesse des sentiments. Mieux que personne Racine savait tout ce que la voix humaine peut avoir de dramatique. Pour moi, en tout cas, le déroulement harmonieux de ces fluides alexandrins compense amplement le manque d'action et je trouve les longues tirades, transportant avec un art consommé le spectateur vers le faîte final, aussi émouvantes que n'importe quel mélo de cinéma qui vous fait dresser les cheveux sur la tête.

Je profitai du répit après le troisième acte pour aller fumer une cigarette dans le foyer où trône le *Voltaire* de Houdon, au ricanement édenté et sardonique. Quelqu'un me toucha l'épaule. Je me retournai avec peut-être un léger mouvement de contrariété, car j'aurais préféré demeurer seul avec l'exaltation dont m'avaient rempli ces phrases sonores ; et j'aperçus Larry. Comme toujours, je fus content de le voir. Il y avait un an que je ne m'étais plus trouvé avec lui ; je lui proposai de me rejoindre à la fin du spectacle et d'aller ensemble prendre un verre de bière. N'ayant pas dîné, il avait faim, me dit-il, et il m'offrit de l'accompagner à Montmartre. Nous nous retrouvâmes comme convenu et sortîmes. Le Théâtre-Français a une odeur toute particulière de moisi et de renfermé. Il est imprégné du relent *sui generis* laissé par d'innombrables générations de ces ouvreuses mal lavées et au visage revêche qui vous conduisent à votre fauteuil et attendent leur pourboire dans une attitude impérative de commandement. Quel soulagement de nous retrouver au grand air ! La nuit était belle et nous décidâmes de faire la route à pied. Les lampes à arc de l'avenue de l'Opéra brillaient d'une lumière si provocante qu'au-dessus d'elles les étoiles, comme si elles étaient trop fières pour relever le défi, dissimulaient leur éclat dans les profondeurs de l'infini. Tout en cheminant, nous parlions du spectacle auquel nous venions d'assister. Larry était déçu. Il aurait préféré plus de naturel, les vers récités sur un ton de conversation ordinaire et des gestes moins théâtraux. Je ne partage pas son avis. C'est de l'emphase, de l'emphase grandiloquente, qui demande, je crois, à être déclamée avec emphase. J'aimais le martèlement régulier des rimes ; et les gestes stylisés, légués par une longue tradition, me semblaient répondre au caractère particulier de cet art conventionnel. Je ne pouvais m'empêcher de penser que Racine eût souhaité voir sa pièce interprétée de cette manière. J'avais admiré l'habileté des acteurs à rester humains, passionnés et vrais dans les limites qui leur étaient imposées : l'art triomphe quand il peut se servir de la convention comme d'un instrument pour ses propres fins.

Nous atteignîmes l'avenue de Clichy et entrâmes dans la brasserie Graff. Il n'était guère plus de minuit et il y avait foule ; ayant cependant pu trouver une table, nous commandâmes des œufs. Je dis à Larry que j'avais vu Isabel.

— Gray sera content de retourner en Amérique, dit-il. Ici, il est comme un poisson hors de l'eau. Il ne se sentira pas heureux tant qu'il ne se sera pas remis au travail. Je crois qu'il fera beaucoup d'argent.

— Dans ce cas, c'est à vous qu'il le devra. Vous avez guéri non seulement son corps, mais son moral. Vous lui avez rendu confiance en lui-même.

— J'ai fait très peu de chose. Je lui ai simplement montré comment se guérir lui-même.

— Comment avez-vous appris ce peu de chose ?

— Par hasard. Ce fut durant mon séjour dans l'Inde. Je souffrais d'insomnies et il m'arriva d'en parler à un vieux Yogi de ma connaissance qui me promit de me guérir très vite. Il fit exactement ce que vous m'avez vu faire avec Gray et, la nuit même, je dormis comme depuis des mois je n'avais dormi. Puis, ce devait être un an plus tard, je me trouvais dans l'Himalaya avec un Hindou de mes amis qui se foula la cheville. Impossible d'avoir un médecin ; il souffrait terriblement. J'eus l'idée d'essayer le traitement du vieux Yogi et cela réussit. Croyez-le ou non, il fut complètement soulagé de sa douleur. — Larry se mit à rire — Personne, je puis vous l'assurer, ne fut plus surpris que moi. En réalité, il n'y a là rien de mystérieux : il suffit d'enfoncer l'idée dans la tête du malade.

— C'est plus facile à dire qu'à faire.

— Seriez-vous très étonné si votre bras se soulevait de lui-même de la table sans aucune intervention de votre volonté ?

— Infiniment.

— Eh bien ! il va se soulever. A notre retour dans le monde civilisé, mon ami l'Hindou raconta à des gens ce que j'avais fait et m'en amena d'autres encore. Ne comprenant pas très bien moi-même le mécanisme du phénomène, je n'aimais guère à y recourir, mais on insistait. D'une façon ou d'une autre, j'allégeais la souffrance. Je me découvris capable de délivrer les êtres non seulement de la douleur, mais aussi de la peur. Le nombre de ceux qui en sont affligés est surprenant : je n'entends pas uniquement la peur des espaces clos et la peur des hauteurs, mais aussi la peur de la mort et, ce qui est pire, la peur de la vie. Souvent, ces gens paraissent être en excellente santé, libres de tout souci, et pourtant ils sont possédés de cette angoisse. J'ai pensé parfois que c'était la plus obsédante hantise des hommes ; il fut un temps où je me suis demandé si elle était due à quelque profond instinct animal légué par l'être primitif à l'homme lorsqu'il s'est éveillé au premier frémissement de la vie.

J'étais suspendu aux lèvres de Larry, car il lui arrivait rarement de parler avec autant d'abondance et, par extraordinaire, je le sentais disposé à s'épancher. Peut-être la pièce que nous venions de voir l'avait-elle délivré d'une certaine inhibition et le rythme de ces tirades sonores avait-il, par un effet comparable à celui de la musique, triomphé de son instinctive réserve. Soudain je m'aperçus qu'il arrivait quelque chose à ma main. Je n'avais guère prêté d'attention à la question ou plutôt à la boutade de Larry. J'eus conscience que ma main ne reposait plus sur la table, mais que, sans aucune intervention de ma volonté, elle la surplombait d'un centimètre. J'éprouvai dans les nerfs de mon bras un singulier tressaillement, une légère secousse, puis ma main et mon avant-bras s'élevèrent d'eux-mêmes jusqu'à plusieurs centimètres de la table — en toute vérité, sans secours ni résistance de ma part. Finalement, je sentis tout mon bras qui se soulevait.

— Voilà qui est bien étrange, fis-je.

Larry se mit à rire. Je fis un imperceptible effort de volonté et ma main retomba sur la table.

— Ce n'est rien, dit-il, n'y attachez aucune importance.

— Est-ce le Yogi de qui vous nous avez parlé à votre retour de l'Inde qui vous a enseigné cela ?

— Oh ! non, ce genre d'expériences ne l'intéressait pas. Je ne sais s'il se croyait en possession de ces pouvoirs dont se prévalent tant de Yogis, mais il eût jugé puéril de les mettre en pratique.

On apportait nos œufs. Nous les mangeâmes de bon appétit. Nous bûmes de la bière. Nul de nous deux ne parlait. Je ne sais à quoi il pensait ; moi, je pensais à lui. J'allumai une cigarette, et lui, une pipe.

— D'abord, qu'est-ce qui vous a décidé à partir pour l'Inde ? lui demandai-je à brûle-pourpoint.

— Le hasard. Du moins je le croyais à ce moment-là. Maintenant je serais plutôt porté à penser que c'était la suite inévitable de mes années d'Europe. J'ai l'impression d'avoir rencontré uniquement par hasard presque tous les êtres qui ont eu le plus d'influence sur moi et pourtant, en y réfléchissant après coup, il me paraît que je n'aurais pas pu ne pas les rencontrer. C'est comme s'ils avaient vécu dans l'attente de mon appel lorsque j'aurais besoin d'eux. Je me suis rendu dans l'Inde parce qu'une détente m'était absolument nécessaire. J'avais travaillé très dur et je désirais m'évader de mes pensées. Je m'embauchai comme garçon de pont sur l'un de ces bateaux qui font des croisières autour du monde. Il allait en Orient et à New York par le canal de Panama. Depuis cinq ans, je n'étais pas retourné en Amérique et j'avais le mal du pays. J'étais déprimé. Vous savez combien j'étais ignorant quand, il y a tant d'années, nous nous sommes rencontrés pour la première fois à Chicago. En Europe, j'avais lu énormément et vu plus encore, mais je n'avais pas progressé davantage vers ce que je recherchais.

J'avais envie de le prier de s'expliquer, mais j'eus le sentiment qu'il se bornerait à rire, hausserait les épaules et m'affirmerait que c'était sans intérêt.

— Mais pourquoi vous êtes-vous engagé comme garçon de pont ? préférai-je demander. Vous aviez de l'argent.

— Je voulais voir ce que c'était. Chaque fois que j'ai eu l'esprit saturé, chaque fois que j'ai emmagasiné tout ce que je pouvais pour le moment, j'ai trouvé qu'un dérivatif de ce genre me faisait du bien. Cet hiver-là, après la rupture de mes fiançailles avec Isabel, j'ai travaillé pendant six mois dans une mine de charbon de Lens.

C'est alors qu'il me raconta ce que j'ai rapporté dans un précédent chapitre.

— Avez-vous beaucoup souffert lorsque Isabel vous a envoyé promener ?

Avant de répondre, il me regarda de ses étranges yeux noirs qui semblaient alors bien plus tournés vers lui-même que vers le monde extérieur.

— Oui, j'ai eu beaucoup de chagrin. Je m'étais toujours mis en tête que nous nous marierions. J'avais fait des projets pour notre vie commune. J'espérais que ce serait délicieux. — Il esquissa un sourire — Mais pour se marier, il faut être deux, comme il faut être deux pour se disputer. Jamais il ne m'était venu à l'idée que la vie que j'offrais à Isabel pourrait lui faire peur. Si j'avais eu tant soit peu de bon sens, je n'aurais jamais dû la lui proposer. Elle était trop jeune, trop ardente. Je ne pouvais la blâmer. Je ne pouvais céder.

Le lecteur se souviendra peut-être que Larry, lors de sa fuite de la ferme après son aventure grotesque avec cette veuve, la belle-fille du fermier, s'était rendu à Bonn. J'avais hâte de le voir poursuivre son récit, mais je devais me garder, je le savais, de lui poser des questions trop directes.

— Je ne suis jamais allé à Bonn, dis-je. Dans ma jeunesse, j'ai été pendant quelque temps étudiant à Heidelberg. Ce fut, je crois, la période la plus heureuse de ma vie.

— J'aimais Bonn. J'y ai passé un an. J'avais une chambre chez la veuve d'un professeur de l'Université qui prenait quelques pensionnaires. Aidée de ses deux filles plus très jeunes ni l'une ni l'autre, elle s'occupait de la cuisine et du ménage. J'appris que l'autre locataire était un Français et, ne voulant m'entretenir qu'en allemand, j'en fus d'abord déçu. Mais il était Alsacien et parlait l'allemand sinon plus couramment, du moins avec un meilleur accent que le français. Il était habillé comme le sont les prêtres d'outre-Rhin et, au bout de quelques jours, quelle ne fut pas ma surprise de découvrir que c'était un moine bénédictin ! On lui avait accordé la permission de s'absenter du monastère afin de faire des recherches à la bibliothèque de l'Université. Il était très cultivé, mais n'en avait pas plus l'air qu'il ne répondait à l'idée que je me faisais d'un moine. C'était un grand gaillard robuste, aux cheveux couleur de sable, aux yeux bleus saillants et au visage poupin et rubicond. Timide et réservé, il sembla ne me prêter aucune attention, mais à table, très affable avec un peu d'affectation, il prenait toujours poliment part à la conversation. C'était le seul moment où je le voyais ; le dîner terminé, il retournait aussitôt travailler à la bibliothèque et, après le souper quand, assis dans le petit salon, je perfectionnais mon allemand avec celle des deux filles de la maison qui ne lavait pas la vaisselle, il se retirait dans sa chambre.

« Je fus tout étonné, lorsqu'un après-midi — j'étais là depuis un mois au moins — il me demanda s'il me plairait d'aller me promener avec lui. Il pourrait, ajouta-t-il, me montrer des endroits qu'il me serait difficile sans doute de découvrir seul. Je suis assez bon marcheur, mais il me dépassait constamment. Ce premier jour nous avons dû couvrir une bonne vingtaine de kilomètres. Il me demanda ce que je faisais à Bonn : « J'y suis venu pour apprendre l'allemand, lui répondis-je, et tâcher d'acquérir quelque connaissance de la littérature germanique. » Il s'exprimait avec beaucoup d'intelligence. Il serait enchanté, me dit-il, de m'aider de tous ses moyens. Dès lors, deux ou trois fois par semaine, nous allâmes faire des promenades. J'appris que, durant quelques années, il avait enseigné la philosophie. Lors de mon séjour à Paris, j'avais passablement lu : Spinoza, Platon, Descartes ; mais jamais rien d'aucun des grands philosophes allemands et j'étais très heureux de l'écouter en discourir. Un jour, alors que nous avions excursionné de l'autre côté du Rhin et étions assis dans le jardin d'une brasserie devant un verre de bière, il me demanda si j'étais protestant.

« — Je le suppose, répondis-je.

« Il me lança un bref coup d'œil et je crus distinguer dans ses yeux un semblant de sourire. Il se mit à parler d'Eschyle ; j'avais appris le grec, vous savez, et il avait des grands auteurs tragiques une connaissance à laquelle je ne pouvais jamais viser. Ses propos vous transportaient. Je me demandais pourquoi subitement il m'avait posé cette question. Mon tuteur, Oncle Bob Nelson, était athée ; mais pour ménager la susceptibilité de ses malades, il allait régulièrement aux offices et, pour la même raison, m'envoya à l'école du dimanche. Marthe, notre domestique, avait terrorisé mon enfance en me parlant du feu infernal auquel le pécheur devait être condamné pour l'éternité. Elle prenait un réel plaisir à me décrire les supplices réservés à certaines gens du village à qui, pour une raison ou une autre, elle en voulait.

« Quand vint l'hiver, je connaissais déjà très bien le Père Ensheim. C'était, à mon avis, un homme assez remarquable. Je ne l'ai jamais vu en colère. Il était aimable, naturellement bon, beaucoup plus large d'idées que je ne m'y serais attendu et d'une tolérance admirable. D'une érudition prodigieuse, il se rendait sans doute compte de toutes mes lacunes et pourtant il s'entretenait avec moi comme si ma culture était à l'égal de la sienne. Il me traitait avec beaucoup de patience et semblait n'avoir que le seul désir de me rendre service. Un beau jour, je ne sais comment, j'attrapai un lumbago et Fräu Grabau, ma propriétaire, insista pour que je me mette au lit et que je m'applique des bouillottes d'eau chaude. Apprenant mon indisposition, le Père Ensheim vint me voir dans ma chambre après le souper. A part des douleurs assez violentes, je me sentais parfaitement bien. Vous connaissez ces rats de bibliothèque, curieux de tout ce qui a rapport aux livres, et comme, en le voyant entrer je déposais un volume que j'étais en train de lire, il le prit et en regarda le titre. C'était une étude sur Maître Eckart que j'avais trouvée dans une librairie de la ville. Il me demanda pourquoi je faisais choix d'une telle lecture et je lui dis avoir parcouru quelque peu de littérature mystique ; lui parlant alors de Kosti, je lui racontai comment il avait éveillé mon intérêt pour ces questions. Il m'observait de ses yeux bleus saillants d'où se dégageait une expression — comment dirais-je ? — de tendresse amusée. J'eus l'impression qu'il me trouvait un peu ridicule ; mais son affection pour moi n'en était sans doute nullement diminuée tant je devinais en lui de bienveillance à mon égard. D'ailleurs cela m'a toujours été à peu près égal d'être pris pour une sorte de détraqué.

« — Que recherchez-vous dans ces livres ? me demanda-t-il.

« — Si je le savais, répondis-je, je serais au moins en voie de le découvrir.

« — Je vous ai demandé, vous en souvenez-vous, si vous étiez protestant. Vous m'avez répondu que vous le supposiez. Que vouliez-vous dire ?

« — J'ai été élevé dans cette religion, fis-je.

« — Croyez-vous en Dieu ? demanda-t-il.

« Je n'aime pas à être questionné sur moi-même et mon premier mouvement fut pour lui répondre que cela ne le regardait pas. Mais il y avait en lui tant de bonté qu'il ne m'était pas possible de le froisser. Je ne savais que faire : je ne voulais pas dire oui, et je ne voulais pas dire non. La douleur qui me tenaillait me disposait-elle à des confidences, ou était-ce quelque chose qui émanait de lui ? Toujours est-il que je lui ouvris quelque peu mon cœur.

Larry hésita un moment et quand il poursuivit, je savais qu'il ne s'adressait pas à moi, mais au bénédictin. Il avait oublié ma présence. Etait-ce l'heure ou l'endroit qui, sans aucune sollicitation de ma part, l'incita à parler de ce que son instinctive réserve avait si longtemps tenu caché ? Je l'ignore.

— Oncle Bob Nelson était d'esprit très démocratique et, à Marvin, il m'avait envoyé à l'école communale. Seules les incessantes récriminations de Louisa Bradley le décidèrent, quand j'eus quatorze ans, à me laisser aller à l'Institution de Saint-Paul. Je n'étais guère brillant en rien, ni dans les études, ni dans les sports, mais je m'y adaptai très bien malgré tout. J'étais, je crois, un garçon parfaitement normal. J'étais fou de l'aviation, qui en était alors à ses débuts, et oncle Bob s'y passionnait autant que moi ; il connaissait quelques aviateurs et quand je lui fis part de mon désir d'apprendre à piloter, il me promit de me faciliter les choses. J'étais grand pour mon âge et à seize ans on m'en donnait aisément dix-huit. Oncle Bob me fit jurer le secret : il savait que s'il m'autorisait à partir, tout le monde lui tomberait dessus comme une avalanche de pierres ; cela ne l'empêcha pas de m'aider à gagner le Canada et de me donner une lettre pour une personne de ses relations ; il en résulta qu'au jour de mes dix-sept ans, j'étais aviateur en France.

« Ces avions dans lesquels nous montions étaient alors d'affreuses guimbardes et, à vrai dire, à chaque vol on jouait sa vie. Les altitudes que nous atteignions étaient ridicules si l'on en juge par les moyennes actuelles, mais n'ayant rien vu de mieux, nous étions dans l'admiration. J'adorais voler. Je ne saurais décrire l'impression que j'en éprouvais ; je me sentais fier et heureux, sans plus. Là-haut, dans les airs, j'avais conscience de faire partie de quelque chose de très grand et de très beau. Je ne comprenais pas pourquoi, je savais seulement qu'à mille mètres je n'étais plus isolé comme je l'étais en bas, mais qu'au contraire j'avais une attache. Ce n'est pas ma faute si ce que je dis a l'air idiot. Quand je survolais les nuages qui, au-dessous de moi, ressemblaient à de grands troupeaux de brebis, je comprenais que dans l'infini j'étais à ma place.

Larry se tut. Du fond de ses orbites, ses yeux impénétrables me fixaient, mais me voyaient-ils ?

« Je savais que des hommes avaient été tués par centaines de milliers, mais je ne les avais pas vus morts. Cela n'évoquait pas grand-chose pour moi. Un jour cependant, je vis de mes propres yeux un cadavre. Ce spectacle me remplit de honte.

— De honte ? m'exclamai-je involontairement.

— Oui, de honte, parce que ce garçon qui avait seulement trois ou quatre ans de plus que moi, qui était doué de tant d'énergie et d'audace, qui un moment auparavant était si plein de vie, qui avait été si bon, n'était plus à présent qu'un amas de chair déchiquetée ayant l'air de n'avoir jamais été animée.

Je ne disais mot. Au temps où j'étudiais la médecine, j'avais vu des cadavres et, durant la guerre, j'en avais vu bien davantage. J'avais été épouvanté de constater l'insignifiance de leur apparence. Ils étaient dépourvus de toute dignité : on eût dit des marionnettes mises au rancart par l'homme du guignol.

— Je ne dormis pas cette nuit-là. Je pleurai. Je n'avais pas peur pour moi-même ; j'étais indigné ; cette impression affreuse me laissait tout désemparé. La guerre prit fin et je rentrai au pays. J'avais toujours eu un faible pour la mécanique et je me proposais, au cas où il n'y aurait rien à faire dans l'aviation, d'entrer dans une usine d'automobiles. A cause de ma blessure, je dus garder le repos pendant un certain temps encore. Ensuite, on voulut que je me mette à travailler. Je ne pouvais accepter le métier qu'on désirait m'imposer : il me paraissait sans intérêt. J'avais largement le temps de réfléchir. Je continuais à me demander quel était le but de la vie. Après tout, si j'étais encore de ce monde, c'était l'effet d'un simple hasard ; je voulais faire servir mon existence à quelque chose, mais je ne savais pas à quoi. Je n'avais jamais beaucoup pensé à Dieu. C'est alors que je me mis à méditer. Je ne pouvais comprendre pourquoi il y avait du mal dans le monde. Je me savais très ignorant ; je n'avais personne vers qui me tourner et, désireux de m'instruire, je me mis à lire au petit bonheur.

« Après cette confidence, le Père Ensheim me demanda :

« Ainsi vous avez lu pendant quatre ans. Où cela vous a-t-il conduit ? »

« — Nulle part, dis-je.

« Il me regarda avec une bonhomie si rayonnante que j'en fus déconcerté. Qu'avais-je fait pour m'attirer tant de sympathie ? Doucement il tambourinait des doigts sur la table comme si, dans son esprit, il tournait et retournait une idée.

« — Notre vieille et sage Eglise, dit-il alors, a découvert que si l'on agit comme si l'on avait la foi, celle-ci vous est finalement accordée ; si en priant on est en proie au doute, mais si l'on prie avec sincérité, le doute se dissipera ; si vous vous abandonnez à la beauté de cette liturgie dont le pouvoir sur l'esprit humain a été prouvé par une expérience séculaire, la paix descendra sur vous. Je dois bientôt retourner à mon monastère. Pourquoi ne viendriez-vous pas passer quelques semaines avec nous ? Vous pourriez travailler aux champs en compagnie de nos frères lais ; vous pourriez lire dans notre bibliothèque. Il serait non moins intéressant d'en faire l'essai que de travailler dans une mine de charbon ou dans une ferme d'Allemagne.

« — Pourquoi me faites-vous cette proposition ? demandai-je.

« — Je vous observe depuis trois mois, dit-il. Je vous connais peut-être mieux que vous vous connaissez vous-même. La distance qui vous sépare de la foi n'est pas plus grande que l'épaisseur d'une feuille de papier à cigarettes.

« Je ne répondis pas. J'éprouvais une drôle d'impression, comme si quelqu'un avait pris en main les rênes de mon cœur et tirait dessus. Finalement, je promis d'y penser. Il abandonna le sujet. Durant le reste du séjour du Père Ensheim à Bonn, nous ne reparlâmes jamais de la religion ; mais quand il partit, il me donna l'adresse de son monastère et me dit que si je me décidais à venir, il me suffirait de lui envoyer un mot et il ferait le nécessaire. Il me manqua plus que je n'aurais pu imaginer. L'année s'avançait et mon séjour à Bonn continuait à me plaire. Je lus Gœthe et Schiller et Heine. Je lus Holderlin et Rilke. Mais cela ne me menait toujours à rien. Je pensais beaucoup à ce que m'avait dit le Père Ensheim et me décidai finalement à accepter son offre.

« Il vint m'accueillir à la gare. Le monastère était situé en Alsace et le pays était beau. Après m'avoir présenté au Père Supérieur, le Père Ensheim me montra la cellule qui m'avait été assignée. Il s'y trouvait un étroit lit de fer, un crucifix fixé au mur et, en fait de mobilier, le plus strict nécessaire. La cloche du dîner sonna et je me dirigeai vers le réfectoire. C'était une immense salle voûtée. Le Supérieur se tenait à la porte avec deux moines dont l'un portait une cuvette et l'autre une serviette ; le Supérieur faisait le simulacre de laver les mains des convives en les aspergeant de quelques gouttes d'eau, puis les essuyait avec le linge que lui tendait l'un des deux moines. Trois autres invités se trouvaient là : deux prêtres qui, passant dans la région, s'étaient arrêtés pour dîner et un Français d'un certain âge qui faisait une retraite.

« Le Père Supérieur et les deux prieurs, l'aîné et le cadet, étaient assis au bout de la salle, chacun à une table séparée ; les Pères le long des deux côtés du mur, tandis que les frères lais et les invités prenaient place aux tables du milieu. On fit la prière et nous dînâmes. Un novice s'installa près de la porte du réfectoire et d'une voix monotone lut un passage tiré d'une œuvre d'édification. Lorsque nous eûmes terminé, les grâces furent dites de nouveau. Le Supérieur, le Père Ensheim, les hôtes et le moine qui devait s'occuper d'eux se rendirent dans une pièce où fut servi le café et nous parlâmes de choses quelconques. Puis je rejoignis ma cellule.

« Je passai là trois mois. J'étais très heureux. Ce genre de vie me convenait parfaitement. La bibliothèque était bien fournie et je lus beaucoup. Aucun des Pères n'essaya de m'influencer d'une façon ou d'une autre, mais tous s'entretenaient volontiers avec moi. J'étais profondément impressionné par leur savoir, leur piété et leur désintéressement des choses d'ici-bas. Il ne faut pas croire qu'ils vivent dans l'oisiveté. Ils étaient constamment occupés. Ils exploitaient leur propre terre, la travaillaient eux-mêmes et accueillaient avec plaisir ma collaboration. La splendeur des offices religieux était un vrai régal pour moi, mais de tous, je préférais les matines. Le service avait lieu à quatre heures du matin. C'était extraordinairement émouvant d'être assis dans l'église en pleine obscurité tandis que les moines, l'air mystérieux dans leur robe, le capuchon ramené sur la tête, entonnaient de leurs voix puissantes et mâles le plain-chant de la liturgie. La régularité de leur routine journalière avait quelque chose d'apaisant et, malgré toute l'énergie qui se dépensait, malgré l'activité de la pensée, on éprouvait un perpétuel sentiment de repos.

Larry sourit d'un air légèrement mélancolique.

— Comme Rolla, je suis venu trop tard dans un monde trop vieux. J'aurais dû naître au Moyen Age lorsque la foi était chose toute naturelle ; ma route eût été alors clairement tracée et j'aurais tâché d'entrer dans les ordres. Je ne parvenais pas à gagner la foi. J'y aspirais, mais je ne pouvais croire en un Dieu qui n'était pas meilleur que n'importe quel autre honnête homme. Les moines me disaient que Dieu avait créé le monde pour sa propre glorification. Un tel but ne me semblait pas très méritoire. Beethoven a-t-il composé ses symphonies pour sa propre gloire ? Je ne le crois pas. Il les a écrites, je suppose, parce que la musique qui chantait dans son âme demandait à s'exprimer, et tous ses efforts tendirent alors à rendre ses accords aussi parfaits que possible.

« J'avais coutume d'écouter les moines réciter les louanges du Seigneur ; je me demandais comment ils pouvaient continuer ainsi sans gêne à prier leur Père céleste de leur accorder leur pain quotidien. Les enfants implorent-ils leur père terrestre de leur donner la subsistance ? Ils trouvent tout naturel qu'il le fasse ; ils ne lui en ont et ne lui en doivent d'ailleurs aucune gratitude ; et l'on ne peut que blâmer un homme qui, ayant fait des enfants, ne peut ou ne veut pourvoir à leurs besoins. J'estimais que si un Créateur tout-puissant n'est pas en mesure d'assurer aux êtres de sa création ce qui est indispensable à leur existence matérielle et spirituelle, il ferait mieux de ne pas les créer.

— A mon avis, dis-je, mon cher Larry, il est heureux que vous n'ayez pas vécu au Moyen Age. Vous auriez sans doute péri sur le bûcher.

Il sourit.

— Vous avez eu énormément de succès, continua-t-il. *Vous*, aimez-vous qu'en votre présence l'on vous casse l'encensoir sur le nez ?

— Cela ne fait que m'embarrasser.

— C'est bien ce que je pensais. Que tel soit le désir de Dieu, je ne puis le croire davantage. Dans l'armée de l'air, nous n'avions guère d'estime pour un gaillard qui avait recours à la flagornerie pour extorquer une faveur de son chef.Il m'était difficile de concevoir que Dieu pût avoir une haute opinion de quelqu'un qui tente de gagner sa grâce par de viles flatteries. J'aurais cru plutôt que le meilleur culte à Lui rendre et le plus sympathique à Ses yeux, c'est d'agir selon notre conscience.

« Mais là n'était pas la source principale de mon trouble ; je ne parvenais pas à m'expliquer cette crainte du péché qui, pour autant que je puisse en juger, n'était jamais tout à fait absente de la pensée des moines. J'ai connu des tas de types dans l'aviation. C'est entendu, chaque fois qu'ils en avaient la possibilité, ils se soûlaient, ils ne négligeaient jamais l'occasion de s'offrir une femme et ils usaient d'un langage grossier ; nous avions même parmi nous un ou deux cerveaux brûlés : l'un fut arrêté pour avoir émis des chèques sans provision et fit six mois de prison ; ce n'était pas entièrement sa faute : auparavant, il n'avait jamais eu d'argent à sa disposition et lorsqu'il s'en sentit dans les poches plus qu'il eût pu rêver jamais en posséder, il perdit la tête. J'ai connu de mauvais garçons à Paris et à mon retour à Chicago, j'en ai connu d'autres encore ; mais leur perversité, en majeure partie, était due à l'hérédité contre laquelle ils ne pouvaient rien, ou à un entourage qu'ils n'avaient pas choisi : je me demande si la société n'était pas plus qu'eux responsable de leurs crimes. Si j'avais été Dieu, je n'aurais pu me décider à vouer à la damnation éternelle aucun d'entre eux, même le pire. Le Père Ensheim était large d'idées ; il pensait que l'enfer, c'est la privation de la présence de Dieu ; mais si vraiment cette punition est intolérable au point de mériter le nom d'enfer, est-il concevable qu'un Dieu généreux puisse l'infliger ? Après tout, c'est lui qui a créé les hommes et s'Il les a faits capables de pécher, c'est qu'Il l'a bien voulu. Si je dresse un chien à sauter à la gorge de tout étranger qui entre dans mon jardin et s'il le fait, est-il juste de ma part de le battre ?

« Si un Dieu tout de bonté et de puissance a créé le monde, pourquoi a-t-Il créé le mal ? Les moines disaient : c'est pour que l'homme, en triomphant de ses mauvais instincts, en résistant à la tentation, en acceptant l'infortune, les tristesses et les souffrances comme des épreuves envoyées par Dieu pour le purifier, soit finalement digne de Sa grâce. A mes yeux, c'était comme si vous envoyiez un messager dans un endroit quelconque et vouliez rendre sa mission plus difficile en construisant un labyrinthe à travers lequel il lui faudrait trouver sa route, puis en creusant un fossé rempli d'eau qu'il lui faudrait passer à la nage, et enfin en bâtissant un mur qu'il lui faudrait escalader. Je n'étais pas disposé à croire en un Dieu de toute sagesse à qui le bon sens fît défaut. Je ne voyais pas pourquoi on ne pourrait pas plutôt croire en un Dieu qui, n'ayant pas Lui-même créé le monde, se voit obligé de tirer le meilleur parti de la mauvaise affaire avec laquelle il s'est trouvé confronté, un Etre infiniment meilleur, plus sage et plus grand que l'homme, un Etre qui lutterait contre le mal qu'Il n'a pas créé et qui finalement — il est tout au moins permis de l'espérer — en triompherait. Mais par ailleurs, je ne vois pas non plus pourquoi l'on croirait en Lui.

« A ces questions qui me laissaient perplexe, ces bons Pères n'avaient pas de réponse pouvant satisfaire soit ma raison, soit mon cœur. Ma place n'était pas parmi eux. Quand j'allai prendre congé du Père Ensheim, il me demanda si j'avais tiré de mon expérience tout le profit qu'il en avait escompté. Il me regarda avec un air d'indicible bienveillance.

« — Je crains d'avoir été une déception pour vous, mon Père, fis-je.

« — Non, répondit-il. Vous êtes un homme profondément religieux qui ne croit pas en Dieu. Dieu vous recherchera ; vous reviendrez ! Ici ou ailleurs ? Dieu seul le sait.

IV

« Je m'installai à Paris pour le reste de l'hiver. Je n'avais aucune connaissance des sciences et crus le moment venu d'en acquérir au moins une notion élémentaire. Je lus énormément. Je ne sache pas avoir appris beaucoup, si ce n'est que j'étais d'une ignorance crasse. Mais cela, je le savais déjà. Quand vint le printemps, j'allai m'installer à la campagne, dans une petite auberge au bord d'une rivière près de l'une de ces anciennes et ravissantes petites villes françaises où, depuis deux cents ans, la vie ne semble pas avoir bougé.

Je supposai que Larry faisait allusion à l'été qu'il avait passé avec Suzanne Rouvier, mais je ne l'interrompis pas.

— Après quoi, je partis pour l'Espagne. Je voulais voir Vélasquez et le Greco. Je me demandais si l'Art serait capable de me montrer la voie que la religion n'avait pu m'indiquer. Ayant flâné un peu partout, j'arrivai à Séville. La ville me plut et j'envisageai d'y passer l'hiver.

J'avais été moi-même à Séville à l'âge de vingt-trois ans, et moi aussi, je m'y étais beaucoup plu. J'aimais ses rues blanches et tortueuses, sa cathédrale et la vaste plaine du Guadalquivir ; mais j'aimais surtout les jeunes Andalouses, toute grâce et gaieté, avec leurs yeux sombres et rieurs, et cet œillet dans la chevelure qui la rendait plus noire encore et qui, par contraste, en devenait plus éclatant. J'aimais le ton chaud de leur peau et la sensualité attirante de leurs lèvres. Etre jeune alors, c'était vraiment le paradis. A l'époque où Larry s'y rendit, il était à peine plus âgé que je ne l'avais été, et je ne pouvais m'empêcher de me demander s'il avait pu demeurer indifférent à l'attrait de ces créatures enchanteresses. Il répondit à ma question inexprimée.

— Je rencontrai par hasard un peintre français que j'avais connu à Paris, Auguste Cottet qui, à un moment donné, avait entretenu Suzanne Rouvier. Venu à Séville pour faire de la peinture, il vivait avec une petite qu'il avait ramassée sur place. Un soir, il m'invita à aller avec eux à Erétania entendre un chanteur *flamenco ;* ils étaient accompagnés d'une de ses amies à elle. C'était la plus jolie créature que l'on pût imaginer. Dix-huit ans seulement. Elle avait eu des ennuis avec un garçon et, attendant un bébé, elle avait dû quitter son village natal. Le jeune homme faisait son service militaire. Après la naissance de l'enfant, elle l'avait placé en nourrice et pris du travail dans une manufacture de tabac. Je l'emmenai chez moi. Elle était très gaie et très douce ; aussi, après quelques jours, lui demandai-je s'il lui plairait d'habiter avec moi. Elle accepta et nous louâmes deux pièces dans une *casa de huéspedes,* une chambre à coucher et un petit salon. Je lui dis qu'elle pouvait renoncer à travailler, mais elle ne le désirait pas, ce qui m'arrangeait car ainsi j'avais la liberté de mes journées. Nous avions une cuisine à notre disposition ; le matin, avant de partir, elle me préparait mon petit déjeuner et à midi revenait cuire le repas, tandis que le soir nous dînions au restaurant avant d'aller au cinéma ou dans un dancing. Elle me considérait comme un loufoque parce que j'avais un tub et que je tenais à ma douche froide du matin. Le bébé était dans une ferme d'un village situé à quelques milles de Séville et, le dimanche, nous avions l'habitude d'aller le voir. Elle ne me dissimulait pas que si elle acceptait de vivre avec moi, c'était afin de mettre de côté assez d'argent pour pouvoir meubler le logement qu'elle comptait occuper avec son ami lorsque ce dernier aurait fini son service militaire. C'était un charmant petit être et je suis certain qu'elle a été très bonne épouse pour son Paco. Elle était enjouée, de bon caractère et affectueuse. Elle considérait ce que votre délicatesse nomme les rapports sexuels comme une fonction du corps aussi naturelle que n'importe quelle autre. Elle y prenait plaisir et était heureuse d'en donner. C'était évidemment un petit animal, mais un animal apprivoisé très gentil et très séduisant.

« Puis, un soir, elle me dit avoir reçu de Paco une lettre du Maroc espagnol, où il était en garnison, lui annonçant qu'il allait être libéré et débarquerait à Cadix dans deux jours. Le lendemain matin, elle emballa ses affaires, glissa son argent dans son bas et je la conduisis à la gare. Comme je l'installais dans le compartiment, elle m'embrassa tendrement, mais elle était trop énervée à l'idée de revoir son amant pour me prêter la moindre attention et avant que le train se fût mis en marche, elle avait, j'en suis sûr, déjà oublié mon existence.

« Je restai encore à Séville et l'automne venu, j'entrepris le voyage qui me fit débarquer dans l'Inde.

V

Il se faisait tard. La foule s'était dispersée et seules quelques tables étaient encore occupées. Les gens qui, n'ayant rien de mieux à faire, avaient passé là leur soirée, étaient rentrés chez eux. Ceux qui, après avoir été au théâtre ou au cinéma, y étaient venus prendre une consommation ou manger quelque chose, étaient partis. De temps en temps, des retardataires faisaient leur apparition. Je vis entrer un homme grand, un Anglais, sans aucun doute, accompagné d'un jeune voyou. Il avait le visage allongé et les cheveux ondulés et clairsemés de l'intellectuel britannique ; il partageait probablement l'illusion si fréquente qui vous fait croire que, lorsque vous êtes à l'étranger, vous n'avez guère de chances d'être reconnu par aucun de vos compatriotes. Le jeune vaurien avalait une imposante assiettée de sandwiches tandis que son compagnon le regardait faire avec une bienveillance amusée. Quel appétit ! J'aperçus un monsieur que je connaissais de vue ; à Nice, nous avions le même coiffeur : un homme corpulent, d'âge mûr, aux cheveux grisonnants, à la figure rouge et bouffie avec de lourdes poches sous les yeux. C'était un banquier du Middle West qui, après le krach, avait quitté sa ville natale pour éviter des poursuites. Je ne sais s'il avait commis quelque crime ; dans ce cas, la proie était sans doute d'importance trop minime pour que les autorités prissent la peine des formalités d'extradition. Il avait des manières compassées et la cordialité affectée des politiciens de bas étage, mais ses yeux reflétaient l'angoisse et le chagrin. Il n'était jamais tout à fait ivre ni tout à fait à jeun. Il était toujours en compagnie de quelque hétaïre qui essayait visiblement de lui soutirer tout ce qu'elle pouvait ; ce soir, il se trouvait avec deux femmes d'âge moyen, peinturlurées qui, sans prendre la peine de s'en cacher, se moquaient ostensiblement de lui, tandis que, comprenant à moitié seulement ce qu'elles disaient, il riait à gorge déployée. La grande noce ! Je me demandais s'il n'aurait pas mieux fait de rester chez lui à cuire dans son jus. Un beau jour, il se réveillerait complètement dépouillé par les femmes et il ne lui resterait plus alors qu'à se jeter à l'eau ou à avaler une dose excessive de véronal.

Entre deux et trois heures, il y eut un nouvel afflux de clientèle : les boîtes de nuit fermaient sans doute leurs portes. Un groupe de jeunes Américains complètement ivres et très bruyants entrèrent en passant, mais ils ne restèrent pas longtemps. Pas loin de nous, deux grosses femmes à l'air sombre, étroitement serrées dans des costumes tailleur de coupe masculine, étaient assises côte à côte, mélancoliquement silencieuses, en train de boire des whisky et soda. Des gens du monde, qui, après avoir sans doute fait la tournée des grands-ducs voulaient encore souper, firent une brève apparition. Ils ne firent qu'entrer et sortir. Ma curiosité avait été attirée par un petit bonhomme simplement vêtu, assis là depuis au moins une heure devant un verre de bière et qui lisait le journal. Il avait une barbe noire soignée et portait lorgnon. Enfin, une femme vint le rejoindre. Il lui fit un accueil dépourvu d'aménité et j'en déduisis qu'il était furieux d'avoir dû attendre. Elle était jeune, assez misérablement mise, mais lourdement maquillée et semblait très fatiguée. Je la vis bientôt sortir quelque chose de son sac et le lui tendre. De l'argent ! Il le regarda et son visage s'assombrit. Il lui tint des propos que je ne pouvais entendre, mais l'attitude de la femme révélait qu'il l'abreuvait d'injures et qu'elle s'excusait. Soudain l'homme se pencha et lui appliqua sur la joue une gifle sonore. Elle poussa un cri et se mit à sangloter. Attiré par le bruit, le gérant vint voir ce qui se passait. Il eut l'air de leur dire de sortir s'ils ne pouvaient se tenir convenablement. La femme se tournant alors vers lui et à tue-tête, de sorte que l'on entendait chaque mot, lui cria en un langage trivial de s'occuper de ses propres affaires.

— S'il me gifle, c'est que je le mérite, s'écria-t-elle.

Sacrées femmes ! J'avais toujours cru que pour vivre des gains immoraux d'une femme, il fallait être un gars bien découplé, séduisant, plein de *sex appeal* et prêt à jouer du couteau ou du revolver. Il était surprenant qu'un être si chétif qu'on eût tout aussi bien pu prendre pour un clerc d'avoué, fût capable de réussir dans une profession si encombrée !

VI

Le garçon qui nous avait servis ayant terminé maintenant ses heures de travail, et impatient de toucher son pourboire, nous présenta l'addition. Nous la réglâmes et commandâmes le café.

— Eh bien ? fis-je.

Larry, je le sentais, était d'humeur à parler et moi, j'étais d'humeur à écouter.

— Est-ce que je ne vous ennuie pas ?

— Non.

— Donc, nous arrivâmes à Bombay. Le bateau s'y arrêtait trois jours pour donner au touriste l'occasion de visiter et d'excursionner. Le troisième jour, ayant congé l'après-midi, je descendis à terre. D'abord, je me promenai un peu partout, observant la foule ; quelle foire ! Des Chinois, des Mahométans, des Hindous, des Tamils aussi noirs que votre chapeau ; et ces énormes bœufs à bosse aux longues cornes qui tiraient les chariots ! Puis j'allai à Elephanta pour voir les grottes. A Alexandrie, un Hindou se rendant à Bombay s'était joint à nous et les passagers le tenaient quelque peu à l'écart. C'était un petit bonhomme au visage tout rond et brun qui portait un complet de tweed épais à carreaux noir et vert et un col de clergyman. Un soir, comme je prenais le frais sur le pont, il vint à moi et m'adressa la parole. A ce moment-là, je n'étais guère d'humeur loquace ; je désirais être seul. Il me posa des tas de questions, et je crains d'avoir été plutôt bref dans mes réponses. Cependant, je lui dis que j'étais étudiant et que je travaillais pour payer mon passage de retour pour l'Amérique.

« — Vous devriez vous arrêter dans l'Inde, me dit-il. L'Orient a plus à enseigner à l'Occident que l'Occident ne l'imagine.

« — Vraiment ? fis-je.

« — En tout cas, continua-t-il, ne manquez pas d'aller voir les grottes d'Elephanta. Vous ne le regretterez jamais.

Larry s'interrompit pour me poser une question :

— Avez-vous déjà été dans l'Inde ?

— Jamais.

— Eh bien ! comme j'étais en train de contempler la gigantesque idole à trois têtes qui est l'attraction principale d'Elephanta, me demandant quelle pouvait en être la signification, j'entendis derrière moi quelqu'un dire : « Je vois que vous avez suivi mon conseil ! » Je me retournai et il me fallut un instant pour reconnaître celui qui me parlait. C'était le petit bonhomme au costume de tweed épais et au col de clergyman. Mais à présent, il était revêtu d'une longue robe safran : la robe, je l'appris plus tard, des Ramakrishna Swamis ; et le drôle de petit type bredouillant qu'il était auparavant avait fait place à un personnage plein de dignité et même assez imposant. Tous deux, nous contemplâmes le buste colossal.

« — Brahma le Créateur, dit-il, Vishnu le Sauveur et Siva le Destructeur. Les trois manifestations de l'Ultime Réalité.

« — Je crains de ne pas tout à fait comprendre, fis-je.

« — Je n'en suis pas surpris, répondit-il, un sourire sur les lèvres et un clignement dans les yeux comme si sans méchanceté il se moquait de moi. Un Dieu que l'on peut comprendre n'est pas un Dieu. Qui peut expliquer l'Infini par des mots ?

« Il joignit les mains et, après s'être légèrement incliné, il poursuivit sa route. Je demeurai à regarder ces trois têtes mystérieuses. Peut-être étais-je alors particulièrement impressionnable ; toujours est-il que j'étais en tout cas étrangement ému. Vous savez comme parfois on essaie de se rappeler un nom ; on l'a sur le bout de la langue, mais on ne parvient pas à le saisir : c'était exactement ce que je ressentais. En sortant des grottes, je restai un long moment assis sur les marches à regarder la mer. Tout ce que je connaissais du Brahmanisme, c'étaient ces vers d'Emerson dont j'essayai vainement de me souvenir. A ma grande contrariété, je n'y parvenais pas ; aussi, en retournant à Bombay, me rendis-je tout droit dans une librairie pour voir s'il m'était possible de trouver un recueil de poèmes les citant. Ils sont dans l'*Oxford Book of English Verse.* Vous en souvenez-vous ?

Ils calculent mal ceux qui veulent m'ignorer ;
Quand ils me fuient, je suis les ailes,
Je suis celui qui doute et je suis le doute lui-même,
Et c'est moi l'hymne que chante le Brahmane (1).

« — Je soupai dans un restaurant indigène ; puis, n'étant pas obligé d'être à bord avant dix heures, j'allai me promener sur le Maidan et contemplai la mer. J'avais l'impression de n'avoir jamais vu le ciel tellement criblé d'étoiles. Après la chaleur de la journée, la fraîcheur était délicieuse. Je trouvai un jardin public où je m'assis sur un banc. Il y faisait très sombre et de silencieuses silhouettes blanches se glissaient de-ci de-là. Quelle merveilleuse journée je venais de passer ! Le soleil éclatant, la foule bruyante et pleine de couleurs, l'odeur de l'Orient à la fois âcre et parfumée, tout m'avait enchanté : et comme un objet ou une touche de couleur qu'un peintre introduit dans sa composition pour lui donner de l'unité, ces trois énormes têtes de Brahma, Vishnu et Siva conféraient à l'ensemble un sens mystérieux. Mon cœur se mit à battre follement. Je fus pénétré tout à coup d'une profonde conviction : l'Inde avait quelque chose à me donner dont j'avais besoin. Il me semblait qu'une occasion m'était offerte et que je devais la saisir sur-le-champ, sinon elle serait perdue à tout jamais. Je me décidai rapidement. Je résolus de ne pas remonter à bord. Je n'y avais rien laissé sauf une valise contenant quelques affaires. Je me dirigeai lentement vers le quartier indigène et me mis en quête d'un hôtel. Au bout d'un moment, j'en trouvai un et y pris une chambre. Il me restait les vêtements que je portais sur moi, un peu de petite monnaie, mon passeport et ma lettre de crédit : je me sentis si libre ; j'éclatai de rire.

« Le bateau levait l'ancre à onze heures et, afin de ne pas risquer d'ennuis, je restai dans ma chambre jusqu'à ce moment-là. Je descendis alors sur le quai et guettai le départ du vapeur.

(1) They reckon ill who leave me out ;
When me they fly, I am the wings ;
I am the doubter and the doubt.
And I the hymn the Brahmin sings.

Ensuite, je me rendis à la Mission Ramakrishna à la découverte du Swami qui m'avait interpellé à Elephanta. J'ignorais son nom, mais je désirais voir le Swami, expliquai-je, qui venait d'arriver d'Alexandrie. Je lui fis part de ma décision de rester dans l'Inde et lui demandai ce qu'il me fallait aller visiter. Nous eûmes une longue conversation ; en terminant, il me dit qu'il partait la nuit même pour Bénarès et m'offrit de l'accompagner. Je sautai sur la proposition. Nous voyageâmes en troisième classe. Le wagon était plein de gens qui mangeaient, buvaient et bavardaient, et la chaleur était effrayante. Je ne fermai pas l'œil de la nuit ; au matin, je me sentis très fatigué : le Swami par contre était aussi frais qu'une rose. Je lui demandai comment il s'y était pris et il me dit : « En méditant sur l'Incorporel, j'ai trouvé le repos dans l'Absolu. » Je ne savais que penser, mais de mes propres yeux, je pouvais constater qu'il était réellement alerte et dispos comme s'il avait passé une nuit de bon sommeil dans un lit confortable.

« Quand enfin nous arrivâmes à Bénarès, un jeune homme de mon âge vint à la rencontre de mon compagnon ; le Swami lui demanda de me trouver une chambre. Il s'appelait Mahendra et était professeur à l'Université. C'était un garçon agréable, aimable, intelligent et il sembla éprouver pour moi autant de sympathie que moi-même j'en ressentis pour lui. Ce soir-là, il m'emmena en barque sur le Gange ; ce fut une merveilleuse émotion : la ville entassée, descendant jusqu'au bord de l'eau, inspirait une sorte d'effroi. Mais pour le lendemain matin, il tenait en réserve un spectacle plus intéressant encore. Il vint me prendre à l'hôtel avant l'aube et de nouveau me conduisit au fleuve. Je vis alors quelque chose que je n'aurais jamais cru possible : des milliers et des milliers de personnes qui descendaient prendre leur bain de purification et prier. Je vis un grand garçon décharné avec une toison de cheveux en désordre et une grande barbe embroussaillée, ne portant qu'un pagne pour couvrir sa nudité ; debout, ses longs bras étendus, la tête relevée, il adorait à voix haute le soleil levant. Quelle impression ! Je ne saurais l'exprimer. Je passai six mois à Bénarès, et encore et toujours, à l'aube, je retournais au Gange pour contempler ce spectacle étrange. Je ne me lassai jamais de l'admirer. Ces gens croyaient non pas d'une foi tiède, ni réservée, ni nuancée d'un doute pénible, mais de toutes les fibres de leur être.

« Tout le monde était très gentil pour moi. Lorsque ces gens se furent rendu compte que j'étais venu non pour chasser le tigre ou pour acheter ou vendre quelque chose, mais uniquement dans le dessein de m'instruire, ils mirent tout en œuvre pour m'aider. Mon désir d'apprendre l'hindoustani leur inspirait de la sympathie et ils me trouvèrent des professeurs. Ils me prêtèrent des livres. Ils ne se lassaient jamais de répondre à mes questions. Avez-vous quelque connaissance de l'hindouisme ?

— Très peu, répondis-je.

— J'aurais cru que vous vous y seriez intéressé. Est-il rien de plus prodigieux que la conception d'un univers n'ayant ni commencement ni fin, mais qui passe perpétuellement du progrès à la stabilité, de la stabilité au déclin, du déclin à la dissolution, de la dissolution à la renaissance et ainsi de suite pour toute l'éternité ?

— Et, d'après les Hindous, quel est le sens de ce cycle constant ?

— Ils l'expliqueraient, je pense, par la nature même de l'Absolu. Ils croient, voyez-vous, que le but de la création est de servir d'étape vers la punition ou la récompense des actions de l'âme au cours d'existences antérieures.

— Ce qui suppose la croyance en la métempsycose.

— Les deux tiers de la race humaine y croient.

— Le fait qu'une croyance est partagée par un grand nombre d'individus n'est pas une garantie de sa véracité.

— Non, mais elle en devient au moins digne d'attention. Le christianisme, qui a repris à son compte tant d'éléments du néoplatonisme, aurait pu très aisément adopter aussi ce dogme et d'ailleurs, une des premières sectes chrétiennes y croyait, mais elle fut déclarée hérétique. Sans quoi, les chrétiens y auraient cru tout aussi fermement qu'à la résurrection du Christ.

— Suis-je dans le vrai en comprenant par là que l'âme passe d'un corps dans un autre en une succession ininterrompue de migrations imposées par le mérite ou le démérite d'actions antérieures ?

— C'est cela.

— Mais, voyez-vous, je suis non seulement mon esprit, mais mon corps ; et qui peut dire dans quelle mesure mon propre moi est influencé par l'état fortuit de mon corps ? Byron eût-il été Byron s'il n'avait eu un pied bot, ou Dostoïevski serait-il devenu Dostoïevski sans son épilepsie ?

— Les Hindous ne parleraient pas de chose fortuite. Ce sont, répondraient-ils, les actions commises dans des vies antérieures qui ont obligé l'âme à vivre dans un corps imparfait.

Larry tambourinait distraitement sur la table et, perdu dans ses réflexions, regardait fixement dans le vide. Puis, un pâle sourire sur les lèvres et une expression pensive dans le regard, il poursuivit.

— Vous est-il déjà venu à l'esprit que la transmigration des âmes est à la fois une explication et une justification du malheur dans le monde ? Si les calamités dont nous souffrons sont dues aux péchés commis au cours de nos existences passées, nous pouvons les supporter avec résignation et espérer que si, dans notre vie présente, nous recherchons la vertu, nos vies à venir seront moins éprouvées. Mais il est assez facile d'endurer nos propres maux : il suffit pour cela d'un peu de volonté ; ce qui est intolérable, c'est le malheur souvent en apparence si immérité qui s'abat sur autrui. Si vous parvenez à vous persuader que c'est le résultat inévitable du passé, vous pourrez le déplorer, vous pourrez faire votre possible pour l'adoucir, et vous en aurez le devoir, mais vous n'aurez plus aucune raison de vous en révolter.

— Mais au commencement, alors que dans les actes de l'individu il n'y avait encore ni mérite ni démérite, pourquoi Dieu n'a-t-il pas créé un monde libre de souffrances et de misères ?

— Les Hindous diraient qu'il n'y a pas eu de commencement. L'âme individuelle coexistant avec l'Univers a été de toute éternité et doit sa nature propre à quelque vie antérieure.

— Et la croyance à la métempsycose exerce-t-elle pratiquement une influence sur la vie de ses adeptes ? Après tout, c'est là la pierre de touche.

— Je crois qu'elle en a. Je puis vous parler d'un homme que je connaissais personnellement et, sur la vie duquel, elle a eu sans aucun doute un effet très réel. Durant les deux ou trois premières années de mon séjour dans l'Inde, je vivais la plupart du temps dans des hôtels indigènes, mais parfois quelqu'un m'invitait chez lui et, une ou deux fois, j'ai bénéficié de l'opulente hospitalité d'un maharadjah. Par l'entremise de l'un de mes amis de Bénarès, je fus invité à séjourner dans l'un des petits Etats du nord. La capitale était charmante : une très vieille ville couleur de rose. J'étais recommandé au ministre des Finances. Il avait été à Oxford et avait reçu une éducation européenne. Dans sa conversation, il donnait l'impression d'un homme aux idées avancées, intelligent et éclairé ; il avait de plus la réputation d'être un homme d'Etat extrêmement capable et un politicien adroit et retors. Il était vêtu à l'européenne et toujours tiré à quatre épingles. Assez bel homme, un peu corpulent comme les Hindous ont tendance à le devenir dans la maturité, il portait une moustache courte et soignée. Il m'invitait souvent chez lui. Il possédait un grand jardin où nous nous asseyions et causions à l'ombre d'arbres magnifiques. Il avait une femme et deux enfants. Vous l'auriez tout simplement pris pour un Hindou quelconque, assez banalement anglicisé, et je fus abasourdi d'apprendre que dans un an, lorsqu'il atteindrait la cinquantaine, il comptait se démettre de son poste avantageux, distribuer ses biens entre sa femme et ses enfants, et partir à travers le monde en mendiant ambulant. Mais le plus surprenant, c'était que ses amis et le maharadjah acceptaient cette résolution comme une affaire entendue et la considéraient comme un acte non pas extraordinaire, mais tout à fait normal.

« Je lui dis un jour : « Vous qui êtes si libéral, qui connaissez le monde, qui avez tant lu de la science, de la littérature, de la philosophie, croyez-vous, dans le plus profond de votre cœur, à la réincarnation ? »

« Tout son visage se transforma et devint celui d'un visionnaire.

« — Mon cher ami, me dit-il, si je n'y croyais pas, la vie n'aurait pour moi aucun sens.

— Et vous, Larry, y croyez-vous ? demandai-je.

— Il est très difficile de répondre à cette question. Je ne pense pas qu'à nous Occidentaux, il soit possible autant qu'à ces Orientaux d'y croire si aveuglément. Ils ont cela dans le sang et dans la peau. Pour nous, ce ne peut être qu'une opinion. Je ne puis dire que j'y croie ni que je n'y croie pas.

Il demeura un instant silencieux, le front dans la main et, de ses yeux baissés, il regardait la table. Puis il se redressa.

— Je voudrais vous raconter une aventure très curieuse qui m'est arrivée une fois. Une nuit, dans ma petite chambre à l'Ashrama, je m'exerçais à la méditation ainsi que mes amis Hindous me l'avaient enseigné. J'avais allumé une bougie et concentrais mon attention sur la flamme ; après un moment, à travers la flamme, mais tout à fait distinctement, je vis une longue suite de silhouettes l'une derrière l'autre. La plus rapprochée était celle d'une vieille dame en bonnet de dentelle avec des boucles grises retombant sur les oreilles. Elle portait un étroit corsage noir et une jupe à volants, noire également — le genre de toilette à la mode, je pense, vers 1870 ; elle se tenait debout, me faisant face, dans une attitude gracieuse et timide, les bras tombant droit le long de son corps, les paumes tendues vers moi. L'expression de son visage ridé était aimable, gentille et douce. Immédiatement derrière elle, mais sur le côté, de sorte que je le voyais de profil, se trouvait un grand Juif décharné au long nez crochu et aux lèvres épaisses, vêtu d'une houppelande jaune et portant sur son abondante chevelure brune une calotte de même couleur. Il avait l'aspect réfléchi d'un savant et un air d'austérité à la fois sévère et ardente. Derrière lui, mais tourné vers moi, et aussi distinct que s'il n'y avait eu personne entre nous, se tenait un jeune homme à la contenance joyeuse que l'on ne pouvait immanquablement prendre que pour un Anglais du XVIe siècle. Il se tenait ferme sur ses pieds, les jambes légèrement écartées, l'air hardi, insouciant et libertin. Somptueusement habillé d'une sorte de costume de cour écarlate, il avait aux pieds des escarpins de velours à bouts larges et, sur la tête, un bonnet plat également en velours. Derrière ces trois personnages, venait encore une succession infinie d'ombres, comme une queue stationnant devant un cinéma, mais elles étaient confuses, et je ne pouvais les distinguer clairement. J'avais seulement la notion de leurs formes vagues et de leurs mouvements légers comme celui du blé ondulant sous la caresse d'une brise d'été. Peu après — je ne sais si cela dura une minute, ou cinq, ou dix — les silhouettes se fondirent lentement dans les ténèbres de la nuit et il ne resta rien d'autre que la flamme immobile de la chandelle.

Larry eut un petit sourire.

— Peut-être évidemment m'étais-je assoupi et avais-je rêvé. Peut-être, en fixant cette faible flamme, avais-je provoqué en moi une sorte d'état d'hypnose, et ces trois formes, que j'ai vues aussi distinctement que je vous vois vous-même, étaient-elles une réminiscence d'images conservées dans mon subconscient. Peut-être aussi était-ce l'image de moi-même dans des vies antérieures. Peut-être, dans un passé pas très lointain, avais-je été une vieille dame de la Nouvelle-Angleterre, et avant cela un Juif levantin, et, plus loin en arrière peu après l'expédition de Sebastian Cabot, un preux de la Cour d'Henry, prince de Galles.

— Finalement qu'est-il advenu de votre ami de la ville rose ?

— Deux ans plus tard, je me trouvais au sud dans un endroit appelé Madura. Une nuit, dans le temple, quelqu'un me toucha le bras. Je me retournai et vis un homme barbu aux longs cheveux noirs portant simplement un pagne, avec le bâton et l'escarcelle du pèlerin. Je ne le reconnus que lorsqu'il se mit à parler. C'était mon ami. Je ne savais que dire tant j'étais suffoqué. Il me demanda ce que j'étais devenu et je le lui racontai ; il me demanda où j'allais : « A Travancore », lui répondis-je ; il m'engagea à y aller voir Shri Ganesha. « Il vous donnera ce que vous recherchez », dit-il. Je le priai de me parler de ce dernier, mais il sourit et me répondit qu'en le voyant j'apprendrais tout ce que je brûlais de savoir. Revenu enfin de ma surprise, je m'informai de ce qu'il faisait à Madura. Un pèlerinage à pied, me dit-il, aux Lieux Sacrés de l'Inde. Je lui demandai comment il mangeait et comment il dormait. Il me raconta que lorsqu'une âme charitable lui offrait asile, il couchait sous la véranda, sinon sous un arbre ou dans l'enceinte d'un temple ; quant à la nourriture, si on lui offrait un repas, il le mangeait, autrement il s'en passait. Je le regardai : « Vous avez maigri », fis-je. Il se mit à rire et me déclara s'en trouver beaucoup mieux. Puis il prit congé de moi — ça faisait drôle d'entendre ce type en pagne dire : « Alors au revoir, mon vieux » — et se dirigea vers la partie du temple où il m'était interdit de le suivre.

« Je restai un certain temps à Madura. C'est, je crois, le seul temple de l'Indc où l'homme blanc a le droit de se promener librement à condition de ne pas pénétrer dans le sanctuaire. A la tombée de la nuit, il était encombré de monde. Des hommes, des femmes, des enfants. Les hommes, nus jusqu'à la ceinture, portaient des « dhoties », le front et souvent la poitrine barbouillés de cendre blanche de bouse de vache. On les voyait se prosterner devant l'un ou l'autre des tabernacles, s'étendre par terre de tout leur long, face au sol, dans l'attitude rituelle de la prosternation. Ils priaient et récitaient des litanies. Ils s'interpellaient l'un l'autre, se saluaient l'un l'autre, se querellaient l'un avec l'autre, discutaient l'un avec l'autre. Le tout dans un vacarme sacrilège et pourtant, sous une certaine forme mystérieuse, Dieu semblait être proche et vivant.

« On passe à travers de longues galeries dont le toit est soutenu par des colonnes sculptées, au pied de chacune desquelles est assis un religieux qui mendie ; tous ont devant eux une escarcelle pour les offrandes ou un petit paillasson sur lequel de temps à autre les fidèles jettent une pièce de monnaie. Les uns sont vêtus, d'autres sont presque nus. Certains, quand vous passez, vous regardent distraitement, certains lisent silencieusement ou à haute voix et ne paraissent pas avoir conscience de la foule qui défile sans cesse. Je cherchais mon ami parmi eux ; je ne le revis plus jamais. Il avait, je suppose, poursuivi sa voie vers le but qu'il s'était assigné.

— Et quel était ce but ?

— Se libérer de l'obligation de la réincarnation. Selon les Védantistes, le moi, qu'ils nomment *Atman* et que nous appelons l'âme, est distinct du corps et de ses sens, distinct de l'esprit et de sa clairvoyance ; ce n'est pas une partie de l'Absolu — car l'Absolu étant infini ne peut se partager — mais l'Absolu lui-même. Il n'a pas été créé, il a existé de toute éternité, et quand enfin il aura dépouillé les sept voiles de l'ignorance, il retournera à l'Infini d'où il vient. C'est comme une goutte d'eau issue de la mer et qu'une ondée a fait retomber dans une mare et qui ensuite passe dans un ruisseau, se fraie un chemin dans une rivière, puis dans un fleuve, suivant son cours par mille méandres à travers des gorges montagneuses et de vastes plaines, entravée dans sa route par des rochers et des troncs d'arbre jusqu'à ce qu'enfin elle atteigne l'océan sans limites d'où elle est venue.

— Mais cette pauvre petite goutte d'eau, lorsque de nouveau elle s'est confondue avec la mer, a certainement perdu son individualité.

Larry eut un rire ironique.

— Vous voulez goûter le sucre, vous ne voulez pas devenir sucre. Qu'est-ce que l'individualité, sinon l'expression de notre égoïsme ? Tant que l'âme n'en a pas effacé la dernière trace, elle ne peut faire un avec l'Absolu.

— Vous parlez bien familièrement de l'Absolu, Larry ; et pourtant, c'est un mot imposant. Que signifie-t-il exactement pour vous ?

— La Réalité. On ne peut dire ce qu'elle est, on peut dire seulement ce qu'elle n'est pas. Elle ne s'exprime pas. Les Hindous l'appellent Brahma. Elle n'est nulle part et elle est partout. Toutes choses l'impliquent et toutes en dépendent. Ce n'est pas un être animé, ce n'est pas un objet, ce n'est pas une cause. Elle n'a pas d'attributs ; elle est au-dessus de la durée et du changement ; elle est à la fois tout et partie, le fini et l'infini. Elle est éternelle parce que son intégralité et sa perfection sont en dehors du temps. Elle est la vérité et la liberté.

— Nom d'un chien ! me dis-je en moi-même ; et m'adressant à Larry : mais comment une pure conception philosophique peut-elle être une source de consolation pour l'humanité souffrante ? Les hommes ont toujours éprouvé le besoin d'un Dieu personnifié vers lequel ils peuvent dans leur misère se tourner pour trouver réconfort et encouragement.

— Il se peut qu'un jour, assez lointain peut-être, une introspection plus approfondie leur fasse comprendre qu'ils doivent chercher dans leur propre âme la source de leur réconfort et de leur courage. Pour ma part, je pense que le besoin d'adoration n'est autre chose que la survivance d'une réminiscence ancienne de dieux cruels dont il fallait se concilier les faveurs. Je crois que Dieu est en moi ou, sinon, nulle part. S'il en est ainsi, qui ou quoi dois-je adorer — moi-même ? Le niveau de développement intellectuel des hommes varie, aussi l'imagination de l'Inde a-t-elle conçu les manifestations de l'Absolu connues sous les noms de Brahma, de Vishnu, de Siva, et de centaines d'autres. L'Absolu est en Isvara, le créateur et le maître du monde, et il est aussi dans l'humble fétiche devant lequel le paysan, dans son champ grillé par le soleil, dépose l'offrande d'une fleur. Les innombrables dieux de l'Inde ne sont que des expédients permettant d'acquérir la certitude de l'identité du moi humain avec le Moi Suprême.

Je réfléchissais en regardant Larry.

— Je me demande bien ce qui a pu vous attirer vers cette foi austère, dis-je.

— Je crois pouvoir vous l'expliquer. J'ai toujours senti qu'il y a quelque chose de pathétique dans le fait que des fondateurs de religions imposent la foi en eux-mêmes comme condition de votre salut, comme s'ils avaient besoin que vous croyiez en eux pour qu'ils puissent eux aussi croire en eux-mêmes. Ils font penser à ces vieux dieux païens qui blêmissaient et s'effondraient s'ils n'étaient soutenus par les holocaustes embrasés des dévots. Advaita ne vous demande pas d'accepter quoi que ce soit aveuglément : il vous demande seulement d'avoir le désir passionné de connaître la Réalité ; il affirme que vous pouvez avoir conscience de Dieu aussi sûrement que de la joie et de la douleur. Et de nos jours, il y a dans l'Inde des hommes — j'en connais pour ma part des centaines — qui ont la certitude d'avoir possédé cette conscience. Je trouvais un merveilleux apaisement dans le sentiment de pouvoir atteindre à la Réalité par la Connaissance. Dans ces temps plus récents, les Sages de l'Inde, tenant compte de la faiblesse humaine, admettaient que le salut pouvait être gagné par la voie de l'amour et des bonnes œuvres ; mais ils n'ont jamais nié que la voie la plus noble quoique la plus pénible fût celle du savoir car son instrument est la plus précieuse faculté de l'homme : la raison.

VII

Il me faut m'interrompre pour établir que je ne prétends pas le moins du monde exposer le système philosophique connu sous le nom de Vedanta. Je n'ai pas la compétence nécessaire, et l'eussé-je même qu'une telle étude ne saurait trouver place dans ce récit. Notre conversation fut longue et Larry tint beaucoup plus de discours que je ne crois pouvoir en rapporter dans ce livre qui après tout tend à être un roman. Je ne suis occupé que de Larry. Je n'aurais pas abordé un sujet tellement complexe si je n'avais considéré que, sans au moins quelques vagues aperçus de ces méditations et des aventures singulières qui en étaient peut-être la suite, je ne pouvais donner de vraisemblance à la ligne de conduite que Larry fut amené à adopter et dont je vais informer le lecteur. Je regrette de n'être pas à même de décrire suffisamment le charme de sa voix qui communiquait tant de force persuasive à ses propos même les plus insignifiants, et l'expression sans cesse mobile, allant de la gravité à la plus charmante insouciance, de la profondeur à l'enjouement, qui accompagnait ses pensées comme le son d'un piano quand les violons, dans un magnifique coup d'archet, développent les thèmes variés d'un concerto. Quoiqu'il parlât de choses sérieuses, il les formulait très naturellement, sur un ton de conversation, avec une certaine timidité peut-être, mais sans plus de contrainte que s'il avait parlé du temps ou de la récolte. Si j'ai pu donner l'impression que dans son attitude il y avait quoi que ce fût de pédant, j'ai eu tort. Sa modestie était aussi évidente que sa sincérité.

Il ne se trouvait plus que très peu de monde dans le café. Les gens bruyants étaient depuis longtemps partis. Les tristes créatures qui font métier de l'amour avaient regagné leurs sordides demeures. De temps en temps, un homme à l'air fatigué entrait pour prendre un verre de bière et manger un sandwich, ou un autre, semblant à peine éveillé, venait avaler à la hâte une tasse de café. Des ronds-de-cuir : l'un avait terminé son service de nuit et rentrait se coucher ; l'autre, tiré du sommeil par la sonnerie de son réveille-matin, partant sans joie pour une longue journée de travail. Larry paraissait avoir aussi peu conscience du temps que de ce qui l'entourait. Au cours de ma vie, je me suis fréquemment trouvé dans de bizarres situations. Plus d'une fois j'ai frôlé la mort de l'épaisseur d'un cheveu. Plus d'une fois j'ai rencontré et vécu l'aventure sentimentale. J'ai parcouru à cheval l'Asie centrale, faisant à mon tour la route que Marco Polo avait suivie pour atteindre le pays fabuleux de Cathay ; j'ai bu un verre de thé russe dans un boudoir luxueux à Petrograd tandis qu'un petit bonhomme à la voix douce, en jaquette noire et pantalon rayé, me racontait comment il avait assassiné un grand-duc ; assis dans un salon à Westminster, j'ai écouté la douceur sereine d'un trio de Haydn tandis qu'au-dehors les bombes éclataient avec fracas ; mais jamais, je crois, je ne me suis trouvé dans situation plus étrange que sur la banquette de peluche rouge de ce restaurant clinquant tandis que, pendant de longues heures, Larry discourait de Dieu et de l'éternité, de l'Absolu et de la morne roue de l'évolution sans fin.

VIII

Larry avait gardé le silence quelques instants et, ne voulant pas le presser, j'attendais. Il me fit bientôt un petit sourire amical comme si, soudain, il avait repris conscience de ma présence.

— En arrivant dans le sud, à Travancore, je m'aperçus qu'il était inutile de m'informer de Shri Ganesha. Tout le monde le connaissait. Il avait vécu pendant des années dans une caverne sur la colline, mais on l'avait décidé enfin à descendre dans la plaine où quelque personne charitable lui avait donné un bout de terrain et fait construire une petite maison. Depuis Travandrum, la capitale, la route était longue, et il me fallut toute la journée, d'abord en train puis en char à bœufs, pour parvenir à l'Ashrama. A l'entrée de l'habitation, je trouvai un jeune homme et lui demandai si je pouvais voir le Yogi. J'avais apporté avec moi l'offrande traditionnelle d'une corbeille de fruits, présent qu'il est d'usage d'offrir. Peu d'instants après, le jeune homme revint et m'introduisit dans une longue galerie tout entourée de fenêtres. Dans un des coins, sur une estrade recouverte d'une peau de tigre, Shri Ganesha se trouvait assis dans l'attitude de la méditation. « Je vous attendais », dit-il. J'en fus surpris, mais supposai que mon ami de Madura lui avait quelque peu parlé de moi. Cependant quand je citai le nom de ce dernier, il secoua la tête négativement. Je lui offris les fruits, et il ordonna au jeune homme de les emporter. Nous restâmes seuls, et il me regarda sans mot dire. Je ne sais combien de temps se prolongea le silence : une demi-heure peut-être. Je vous ai déjà décrit l'aspect de Shri Ganesha ; ce que je ne vous ai pas dit, c'est la sérénité, la bonté, la quiétude, le désintéressement qui rayonnaient de tout son être. J'avais très chaud, et le voyage m'avait fatigué, mais peu à peu, je commençai à me sentir extraordinairement reposé. Avant qu'il se fût remis à parler, je savais que c'était lui l'homme que je cherchais.

— Parlait-il anglais ? fis-je en l'interrompant.

— Non. Mais, vous savez, je suis assez bien doué pour les langues, et j'avais appris, à droite et à gauche, assez de tamil pour comprendre et me faire comprendre dans le sud. Enfin, il parla.

« — Qu'êtes-vous venu chercher ici ? demanda-t-il.

« Je me mis alors à lui raconter comment j'étais arrivé dans l'Inde, et comment j'avais passé mon temps au cours de ces trois années ; comment ayant entendu vanter leur sagesse et leur sainteté, j'étais allé visiter un saint homme après l'autre et n'avais trouvé personne à même de me donner ce que je recherchais. Il m'interrompit.

« — Tout cela, je le sais. Il est inutile de me le dire. Quel a été votre but en venant ici ?

« — C'est que vous soyez mon Guru, répondis-je.

« — Brahma seul est le Guru, dit-il.

« Il continua à me regarder avec une étrange intensité et soudain, son corps se raidit, ses yeux semblèrent se révulser, et je vis qu'il était entré dans ce phénomène de transe que les Hindous appellent Samadhi, et qui, disent-ils, met fin à la dualité du sujet et de l'objet et vous identifie avec la Connaissance absolue. J'étais assis par terre, en face de lui, les jambes repliées, et mon cœur battait violemment. Après un laps de temps — que je ne puis préciser — il soupira, et je compris qu'il était revenu à son état normal. Il jeta sur moi un doux regard empreint de bonté affectueuse.

« — Restez, dit-il. On vous montrera où vous pourrez dormir.

« On me logea dans la hutte où avait habité Shri Ganesha quand, pour la première fois, il était descendu dans la plaine. La galerie dans laquelle il passait à présent ses jours et ses nuits avait été construite lorsque les disciples commencèrent à se presser autour de lui et que de plus en plus de gens, attirés par sa réputation, vinrent lui rendre visite. Afin de ne pas me faire remarquer, j'adoptai le confortable vêtement hindou, et le soleil me brunit tellement qu'à moins d'y regarder de très près, on eût pu me prendre pour un indigène. Je lisais énormément. Je méditais. J'écoutais Shri Ganesha quand il était d'humeur à parler. Il parlait peu d'ailleurs, mais il était toujours prêt à répondre aux questions, et l'écouter vous transportait de ravissement. C'était comme une musique. Bien que s'étant astreint dans sa jeunesse à des pratiques austères, il ne les imposait pas à ses disciples. Il cherchait à les délivrer de la tyrannie de l'égoïsme, des passions et des sens, en leur expliquant qu'ils pouvaient s'émanciper par la tranquillité, la modération, le renoncement, la résignation, par la fermeté d'esprit et par un ardent désir de liberté. Les gens avaient coutume de venir de la ville voisine, distante de quelques kilomètres, où se trouvait un temple fameux dans lequel une foule énorme se rassemblait une fois par an à l'occasion d'une festivité ; ils accouraient de Trivandrum et d'endroits très éloignés pour raconter au Sage leurs ennuis, pour lui demander conseil, pour entendre ses préceptes ; et tous s'en retournaient l'âme réconfortée et apaisée. Sa doctrine était très simple. Il enseignait que tous nous sommes plus grands que nous ne le croyons et que la sagesse conduit à la liberté. Il enseignait que pour gagner le salut, il n'est pas indispensable de se retirer du monde, mais qu'il suffit de renoncer à soi-même. Il enseignait que le travail dépourvu de but égoïste purifie l'esprit, et que les devoirs sont des occasions offertes à l'homme de se dépouiller de son individualité propre et de se fondre dans le moi universel. Mais le plus remarquable, ce n'était pas ses enseignements : c'était l'homme lui-même, sa bienveillance, sa grandeur d'âme, sa sainteté. Sa présence était une bénédiction. Auprès de lui, je me sentais très heureux. J'avais l'impression d'avoir trouvé enfin ce à quoi j'aspirais. Les semaines, les mois passaient avec une rapidité inimaginable. Je me proposais de rester là soit jusqu'à sa mort — et il nous disait ne pas avoir l'intention d'habiter très longtemps encore son enveloppe périssable — soit jusqu'à ce que je fusse parvenu à l' « illumination », cet état où en définitive vous avez fait sauter les entraves de l'ignorance et où vous possédez la certitude incontestable de faire un avec l'Absolu.

— Et ensuite ?

— Ensuite, s'ils disent vrai, il n'y a rien de plus. L'âme a terminé sa course terrestre et elle ne reviendra plus.

— Et Shri Ganesha, est-il mort ? demandai-je.

— Non, pas que je sache.

Tout en parlant, il comprit l'allusion et sourit légèrement. Il poursuivit après un moment d'hésitation, mais j'eus aussitôt l'impression qu'il voulait éluder la seconde question qui, il le savait fort bien, me brûlait les lèvres : à savoir, bien entendu, s'il avait été « illuminé ».

— Je ne restais pas constamment à l'Ashrama. J'eus la chance de faire la connaissance d'un indigène, fonctionnaire forestier, dont la résidence permanente se trouvait aux abords d'un village situé au pied des montagnes. C'était un adepte de Shri Ganesha et, aussi souvent que le lui permettaient ses occupations, il venait passer deux ou trois jours avec nous. C'était un gentil garçon et nous avions ensemble de longues causeries. Après un certain temps, quand je le connus bien, il me dit que le Service des Forêts possédait un bungalow en haut dans la montagne et que, si je désirais y aller pour me trouver seul avec moi-même, il m'en donnerait la clef. Je m'y rendis de temps à autre. Le voyage prenait deux jours ; d'abord il fallait gagner en autobus le village où habitait l'agent forestier, puis on devait marcher ; mais une fois rendu sur place, on découvrait un endroit magnifique de grandeur et de solitude. Je mettais tout ce que je pouvais dans un havresac et chargeais un porteur de mes provisions ; et je restais là-haut jusqu'à ce que celles-ci fussent épuisées. Il n'y avait qu'une hutte faite de troncs d'arbre avec derrière un four pour la cuisine ; pour tout mobilier un seul lit de sangle pouvant supporter un paillasson pour dormir, une table et deux chaises. Il y faisait frais et parfois, le soir, il était agréable d'allumer une flambée. J'éprouvais un tressaillement merveilleux à la pensée qu'à cinquante kilomètres à la ronde, il n'y avait pas une âme qui vive. La nuit, j'entendais souvent le rugissement d'un tigre ou le tintamarre des éléphants brisant tout sur leur passage dans la jungle. Je faisais de longues promenades dans la forêt. Il y avait un coin où j'aimais particulièrement à m'asseoir parce que de là je voyais tout autour de moi les cimes des montagnes, et en bas, un lac où, au crépuscule, les animaux sauvages, cerfs, sangliers, bisons, éléphants, léopards, venaient boire.

« J'étais depuis tout juste deux ans à l'Ashrama quand, un jour, pour une raison qui vous fera sourire, je montai à ma retraite de la forêt : je voulais y passer mon anniversaire. Je m'y rendis donc la veille. Le matin suivant, me levant avant l'aube, j'eus l'idée d'aller voir le lever du soleil du haut de l'endroit dont je viens de vous parler. J'aurais pu faire la route les yeux bandés, tant je la connaissais bien. Je m'assis sous un arbre et j'attendis. Il faisait encore nuit, mais dans le ciel les étoiles pâlissaient et le jour était près de poindre. J'éprouvai une étrange sensation d'attente. Peu à peu, et si insensiblement que j'en eus à peine conscience, la lumière commença à filtrer à travers les ténèbres, lentement, comme une forme mystérieuse se glissant furtivement entre les arbres. Je sentais mon cœur qui battait comme à l'approche d'un danger. Alors le soleil apparut.

Larry s'interrompit un moment ; un sourire mélancolique se jouait sur ses lèvres.

— Je n'ai pas le don de la description. Je ne sais pas trouver les mots pour dépeindre une image, je ne saurais vous décrire, de façon à vous la faire voir réellement, la magnificence du spectacle qui se déroulait sous mes yeux tandis que le jour naissait dans toute sa gloire. Ces montagnes couvertes de leur jungle profonde, la brume encore accrochée au faîte des arbres et, bien loin au-dessous de moi, ce lac insondable ! Perçant entre les hauteurs, le soleil s'empara du lac qui se mit à étinceler comme de l'acier en feu. J'étais ébloui par la beauté terrestre. Jamais je n'avais connu une telle exaltation ni une joie si sublime. J'éprouvai une sensation étrange : un frémissement me parcourut des pieds à la tête et j'eus l'impression d'être soudainement délivré de mon enveloppe charnelle, d'être devenu un pur esprit participant d'une beauté que je n'aurais jamais pu imaginer. J'avais conscience d'être possédé d'une connaissance surhumaine clarifiant tout ce qui, en moi, avait été confus, et expliquant tout ce qui jusqu'ici m'avait laissé perplexe. J'en étais heureux jusqu'à la souffrance et je luttais pour me libérer de cette étreinte, car je sentais que je mourrais si elle devait se prolonger un moment encore ; et cependant, l'extase était telle que j'étais prêt à mourir plutôt que de la laisser échapper. Comment pourrais-je vous expliquer ce que je ressentais ? Aucun mot ne peut décrire ma béatitude extasiée. Quand je revins à moi j'étais épuisé et tremblant. Je m'endormis. A mon réveil, le soleil était déjà bien haut dans le ciel. Je retournai au bungalow et il me semblait que j'effleurais à peine le sol, tant mon cœur était léger. Je me préparai quelque chose à manger ; bon Dieu, que j'avais faim ! et j'allumai ma pipe.

A présent aussi, Larry alluma sa pipe.

— Je n'osais croire que ce fût là l' « illumination » et que moi, Larry Darrell de Marvin, Illinois, je venais de la connaître alors que tant d'autres qui, depuis des années, dans l'austérité et la mortification s'efforcent d'y atteindre, l'attendent toujours.

— Qu'est-ce qui vous fait croire qu'il s'agissait là de quelque chose de plus qu'un état hypnotique provoqué par votre disposition d'esprit, à laquelle venaient s'ajouter la solitude, le mystère de l'aurore et l'acier en feu de votre lac ?

— Uniquement le sentiment bouleversant de sa réalité. Après tout, c'était une expérience à l'instar de celles que connurent les mystiques dans le monde entier et à travers tous les siècles : brahmanes de l'Inde, Suffis de Perse, catholiques d'Espagne, protestants de la Nouvelle-Angleterre ; et pour autant qu'ils ont été à même de décrire ce qui défie la description, ils l'ont fait en des termes semblables. Il est impossible de nier que le fait se soit produit ; seule l'explication en est difficile. M'étais-je pour un instant identifié avec l'Absolu, ou était-ce une manifestation partie de mon subconscient de cette affinité avec l'Esprit universel qui est latente en chacun de nous ? Je ne sais.

Larry se tut un moment et me lança un regard narquois.

— A propos, pouvez-vous toucher de votre pouce votre petit doigt ? demanda-t-il.

— Evidemment, fis-je en riant ; et pour le prouver, je joignis le geste à la parole.

— Vous rendez-vous compte que c'est là une chose que seuls l'homme et les primates sont capables de faire ? C'est parce que le pouce est opposable aux autres doigts que la main est un instrument si admirable. Ne se peut-il pas que cette opposition du pouce se soit, sans doute sous une forme rudimentaire, développée dans certains cas chez l'ancêtre lointain de l'homme et du gorille, et ne soit devenue commune à tous qu'après d'innombrables générations ? N'est-il pas au moins possible que ces phénomènes d'identification avec la Réalité, dont de si nombreuses et de si diverses personnes ont eu la révélation, présagent le développement dans la conscience humaine d'un sixième sens qui, dans un avenir éloigné, encore très éloigné, appartiendra à tous les humains et leur permettra de percevoir l'Absolu aussi directement que nous percevons aujourd'hui ce qui tombe sous nos sens ?

— Et quels effets en attendez-vous ? demandai-je.

— Il m'est aussi difficile de vous le dire qu'au premier être, ayant découvert la possibilité de toucher de son pouce son petit doigt, de vous prédire les innombrables conséquences qui devaient découler de cet acte insignifiant. Pour ma part, je puis seulement constater que l'intense sensation de joie, de paix et de certitude qui m'envahit en cet instant de ravissement demeure toujours en moi, et que la vision de la beauté du monde est à présent aussi fraîche et éclatante, qu'au moment où, pour la première fois, mes yeux en furent éblouis.

— Mais, Larry, votre notion de l'Absolu vous oblige certainement à croire que le monde et sa beauté sont une simple illusion — le voile de Maya.

— C'est une erreur de penser que les Hindous considèrent le monde comme une illusion ; ce n'est pas du tout le cas. Ils croient seulement qu'il n'est pas réel dans le même sens que l'Absolu. Maya est uniquement une conception imaginée par ces penseurs fervents pour expliquer comment de l'Infini peut naître le Fini. Samkara, le plus sage de tous, déclara le mystère insoluble. Voyez-vous, la difficulté est d'expliquer pourquoi Brahma qui est l'Etre, la Félicité et l'Intelligence, et qui est inaltérable, qui est et demeurera à jamais immuable, à qui rien ne manque et qui n'a besoin de rien, et ne connaît par conséquent ni changement ni effort, qui est parfait — pourquoi Brahma devait créer le monde. Eh bien ! posez cette question : on vous répondra généralement que l'Absolu a créé le monde par simple jeu, sans but déterminé. Mais si vous songez aux inondations et à la famine, aux tremblements de terre, aux ouragans et à toutes les misères qui sont le lot de la chair, votre sens moral se révoltera à la pensée que tant de choses choquantes aient pu être créées par seul caprice. Shri Ganesha avait le cœur trop généreux pour partager cette croyance ; il considérait le monde comme l'expression de l'Absolu et comme le débordement de sa perfection. Il enseignait que Dieu ne peut s'empêcher de créer et que le monde est la manifestation de son essence. Quand je demandais pourquoi le monde, s'il est la manifestation d'un Etre parfait, doit être haïssable au point que l'homme ne peut raisonnablement avoir d'autre désir que de s'en évader, Shri Ganesha répondait que les jours passés sur la terre sont éphémères et que seul l'Infini donne un bonheur permanent. Mais l'Eternité ne peut rendre le bien meilleur ni le blanc plus blanc. Si à midi la rose a perdu la beauté qu'elle avait à l'aube, cette beauté n'en était pas moins réelle. Rien dans le monde n'est permanent et nous sommes fous de souhaiter que les choses puissent durer ; mais nous le sommes certainement bien plus encore de ne pas en jouir tant que nous les avons. Si le changement est de l'essence même de l'existence, il semble simplement raisonnable d'en faire la prémisse de notre philosophie. Personne ne peut se baigner deux fois dans la *même* rivière, mais le flot poursuit sa course, et si nous nous y trempons de nouveau, l'eau nous paraît aussi froide et rafraîchissante.

« Lorsque pour la première fois les Aryens descendirent dans l'Inde, ils voyaient seulement dans le monde que nous connaissons le reflet d'un autre monde inconnu ; mais ils n'en appréciaient pas moins le charme et la beauté de celui où nous vivons. Ce n'est qu'après des siècles, quand les ravages causés par la conquête et le climat débilitant eurent miné leur vitalité au point de faire d'eux une proie facile pour les hordes des envahisseurs, qu'ils ne virent plus que le mal dans la vie et implorèrent qu'il leur fût désormais épargné. Mais pourquoi nous autres Occidentaux, particulièrement nous autres Américains, devrions-nous redouter la décadence et la mort, la faim et la soif, la maladie, la décrépitude de l'âge, le chagrin et les déceptions ? Le sens de la vie est profondément ancré en nous. Assis dans ma hutte en train de fumer ma pipe, j'avais conscience de vivre plus intensément que jamais auparavant. Je sentais en moi une énergie qui criait son besoin urgent de se dépenser. J'étais fait non pas pour renoncer au monde et me retirer dans un cloître, mais pour vivre dans la société humaine et apprécier les biens terrestres, non en vérité pour eux-mêmes, mais pour l'Infini qui se trouve en eux. Si, dans ces moments d'extase, je me suis réellement identifié avec l'Absolu, eh bien ! si ce qu'ils disent est vrai, rien ne pourra plus m'affecter et lorsque sera terminé le Karma de ma vie actuelle, je ne reviendrai plus ici-bas. Cette pensée me remplissait de consternation. Je voulais vivre encore et encore. J'étais prêt à accepter n'importe quel genre d'existence quelles qu'en fussent les misères et les douleurs ; je sentais que seule une vie après l'autre, puis une autre et une autre encore pourraient satisfaire mon ardeur, ma vigueur et ma soif de connaissances.

« Le lendemain matin, je me mis en route et je redescendis de la montagne. J'arrivai à l'Ashrama le jour suivant. Shri Ganesha fut surpris de me voir dans mes vêtements européens. Je les avais endossés dans la maison de l'agent forestier avant de monter sur la colline, car là-haut il faisait plus frais, et je n'avais pas pensé à me changer.

« — Je suis venu vous faire mes adieux, Maître, dis-je. Je retourne parmi les miens.

« Il ne dit mot. Comme d'habitude, il était assis sur l'estrade, les jambes repliées sur la peau de tigre. Devant lui, un bâtonnet d'encens brûlait dans un brasero et embaumait l'air de son parfum léger. Il était seul comme le premier jour où je l'avais vu. Il me regarda avec une intensité si pénétrante qu'il perçait, me semblait-il, jusqu'au tréfonds de mon être. Il savait, j'en étais sûr, ce qui était arrivé.

« — C'est bien, dit-il. Vous avez été absent assez longtemps.

« Je m'agenouillai et il me donna sa bénédiction. En me relevant, j'avais les yeux remplis de larmes. C'était un homme au cœur noble et au caractère généreux. Je considérai toujours comme une faveur de l'avoir connu. Je pris congé des adeptes. Les uns vivaient là depuis des années ; d'autres étaient venus après moi. Je leur abandonnai le peu de mes affaires et mes livres pensant qu'ils pourraient leur servir et, sac au dos, portant les mêmes vieilles culottes et le même veston marron qu'à mon arrivée, coiffé d'un feutre cabossé, je repris à pied le chemin de la ville. Une semaine plus tard, je montai à bord d'un bateau à Bombay et débarquai à Marseille.

Le silence pesa sur nous tandis que nous suivions chacun le cours de nos propres réflexions ; mais si fatigué que je fusse, il était un point que je tenais à élucider ; je me mis donc finalement à parler.

— Larry, mon vieux, dis-je, cette longue exploration que vous avez entreprise a débuté par le problème du mal. C'est le problème du mal qui vous y a poussé. Durant toute notre conversation, aucun de vos propos n'a indiqué que vous ayez finalement trouvé une solution, fût-elle seulement hypothétique.

— Peut-être n'y a-t-il pas de solution ou peut-être ne suis-je pas capable de la découvrir. Ramakrishna considérait le monde comme le jouet de Dieu. « C'est comme un jeu », disait-il. Dans ce jeu, il entre de la joie et de la tristesse, de la vertu et du vice, du savoir et de l'ignorance, du bien et du mal. Le jeu ne peut se poursuivre si le péché et la souffrance sont entièrement éliminés de la création. Cela, je me refuse de toutes mes forces à l'admettre. La meilleure explication que je puisse proposer, c'est que lorsque l'Absolu s'est manifesté dans le monde, le mal était le corollaire naturel du bien. La beauté prodigieuse de l'Himalaya n'aurait jamais pu exister sans qu'il y eût d'abord l'inimaginable horreur d'une convulsion de la croûte terrestre. L'artisan chinois, modelant un vase dans ce qu'on appelle la porcelaine coquille d'œuf, a beau le façonner de manière adorable, l'orner de dessins admirables, le couvrir de couleurs ravissantes et lui donner un lustre parfait, l'objet n'en restera pas moins fragile à cause de la substance dont il est fait. Laissez-le tomber sur le sol, il se brisera en mille morceaux. De même, n'est-il pas concevable que les valeurs terrestres que nous cultivons avec tant d'amour ne puissent exister qu'étroitement liées au mal ?

— L'idée est évidemment ingénieuse, Larry ; mais je ne la trouve pas très concluante.

— Moi non plus, fit-il en souriant. Le mieux que l'on puisse dire, c'est qu'après s'être rendu à l'évidence d'une nécessité inéluctable, il ne reste plus qu'à en tirer le meilleur parti possible.

— Et quels sont maintenant vos projets ?

— J'ai un travail à terminer ici et ensuite je rentrerai en Amérique.

— Pour faire quoi ?

— Vivre.

— Comment ?

Il répondit d'un ton très calme, mais avec dans les yeux une lueur diabolique, car il savait fort bien combien peu je m'attendais à une telle réplique.

— Avec tranquillité, indulgence, compassion, abnégation et chasteté.

— Noble programme, fis-je. Mais pourquoi chasteté ? Vous êtes un homme jeune ; est-il sage de vouloir faire abstraction de ce qui avec la faim est l'instinct le plus impérieux de la bête humaine ?

— J'ai la chance que pour moi la fonction sexuelle soit un plaisir plutôt qu'un besoin. Je le sais par expérience personnelle : jamais les Sages de l'Inde n'ont plus absolument raison qu'en affirmant que la continence développe puissamment le pouvoir de l'esprit.

— J'aurais cru que la sagesse consistât à maintenir l'équilibre entre les sollicitations du corps et celles de l'esprit.

— C'est exactement, soutiennent les Hindous, ce que nous autres de l'Occident n'avons pas su comprendre. S'il faut les en croire, nous, avec nos innombrables inventions, avec nos usines et nos machines et toute leur production, nous avons cherché le bonheur dans les biens matériels, alors que le bonheur ne réside pas en eux, mais dans les choses de l'esprit. D'après eux aussi, la voie choisie par nous conduit à la destruction.

— Et avez-vous l'impression que l'Amérique est l'endroit indiqué pour pratiquer les vertus particulières dont vous venez de me parler ?

— Pourquoi pas ? Vous autres Européens n'entendez rien à l'Amérique. Parce que nous amassons de grosses fortunes, vous croyez que seul l'argent nous intéresse. Il n'a aucune valeur pour nous. Dès l'instant où nous en avons, nous le dépensons. Pour nous, l'argent n'est rien ; il est simplement le symbole du succès. Nous sommes les plus grands idéalistes du monde ; pour ma part, je pense que nous avons fait fausse route dans le choix de notre idéal : le plus bel idéal me semble-t-il que puisse se proposer l'homme, c'est la perfection du moi.

— C'est en effet, Larry, un but très élevé.

— Ne vaut-il pas la peine d'y consacrer sa vie ?

— Mais comment pouvez-vous imaginer un instant qu'à vous seul, vous soyez capable d'avoir une influence quelconque sur un peuple remuant, actif, débordant, profondément individualiste comme l'est le peuple américain ? Vous pourriez tout aussi bien essayer de contenir de vos seules mains les eaux du Mississippi.

— Je ne risque rien à le tenter. A lui seul un homme a inventé la roue. A lui seul un homme a découvert les lois de la pesanteur. Rien ne se produit sans entraîner de conséquences. Si vous jetez une pierre dans un étang, l'univers n'est plus tout à fait semblable à ce qu'il était auparavant. C'est une erreur de penser que ces hommes saints de l'Inde mènent une existence inutile. Ils sont un rayon lumineux au milieu des ténèbres. Ils représentent un idéal qui est une source de réconfort pour leurs semblables ; peut-être restera-t-il inaccessible à la grande masse des humains, mais ils le vénèrent et leur vie s'en trouve favorablement influencée. Lorsqu'un homme est devenu pur et parfait, sa personnalité rayonne et les êtres assoiffés de vérité sont instinctivement attirés vers lui. Si je mène l'existence que je projette pour moi-même, peut-être d'autres existences en seront-elles affectées ; le résultat n'en sera peut-être pas plus important que la ride légère creusée par un caillou jeté dans un étang, mais une ride peut en provoquer une autre, et celle-ci une troisième. Il se peut que quelques personnes, voyant dans mon genre d'existence une source de bonheur et de paix, enseignent à leur tour à autrui ce qu'elles auront appris elles-mêmes.

— Je me demande, Larry, si vous avez la moindre idée des obstacles qui vous attendent. Vous savez, les bourgeois obtus ont depuis longtemps renoncé à recourir à la roue et au bûcher pour supprimer des croyances qu'ils redoutent : ils ont découvert une arme de destruction infiniment plus efficace — la dérision.

— J'ai assez de cran, fit Larry en souriant.

— Eh bien ! tout ce qu'il me reste à dire, c'est que vous avez une sacrée veine d'avoir des revenus personnels.

— Ils m'ont été bien utiles, car sans eux je n'aurais jamais pu faire tout ce que j'ai fait. Mais mon apprentissage est terminé. A partir de maintenant, mes rentes ne pourraient plus être désormais pour moi qu'une entrave. Je vais m'en débarrasser.

— Ce serait très peu sage. Seule l'indépendance matérielle peut vous permettre le genre d'existence que vous vous proposez.

— Bien au contraire ; l'indépendance matérielle enlèverait toute signification à la vie que j'envisage.

Je ne pus réprimer un geste d'impatience.

— Tout cela convient peut-être au mendiant ambulant de l'Inde : il peut dormir sous un arbre, et les dévots sont sans doute prêts à faire œuvre pie en remplissant de nourriture son escarcelle. Mais le climat d'Amérique ne se prête guère au sommeil à la belle étoile et, sans prétendre bien connaître votre pays, je n'en sais pas moins que s'il est une chose sur laquelle vos compatriotes sont tous d'accord, c'est que si vous voulez manger il vous faut travailler. Mon pauvre Larry, on vous enverra à l'asile comme vagabond avant même que vous ayez pu bouger.

Il se mit à rire.

— Je sais. Il faut s'adapter à son milieu, aussi travaillerai-je, bien entendu. En arrivant en Amérique, j'essaierai de trouver un emploi dans un garage. Je suis assez bon mécanicien et je ne pense pas que cela me soit difficile.

— Ne gâcherez-vous pas ainsi une énergie qui pourrait se dépenser plus utilement ?

— Le travail manuel me plaît ; j'en ai goûté chaque fois que j'étais las d'étudier ; j'ai constaté qu'il stimule l'activité du cerveau. Lisant un jour une biographie de Spinoza, j'ai trouvé stupide que l'auteur considérât comme une épreuve terrible pour le philosophe d'avoir dû polir des verres à lunettes afin de gagner péniblement sa vie. Ne fût-ce qu'en détournant pour un moment son attention de la pénible tension de la spéculation abstraite, ce dérivatif facilita grandement, j'en suis sûr, le travail de son esprit. Quand je lave une voiture ou que je répare un carburateur, je me sens le cerveau libre et, le travail achevé, j'éprouve l'agréable sensation d'avoir accompli quelque chose. Bien entendu, je ne voudrais pas passer toute ma vie dans un garage. Il y a de longues années que j'ai quitté l'Amérique et il me faut apprendre à la connaître de nouveau. Je tâcherai de m'embaucher comme conducteur de camion. Ainsi avec le temps, il me sera possible de parcourir le pays d'un bout à l'autre.

— Vous avez oublié le rôle le plus important peut-être de l'argent : il économise le temps. La vie est si courte et la tâche est si grande, on ne peut se permettre de gaspiller un moment ; et pensez tout simplement à tout le temps qu'on perd, par exemple en allant à pied d'un endroit à un autre au lieu de s'y rendre en autobus, et en prenant un autobus à la place d'un taxi.

Larry sourit.

— C'est assez vrai et je n'y avais pas songé ; mais en ayant mon propre taxi, je peux trancher cette difficulté.

— Que voulez-vous dire ?

— Je m'installerai peut-être à New York ; entre autres raisons, à cause de ses bibliothèques ; il me faut très peu pour vivre ; peu m'importe comment je suis logé et un seul repas par jour me suffit amplement. Jusqu'à ce que j'aie vu tout ce que je désire voir de l'Amérique, j'aurai pu mettre assez d'argent de côté pour m'acheter une voiture et devenir chauffeur de taxi.

— Larry, vous êtes bon à enfermer. Vous êtes complètement fou.

— Pas du tout. Je suis très raisonnable et très pratique. Etant à la fois conducteur et propriétaire, il me suffira de travailler assez pour assurer mon gîte et mon couvert et pour amortir le prix de la voiture. Le reste de mon temps, je pourrai le consacrer à d'autres travaux ; et si je suis pressé d'aller dans un endroit quelconque, il me sera toujours possible de m'y rendre dans mon propre taxi.

— Mais, Larry, un taxi représente un bien personnel tout autant qu'une rente sur l'Etat, dis-je pour le taquiner. Comme chauffeur-propriétaire, vous serez un capitaliste.

Il rit.

— Non. Mon taxi sera uniquement mon instrument de travail tout comme le bâton et l'escarcelle le sont pour le mendiant ambulant.

Sur ce ton de plaisanterie notre conversation prit fin. J'avais remarqué, depuis un moment déjà, que les consommateurs entraient plus nombreux dans la brasserie. Un homme en tenue de soirée s'assit non loin de nous et se commanda un petit déjeuner copieux. Il avait la mine fatiguée, mais satisfaite, comme s'il jetait avec complaisance un regard rétrospectif sur une nuit d'ébats amoureux. Quelques vieux messieurs tôt levés — les vieillards ont besoin de peu de sommeil — buvaient avec componction leur café au lait tout en lisant le journal du matin, de fortes lunettes sur le nez. D'autres plus jeunes, soignés et bien mis, d'autres encore en veston râpé, dévoraient hâtivement un petit pain et avalaient une tasse de café avant de se rendre à leurs boutiques ou à leurs bureaux. Une vieille femme entra portant une pile de journaux qu'elle offrait à toutes les tables à la ronde, mais apparemment sans succès. Par les grandes baies vitrées, je jetai un coup d'œil au-dehors : il faisait grand jour. Une minute ou deux plus tard, l'électricité s'éteignit partout, sauf dans le fond du vaste restaurant. Il était sept heures passées.

— Que diriez-vous d'un petit déjeuner ? demandai-je.

Nous prîmes des croissants apportés tout chauds et croustillants de la boulangerie, et du café au lait. J'étais fatigué et inattentif et je devais certainement faire peur à voir. Larry, par contre, avait l'air aussi reposé que d'habitude. Les yeux brillants, la face lisse sans une seule ride, il ne paraissait pas avoir un jour de plus que vingt-cinq ans. Le café me ragaillardit.

— Larry, me permettez-vous de vous donner un petit conseil ? Cela ne m'arrive pas souvent.

— Il ne m'arrive pas souvent d'en accepter, répondit-il d'un ton moqueur.

— Voulez-vous réfléchir soigneusement avant de vous dépouiller de votre si modeste fortune ? Quand elle sera partie, elle le sera pour toujours. Un jour peut venir où vous aurez grand besoin d'argent, soit pour vous-même, soit pour autrui ; et alors vous regretterez amèrement d'avoir été un tel fou.

En répondant, il eut dans les yeux une lueur d'ironie, dépourvue toutefois de méchanceté.

— Vous attachez à l'argent plus d'importance que moi.

— Je le croirais aisément, répondis-je sèchement. Voyez-vous, vous en avez toujours eu, et moi pas. Il m'a donné ce qui à mes yeux a peut-être plus d'importance que toute autre valeur d'ici-bas : l'indépendance. Vous ne sauriez imaginer tout le bien-être que j'éprouve à l'idée que si je le voulais, je pourrais envoyer n'importe qui au diable.

— Mais je ne veux envoyer personne au diable et si par hasard tel était mon désir, ce n'est pas le manque d'un compte en banque qui m'en empêcherait. L'argent, voyez-vous, signifie pour vous la liberté ; pour moi, il représente la servitude.

— Quelle brute entêtée vous êtes, Larry.

— Je sais. Je n'y puis rien. Mais en tout cas, j'ai largement le temps de changer d'avis si je le veux. Je ne retournerai pas en Amérique avant le printemps prochain. Mon ami Auguste Cottet, le peintre, a mis à ma disposition une petite maison à Sanary et je vais aller y passer l'hiver.

Sanary, une modeste station balnéaire sur la Côte d'Azur, entre Bandol et Toulon, est un rendez-vous d'artistes et d'écrivains que n'attire pas la foire bruyante et de mauvais goût de Saint-Tropez.

— L'endroit est mortellement ennuyeux ; mais si cela ne vous gêne pas, vous vous y plairez.

— J'y travaillerai. J'ai réuni une abondante documentation et je vais écrire un livre.

— Sur quel sujet ?

— Vous le verrez quand il paraîtra, fit-il en souriant.

— Si vous voulez me l'envoyer dès que vous l'aurez achevé, je pense pouvoir vous le faire publier.

— Inutile de vous déranger. J'ai quelques amis américains qui dirigent une petite imprimerie à Paris et je me suis entendu avec eux pour l'impression.

— Mais vous ne pouvez espérer qu'un livre publié dans de telles conditions se vende ; les critiques ne parleront pas de vous.

— Les critiques m'importent peu et je ne compte pas sur la vente. Je ferai imprimer tout juste assez d'exemplaires pour en envoyer à mes amis de l'Inde ainsi qu'aux quelques personnes que je connais en France et que mon travail pourrait intéresser. Il n'a pas grande importance. Je l'écris uniquement pour me débarrasser de tous ces matériaux, et si je le publie c'est parce qu'à mon avis le seul moyen de juger vos idées est de les coucher par écrit.

— Je comprends ces deux raisons.

Nous avions alors terminé notre petit déjeuner, et j'appelai le garçon pour l'addition. Quand on l'apporta, je la passai à Larry.

— Comme de toute façon vous allez jeter votre argent par les fenêtres, sacrebleu ! vous pouvez bien payer mon petit déjeuner.

Il rit et paya. J'étais tout ankylosé d'être resté assis si longtemps et en sortant du restaurant, j'avais mal au côté. Qu'il était bon de se retrouver à l'air frais et pur d'un matin d'automne ! Le ciel était bleu et l'avenue de Clichy qui, la nuit, grouillait d'une foule sordide, avait maintenant un charme plaisant de jeunesse légère comme une femme fardée, hagarde qui marcherait d'un pas vif de jeune fille. Je fis signe à un taxi qui rôdait.

— Puis-je vous déposer quelque part ? demandai-je à Larry.

— Non ; je vais aller à pied jusqu'à la Seine et nager dans l'une des piscines. Puis je dois passer à la Bibliothèque Nationale où j'ai quelques recherches à faire.

Nous nous serrâmes la main et je le regardai tandis que de son pas allongé et souple il traversait la chaussée. Quant à moi, moins résistant, je montai dans le taxi et regagnai mon hôtel. En entrant dans mon petit salon, je notai qu'il était plus de huit heures.

— Belle heure de rentrer à la maison pour un monsieur de mon âge, fis-je d'un ton de reproche à la dame nue qui, sous un globe de verre, était depuis l'année 1813 allongée sur le haut de la pendule dans une posture apparemment très peu confortable.

Elle continuait à contempler son visage de bronze doré dans un miroir de bronze doré, et tout ce que disait l'horloge, c'était : tic tac. Je fis couler un bain chaud. Après y être resté jusqu'à ce qu'il fût devenu tiède, je me séchai, avalai une pilule pour dormir, et emportant au lit *le Cimetière marin* de Valéry qui se trouvait par hasard sur la table de nuit, je lus jusqu'à ce que vînt le sommeil.

CHAPITRE VII

I

Six mois plus tard, par un matin d'avril, j'étais occupé à écrire dans mon bureau sur le toit en terrasse de ma maison du Cap-Ferrat, lorsqu'un domestique monta me prévenir que la police de Saint-Jean était en bas et désirait me voir. J'étais contrarié d'être dérangé et ne pouvais imaginer ce qu'on me voulait. Ma conscience était tranquille ; j'avais déjà versé ma contribution au Fonds de Bienfaisance. J'avais reçu en échange une carte que je gardais précieusement dans ma voiture : si j'étais interpellé pour excès de vitesse ou pour m'être rangé du mauvais côté de la chaussée, je pouvais toujours l'exhiber discrètement en même temps que mon permis de conduire, et m'en tirer avec un avertissement indulgent. Il me paraissait assez probable qu'un de mes domestiques n'ayant peut-être pas ses papiers en règle avait été l'objet d'une dénonciation anonyme — cependant, étant en bons termes avec les gendarmes locaux que je ne laissais jamais partir de chez moi sans un verre de vin « pour les mettre en train », je ne prévoyais pas de grandes complications. Mais les deux policiers étaient venus pour une mission toute différente.

Après nous être serré la main et nous être informés réciproquement de notre santé, le brigadier qui avait une des plus imposantes moustaches que j'eusse jamais vues, fouilla dans sa poche et en sortit un carnet. D'un pouce sale il feuilleta les pages.

— Le nom de Sophie Macdonald vous dit-il quelque chose ? demanda-t-il.

— Je connais une personne de ce nom-là, répliquai-je prudemment.

— Nous venons de recevoir un coup de téléphone du Bureau de police de Toulon et le commissaire vous prie de vous y rendre sans délai.

— Pour quelle raison? demandai-je. Je ne connais que vaguement Mrs. Macdonald.

Bien vite, je conlus qu'elle avait eu des ennuis probablement pour une affaire d'opium, mais je ne voyais pas pourquoi je devais m'y trouver mêlé.

— C'est pas mon affaire. Y a pas de doute, vous avez eu des relations avec cette femme. Paraît qu'elle a disparu de son logement depuis cinq jours, et un corps, que la police a des raisons de supposer être le sien, vient d'être repêché dans le port. On vous demande d'aller le reconnaître.

Un frisson me parcourut. Je ne fus cependant pas trop surpris. Avec la vie qu'elle menait, il était assez vraisemblable qu'en un moment de dépression, elle en fût venue à mettre fin à ses jours.

— Mais elle peut certainement être identifiée par ses vêtements et ses papiers.

— Elle a été trouvée la gorge ouverte et nue comme un ver.

Grand Dieu ! J'étais horrifié. Je réfléchis un instant. Je savais pertinemment que la police était en droit de m'obliger à m'exécuter ; aussi jugeai-je préférable de m'y résigner de bonne grâce. Entendu, je prendrai le premier train.

En consultant l'indicateur, j'en trouvai un qu'en me dépêchant je pourrais attraper de façon à être à Toulon entre cinq et six. Le brigadier me dit qu'il allait en téléphoner au commissaire et me demanda, sitôt arrivé, de me rendre tout droit au Bureau de police. Je ne travaillai pas davantage ce matin-là. J'emballai dans une valise quelques objets indispensables et après le déjeuner, je partis en auto pour la gare.

II

Je me présentai au Bureau de police de Toulon et fus immédiatement introduit chez le commissaire. Il était assis à une table. C'était un homme lourd, très basané, d'apparence bourrue, un Corse à ce qu'il me sembla. Il commença par me jeter un regard soupçonneux, la force de l'habitude sans doute ; mais remarquant le ruban de la Légion d'honneur que j'avais pris la précaution de glisser à ma boutonnière, il m'invita avec un sourire onctueux à m'asseoir et se confondit en abondantes excuses de s'être vu obligé de déranger une personne de ma qualité. Me mettant au même diapason, je l'assurai que rien ne pouvait me rendre plus heureux que de lui être utile. Puis, nous abattîmes nos cartes, et il en revint à sa manière brusque plutôt insolente. Feuilletant des paperasses qui se trouvaient devant lui, il dit :

— C'est une sale affaire. La femme Macdonald avait, paraît-il, très mauvaise réputation. C'était une ivrognesse, une intoxiquée et une nymphomane. Elle avait l'habitude de coucher non seulement avec les matelots en permission, mais avec toute la racaille de la ville. Par quel hasard, un homme de votre âge et de votre honorabilité a-t-il pu se trouver en rapports avec une personne de cette espèce ?

J'avais envie de lui répondre que cela ne le regardait pas ; mais la lecture attentive de centaines de romans policiers m'a enseigné qu'il est bon de traiter l'Autorité avec courtoisie.

— Je la connaissais très peu. Quand elle était encore jeune fille, je l'ai rencontrée à Chicago où ensuite elle s'est mariée avec un homme très bien. Il y a un an environ, je l'ai retrouvée à Paris chez des amis communs.

Je me demandais comment diable il était parvenu à établir un lien entre Sophie et moi, lorsqu'il me présenta un livre.

— Ce volume a été trouvé dans sa chambre. Si vous voulez bien regarder la dédicace, vous verrez qu'elle n'indique pas des relations aussi vagues que vous le prétendez.

C'était la traduction de mon roman qu'elle avait vue dans la vitrine de la librairie et qu'elle m'avait demandé de lui dédicacer. Sous ma signature j'avais écrit : « *Mignonne, allons voir si la rose...* » tout simplement parce que c'était la première chose qui m'était venue à l'esprit. C'était, je dois l'avouer, un peu familier.

— Si vous voulez dire que j'étais son amant, vous faites fausse route.

— Ce ne serait pas mon affaire, répliqua-t-il ; puis avec une lueur dans l'œil : et sans vouloir vous offenser, je dois ajouter que d'après ce que j'ai entendu de ses penchants, je ne pourrais dire que vous étiez son type. Mais il est évident que vous n'appelleriez pas mignonne une personne totalement étrangère.

— Ce vers, Monsieur le commissaire, est le premier d'un célèbre poème de Ronsard dont les œuvres, je n'en doute pas, sont familières à un homme de votre éducation et de votre culture. Je l'ai écrit avec la certitude que, connaissant ce poème, elle se souviendrait des vers suivants d'où elle aurait pu comprendre que son genre de vie était, pour le moins, déplacé.

— Evidemment, j'ai lu Ronsard à l'école, mais avec tout le travail que j'ai, j'avoue que les vers auxquels vous faites allusion me sont sortis de la mémoire.

Je lui récitai la première strophe et sachant fort bien qu'il n'avait jamais entendu prononcer le nom du poète avant que j'en fisse mention, je n'avais aucune crainte de le voir se rappeler les derniers vers qui peuvent difficilement être considérés comme une indication à la vertu.

— C'était apparemment une femme assez instruite. Nous avons trouvé dans sa chambre de nombreux romans policiers et deux ou trois recueils de poésies : un Baudelaire et un Rimbaud et un livre anglais d'un certain Elliott. Est-il connu ?

— Oui, très.

— Je n'ai pas le temps de lire des vers. D'ailleurs, je ne comprends pas l'anglais. Si c'est un bon poète, il est regrettable qu'il n'écrive pas en français, afin que les gens cultivés puissent le lire.

La pensée de mon commissaire lisant *The Waste Land* me réjouit beaucoup. Soudain, il me mit sous les yeux une petite photographie.

— Qui est-ce ? En avez-vous une idée ?

Je reconnus immédiatement Larry. Il était en costume de bain, et l'instantané de fraîche date avait dû être pris, je présumai, au cours des semaines d'été qu'il avait passées à Dinard en compagnie d'Isabel et de Gray. Mon premier mouvement fut de répondre que je ne savais pas, car pour rien au monde je n'aurais voulu mêler Larry à cette vilaine affaire ; mais je me dis que si la police découvrait son identité, ma dénégation signifierait peut-être qu'à mon idée il y avait en effet quelque chose à cacher.

— C'est un Américain, qui s'appelle Laurence Darrell.

— C'est la seule photo trouvée parmi les affaires de la femme. Quelles relations y avait-il entre eux ?

— Ils viennent tous deux du même village près de Chicago. C'étaient des amis d'enfance.

— Mais il n'y a pas longtemps que cette photo a été prise ; sur une plage du Nord ou de l'Ouest de la France, je suppose. Il sera facile de découvrir l'endroit exact. Qu'est-ce que c'est que cet individu ?

— Un homme de lettres, eus-je l'impudence de répondre. Le commissaire haussa légèrement son sourcil broussailleux et j'imaginai qu'il n'avait pas pour les membres de ma corporation une estime particulière. Matériellement indépendant, ajoutai-je pour donner plus de prestige à ce titre.

— Où est-il à présent ?

A nouveau, je fus tenté de dire que je n'en savais rien, mais une fois de plus je pensai qu'en agissant ainsi je ne ferais que compliquer la situation. La police française peut avoir beaucoup de défauts, mais son organisation lui permet de mettre immédiatement la main sur tous ceux qu'elle recherche.

— Il habite Sanary.

Le commissaire leva la tête, visiblement intéressé.

— Où ?

Larry, je m'en étais souvenu, m'avait raconté qu'Auguste Cottet avait mis sa villa à sa disposition et, à mon retour pour Noël, je lui avais écrit pour l'inviter à venir passer quelque temps chez moi ; mais comme je m'y attendais, il avait refusé. Je donnai son adresse au commissaire.

— Je vais téléphoner à Sanary et le faire amener ici. Ça vaut peut-être la peine de l'interroger.

Très visiblement, le commissaire pensait qu'il s'agissait peut-être d'un suspect, ce qui me donna envie de rire. Larry, j'en avais la conviction, pourrait facilement prouver qu'il n'était pour rien dans l'affaire. J'étais impatient d'en apprendre davantage sur la fin lamentable de Sophie, mais le fonctionnaire se borna à me raconter un peu plus en détail seulement ce que je savais déjà. Deux pêcheurs avaient ramené le corps ; en me disant qu'il était complètement nu, les gendarmes de mon village avaient exagéré et fait un peu de roman : l'assassin avait laissé à la malheureuse sa ceinture et son soutien-gorge. Si Sophie était vêtue de la même façon que lors de notre dernière rencontre, il n'avait eu qu'à la dépouiller de sa culotte et de son jersey. Comme rien ne permettait de l'identifier, la police avait publié son signalement dans le journal local, et il s'était présenté au commissariat une femme qui, dans une ruelle retirée, tenait une petite maison de passe. Elle servait d'indicatrice à la police toujours curieuse de savoir qui fréquentait sa maison et dans quel dessein. A cause de sa conduite trop scandaleuse au gré du propriétaire, cependant bien indulgent, Sophie avait été renvoyée de l'hôtel du quai où elle habitait lorsque je l'avais vue pour la dernière fois. Elle avait alors loué une chambre avec un petit salon chez cette femme. La tenancière aurait tiré plus de profit d'une location pour un temps assez court deux ou trois fois par nuit, mais Sophie avait offert de payer une somme si rondelette que la femme avait accepté de lui laisser la chambre au mois. A présent, elle était venue au commissariat déclarer que sa locataire était absente depuis plusieurs jours ; elle ne s'en était pas préoccupée, pensant qu'elle était allée faire un tour à Marseille ou à Villefranche où venaient d'accoster les bâtiments de la flotte britannique ; ces escales attirent toujours les femmes jeunes et vieilles de tous les coins de la Côte ; mais ayant lu dans le journal le signalement de la victime, ce pouvait bien, pensait-elle, être sa locataire. On l'avait conduite voir le corps et, après une légère hésitation, elle avait déclaré que c'était en effet celui de Sophie Macdonald.

— Mais si le corps a été identifié, que voulez-vous de moi ?

— Mme Bellet est une femme de haute honorabilité et une excellente personne, dit le commissaire. Mais pour identifier la morte, elle peut avoir des raisons que nous ne connaissons pas ; et en tout cas j'estime que, pour confirmation, le cadavre doit être reconnu par quelqu'un ayant eu avec la victime des rapports plus étroits.

— Pensez-vous avoir quelques chances de pincer le meurtrier ?

Le commissaire haussa ses épaules massives.

— Bien entendu, nous avons ouvert une enquête. Nous avons interrogé un certain nombre de personnes dans les bars où la femme avait coutume d'aller. Elle a pu être tuée dans un accès de jalousie par un matelot dont le bateau a déjà quitté le port, ou par un voyou, pour l'argent qu'elle pouvait avoir sur elle. Elle portait toujours avec elle, paraît-il, une somme qui, à un individu de cette espèce, pouvait sembler importante. Peut-être certaines personnes soupçonnent-elles fortement le coupable, mais dans le milieu qu'elle fréquentait nul sans doute ne parlera si ce n'est dans son propre intérêt. Etant donné ses relations crapuleuses, une telle fin n'était que trop probable.

A cela, je n'avais rien à répondre. Le commissaire me demanda de revenir le lendemain matin à neuf heures, lorsqu'il aurait vu le « Monsieur de la photographie » ; après quoi, un policier nous conduirait voir le corps à la Morgue.

— Et pour l'enterrement ?

— Si, après avoir identifié le corps, vous le réclamez en qualité d'ami de la décédée, et si vous êtes disposé à assumer vous-même les frais des funérailles, vous obtiendrez les autorisations nécessaires.

— Mr. Darrell et moi-même voudrions certainement les avoir le plus tôt possible.

— Je comprends parfaitement. C'est une triste histoire et il vaut mieux que la pauvre femme soit transportée sans retard à sa dernière demeure. Et cela me rappelle que j'ai ici la carte d'un entrepreneur de Pompes Funèbres qui, pour un prix raisonnable, vous arrangera tout en vitesse. Je vais y ajouter un mot afin qu'il soigne particulièrement cette affaire.

Il devait toucher, j'en étais assez convaincu, une ristourne sur le montant de la facture ; je le remerciai néanmoins chaleureusement et après qu'avec force marques d'estime il m'eut reconduit à la porte, je me rendis tout droit à l'adresse indiquée sur la carte. L'homme des Pompes Funèbres était vif et bon commerçant. Je choisis un cercueil, ni le meilleur marché ni le plus cher, et acceptai son offre d'acheter deux ou trois couronnes chez une fleuriste de sa connaissance — « Pour épargner à Monsieur un devoir pénible, et par respect pour la morte », dit-il — et je commandai le corbillard pour deux heures le lendemain à la Morgue. Je ne pus qu'admirer son savoir-faire quand il me dit que je n'avais pas besoin de me déranger pour le choix de la tombe, il s'occuperait de tout, et « Madame étant protestante, je suppose ? » en outre, si je le désirais, un pasteur attendrait à l'entrée du cimetière pour réciter les prières mortuaires. Mais comme j'étais un inconnu et un étranger, il était sûr que je ne me formaliserais pas s'il me demandait d'être assez bon pour lui remettre un chèque à l'avance. Il énonça un chiffre qui dépassait mes prévisions ; s'attendant visiblement à une demande de rabais, je lus sur son visage un air de surprise, peut-être même de désappointement, lorsqu'il me vit sortir mon carnet et lui faire le chèque sans la moindre hésitation.

Je pris une chambre à l'hôtel, et le matin suivant je retournai au commissariat. On me fit attendre un certain temps, puis on me pria d'entrer dans le bureau du commissaire. J'y trouvai Larry, l'air grave et affligé, installé sur le siège que j'avais occupé la veille. Le commissaire m'accueillit avec effusion comme si j'étais un frère retrouvé après une longue absence.

— Eh bien ! mon cher monsieur, votre ami a répondu avec la plus grande franchise à toutes les questions qu'il était de mon devoir de lui poser. Il m'a déclaré n'avoir pas vu cette pauvre femme depuis dix-huit mois et je n'ai aucune raison de douter de sa parole. Il a rendu compte de façon parfaitement satisfaisante de ses déplacements au cours de la dernière semaine, de même qu'il a expliqué le fait de la découverte de sa photo dans la chambre de la victime. L'instantané a été pris à Dinard et il l'avait eu par hasard en poche un jour où il déjeunait avec elle. De Sanary, j'ai eu d'excellents renseignements sur le jeune homme ; je suis d'ailleurs, sans vouloir me vanter, moi-même assez bon psychologue : monsieur est incapable, j'en ai la conviction, de commettre un crime de cette nature. Je me suis permis de lui exprimer ma sympathie de ce qu'une de ses amies d'enfance, élevée avec tous les avantages d'une vie familiale fortunée, ait si mal tourné. Mais c'est la vie. Et maintenant, chers messieurs, un de mes hommes va vous accompagner à la Morgue ; aussitôt après avoir identifié le corps, vous serez libres de vos mouvements. Allez et faites un bon déjeuner. J'ai ici la carte du restaurant le plus renommé de Toulon ; je vais y mettre un petit mot qui vous vaudra les meilleurs soins du patron. Après cette lamentable histoire, une bonne bouteille de vin vous fera du bien à tous les deux.

A présent, il était positivement débordant d'amabilité obligeante. En compagnie du policier, nous nous rendîmes à la Morgue. L'établissement ne paraissait pas faire de bonnes affaires. Une seule dalle était occupée par un corps. Nous nous en approchâmes et le garde découvrit la tête. La vue n'en était pas agréable. L'eau de mer avait défrisé les cheveux teints platinés qui collaient au crâne. Le visage, affreusement enflé, était horrible à regarder, mais sans aucun doute, c'était bien celui de Sophie. Le surveillant rabattit le drap pour nous montrer ce que tous deux nous aurions préféré ne pas voir : l'épouvantable blessure de la gorge qui allait d'une oreille à l'autre.

Nous retournâmes au commissariat. L'inspecteur en chef était occupé, mais nous communiquâmes à un employé ce que nous avions à dire : il nous laissa un moment et revint bientôt avec les papiers nécessaires. Nous les apportâmes aux Pompes Funèbres.

— Maintenant, allons boire quelque chose, fis-je.

Depuis l'instant où nous avions quitté le Bureau de police pour nous rendre à la Morgue, Larry n'avait pas prononcé un mot, si ce n'est pour déclarer à notre retour au commissariat qu'il reconnaissait le corps comme étant celui de Sophie Macdonald. Je l'emmenai en bas, sur le quai, et nous nous installâmes au café où précédemment je m'étais assis avec elle. Un fort mistral soufflait et le port, généralement si calme, se tachetait de moutons blancs. Les barques de pêche se balançaient doucement. Le soleil brillait avec éclat et, comme il arrive toujours quand sévit le mistral, toutes choses se détachaient en un particulier relief lumineux comme si on les regardait à travers des jumelles mises au point avec une minutie toute spéciale. Tout ce que l'on voyait gagnait un air de vitalité palpitante qui irritait les nerfs. Je pris une fine à l'eau, mais Larry ne toucha pas à celle que je lui avais commandée. Il était taciturne et je le laissai tranquille.

Peu après, je regardai ma montre.

— Nous ferions mieux d'aller manger quelque chose, dis-je. Nous devons être à la Morgue à deux heures.

— J'ai faim ; je n'ai pas déjeuné ce matin.

Par son apparence, le commissaire m'avait donné l'impression de s'y connaître en bonne cuisine, aussi emmenai-je Larry au restaurant dont il nous avait parlé. Sachant que Larry mangeait rarement de la viande, je commandai une omelette et un homard grillé ; puis, réclamant la carte des vins, je choisis, toujours selon le conseil du policier, un vin de marque. Quand on l'apporta, j'en remplis un verre pour Larry.

— Sacrebleu, vous le boirez bien, dis-je. Ça vous inspirera peut-être un sujet de conversation.

Il se rendit docilement à mon invite.

— Shri Ganesha avait coutume de dire que le silence aussi est une conversation, murmura-t-il ; puis, après un instant : j'ai peur que vous ne deviez supporter seul les frais de cet enterrement, dit-il. Je n'ai pas le sou.

— J'y suis tout disposé, répondis-je. Mais alors le sens implicite de sa réflexion me frappa. Vous n'avez pas été réellement jusque-là ?

Pendant un moment, il ne dit rien. Je remarquai l'expression bizarrement narquoise de son regard.

— Vous ne vous êtes pas dépouillé de votre argent ?

— Si, jusqu'au dernier centime, sauf ce dont j'ai besoin jusqu'à l'arrivée de mon bateau.

— Quel bateau ?

— L'homme qui habite la villa à côté de la mienne à Sanary est l'agent marseillais d'une Compagnie de cargos qui font la route du Proche-Orient à New York. Le bureau d'Alexandrie lui a câblé que deux des hommes de l'équipage, pris de maladie sur le bateau en route pour Marseille, avaient dû être débarqués, et on lui demandait d'en trouver deux autres pour les remplacer. C'est un de mes copains et il m'a promis de me faire embaucher. En guise de cadeau d'adieu, je lui donne ma vieille Citroën. Quand je monterai à bord, il ne me restera plus rien que les vêtements que j'ai sur moi et quelques affaires dans une sacoche.

— Très bien, c'est votre argent. Vous êtes libre, de race blanche et majeur.

— Libre, c'est le mot. De toute ma vie, je ne me suis jamais senti plus libre ni plus indépendant. En arrivant à New York, je toucherai ma paye et elle me permettra de vivre jusqu'à ce que j'aie trouvé un emploi.

— Et votre livre, alors ?

— Oh ! il est fini et imprimé. J'ai dressé la liste des personnes auxquelles je veux le faire envoyer ; vous en recevrez sans doute un exemplaire dans un ou deux jours.

— Merci.

Nous n'avions guère plus à nous dire et terminâmes notre repas dans un silence amical. Je commandai le café. Larry alluma une pipe, et moi, un cigare. Je le regardais en réfléchissant. Il sentit mes yeux fixés sur lui et me lança un regard illuminé d'un éclat diabolique.

— Si vous avez envie de me dire que je suis fou à lier, ne vous gênez pas. Je ne vous en voudrai pas du tout.

— Non, je n'en ai pas particulièrement envie. Je me demandais seulement si votre vie n'aurait pas eu un cours plus parfaitement normal si, comme tout le monde, vous vous étiez marié et aviez eu des enfants.

Il sourit. J'ai certainement noté plus de vingt fois déjà la beauté de son sourire si chaud, confiant et doux, reflétant la candeur, la franchise de sa charmante nature, mais je me vois obligé de le faire une fois encore, car à présent, à tout cela s'ajoutait quelque chose de triste et de tendre.

— Trop tard maintenant. La seule des femmes que j'ai connues et que j'aurais pu épouser, c'était cette pauvre Sophie.

Je le regardai avec étonnement.

— Comment pouvez-vous dire cela après ce qui s'est passé ?

— Elle avait une belle âme, elle était pleine d'ardeur, d'enthousiasme et de générosité. Son idéal était celui d'un grand cœur. Même dans ces derniers temps, il y avait une tragique noblesse dans la façon dont elle cherchait à se détruire.

Je demeurai silencieux. Je ne savais que penser de ces étranges propos.

— Dans ce cas, pourquoi ne l'avez-vous pas épousée ? demandai-je.

— C'était une enfant. A dire vrai, il ne m'était jamais venu à l'esprit, quand j'allais chez son grand-père et qu'assis sous l'orme nous lisions ensemble des vers, qu'il y avait en cette gamine maigrichonne un germe de beauté morale.

Je fus naturellement surpris qu'en l'occurrence il ne fît aucune allusion à Isabel. Il ne pouvait cependant avoir oublié qu'il avait été son fiancé, et j'en étais réduit à penser qu'il considérait cet épisode comme un enfantillage sans importance de deux jeunes êtres pas assez mûrs pour voir clair en eux-mêmes. J'étais porté à croire que son esprit n'avait jamais été effleuré par le soupçon, même le plus léger, que depuis lors elle se rongeait d'amour pour lui.

Il était temps pour nous de partir. Nous allâmes à pied jusqu'à la place où Larry avait laissé sa voiture, bien minable à présent, et de là, nous nous rendîmes à la Morgue. L'entrepreneur des Pompes Funèbres avait tenu parole. La façon méthodique et purement commerciale dont tout se passa, sous ce ciel éclatant, avec le vent violent qui ployait les cyprès du cimetière, ajouta à la cérémonie une dernière note sinistre. Quand tout fut terminé, l'ordonnateur nous serra cordialement la main.

— Eh bien ! messieurs, j'espère que vous êtes satisfaits ; tout s'est très bien passé.

— Très bien, dis-je.

— Monsieur voudra bien ne pas oublier qu'au cas où il aurait besoin de mes services, je suis toujours à sa disposition. La distance n'est pas un obstacle.

Je le remerciai. En atteignant la grille du cimetière, Larry me demanda s'il restait quelque chose qu'il pût faire pour moi.

— Rien.

— J'aimerais rentrer à Sanary le plus tôt possible.

— Voulez-vous me déposer à mon hôtel ?

En cours de route, nous ne prononçâmes plus une seule parole. Quand nous fûmes rendus, je descendis de voiture. Nous nous serrâmes la main et il s'en alla. Je réglai ma facture, montai chercher ma valise et pris un taxi jusqu'à la gare. Moi aussi, j'avais hâte de m'en aller.

III

Quelques jours plus tard, je me mis en route pour l'Angleterre. J'avais projeté de m'y rendre directement, mais après ce qui s'était passé, désirant tout particulièrement voir Isabel, je décidai de m'arrêter vingt-quatre heures à Paris. Je lui télégraphiai pour lui demander si je pouvais lui rendre visite en fin d'après-midi et rester à dîner. En arrivant à mon hôtel, je trouvai un mot d'elle, me disant qu'elle et Gray devaient dîner dehors ce soir-là, mais qu'elle serait contente de me voir si je voulais bien venir à partir de cinq heures et demie seulement, à cause d'un essayage pour lequel elle avait pris rendez-vous auparavant. Il faisait frais et il pleuvait à verse ; aussi, pensai-je que Gray s'abstiendrait-il d'aller jouer au golf à Mortefontaine. Désirant voir Isabel seule, cela ne m'arrangeait pas très bien, mais quand j'arrivai chez elle, sa première parole fut pour me dire que Gray était au Travellers où il faisait un bridge.

— Je lui ai dit de ne pas rentrer trop tard s'il voulait vous voir, mais nous ne sommes invités que pour neuf heures et demie ; nous avons donc tout le temps pour une longue conversation. J'ai des tas de choses à vous raconter.

Ils avaient sous-loué l'appartement et la vente de la collection d'Elliott devait avoir lieu dans une quinzaine de jours. Voulant y assister, ils devaient aller s'installer au Ritz. Après quoi, ils s'embarqueraient. Isabel mettait tout en vente, sauf les toiles modernes qu'Elliott avait eues dans sa maison d'Antibes. Quoique n'y attachant guère d'importance, elle pensait avec juste raison qu'en les conservant elle pourrait s'enorgueillir davantage encore de l'installation qu'elle projetait.

— C'est dommage que ce pauvre Oncle Elliott n'ait pas eu des goûts plus avancés : Picasso, Matisse et Rouault, par exemple. Dans leur genre, je crois que ces toiles sont bonnes, mais elles paraîtront, je crains, plutôt démodées.

— Si j'étais vous, je ne m'en inquiéterais pas. D'ici quelques années d'autres peintres seront en vogue et Picasso et Matisse ne seront pas plus dernier cri que vos impressionnistes.

Gray était en train de mener à bonne fin ses négociations ; grâce au capital dont disposait Isabel, il allait devenir vice-président d'une excellente affaire de pétrole, et ils devraient habiter Dallas, ville importante du Texas.

— La première chose à faire, ce sera de trouver une maison qui nous convienne. Je veux un beau jardin où Gray pourra bricoler en rentrant de son travail, et il me faut un très vaste salon pour les réceptions.

— Je me demande pourquoi vous n'emportez pas les meubles d'Elliott ?

— Je ne pense pas qu'ils feraient très bien. Je meublerai tout en moderne, avec peut-être par-ci par-là une légère touche de mexicain pour donner une note spéciale. Dès mon arrivée à New York, je m'informerai du décorateur le plus en vogue.

Antoine, le domestique, apporta un plateau garni d'une collection de bouteilles et Isabel, toujours pleine de tact, sachant que neuf hommes sur dix ont la prétention de savoir mieux qu'aucune femme faire un cocktail — et ils sont dans le vrai — me demanda de les préparer. Je versai le gin et le Noilly-Prat, et ajoutai le soupçon d'absinthe qui transforme un Martini sec, cette boisson insipide, en une autre pour laquelle les dieux de l'Olympe auraient sans aucun doute abandonné leur nectar que j'ai toujours soupçonné d'être une espèce de coca-cola. Et tendant son verre à Isabel, je remarquai un livre qui se trouvait sur la table.

— Ah ! mais, fis-je, c'est le livre de Larry.

— Oui, il est arrivé ce matin, mais j'ai été si occupée, j'avais mille choses à faire avant midi, j'ai déjeuné dehors, et cet après-midi je suis allée chez Molyneux. Je ne sais quand je trouverai un moment pour en commencer la lecture.

Je pensai avec mélancolie aux longs mois qu'un auteur passe à écrire un livre dans lequel il met sans doute le meilleur de lui-même, et qui gît ensuite à l'abandon, sans même être découpé, jusqu'au jour où le lecteur n'aura rien de mieux à faire. C'était un volume de trois cents pages, d'une belle impression et d'une reliure soignée.

— Vous savez, je crois, que Larry a passé tout l'hiver à Sanary. L'avez-vous vu par hasard ?

— Oui, nous étions ensemble à Toulon, il y a quelques jours seulement.

— Vraiment ? Qu'étiez-vous allés faire là-bas ?

— Enterrer Sophie.

— Elle n'est pas morte ? s'écria-t-elle.

— Si elle ne l'avait pas été, nous n'aurions pas eu de raisons plausibles de l'enterrer.

— Ça n'a rien de drôle. — Elle se tut un instant — Je ne vais pas faire semblant d'être désolée. Un mélange de boisson et de drogue, je suppose.

— Non, elle a eu la gorge tranchée et a été jetée à la mer nue comme un ver.

A l'instar du brigadier de Saint-Jean, je me sentais légèrement enclin à exagérer la nudité de la malheureuse.

— C'est affreux ! Pauvre petite ! Evidemment, avec la vie qu'elle menait, elle était vouée à une triste fin.

— C'est ce que disait le commissaire de police de Toulon.

— Connaît-on le coupable ?

— Non, mais moi, je le connais. Je pense que c'est vous qui l'avez tuée.

Elle ouvrit de grands yeux, et me fixa avec surprise.

— Qu'est-ce que vous racontez là ? Puis, avec l'ombre d'un sourire ironique : cherchez ailleurs ; j'ai un alibi solide comme fer.

— L'été dernier, je l'ai croisée à Toulon. J'ai eu avec elle une longue conversation.

— Etait-elle à jeun ?

— Suffisamment. Elle m'a raconté comment il s'est fait qu'elle ait disparu si étrangement quelques jours à peine avant son mariage avec Larry.

Je vis le visage d'Isabel se figer. Je me mis à lui rapporter exactement ce que Sophie m'avait raconté. Elle écoutait, se tenant sur ses gardes.

— Depuis lors, j'ai beaucoup réfléchi à son histoire et plus j'y pense, plus je suis convaincu qu'il y a là-dedans quelque chose de louche. J'ai déjeuné ici vingt fois et jamais vous n'avez eu d'alcool au déjeuner. Vous aviez pris seule votre repas. Comment se fait-il qu'une bouteille de zubrovka se soit trouvée sur le plateau avec la tasse à café ?

— Oncle Elliott venait justement de l'envoyer. Je voulais voir si je l'aimais autant que le jour où nous étions ensemble au Ritz.

— Oui, je me souviens que vous en raffoliez. J'en étais même étonné, car vous ne buvez jamais aucune liqueur : vous êtes pour cela trop soucieuse de votre ligne. J'avais eu alors l'impression que vous tentiez d'infliger à Sophie le supplice de Tantale. Je prenais votre geste pour de la pure méchanceté.

— Merci.

— En général, vous êtes très fidèle à vos rendez-vous. Pourquoi avez-vous dû sortir, alors que vous attendiez Sophie pour une affaire aussi importante pour elle et intéressante pour vous que l'essayage de sa robe de mariée ?

— Elle vous l'a dit elle-même. J'étais préoccupée à cause d'une dent de Joan. Notre dentiste est très pris, et il me fallait accepter l'heure qu'il pouvait me donner.

— Quand on va chez le dentiste, on fixe son prochain rendez-vous avant de partir.

— Je sais. Mais dans la matinée, il m'avait téléphoné pour me dire qu'il se voyait dans l'obligation de l'annuler, et comme par contre il pouvait nous recevoir à trois heures, j'ai naturellement sauté sur sa proposition.

— La gouvernante n'aurait-elle pu y conduire Joan ?

— La petite avait très peur, pauvre chou ; je sentais qu'elle serait plus rassurée si j'y allais avec elle.

— Et en revenant, lorsque vous avez trouvé la bouteille de zubrovka aux trois quarts vide et que vous avez constaté le départ de Sophie, n'avez-vous pas été quelque peu surprise ?

— J'ai pensé que, lasse d'attendre, elle était allée seule chez Molyneux. En arrivant là-bas, je fus toute déconcertée d'apprendre qu'elle n'y était pas venue.

— Et la zubrovka ?

— Eh bien ! j'avais en effet remarqué qu'une grande quantité en avait disparu. J'ai pensé que c'était Antoine qui l'avait bue et j'étais sur le point de lui en faire l'observation, mais comme il était aux gages d'Oncle Elliott et l'ami de Joseph, j'ai préféré avoir l'air d'ignorer la chose. C'est un bon domestique et si de temps en temps il prend un petit coup de trop, suis-je en droit de l'en blâmer ?

— Quelle menteuse vous faites, Isabel !

— Vous ne me croyez pas ?

— Pas un instant.

Isabel se leva et se dirigea vers la cheminée où brûlait un feu de bois fort agréable par cette sombre journée. Elle y resta debout, le coude appuyé au manteau, dans une de ces attitudes pleines de grâce qu'elle savait prendre sans avoir l'air d'y faire attention, et qui était l'un de ses dons les plus charmants. Comme la majorité des femmes du monde françaises, elle s'habillait de noir pour la journée, ce qui seyait particulièrement bien à sa riche carnation, et ce jour-là, elle portait une robe dont la simplicité coûteuse soulignait avantageusement la finesse de sa ligne. Pendant un moment, elle tira des bouffées de sa cigarette.

— Je ne vois pas pourquoi je ne serais pas absolument franche avec vous. Il est tout à fait regrettable que j'aie eu à sortir et, évidemment, Antoine n'aurait jamais dû laisser l'alcool et le service à café dans la pièce. Le tout aurait dû être débarrassé dès mon départ. En rentrant, quand j'ai trouvé la bouteille presque vide, je devinai bien entendu ce qui s'était passé ; et, Sophie ayant disparu, je supposai bien qu'elle était retournée à sa fange. Je n'en dis rien, pensant que cela ne ferait que chagriner Larry qui avait assez de soucis sans celui-là.

— Etes-vous certaine de n'avoir pas donné vous-même l'instruction précise de laisser la bouteille sur la table ?

— Absolument.

— Je ne vous crois pas.

— Eh bien ! ne me croyez pas. Les yeux noirs de colère, elle lança rageusement sa cigarette dans le feu. Parfait, si vous voulez la vérité, vous pouvez l'avoir et aller ensuite au diable. Je l'ai fait et le referais encore. Je vous ai dit que je ne reculerais devant rien pour l'empêcher d'épouser Larry. Vous n'auriez rien fait, ni Gray ni vous. Vous vous contentiez de hausser les épaules et de déplorer cette terrible erreur. Vous vous en fichiez. Moi, pas.

— Si vous aviez laissé Sophie tranquille, elle serait encore de ce monde.

— Mariée à Larry, et il aurait été profondément malheureux. Il croyait pouvoir faire d'elle une nouvelle femme. Dieu ! que les hommes sont bêtes ! Tôt ou tard, je le savais, elle serait retombée. Cela se sentait à une lieue. Vous avez vu de vos propres yeux, le jour où nous avons déjeuné tous ensemble au Ritz, combien elle était nerveuse. Je vous ai vu la regarder tandis qu'elle buvait son café ; sa main tremblait tellement, qu'elle avait peur de tenir la tasse d'une seule main : elle dut prendre les deux pour la porter à ses lèvres. J'ai remarqué le regard dont elle couvait le vin que le sommelier nous versait ; elle suivait la bouteille de ses horribles yeux éteints comme un serpent guettant le battement d'ailes d'un oiseau, et je savais que pour boire elle était prête à vendre son âme.

Isabel maintenant me faisait face, ses yeux lançaient des flammes et sa voix était saccadée. Le flot de ses paroles était trop lent à son gré.

— Je conçus mon projet lorsque Oncle Elliott fit tout ce plat à propos de cette sacrée liqueur polonaise. Celle-ci m'avait écœurée, mais je prétendis n'avoir jamais rien goûté de plus merveilleux. J'étais certaine que, si l'occasion s'en présentait, Sophie n'aurait jamais la force d'y résister. C'est pourquoi je l'ai emmenée au défilé de mannequins. C'est pourquoi je lui ai proposé de lui faire cadeau de sa robe de mariage. Ce jour-là, elle devait aller à son dernier essayage — je dis à Antoine que je prendrais de la zubrovka après le déjeuner. J'ajoutai qu'une dame devait venir et qu'il devait la prier d'attendre et lui offrir du café ; je lui dis aussi de laisser la liqueur sur le plateau pour le cas où elle en aurait envie. J'emmenai Joan chez le dentiste, mais bien entendu comme nous n'avions pas de rendez-vous, il ne put nous recevoir, et je la conduisis dans un cinéma d'actualités. J'étais décidée, si je constatais que Sophie n'avait pas touché à l'alcool, à me résigner et à essayer de me lier d'amitié avec elle. Cela, c'est la vérité, je le jure. Mais quand, en rentrant à la maison, je vis la bouteille, je compris que j'avais deviné juste. Elle était partie, et j'aurais parié tout l'or du monde qu'elle était partie pour de bon.

Quand elle eut terminé, Isabel était réellement haletante.

— C'est plus ou moins ce que je m'étais figuré, fis-je. Vous voyez, j'avais raison : vous lui avez coupé la gorge aussi sûrement que si, de votre propre main, vous aviez enfoncé le couteau dans sa chair.

— Elle était pourrie, pourrie, pourrie. Je suis contente qu'elle soit morte. Elle se jeta dans un fauteuil. Donnez-moi un cocktail, espèce de salaud.

J'allai lui en préparer un autre.

— Vous êtes un monstre, dit-elle en prenant le verre que je lui tendais. Elle se laissa aller alors à sourire, comme vous sourit un enfant qui a conscience d'avoir été méchant, mais tâche d'obtenir votre pardon en vous embobelinant d'un air faussement candide. Vous ne le raconterez pas à Larry, n'est-ce pas ?

— Il n'en est pas question.

— Vous le jurez ? Les hommes sont si peu dignes de confiance.

— Je vous promets de n'en rien faire. D'ailleurs, même si je le voulais, je n'en aurais pas la possibilité, car je ne pense plus le revoir jamais de ma vie.

Elle se redressa droite comme un I.

— Que voulez-vous dire ?

— A cet instant précis, il est sur un cargo en route pour New York, comme garçon de pont ou comme soutier.

— Vous ne parlez pas sérieusement ? Quel drôle de type ! Il y a quelques semaines, il est venu ici pour faire des recherches à la Bibliothèque Nationale au sujet de son livre, mais il n'a pas soufflé mot de son départ pour l'Amérique. Je suis ravie : cela signifie que je vais le revoir.

— J'en doute. Son Amérique à lui sera aussi éloignée de votre Amérique à vous que le Désert de Gobi.

Je lui racontai alors ce qu'il avait fait et ce qu'il avait l'intention de faire. Elle m'écoutait bouche bée. La consternation était peinte sur son visage. Elle m'interrompait de temps à autre d'une interjection : « Il est fou, il est fou ! » Lorsque j'eus fini, elle secoua la tête, et je vis deux larmes rouler le long de ses joues.

— Maintenant, je l'ai perdu pour de vrai.

Elle se détourna et, cachant sa figure contre le dossier du fauteuil, elle pleura. Son joli visage était tordu par une souffrance qu'elle ne cherchait pas à dissimuler. Je ne pouvais rien faire pour elle. J'ignorais les espoirs vains, contradictoires, qu'elle avait nourris et que je venais de réduire finalement à néant. J'avais la vague idée que, pour elle, la possibilité de le voir de temps à autre, ou même seulement le sentiment qu'il vivait dans le même monde qu'elle, avaient été un lien, bien ténu il est vrai, que la décision de Larry venait de rompre définitivement et dont elle se savait désormais privée à jamais. Je me demandais quel regret inutile la tourmentait et me dis que les larmes la soulageraient. Je pris le livre de Larry et regardai la table des matières. Lors de mon départ de la Riviera, mon exemplaire n'était pas encore arrivé ; je ne pouvais espérer le recevoir avant plusieurs jours. L'ouvrage ne répondait pas du tout à mon attente. C'était une série d'essais sur un certain nombre de personnages fameux. Le choix que Larry avait fait me déconcerta. Il y avait une étude sur Sylla, le dictateur romain qui, après avoir conquis le pouvoir absolu, y renonça pour retourner à la vie privée ; il y en avait une sur Akbar, le conquérant mogol qui gagna un empire ; une autre sur Rubens, une autre sur Gœthe et une autre encore sur le lord Chesterfield des *Lettres*. Chacune avait incontestablement demandé une somme énorme de lectures, et je comprenais maintenant qu'il eût fallu à Larry tant de temps pour publier son livre : mais je me demandais vainement ce qui avait pu le tenter dans ce long travail et aussi les raisons qui lui avaient dicté le choix de ces personnages. Puis, il m'apparut que chacun d'eux avait à sa manière atteint au succès suprême ; je présumai que c'était cela qui avait intéressé Larry : il voulait constater où leurs efforts les avaient finalement conduits.

Je parcourus une page pour voir comment il écrivait. Son style était soigné, mais clair et facile, sans rien de la prétention ni du pédantisme qui trop souvent caractérisent l'écrivain-amateur. On eût pu dire qu'il avait fréquenté les meilleurs auteurs aussi assidûment qu'Elliott Templeton avait frayé avec les gens de qualité. Je fus interrompu par un soupir d'Isabel. Elle se redressa et, avec une grimace, vida d'un trait le cocktail à présent déjà tiède.

— Si je n'arrête pas de pleurer, j'aurai des yeux épouvantables, et nous devons dîner dehors ce soir.

Elle prit un miroir dans son sac et se regarda anxieusement.

— Oui, ce qu'il me faut, c'est un sachet de glace sur les yeux pendant une demi-heure.

Elle poudra son visage et rougit ses lèvres. Puis, me jetant un regard pensif :

— Vous me jugez très mal d'avoir agi ainsi ?

— En seriez-vous contrariée ?

— Si étrange que cela puisse vous paraître, oui. Je veux que vous ayez bonne opinion de moi.

Je ris et répondis d'un ton moqueur :

— Ma chère amie, je suis un être très immoral. Quand je tiens vraiment à quelqu'un, tout en déplorant ses erreurs, je ne l'en aime pas moins. Dans votre genre, vous n'êtes pas mauvaise, et vous êtes toute grâce et tout charme. Je sais tout ce que votre beauté doit à l'heureuse combinaison d'un goût parfait et d'une volonté tenace, mais je ne l'en admire pas moins. Une seule qualité vous fait défaut pour être absolument ensorcelante.

Elle souriait et attendait.

— La tendresse !

Le sourire s'évanouit sur ses lèvres et elle me lança un regard totalement dépourvu d'aménité ; mais avant qu'elle eût pu se ressaisir pour répliquer, Gray, de son pas lourd, entra dans la pièce. Il avait pris un bon nombre de kilos durant les trois années de son séjour à Paris ; son visage était plus congestionné encore et ses cheveux se clairsemaient rapidement, mais il était en fort bonne santé et d'humeur excellente. Il fut sincèrement heureux de me voir. La conversation de Gray était faite toute de clichés. Si usés fussent-ils, il les servait avec la conviction visible d'être le premier à les avoir trouvés. Il n'allait jamais au lit, mais « se fourrait au pieu » où il dormait du « sommeil du juste » ; s'il pleuvait, « il tombait des hallebardes », et jusqu'au bout pour lui Paris était « la Ville-Lumière ». Mais il était si aimable, si droit, si digne de confiance, si simple, qu'on ne pouvait se défendre de l'aimer. J'avais pour lui une affection sincère. A présent, l'imminence de leur départ le rendait tout nerveux.

— Bon Dieu, que ce sera bon de reprendre enfin le harnais, dit-il. Je sens déjà l'écurie.

— Tout est donc réglé ?

— Je n'ai pas encore apposé ma signature sur la petite ligne pointillée, mais l'affaire est dans le sac. Le type avec qui je m'associe était l'un de mes camarades de chambre à l'Université ; c'est un bon garçon, et je suis prêt à jurer qu'il ne voudrait pas me coller un navet. Dès mon arrivée à New York, je descendrai en avion jusqu'au Texas pour donner le dernier coup de pouce, et je vous affirme que j'aurai l'œil ouvert et le bon, avant de cracher un sou du patrimoine d'Isabel.

— Vous savez, Gray est très bon homme d'affaires, dit celle-ci.

— Bon chien chasse de race, fit-il en souriant.

Avec force détails, il continua à me parler de l'affaire où il entrait, mais je n'entends guère à ces questions, et je compris seulement qu'il avait de bonnes chances de gagner de grosses sommes d'argent. Ce qu'il racontait l'intéressait tellement que, se tournant bientôt vers Isabel, il lui dit :

— Dis donc, ne pourrions-nous pas nous dégager de cette

invitation assommante, et pourquoi n'irions-nous pas à nous trois faire un bon petit dîner à la Tour d'Argent ?

— Oh ! chéri, c'est impossible ; ils ont organisé cette soirée en notre honneur.

— D'ailleurs maintenant, je ne pourrais plus être des vôtres, l'interrompis-je. Comme je savais que vous étiez pris ce soir, j'ai téléphoné à Suzanne Rouvier et me suis arrangé pour sortir avec elle.

— Qui est Suzanne Rouvier ? demanda Isabel.

— Oh ! une des petites amies de Larry, fis-je pour la taquiner.

— J'ai toujours soupçonné Larry d'avoir une petite poule bien cachée dans un coin, dit Gray dans un rire épais.

— Quelle idiotie ! grogna Isabel. Je connais tout de la vie intime de Larry. Il n'y a rien.

— Entendu ; mais avant de nous séparer, prenons un verre, fit Gray ; après quoi, je pris congé d'eux. Ils m'accompagnèrent jusqu'à l'entrée ; pendant que j'endossais mon pardessus, Isabel glissa son bras sous celui de Gray et se pelotonnant contre lui, le regarda dans les yeux avec une expression simulant fort bien la tendresse dont je lui avais fait grief de manquer.

— Dis donc, Gray — franchement — trouves-tu que j'ai le cœur dur ?

— Non chérie, loin de là. Pourquoi, quelqu'un t'en a-t-il fait le reproche ?

— Non.

Elle détourna la tête de sorte qu'il ne put la voir et, dans un geste qu'Elliott eût certainement trouvé très vulgaire, elle me tira la langue.

— Ça n'a pas de rapport, murmurai-je en sortant et en refermant la porte derrière moi.

IV

Quand je repassai par Paris, les Maturin étaient partis et d'autres locataires occupaient l'appartement d'Elliott. Isabel me manquait. Elle était agréable à regarder et d'un commerce facile. Elle avait la riposte rapide et n'était pas rancunière. Depuis lors, je ne l'ai plus revue. Je suis un piètre et négligent correspondant, et Isabel elle-même n'aimait pas à écrire. Si elle ne pouvait vous faire signe par téléphone ou télégraphe, elle ne communiquait pas du tout avec vous. Cette année-là, je reçus d'elle une carte de Noël avec une jolie reproduction d'une maison de style colonial entourée de chênes séculaires : c'était sans doute leur demeure dans la plantation dont ils n'étaient pas parvenus à se défaire au moment où ils avaient tellement besoin d'argent et que maintenant ils s'étaient probablement décidés à conserver. D'après le cachet de la poste la carte avait été expédiée de Dallas ; j'en conclus que les pourparlers avaient abouti favorablement et que le ménage s'était installé là-bas.

Je n'ai jamais été à Dallas, mais j'imagine que, comme dans tant d'autres villes américaines que je connais, on y trouve, à faible distance en auto du centre des affaires et du golf, le quartier des résidences où, au milieu de grands jardins, les gens riches ont de belles maisons avec un salon dont les larges baies s'ouvrent sur un magnifique paysage de montagnes ou de vallées. C'est sans doute là qu'habite Isabel, dans ce quartier et dans une telle maison, meublée à la dernière mode de la cave au grenier par le décorateur le plus en vogue de New York. Je ne puis qu'espérer que son Renoir, ses fleurs de Manet, son paysage de Monet et son Gauguin ne datent pas trop. La salle à manger a, j'en suis sûr, les dimensions convenant aux déjeuners de femmes qu'elle donne sans doute fréquemment, avec de bons vins et une cuisine hors pair. Isabel avait beaucoup appris à Paris. Elle ne se serait pas installée dans la maison sans avoir jugé d'un premier coup d'œil que le salon serait parfait pour les sauteries qu'elle aurait l'agréable devoir de donner à mesure que ses filles grandiraient. Joan et Priscilla doivent à présent être en âge de se marier. Elles ont certainement reçu la meilleure éducation ; elles ont été envoyées aux meilleures écoles et Isabel a veillé à ce qu'elles acquièrent les talents propres à séduire les prétendants avantageux. Je me figure Gray, maintenant un peu plus couperosé, plus joufflu, plus chauve et beaucoup plus lourd encore, mais je ne puis croire qu'Isabel ait changé. Elle est encore plus belle que ses filles. Les Maturin doivent être un précieux ornement pour la société locale, et je ne doute pas que leur fréquentation soit aussi recherchée qu'elle mérite de l'être. Isabel est amusante, gracieuse, complaisante et pleine de savoir-faire.

Quant à Gray, bien entendu, il est le « brave type » par excellence.

V

Je continuai à voir Suzanne Rouvier de temps à autre, lorsqu'un changement imprévu de situation l'obligea à quitter Paris et la fit à son tour sortir de ma vie. Deux ans environ après les événements que je viens de relater, ayant passé agréablement l'après-midi à bouquiner sous les galeries de l'Odéon et n'ayant pour l'instant pas d'autre but, il me vint à l'idée de lui téléphoner. Je ne l'avais pas vue depuis six mois. Elle m'ouvrit la porte, une palette au pouce et un pinceau entre les dents, vêtue d'un sarrau taché de couleurs.

— Ah ! c'est vous, mon cher ami. Entrez, je vous en prie.

Cette apostrophe cérémonieuse me surprit bien un peu, car d'habitude nous nous tutoyions, mais j'entrai dans la pièce qui lui servait à la fois de salon et d'atelier. Une toile se trouvait sur le chevalet.

— J'ai tant à faire, je ne sais par quel bout commencer, mais asseyez-vous pendant que je continue à travailler. Je n'ai pas un instant à perdre. Vous ne le croiriez pas, mais je prépare une exposition de mes seules œuvres chez Meyerheim, et il faut que j'aie trente toiles prêtes.

— Chez Meyerheim ? C'est magnifique. Comment diable t'y es-tu prise ?

Car Meyerheim n'est pas un de ces marchands éphémères de la rue de Seine installés dans une petite boutique toujours sur le point de fermer, faute de fonds pour en payer le loyer. Meyerheim est le propriétaire d'une belle galerie sur la rive cossue de la Seine, et sa réputation est mondiale. Un artiste auquel il s'intéresse est bien lancé dans la voie de la fortune.

— M. Achille l'a amené voir ce que je fais et il me trouve beaucoup de talent.

— A d'autres, ma vieille, répliquai-je.

Elle me jeta un coup d'œil, et se mit à rire.

— Je vais me marier.

— Avec Meyerheim ?

— Ne sois pas idiot. Elle déposa ses pinceaux et sa palette. J'ai travaillé toute la journée et je n'ai pas volé un peu de repos. Prenons un petit verre de porto et je te raconterai tout.

Elle alla prendre une bouteille et deux verres les remplit et s'assit avec un soupir de soulagement.

— Je suis restée debout pendant des heures, et mes varices me font mal. Eh bien ! voilà ce qui s'est passé. La femme de M. Achille est morte au début de l'année. C'était une brave femme et une bonne catholique ; il ne l'avait pas épousée par amour, mais parce qu'elle était un parti avantageux, et bien qu'il l'estimât et la respectât, il serait exagéré de dire que sa mort l'a laissé inconsolable. Son fils a fait un mariage de convenance et réussit bien dans l'affaire paternelle, et maintenant sa fille va épouser un comte, Belge, il est vrai, mais authentique qui possède un très joli château aux environs de Namur. M. Achille pense que sa pauvre femme n'aurait pas voulu que le bonheur de deux jeunes êtres fût retardé à cause d'elle, aussi malgré le deuil, le mariage aura-t-il lieu dès que les questions financières auront été réglées. Evidemment M. Achille, qui s'ennuierait tout seul dans la vaste maison de Lille, a besoin d'une femme non seulement pour veiller à son confort, mais aussi pour diriger le train de vie que lui impose sa situation. Bref, il m'a demandé de prendre la place de sa pauvre femme car, comme il le dit fort raisonnablement « je me suis marié une première fois pour mettre fin à la rivalité de deux affaires concurrentes et je ne le regrette pas, mais il n'y a pas de raison pour que la seconde fois je ne convole pas pour ma satisfaction personnelle ».

— Je te félicite, dis-je.

— Bien entendu, je regretterai ma liberté. J'en ai bien profité. Mais il faut penser à l'avenir. Entre nous, je n'hésite pas à t'avouer que je ne retrouverai plus jamais mes quarante ans. M. Achille est à l'âge dangereux ; que deviendrais-je si, tout d'un coup, il lui prenait l'envie de courir après une gamine de vingt ans ? Et puis, il me faut penser à ma fille. Elle a maintenant seize ans et promet d'être aussi belle que son père. Je lui ai fait donner une bonne instruction. Mais à quoi bon ne pas regarder les choses en face ? Elle n'a pas assez de talent pour être actrice, ni assez de tempérament pour faire la putain comme sa pauvre mère ; je te le demande alors : quelles perspectives d'avenir lui reste-t-il ? Devenir secrétaire ou avoir un emploi dans les Postes. Très généreusement, M. Achille a bien voulu qu'elle vive avec nous et lui a promis une jolie dot pour lui permettre de faire un beau mariage. Crois-moi, mon cher, on peut dire ce qu'on veut, le mariage est encore la meilleure carrière pour une femme. Le bien-être de ma fille étant en jeu, je ne pouvais évidemment hésiter à accepter une telle proposition, même si je dois pour cela faire le sacrifice de certaines satisfactions que, de toute façon, avec l'âge, il me serait de plus en plus difficile de trouver ; car, je dois te le déclarer, je me propose lorsque je serai mariée, d'être d'une vertu farouche ; ma longue expérience m'ayant convaincue que la seule base d'une union heureuse, c'est une absolue fidélité réciproque.

— Sentiment d'une haute portée morale, ma jolie, fis-je. Et M. Achille va-t-il continuer ses voyages bimensuels à Paris ?

— Oh ! la la ! pour qui me prends-tu, mon petit ? Quand M. Achille m'a demandé ma main, mon premier mot a été pour lui dire : « Maintenant écoute, mon cher ; quand tu iras à Paris pour tes Conseils d'administration, il est bien entendu que je t'accompagnerai. Je ne suis pas disposée à te faire confiance si tu y vas seul. » « A mon âge, tu ne me crois tout de même pas capable de faire des folies », me répondit-il. « Monsieur Achille, lui dis-je, tu es dans la fleur de l'âge, et personne n'est mieux placé que moi pour connaître ton tempérament impétueux. Tu as belle prestance et l'air distingué. Tu as tout ce qu'il faut pour plaire à une femme ; en somme, j'estime préférable de ne pas t'exposer à la tentation. » Finalement, il consentit à céder son fauteuil d'administrateur à son fils qui ira le remplacer à Paris. M. Achille a fait semblant de me trouver ridicule, mais en réalité, il était extrêmement flatté. — Suzanne poussa un soupir de satisfaction — La vie serait plus pénible encore pour nous autres pauvres femmes sans l'incommensurable vanité masculine.

— Tout cela, c'est très beau ; mais quel est le rapport avec l'exposition de chez Meyerheim ?

— T'es un rien gourde aujourd'hui, mon pauvre ami. Ne t'ai-je pas dit depuis des années que M. Achille est un homme excessivement intelligent ? Il doit penser à sa situation mondaine, et les Lillois ont la critique facile. M. Achille veut que j'aie dans la société la place qui revient à la femme d'un homme de son importance. Tu connais bien ces provinciaux : ils aiment à fourrer leur long nez dans les affaires d'autrui et la première chose qu'ils demanderont, ce sera : qui est cette Suzanne Rouvier ? Eh bien ! la réponse est toute prête : c'est une artiste distinguée dont la récente exposition chez Meyerheim a eu un succès tout particulier et bien mérité. « Mme Suzanne Rouvier, veuve d'un officier d'infanterie coloniale, avec la vaillance propre à nos femmes françaises, et grâce à son talent, a subvenu durant de longues années à ses besoins personnels ainsi qu'à ceux de sa charmante fille privée trop tôt de l'appui paternel ; et nous sommes heureux d'apprendre que le grand public aura prochainement l'occasion d'apprécier à la Galerie du toujours clairvoyant M. Meyerheim la délicatesse de sa touche et la vigueur de sa technique. »

— Qu'est-ce que c'est que ce charabia ? fis-je en dressant l'oreille.

— Ça, mon cher ? C'est la publicité que M. Achille fait sortir avant la lettre. Cela paraîtra dans tous les journaux importants de France. Il a d'ailleurs été magnifique. Les conditions de Meyerheim ont été onéreuses, mais M. Achille les a acceptées comme s'il s'agissait d'une bagatelle. Le jour de l'ouverture, il y aura un champagne d'honneur et le ministre des Beaux-Arts, qui est l'obligé de M. Achille, présidera à l'inauguration en prononçant un speech chaleureux dans lequel il soulignera mes vertus de femme et mon talent d'artiste ; et il terminera en annonçant que l'Etat, qui a le devoir et le privilège de récompenser le mérite, a acquis un de mes tableaux pour les Musées Nationaux. Le Tout-Paris sera là, et Meyerheim s'occupe personnellement des critiques. Il a garanti que leurs articles seront non seulement élogieux, mais copieux. Pauvres diables, ils gagnent si peu, c'est une bonne œuvre de leur fournir l'occasion de toucher un petit supplément.

— Tu as bien mérité tout cela, ma chère. Tu as toujours été de la bonne espèce.

— Et ta sœur ? répliqua-t-elle. Mais ce n'est pas tout. M. Achille a acheté à mon nom une villa sur la Côte d'Azur, à Saint-Raphaël, de sorte que j'entrerai dans la société lilloise non seulement en artiste distinguée, mais en femme ayant pignon sur rue. Dans deux ou trois ans, il se retirera des affaires et nous irons vivre sur la Riviera comme les gens bien. Il pourra aller barboter dans l'eau et, tandis que je me consacrerai à mon art, il ira pêcher la crevette. A présent, je vais te montrer mes tableaux.

Suzanne faisait de la peinture depuis plusieurs années et avait successivement adopté la manière de ses divers amants avant d'aboutir à une note personnelle. Elle continuait à ne pas savoir dessiner, mais elle avait acquis un certain sens des couleurs. Elle me fit voir des paysages d'Anjou qu'elle avait faits lors de ses séjours chez sa mère, des coins des Jardins de Versailles et de la Forêt de Fontainebleau, des scènes de rue de la banlieue parisienne qui lui avaient plu. Sa peinture était floue et mièvre, mais elle avait la grâce d'une fleur et même une certaine élégance sans apprêt. Une des toiles me plut et, pensant lui faire plaisir, je demandai à l'acheter. Je ne puis me rappeler si elle était intitulée *Une clairière dans la forêt* ou *L'écharpe blanche,* et j'ai eu beau l'examiner depuis, je n'en sais pas plus aujourd'hui. Je m'informai du prix, qui était raisonnable, et lui dis que je la prenais.

— Tu es un ange, s'écria-t-elle. Ma première vente ! Bien entendu, tu ne pourras pas l'avoir avant la clôture de l'exposition, mais je vais veiller à ce que les journaux fassent mention de ton achat. Après tout, un peu de publicité ne peut pas te faire de mal. Je suis contente que tu aies choisi celui-là, à mon avis, c'est un de mes meilleurs. Elle prit une glace à main et y regarda l'image du tableau : il a du charme, fit-elle en clignant de l'œil. Personne ne peut le nier. Ces verts — quelle richesse et pourtant combien délicats ! Et cette note blanche dans le milieu, c'est une vraie trouvaille ; ça donne du liant à la composition, ça a de la distinction. Il y a du talent là-dedans, sans discussion possible, il y a là un vrai talent.

Elle était, visiblement déjà, en bonne voie de devenir un peintre professionnel.

— Et maintenant, mon petit, nous avons bavardé assez longtemps, il me faut retourner au travail.

— Et moi-même, je suis forcé de m'en aller, fis-je.

— A propos, ce pauvre Larry, est-il toujours chez les Peaux-Rouges ?

Car telle était la façon irrespectueuse dont elle avait coutume de traiter les habitants du Pays élu des dieux.

— Oui, autant que je sache.

— Ce doit être pénible pour quelqu'un comme lui qui est si doux et si aimable. Si on en croit le cinéma, la vie là-bas doit être terrible avec tous ces gangsters et ces cow-boys et les Mexicains. Non que les cow-boys n'aient pas d'attrait physique et qu'on n'ait pas envie de leur dire deux mots. Oh ! la la ! Mais il est excessivement dangereux, paraît-il, de sortir dans les rues de New York sans un revolver en poche.

Elle m'accompagna à la porte et m'embrassa sur les deux joues.

— Nous avons eu quelques bons moments ensemble. Garde un bon souvenir de moi.

VI

Me voici arrivé à la fin de mon récit. Je n'ai plus entendu parler de Larry ; en vérité, je n'en ai pas été surpris. Comme il est d'habitude homme à mettre ses projets à exécution, je présume qu'il a dû, à son retour en Amérique, prendre un emploi dans un garage, puis conduire un camion jusqu'à ce qu'il ait, comme il le désirait, appris à connaître le pays dont il avait été absent durant de si longues années. Après quoi, il a fort bien pu réaliser son idée bizarre de devenir chauffeur de taxi : celle-ci, il est vrai, avait été une simple boutade lancée négligemment par-dessus une table de café, mais je ne serais pas très étonné qu'il lui ait donné corps ; et depuis, je n'ai jamais pris un taxi à New York sans jeter un coup d'œil sur le chauffeur en me demandant si je n'allais pas par hasard retrouver le sourire grave et les yeux profondément enfoncés de Larry. Cela n'est jamais arrivé. La guerre est survenue. Il n'est plus assez jeune pour être aviateur, mais peut-être, une fois de plus, est-il au volant d'un camion dans son pays ou de l'autre côté de l'Océan ; peut-être aussi travaille-t-il dans une usine. J'aimerais à croire que dans ses heures de loisir, il rédige un livre dans lequel il essaie de coucher par écrit ce que la vie lui a enseigné et le message qu'il désire apporter à ses semblables ; mais s'il en est ainsi, il se passera peut-être un long moment encore avant que son œuvre soit achevée. Il a tout le temps voulu, car les années n'ont pas laissé leur trace sur lui et à tous points de vue et pour toutes tâches, il est encore jeune.

Il n'a pas d'ambition et ne vise nullement à la renommée ; l'idée de devenir un personnage notoire lui répugnerait profondément ; aussi se contente-t-il peut-être de mener la vie de son choix et de n'être rien de plus que lui-même. Trop modeste pour se proposer en exemple à autrui, il pense peut-être cependant que certaines âmes indécises, attirées par lui comme les phalènes par la flamme d'une bougie, en viendront avec le temps à partager son ardente conviction que la vie de l'esprit est la seule source du bonheur suprême, et qu'en suivant lui-même avec abnégation et renoncement la voie de la perfection, il fera œuvre aussi utile qu'en écrivant des livres ou en prêchant les foules.

Mais tout cela n'est que conjectures. Je viens de la terre et j'appartiens à la terre ; je ne puis qu'admirer le rayonnement d'un être si exceptionnel ; je ne puis me mettre dans sa peau ni pénétrer le tréfonds de son cœur comme parfois je crois être à même de le faire s'il s'agit d'êtres plus conformes à la commune mesure humaine. Comme il le souhaitait, Larry a été absorbé par le peuple des Etats-Unis, cette tumultueuse masse d'humanité sollicitée par tant d'intérêts contraires, tellement perdue dans la confusion du monde entier, si assoiffée de biens, si sûre d'elle en apparence, et pourtant si hésitante dans son for intérieur, si bonne, si dure, si confiante et si réservée, si mesquine et si généreuse. C'est tout ce que je puis dire de Larry : c'est très peu, je le sais ; je n'y puis rien. Mais comme je terminais ce livre avec le sentiment pénible de devoir laisser mon lecteur en suspens sans voir aucun moyen d'y remédier, mon esprit a jeté un regard en arrière sur mon long récit avec l'espoir de trouver un dénouement plus sympathique ; et, à ma grande surprise, j'ai constaté que, sans en avoir eu le moins du monde l'intention, je n'ai raconté ni plus ni moins qu'une histoire qui finit bien : tous mes personnages ont finalement atteint l'objet de leurs efforts : Elliott, le faîte de la vie mondaine ; Isabel, une situation bien assise sur une solide fortune, dans une société active et raffinée ; Gray, une position stable et lucrative, avec un bureau où il peut travailler tous les jours de neuf à six heures ; Suzanne Rouvier, la sécurité ; Sophie, la mort ; et Larry, le bonheur. Et en dépit des gloses des critiques prétentieux, nous, le public, dans le fond de notre cœur, nous aimons tous une histoire qui finit bien. De sorte qu'après tout, mon épilogue n'est peut-être pas tellement déplaisant.

Achevé d'imprimer en juillet 1981
sur les presses de l'imprimerie Bussière
à Saint-Amand (Cher)
pour le compte de France Loisirs
123, boulevard de Grenelle, Paris

Dépôt légal : 3e trimestre 1981
— N° d'édit. 5990. — N° d'imp. 1237. —
Imprimé en France